前世皇妃

前·世·皇·妃

冷青丝 著

Qian Shi Huang Fei

他说，
但有来世，
愿永不相逢；
即便相逢，
亦永不相认！
她说，
若有来世，
相换幸福，
再无期许！

台海出版社

图书在版编目(CIP)数据

前世皇妃 / 冷青丝著. --北京:台海出版社,

2013.6

ISBN 978-7-5168-0158-1

Ⅰ.①前… Ⅱ.①冷… Ⅲ.①长篇小说-中国-当代

Ⅳ.①I247.5

中国版本图书馆 CIP 数据核字(2013)第 094230号

前世皇妃

著　　者:冷青丝

责任编辑:孙铁楠

装帧设计:天下书装　　　　　　版式设计:通联图文

责任校对:李书秀　　　　　　　责任印制:蔡　旭

出版发行:台海出版社

地　址:北京市朝阳区劲松南路 1 号,　邮政编码:100021

电　话:010-64041652(发行,邮购)

传　真:010-84045799(总编室)

网　址:www.taimeng.org.cn/thcbs/default.htm

E-mail:thcbs@126.com

经　销:全国各地新华书店

印　刷:北京柯蓝博泰印务有限公司

本书如有破损、缺页、装订错误,请与本社联系调换

开　本:710×1000　　1/16

字　数:220 千字　　　　　　印　张:18

版　次:2013 年 7 月第 1 版　　印　次:2013 年 7 月第 1 次印刷

书　号:ISBN 978-7-5168-0158-1

定　价:29.80 元

目 录

·Qian Shi Huang Fei·

第一章　沉香往事

　　百合香的氤氲浮动四周，眼前朦胧迷离的红色世界，隐约可见对烛温暖的橘色光焰，如羞花初绽时含娇吐出的那一抹嫩蕊，带着几许甜美的憧憬，又带着几许身处梦中的恍惚，甚至包括略略的、因等待而产生的焦灼，在盈盈暗香中跳动不定，欲诉还休。

　　染烟情不自禁，隔着层层遮掩的红雾，久久凝望。

　　是了，今宵便是她的洞房花烛夜，一个女人一生中最最重要的日子。只待新郎官轻轻揭起红盖，将她紧拥入怀，她便不再仅仅是镇国公方秀的掌上明珠，还将变成太师府的三少夫人。

　　莫太师家的三公子莫镜明，她的夫君，此刻一定还在忙于应酬客人吧。喧哗的笑语声不时飘进染烟的耳中，哪怕更深夜已晚，客人们却仍似意犹未尽。

　　大益朝京师祢都最令人瞩目的一场婚典，进行得和染烟期望的一样顺利。在此前无数次的描摹中，她也未曾想象到自己的婚礼会如此盛大隆重，仪典规格之高堪比真正的皇室郡主。

　　幸福降临得如此绚烂夺目，总会令人生出一丝不真实感。然而，十六年来，她梦寐以求的，不正是嫁给镜明，和镜明长相厮守、相伴到老吗？

　　想起头夜三更便起床，由娘亲亲手为她净面梳洗，着衣装扮，她看着镜中的自己乌发高髻钗满头，明眸黛眉额如玉，唇红齿白腮粉香，珠缀银铛映娇容，心中的喜不自禁和紧张兴奋永生难忘。

娘亲的巧手,将她变得明媚动人、娇艳华贵,娘亲笑颜带泪,又将她送入花轿,送离镇国公府。她在依依不舍中,迎着晨曦,走向了生命中崭新的开始。

　　当然,忘不了的还有父亲那复杂的眼神。即使有着大益朝第一儒士之称,平素惯常波澜不惊的镇国公方秀,送女出嫁时,也仍免不了喜忧参半,犹如她初降人世的那一天。

　　接下来,繁琐复杂的仪式,冗长的过程,她已记不得多少了。直到她被送入洞房,一个人静静独坐时,轻飘飘的宛如漫游云端的心才落了地,变得踏实一点。

　　不能怪她直到此刻仍不自信,大益朝位高权重的两大家族联姻,还是由当今圣上钦赐,是多少人几辈子也修不来的荣耀与富贵。何况,文武百官以及袯都万民的祝福,都无疑让她更是百感交集、五味杂陈。

　　一切的一切,是否都得益于她偶然间的穿越呢?

　　前事如尘,从艾言变成大益朝葵邑郡主的十六载,染烟早已习惯了大益朝锦衣玉食的生活。年华似水,十六载成长,她哪还分得清自己究竟是艾言,还是方染烟。也许,生命的重新改写,就是为了让她作为方染烟,在另一个时空寻获爱情与幸福。

　　那还是十六年前四月初春的一天,镇国公府庭中兰玉满华枝,辛夷秀如云,成亲已近十年却一直无所出的方秀和段斐音夫妇,终于迎来了他们第一个,也是唯一的女儿的降生。

　　第一眼看见段斐音,即自己的"娘亲"时,染烟就被眼前的中年美妇给深深吸引住了。妇人的美不是艳冠群芳,也不是惊鸿一瞥,但每个见到的人,都会惊叹她身上独具的犹如皎月出云的温婉与清丽,还有那对漆黑的明眸,不知因何莹光泛动。

　　因为彼此相距太近,染烟不由自主地将手举起来,试图触摸一下眼前所见是否虚幻。也就是在这一刻,她看清了自己团紧的、只有核桃般大小的小手。

　　盈盈的一握,美妇将染烟的手凑近唇边,温柔地亲了又亲。潮湿且柔软的爱,让初临陌生世界变成婴孩的染烟顿感安慰——原来,生命的开始是如此美好。从前未知，而今再次来过，终于体会到了新生的奇妙。

下朝后匆匆赶回府的方秀，是吸引住染烟目光的第二人。都道人生父母没得选，可见了方秀，染烟真怀疑老天要经过怎样的千挑万选，才能挑出这样一对父母?!

方秀人已中年，除了天资所赋予的儒雅俊秀，还有入世识情后沉淀下来的睿智内敛与翩翩风度。他急切地从段斐音手中接过襁褓，举手投足间那多一分则显世故、少一分则见青涩的成熟魅力，连从未对大叔级别的男子动过心的染烟，亦不禁心跳加速。

"刚出生，就有这么漂亮的一头秀发，跟你一样啊，斐音！所谓染墨如烟絮，浓淡皆入画，不如，咱们的宝贝千金就叫方染烟吧，你觉得如何?"方秀纤长的手指轻轻划过染烟的脸颊，微笑中竟同妻子相仿，深眸晶莹点点。

"好，就依老爷的！染烟，这名字真好听！"夫妻俩相视一笑，并头凝视着襁褓中的女孩儿。从此，穿越而来的艾言，情愿也罢，不情愿也罢，都仅有一重身份，一个名字，那就是镇国公府小少主，方染烟。

不久，染烟便明白了方秀夫妇为何会对她的出生如获至宝、喜极而泣，毕竟，十年的期盼和等待，真的不能算短。

重要的是，因着方秀夫妇的疼爱与呵护，染烟几乎没怎么经历全新身份的不适应，反倒有些乐在其中、乐享其成的快活。当然，襁褓中的她，再不适应还不是由人摆弄?

也就是在襁褓中，染烟听见了方秀夫妇的诸多对话，了解到原来方家是大益朝十大名门望族之一，原籍在南方的祁城。可惜方家子嗣零落，尤其方秀这一脉更是兄弟少寡、姊妹无出，故方家除了承袭祖上的镇国公爵衔俸禄外，已毫无实力可言，纯属十大名门中最徒有虚名的一门，甚至连自己的娘亲段斐音所出自的陵南段家都不如。

不过，瘦死的骆驼比马大。按照大益朝例制，十大家族拥有和朝廷共治天下的权力，朝廷也会挑选十大家族里出类拔萃的人才，依照学识及能力出任各级官吏。所以，有大益朝第一儒士之称的方秀，自然也就成了圣上的左膀右臂，入朝佐政。

十大家族里的各色人物，分量或轻或重，都是朝制中不可分割的一部分。另一方面,朝廷又会招贤纳士,选拔非属十大家族的官吏,以作权力上的平衡制约,这其中就包括注定和染烟命运相连的太师府莫家。

事情缘于染烟出生前,某日早朝时圣上的一句玩笑话,没想到圣口一开,当真是容人反悔的余地都没有。

那日,因为朝事已议论完毕,时辰尚早,心境甚佳的圣皇司城瑜还想和大臣们说些闲话逗趣,便指着方秀和太师莫琛两人道:"今年可是我朝的大吉大利之年呐!你们瞧,不仅太师府上的四夫人即将临盆,连方公府上都传出了喜讯,贵夫人终于探得喜脉了。"

"托圣上的洪福,皇恩浩荡,天下何有不如沐春风、万物隆兴之理?"方秀和莫太师入朝为官多年,平素早摸透了皇上的脾气禀性,深知君臣间的关系甚为微妙,适时的奉迎是必不可少的调味剂,故都本能地齐声应承道。

"哈哈,两位卿家在朝堂上似乎还从来没有如此腔调一致过!"司城瑜环顾四下,笑道,"朕与众臣工可是见惯了你们二人意见相左、据理力争的场面,今儿回朕的话,你二人居然一字无差,朕还真有些不适应呢!"

话音刚落,周围的大臣亦发出了低低的哄笑声。方秀立时尴尬万分,但此刻辩解无益,他便干脆垂首含笑不语。倒是莫太师似乎并不以为意,反躬身施礼认真道:"方公跟微臣平日只是政见略有不同而已,但方公和微臣一样,对圣上及朝廷的忠心日月昭昭、天地可鉴。所以,微臣以为,刚刚臣等异口同声说出肺腑之言,实在不足为奇!"

"好一个不足为奇!"司城瑜再次大笑道,"太师说得有理。其实,只要列位臣工都能一切从国事出发,与朕君臣一心,大益朝何愁不兴盛永昌?然则,两位卿家处事方式不同,加之缺乏沟通,究竟有伤和气。不如这样吧,朕今日就当着众臣的面儿承个愿,方莫两家,若是各得千金、公子,朕一定做媒,撮合你们成就一段美满姻缘,为两家锦上添花。两位爱卿意下如何呀?"

"这……"方秀迟疑了,圣上一时心血来潮,就决定了未出生孩子的终身大事,这让他将来如何向妻儿交代?

可不容方秀多想,莫太师竟当即踏前一步,俯身跪地,连连叩谢圣恩浩荡,为方莫两家指腹为婚。

方秀错愕下,瞥及司城瑜正笑吟吟地看着自己,忙急中生智道:"太师,皇上希望臣子间关系亲睦，未必非要结以姻亲呀。臣曾听闻太师府上的二公子体弱多病，太师一直都想几位夫人能够再续香火，而方某亦是。若你我两家都可以达成所愿，岂不更好？"

"哎，方公，你这是什么话，朕可没有咒二位卿家的意思啊。朕一番好意，望与二位卿家亲上加亲，难道你还不领情吗？"司城瑜故作埋怨道。

方秀愣了愣，想起莫太师的长女十四岁入宫，被封为俐妃，如今正得圣宠，"亲上加亲"一说也算有理可据。而且，皇上此举也有笼络钳制重臣的意思在里面，显然，自己若明着拒绝，则将同时开罪莫太师、俐妃、圣上三人。

"臣惶恐……"

正当方秀不知该怎么解释时，莫太师打断了他的话："方公多虑了。你我两家夫人无论生男生女，都是天大的喜事，圣上发愿，欲撮合一桩美满姻缘，实属锦上添花。成了更好，不成也不会影响你我同心共辅朝政呀！"

"是，是……"方秀见朝堂上诸臣皆凝目静待事态的发展，不得已只好勉强应道，"微臣多谢圣上美意。臣一家世代均蒙朝廷厚恩，唯担心子息不成器，难入圣上及太师之眼！"

"哈哈，方公太谦虚了！谁都知道方公乃我朝第一儒士，夫人又系出名门，你的千金或公子，能差到哪里去呀！"司城瑜闻方秀松口，大笑着一挥袖道，"就这么说定了，接下来便要看天意，究竟是成全朕，还是成全你们二位卿家，亦或皆大欢喜呢？"

天意！方秀见到染烟时，脑海中冒出来的第一个词大概便是"天意"吧？

半年前，莫太师府的四夫人诞下男婴，取名莫镜明，方莫两家的姻缘若说不是天意，那是否也算命难由人呢？

染烟六岁时，莫太师带着自己比染烟大半岁的三公子莫镜明亲自登门拜访镇国公，与方秀夫妇商谈两个孩子的订亲事宜，染烟也终于见到了自己传闻中的夫婿。

六岁的小屁孩儿，到底会是什么样子的呢？

如今想来，当时的情形仍是记忆犹新。仅仅相差半岁，莫镜明身上所表现出来的与年龄不相符的气质，竟连染烟也为之深深错愕。

且不说他一身镶着银丝绞云边的鹅黄绫罗衫，头戴碧玉翠冠嵌玲珑金叶簇,腰间的束带亦是缀满大小不同的翠玉排花,衣着之考究奢华,让人一望便知出身豪门。但见此子珠明玉润的小脸,剪水双瞳横波秋漾,薄薄的嘴唇微微上翘,如敷脂膏,又似春雪冻梅,整个人状如精致的瓷器一般。加之言谈举止老道大方,起坐立行皆被段斐音赞为"风姿华俊,迥然独秀",除待人处事的态度略显傲慢与狂妄外,莫镜明的初次亮相,几乎让人挑不出什么毛病,也让一直都有担忧与排斥心理的方秀夫妇稍觉安慰,并多少接纳下了这桩亲事。

是年秋,八月初八。

几场丝雨过后,水碧天青,莫府选礼下聘,另订下了祢都最大的酒楼"梅景天",为方莫两家的正式订亲包场摆酒。

酒宴宾客除了满朝的文武大臣外,最重要的是请了皇上和皇后亲临为媒证,当然,还有俐妃随行。

可惜的是,染烟由于年纪尚幼,被禁止参加宴席,只得事后百般撒娇,方从方秀和段斐音口中大致了解了一下当时的热闹场面。

估计不单单是她觉得郁闷,同样被禁足在家的莫镜明想也开心不到哪里去。媒妁之言,父母之命,大人们操纵了他们的未来,却连出场打酱油的机会都不给他们。好在染烟对莫镜明的印象还不错,她只巴望着这个美少年别越长越变形,那就是上天的恩赐了。

第二年春,宫中传来消息,说是俐妃平安诞下一位小公主,取名司城敏。朝廷为此昭告天下,除罪大恶极者,全部大赦。同时,整个大益朝三年的赋税减半,普天同庆,为小公主增寿添福。

当时的染烟还不知道,正是这位小公主的诞生,令她成了频繁出入内宫的一个特殊人物,也让她真正见识到了皇帝的后宫是怎一个关系错综复杂了得。

三年后,染烟十岁。盛夏时节,染烟正跟方秀于府中一边纳凉,一边学习下棋。忽然,宫中内侍携圣谕出现,召方秀带着染烟一同入宫面圣。接着,晕晕乎乎的染烟便在那个热得连喘气都冒汗的夏日午后,变成了小公主司城敏的侍伴。

虽惶惑宫中侍婢无数,皇上和俐妃为何独独挑中了她做侍伴,但从凤仪殿宫人们的私下议论中，染烟还是听出了一些端倪。

原来，俐妃自十四岁入宫，侍奉圣榻已有多年，却不知何故一直未有生养，偏偏凑巧，就在染烟和莫镜明订亲之期，俐妃突然发现自己有了身孕，这对一直盼望能为皇室开枝散叶的俐妃来说，无疑是个天大的喜讯。正如方秀夫妇感叹"天意"一样，俐妃认定，染烟和镜明的婚事肯定是老天开启的一扇吉兆之门，而染烟就是能为她和莫家带来好运的人。

而俐妃最盼望的，还是能再诞下龙嗣。在皇宫中，母凭子贵，从来是不变的硬理儿。从此，每隔五日，染烟便要入宫一趟。一晃眼，六年过去了，染烟早已数不清自己到底出入了皇宫多少回，皇宫几乎成了她半个家。

不过，这六年间，染烟的身份也发生了一些变化，这变化大约要归功于世事的再一次巧合吧。

染烟出入皇宫不到半年，俐妃果传喜讯，至第二年初夏，诞下小皇子司城琅，终得偿所愿。

染烟"天生吉瑞"的说法，似乎被又一次验证。她以臣侍的身份来往于镇国公府与皇宫间，得到的却是相当于皇宫内眷的待遇与自由。

十二岁，新年刚过，染烟和方秀再一次被宫中内侍传召，登上了来接他们的马车。

马车一路出城，行往城外东郊的眩花湖。眩花湖上有一座小岛，绿树成荫，东南面的一部分和陆岸相连，所以应该称之为"半岛"。岛中央建有一座小型行宫，名唤葵邑宫。待染烟到时，圣上已携俐妃及司城敏、司城琅等在葵邑宫相候多时了。

"烟姑娘，喜欢葵邑宫吗？"圣皇司城瑜含笑地问了一句。

"喜欢！当然喜欢了！"第一次登岛，又是匆匆赶来，染烟对葵邑宫的概念尚还停留在初听闻时的描述中，然圣上如此问，她也只好懵懵懂懂地回答。

"喜欢就好！从今日起，你便是葵邑宫的主人了。朕收你为义妹，册封你为'葵邑郡主'，你不会有异议吧？"

染烟一下子愣住了。事出意外，然又好像意料之中，随着她跟皇宫的关系越来越密切，圣上的封赐应该是迟早的事儿吧？

十二岁成为郡主，意味着她从单纯的陪侍，跃升成了宫中的一名闲主儿。有了正式的名分，还有了自己的封地，身份已今时不同往日，恐怕在整个大益朝，也是屈指可数。

更令染烟意外的是，此行葵邑宫，圣上居然召来了莫镜明，只为两个小孩儿平日难得相见，故特意促成彼此间的熟悉。

圣上和俐妃用心良苦，染烟即使总觉得有点别扭，可心中还是颇存感激的。毕竟，天下间有几人能真正做到绝对的清心寡欲呢？她不看圣面，看在偌大的湖岛和葵邑宫的份上，又怎好拂了圣意？

在葵邑宫赏雪、赏梅，赏冬天清如冰种翡翠的眩花湖，染烟和她的"御赐"夫君倒也相处甚睦，至少莫镜明的许多谈吐见识都令染烟不得不心存三分佩服，并开始尝试着认真审度她这个未来的丈夫。

少年风华，落于成熟和半成熟间。染烟天性中的贪玩好耍，加之因陪伴小公主而打磨出的耐性，为她平添了一份童心与温柔，自然，于莫镜明眼中，她也是个尚可的伙伴。曚曚眬眬，似有似无，彼时的两个人，谈不上青涩的恋情，唯纯净坦荡，毫无扭捏作态与冷漠。

后数年里，圣上跟俐妃总会时不时地召镜明入宫或伴行。染烟目睹着镜明的成长，内心其实早已将他视作了自己可托付终身之人，既然圣命不可逆，加之镜明又如此出众优秀，她还有什么拒绝的理由呢？

幸好，莫镜明十四岁时生的那场病，没有彻底摧毁两个人的未来，染烟感慨地想到。老天毕竟还是公允的，让她终于等到了出嫁之日，终于和所憧憬的完美婚姻牵手。凭着她和镜明的身家背景、郎才女貌，两人何愁不能幸福美满？

说起镜明的病，染烟至今都觉得很是离奇古怪。

那日，染烟照例去宫中陪伴公主司城敏，从司城敏口中得知宫中遣了御医去给莫镜明瞧病。原来，这几日莫镜明身染重病，浑身发烫，口焦舌燥，已有三四天粒米未进了，然而诊治结果却令人失望，御医们没有一个能确诊莫镜明到底得了什么病，只能先开些退热清毒的方子，看看效果。

如此不明病因，镜明的病又怎么可能治愈？数天后，莫镜明在浑浑噩噩的状态下病入膏肓，急得莫太师不得不向圣上告假，和四夫人一起赶往数百里外的毗迦寺求佛拜菩萨。面对束手无策的御医们，连俐妃都叹息说，以镜明的状况，只怕唯有求神佛庇佑了。

染烟曾听到祢都城中有传言，言及莫家香火难旺，男丁皆多病。早年，莫府大公子只活到十岁便夭折了；二公子虽勉强长大，却亦是长年累月的药罐子从未间断；至于镜明，之所以一直都很健康，盖因莫太师跟四夫人于镜明出生前专程去了一趟毗迦寺，为镜明求了个吉符，又请寺中方丈赐了禅名，方能无病无灾。

是故，莫太师病急乱投医，再次前往毗迦寺求神也是情理之中。

方秀挨不过染烟的央求，亲自前往太师府探望了莫镜明一次，回来后便直摇头。他惋惜地告诉染烟，镜明这一关恁是神仙也难度，还要染烟做好最坏的心理准备。

两日后，莫府来人报知方家，说莫太师已经赶回来了，正在给三公子服用从寺里求来的香灰及甘泉水。但方秀夫妇和染烟均对毗迦寺所谓"包治百病"的香灰、甘泉持怀疑态度，而且镜明服用后也未见好转，因此仍是忧心忡忡。

未想忧虑成真，当夜，镜明暴毙的噩耗传来，染烟如遭惊雷。

戏剧性的逆转发生在染烟第二日清早前去莫府吊唁时，由于事发突然，方秀和染烟去得又甚早，许多朝臣尚未赶到，染烟便请求先去灵堂和莫镜明单独待一会儿。好歹他们从小相识，自己也平白担了多年莫府未过门的媳妇儿之名，怎么也要送镜明最后一程。

棺盖被推开，染烟默默地凝视着莫镜明平静的脸容，怎么看都觉得他只是睡着了，只不过睡得比平常人更悄无声息罢了。她忍不住探手进去，摸了摸镜明被摆放在腰腹部位的手，手指冰凉冷硬，似乎在向她确认主人早气绝多时。

感受到这冰冷时，染烟到底还是落了泪。或许，只有当真实地接触死亡时，你才会深切体会到生命消逝的悲哀。何况，无论富贵贫贱，在这样大好的青春年华，死亡本不该发生。

正当染烟沉浸在少年夭折的复杂心绪中时，棺木中的动静却令她愕愣当场。她尚未抽出的手被某个冰冷的东西勾住了，虽然只是轻轻的一勾，却是环住了她的指尖。

不是衣物扣袢，不是配饰挂碍，是镜明的手指在动！

有那么短暂的一刻，染烟吓得几乎魂飞魄散，差点以为自己又要进行一次穿越了。若不是守在外面的莫家二公子察觉到异样，冲进来把染烟的手从棺材里拽了出来，可能谁都想不到镜明竟然会起死回生！

整个过程就像是上天的考验，让从来没怎么遇挫的染烟品味到了得失间应该懂得的珍惜。大悲大喜的起落转折复归风平浪静后，染烟的心在不知不觉间向镜明走得更近了。

尽管说不清这离奇的插曲究竟是毗迦寺的香灰、甘泉起了奇效，还是染烟果真神秘祥瑞，总之，莫太师是老泪涕零、千恩万谢，一再向方秀表示，染烟是莫府全府上下的恩人，不管两个孩子何时成亲，他均会将染烟视作亲生。

于是，两年过去了，在两家的商定中，染烟跟莫镜明共结连理的一页，终是于她十六岁芳华之际，于这夏末秋初的温暖夜晚开篇，以后也将由她和镜明共同书写。

独自等待在洞房中的染烟一想到再过一会儿镜明就会进屋，她就要将自己彻彻底底地交给这个未来的夫君，即使其灵魂是开放的现代人，亦仍不免面绯耳赤。

为缓解紧张情绪，也因好奇，想看一看自己的新房到底是什么样的，枯坐已久的染烟犹豫再三，还是自行掀开了头上的罗帕，并撩开层层帐幔，起身离榻。

烛光摇曳中，墙上用金箔贴就的大大的双喜字尤为醒目。染烟环顾四周，家具摆设无不雕工繁复、造型精美，且全都贴有纯金箔喜字。而自己刚才正襟危坐的床榻上方，悬于红色帐帘垂缨顶的，是一颗巨大的夜明珠在朦胧的灯光下熠熠生辉。

帐帘内的床榻是用上等檀香木雕就，上面整整齐齐地堆放着枕头被褥，皆为深浅不同、层色分明的红色丝绒绣品，件件华丽精致、相映相称，并散发出淡淡的幽香，令染烟喜不自禁。

接着，她注意到了墙角靠窗的梳妆台，光是铜镜就至少有一人高。

染烟走到镜前左顾右盼，镜中那个看起来一脸的书香气，清丽可人，且尚存几分稚嫩的少女,真的是自己吗?华贵的凤冠霞帔尽管沉甸甸的,可随着她每一次稍稍的转动,璀璨瑰丽的各色珠宝都在闪动着耀目的光彩。一生一次啊,染烟叹了口气——她忍了,宁肯时间走得慢一点,再慢一点,能让她多绚丽一阵。

也不晓得过了多久,染烟的兴奋劲儿随着时间的流逝,渐渐被疲倦感所替代。

重新坐回榻沿,染烟无聊地将盖头重新搭在头上,倚着床栏,微合双目休息。

她虽一再告诫自己,千万别睡着了,哪有新婚之夜昏睡过去的新人?然过了子夜,对辛苦了一天的染烟而言,时间似乎尤其难熬,有好几次,她竟不知不觉打起了盹儿,直到头磕在床栏上方才惊觉,然后慌慌张张地振作起精神,但没撑一阵,便又再次神游太虚。

如此反复折腾,当远处传来两下漏鼓声时,门才"吱呀"一声被推开。染烟顿时彻底清醒了,忙坐直身子,默默地等莫镜明过来,想象着他会温柔地替她揭下盖头。

走向她的脚步略微有些跟跄,在屋中央的桌旁停了下来。接着,染烟听到了拖动凳子的声音,跟着,来人又取了杯盏,拎起茶壶倒水。

"镜明?莫镜明?是你吗?"染烟既莫名其妙又分外紧张,到底是谁来了?

来人只是从容地喝着凉茶,没有回答她,跟着又倒了第二杯。

染烟有些按捺不住道:"镜明,你快点过来帮我把盖头揭了啊,我快闷死了!"

屋内依旧一片沉默,这令染烟忽然心生不安之感。

又等了好一会儿,染烟决心一看究竟,她一把扯下了盖头。鲛绡帐外,桌旁端坐的男子正对着红烛慢慢地啜饮,优雅的侧影显得神思恍惚、心不在焉。

染烟没来由地打了个寒噤,好像有一阵凉风扫过。她一步步走过去,站在对方的身后,对方却对她恍若未觉。

"啪"地一下,盖头扔在了桌面上。"为什么不理我?莫镜明,你什么意思?寻常时候,你随着性子也就罢了,今日成亲,难道你也不分轻重吗?"

同样一身华贵礼袍的莫镜明随意地瞥了桌上的红盖头一眼，淡淡道："怎么不分轻重了？我才送完客，这不就过来了么！"

　　"我不会无理取闹，你知道我不是这个意思！"染烟蓦然想起，其实莫镜明根本用不着陪客陪到这么晚，除非是他自己压根就不想来。

　　"哦！揭盖头是吧？"莫镜明依旧是淡淡的，"你自己不是已经揭了吗？就这样吧，反正只是个仪式。"

　　染烟语塞，看着莫镜明，一时间不知该如何对答才好，只好软语问道："你怎么了，镜明？我有什么让你不满的吗？"

　　莫镜明不答，静默了片刻，放下手中的杯子，又从茶盘中取了另一只摆在旁侧，接着，一边提壶给那只空杯子倒满水，一边说："我很累了，方姑娘，今晚就这样吧，我没有心情和你争执。"

　　"争执？"染烟瞪圆了双眸，多么莫名其妙的词儿，她问几句就算争执了吗？

　　染烟缓缓移步，轻轻在桌案的对面坐下。自莫镜明从那场大病中痊愈之后，他们俩见面的次数虽屈指可数，但染烟一直都认为彼此是心意相通的，怎会料到，新婚之夜的莫镜明竟如此傲慢冷漠，仿佛变成了陌生人。

　　"我没有要和你争执的意思，镜明！"染烟忍了一阵，强抑心中的委屈开口道，"我们拜过了天地，拜过了父母双亲，已经是一对夫妻了。今夜是我们的成亲之礼，难道你就不想和我……"

　　"没错，郡主殿下，你已经嫁入了莫家！"莫镜明将茶杯推至染烟跟前，"既然已是莫家的人，就应该懂得守莫家的规矩。在莫家，贤良淑德自然必不可少，更重要的一点是，做妻子的要绝对顺从自己的丈夫，不得有半点违逆。而今晚，我没有兴趣和你洞房花烛，之所以坐在这里，是为了避免明早要应付诸多啰嗦聒噪！"

　　染烟倒吸一口凉气，莫镜明的话令她从云端直坠冰窟，同时也感受到了一种羞辱。什么叫"要绝对顺从自己的丈夫"？什么叫"没兴趣和她洞房花烛夜"？染烟简直难以置信，莫镜明竟会对她这般绝情与刻薄。

　　一天之中，最开始的过程比她想象中还完美，可为何当她以为自己和他就要开始甜蜜相守时，才突然发现，想象中的幸福和良配都正在抽身离去，而自己真正要面对的现实,却冰冷而坚硬。

"我明白了。"染烟的双手不由自主地攥紧了绣着大团大团牡丹的桌布角,"你不是没兴趣和我洞房花烛,你是根本没兴趣娶我!可我不懂,你我六岁订亲,到十六岁正式成亲,有十年的时间,你随时都可以说服你的父亲退婚,为什么你一次都不曾提过?"

"退婚?"莫镜明的嘴角浮出了一抹淡淡的微笑,"我没有想过退婚,咱们俩可是一对璧人,乃天作之合,是祢都城人人羡慕的金童玉女,我为什么要退婚?倒是你,整整十年,想必已做足了嫁入莫家的准备了吧?怎么,才第一夜,就受不了了?"

染烟转过脸看定莫镜明,道:"你说的,没有心情和我争执,我自然也不想新婚第一夜就闹得鸡犬不宁。我们俩从小相识,有什么话不能言明?有什么事儿不能合理沟通?你明明就对我没兴趣,何苦要死撑着'天作之合,美满姻缘'的虚名?"

"我说的全部都是真心话。"莫镜明不以为然道,"你放心,只要你能守莫家的家规,平素做到三从四德、温良恭顺,我自会把你当作莫府的少夫人对待,吃的、穿的、用的,哪一样都不会委屈了你,难道你还不满意吗?"

染烟鼻头一酸,苦笑道:"你应该明白,锦衣玉食我从来都不缺,可若是你心里根本就没有我,锦衣玉食又要来作甚?"

"是啊,我忘了,你是镇国公府的千金,又是葵邑宫主,什么时候缺过锦衣玉食?但这不是你要不要的问题,方染烟,我今儿个可以明明白白地告诉你,两家的亲事既然已经定下,你我的婚典也已经举行了,那就希望你能踏踏实实地做好莫家的少夫人,不要惹我心烦!"

这是她曾经认识的莫镜明会说的话吗?他们的少年之谊哪里去了?眼前的人非但不念旧交,甚至连陌生人都不如。

染烟咬紧嘴唇,不甘道:"万事总有缘由吧?镜明,我哪里做错了你可以告诉我,用得着彼此折磨羞辱吗?我真的不明白,从前我们在一起相处融洽,我以为你至少是不排斥我的,从什么时候开始,又为了何故,你竟变得如此讨厌我?"

莫镜明再一次陷入了静默,他回避了染烟询问的目光,兀自对着被厚厚的帘子遮挡的窗户出神。

最终,莫镜明叹了一口气,道:"或许这就是命,我们的命! 方染烟,我们注定不能如寻常夫妻那样。"

"是命,还是你有问题?"模棱两可的回答并不能令染烟平静下来,憧憬的幸福怎么可以还没有开始便夭折?对莫镜明的大转变,染烟实在猜不出缘故。

"喝水吧!"莫镜明淡淡地避开了话题,"我已经吩咐过下人,让他们做一点夜宵,一会儿就会送过来了。我知道你一整天都没吃东西,待会儿先将就着填一下肚子。吃完你就睡吧,明儿一早还得给老太太、我爹、我娘以及几位夫人奉茶呢。"

"我睡?那你呢?"染烟心里明白,莫镜明是打定主意不跟她亲近了,但他既然能想到为自己准备夜宵,这是不是意味着自己还是有希望的?

"不劳你操心。"刚才的一丝体贴似乎只是幻觉,莫镜明的语气又恢复了之前的冰冷,"这里是莫府,我自然有法子过夜,你还是管好你自己吧。"

"哼!"染烟苦笑连连,"好,我不问你了,我想不论我怎么逼问,你都不会说的。多谢你的夜宵,你还是留给自己享用吧,我没有这个胃口,更没有这个心情!另外,我还不习惯和一个陌生的男人同在一间屋子里睡觉,你若是不愿当一个尽责的丈夫,那就请你现在出去,我累极困极,想要休息了!"

莫镜明一脸不屑道:"都跟你说过了,你以为我想跟你待在一间屋子里吗?今夜我一旦走出这间屋子,明日,你葵邑宫主新婚之夜不得男人欢心的传闻就会传遍祢都的大街小巷,你觉得镇国公方大人的脸上,是不是很有光呢?"

"莫镜明,你!"染烟被气得差点忍不住破口大骂。

"还有,"莫镜明接着道,"你可以绝食,可以哭闹,甚至寻死觅活,但是在莫府,此类妇人撒泼的手段,只会让你自取其辱。换了我,为了咱们来日方长的'神仙眷侣般'的小夫妻生活,我一定会先好好地保重自己!"

神仙眷侣般的生活?染烟的脸顿时煞白,此刻听来,"神仙眷侣"四个字,对她无疑是最大的讽刺。可有一点莫镜明是对的,事到如今,一哭二闹三上吊,对她即将开始的莫府新少夫人的生活而言,没有任何帮助,非但没有帮助,还会陷她于可悲可弃的绝境。所以,即使莫镜明不提醒,她也绝不会犯傻。

仅剩的理智告诉染烟,她必须冷静,必须从今夜的震惊中及早清醒过来。但说起来容易做起来难,混乱如麻的心绪,不是说清醒就能清醒、说冷静就能冷静的。带着满心的委屈和疑问,染烟完全不知道她该如何面对明天。

夜宵端上来以后,染烟和莫镜明彼此间都没有再说过一句话。默默地用完夜宵,莫镜明挥挥手,让下人将碗盏撤下去,然后闩死了房门。

接下来,莫镜明拖了两把椅子,将椅座相对着靠桌摆放,自己坐在其中一把椅子上,然后将腿搭在另一把上,调整了一个舒服点的姿势后,便对染烟道:"我要休息了,你请自便吧。如果你实在不能忍受和我同在一间屋子里休息,想要跑出去丢人现眼的话,我不会阻拦你。当然,如果你能忍耐过今晚,我也保证你安然无恙。"

染烟心痛如绞,却强迫自己不去看莫镜明,不去和莫镜明争吵,而是心平气和地对他说:"一个晚上很容易熬过去,可以后的日日夜夜呢?莫镜明,你违心娶我为妻,就没有考虑过你自己该怎么熬下去吗?天天靠在椅子上睡,你觉得你能坚持多久?!"

"明天的话等明天再说,将来的事儿等将来再定。"莫镜明仰身靠在椅背上,双臂抱于胸前,微合了双眼道,"以后不要再说什么违心不违心的话了,都告诉过你了,我是真心的,真心想娶你为妻!"

"如果是真心,为什么要这样对我?你至少该给我一个合理的解释啊!"染烟嘴唇直哆嗦,泪水就在眼眶里打转儿。

但等了许久,莫镜明都没有任何回应。染烟回眼一看,莫镜明姿态安宁、脸容恬静,仿佛已然进入了梦乡。她无奈地叹了口气,悄悄抹去眼角的泪痕。

莫镜明安静地靠着椅背,留给染烟的俊美轮廓依旧令她遐想惆怅,可惜相隔咫尺,彼此却如千山万壑之遥。

漫漫长夜,以泪洗面的染烟不知何时已趴在桌旁沉沉睡去,而另一侧的莫镜明,却蓦然睁开了双眼,他眼神清澈、神色冷凝,眸中竟无半点睡意。

莫镜明略略环视周遭后,目光便落在了染烟的身上。几缕凌乱的秀发垂在染烟的脸颊旁,使得连凤冠霞帔都还未来得及摘去的她更显得不堪重负,玉骨娇软,楚楚动人。

见到染烟的几分狼狈,莫镜明的神情变得格外古怪,宛如世间的爱恨嗔痴——浮现,又沉淀于无言的时光中,剩下的只有一抹无奈与不甘。

莫镜明凝视了染烟许久,终于站起身,轻手轻脚地来到染烟身旁,帮她取下凤冠,搁在一旁的梳妆台上,又去床头拿了一床薄毯,轻轻地给她搭上。

此时,屋内的红烛将尽,火苗猛地蹿动了几下,跟着悄然熄灭。

红烛熄灭,夜明珠的光华瞬时映亮了房间,比月光还轻柔恬静。莫镜明垂视着染烟的侧影,半晌之后,只听他喃喃低语道:"你真的是她吗?还是你只是一个像她的人?可是为什么你要和她如此相像?"

黑夜过去,第一缕晨光透过窗棂照进了屋内,强烈的光线刺痛了染烟的双眸。尽管昏昏沉沉的,脖子上像顶了磨盘般沉重,浑身上下也酸痛不已,她还是挣扎着,用一只胳膊肘撑起身子,强迫自己清醒过来。

屋内四下已经没有了莫镜明的影子,却有一套新衣整整齐齐地搁在床头,还有摆在梳妆台上的凤冠,以及滑落在脚边的毯子。

染烟疑惑地将毯子拣起来抱在怀中,一瞬间,她甚至有点分不清,昨夜所发生的一切,会不会只是一个噩梦?

莫镜明冷拒她、讨厌她,为什么还要替她取下凤冠、盖上毯子?到底是他对自己尚存感情,还是只是顺手做做夫妻间的样子?或者,这些根本不是镜明做的,还有别的人进来过,只是自己没有察觉?

想来想去,染烟都觉得后者的可能性不大。陪嫁的汝殊,昨夜被临时安置在客房,没有召唤,她是不会擅自入屋打扰一对新人的。何况,她亲眼看见莫镜明闩死了屋门。

莫镜明到底在玩什么?他到底想怎样?心力交瘁的染烟越想越觉得头痛欲裂,只恨不能躲在一个无人的角落,好好地睡上一觉。

正在染烟难受得双手抱头猛摇时,陪嫁的侍婢汝殊忽然推门进来,张口便叫道:"小姐……哦,不对,现在应该称小姐为少夫人了!不过……"汝殊突然停了口,满脸的欣喜尚凝固在脸上,她狐疑地打量着染烟,道,"小姐,姑爷昨儿个没有和你……怎么你的一身衣服还是……"

"别问了!"染烟没等汝殊说完,便打断了她,"这件事跟谁也不许提及,包括老爷、夫人，敢泄露半点，你就别再跟着我了，听清楚了没有？"

汝殊愣愣地点了一下头，道："可是，小姐你……"

"没有什么可是不可是的。"染烟咬了咬嘴唇，解释道，"是我的问题，不关姑爷的事儿。是我还不习惯，姑爷很守礼，也很尊重我。你放心吧，我和姑爷很好，等过几日，我熟悉了莫家的生活，自然就会答应……"

"原来是这样。"汝殊松了口气，含笑道，"小姐啊，你都嫁人了，姑爷那么清秀俊朗，无论哪个女子见到，七魂都会被勾去三魂，你守着他一整夜，难道一点都不动心？不行周公之礼，哪叫真正的洞房花烛夜呢！"

"行了，别说了。"染烟因为头痛的折磨，心绪烦躁不已，哪里还耐得住汝殊的唠叨，便没好气道，"现在什么时辰了，你怎么这么早就进来了？"

"是姑爷让我来的啊。"汝殊顿了顿，接着道，"姑爷让我来替小姐梳洗，请小姐收拾打扮好后，赶紧到书斋，姑爷在书斋等小姐一块儿去给莫府的老太太请安，还要给太师老爷和诸位夫人奉茶呢。"

染烟无力地叹了口气，道："知道了，你去打水吧，顺便再帮我沏一壶浓茶来。还有，记着叫我少夫人，别说着说着，又说走嘴了。"

"是，少夫人，奴婢这就去。"汝殊转身，犹豫了一下，又回身仔细地盯着染烟道，"少夫人，奴婢怎么觉得你的脸色不太好，不要紧吧？"

"不要紧！"染烟强打着精神，"大约是没怎么休息好，喝一杯浓茶会舒服得多。"

不得不说，莫镜明处事相当周到，染烟在房内暗叹。他没有叫莫家的下人进屋，却先喊来了汝殊，一则是知道她只习惯从小跟随自己的汝殊的侍候；二则即便汝殊看出了什么端倪，也会为她守口如瓶。这样，新婚之夜的详情就不会泄露，方莫两家的颜面就能够保存，而她和莫镜明看似美满的婚姻也能继续"美满"下去！

褪下喜服，换上新袍，汝殊精心地替染烟盘发。染烟看着镜中的佳人，由少女变成人妇，曾经的喜悦与兴奋早已荡然无存。尽管镜中的妇人看上去是那么温婉娇俏，并且因为盘发的缘故，多了几分成熟的妩媚，可此刻的染烟，几次都想抄起什么东西，将铜镜砸个粉碎。

虽说来日方长，可她有勇气和莫镜明这么演着戏过下去吗？最重要的是,她为什么要配合莫镜明演戏?方莫两家,尤其是镇国公的颜面,是否真的比自己的幸福还重要?

到了书斋,莫镜明已候染烟多时,两人相见,彼此的眼神都有些回避。按照莫家的规矩,第一位应该去拜会的,自然是莫家年近八十的老太太。

莫老太太年事虽高,然平素保养得极好,故而看起来脸颊饱满红润,精神奕奕。

染烟和莫镜明跪拜问安后,莫老太太招呼二人起身,但只是让莫镜明一人上前说话。染烟十分尴尬,却也只得站立一旁,低首敛鬓,以示淑顺。

莫老太太似未瞧见染烟一般,只顾拉着莫镜明的手道:"怎么这么早就过来了,新婚大喜也不多睡一会儿? 告诉奶奶,是不是哪里不合你意? "

"没有!"莫镜明垂目淡淡道,"孙儿一切都好,奶奶您就别瞎想了。"

"怕什么!"莫老太太的目光扫过染烟,眉宇中和莫镜明一样带着几分冷淡与不屑,"镜儿啊,咱莫家可不是小门小户,论门第、论脸面,咱都不输给别人,所以莫家的规矩不能破。甭管是什么贵胄千金,成了莫家的媳妇儿就得守莫家的规矩,若不尽心侍候自己的丈夫,哪怕是公主、郡主,还是别的什么主儿,莫家照样容不得她! "

莫老太太的话明着是对莫镜明讲的,其实句句都在针对染烟。染烟闻言,只觉胸口一阵气闷,实在不明白为什么连老太太都瞧她不顺眼,刚过门的第一天,这是在给她下马威吗?原本对莫老太太怀有的几分恭敬顿时烟消云散,染烟忍气吞声,只作不闻。

嫁入莫家的第一天,她除了镜明,对所有的人以及环境都不熟悉,能太平度过就算不错了,哪里还有还击之力? 不,不对,甚至连现在的镜明,也是陌生的。她如今在莫家的境地,真可谓是人生地不熟、孤立无援。

染烟转念又想,镜明会不会是受了老太太的唆使,才对自己冷淡如霜呢?完全有这个可能。就凭刚才的挑拨之言,日日年年的灌输,镜明和自己的那点儿友情,还不早就给戳得体无完肤了!

"是,奶奶教训的是,请奶奶放心,孙儿知道该怎么办! "

莫镜明的回话不仅语气没有丝毫变化,更没有半点维护染烟的意思,此举愈发让染烟断定,他是受了老太太的影响。

"唔!"莫老太太赞许地点点头,"还有,你们两个可要抓紧,好让老身早点抱上重孙哦!要知道,传承莫家的香火,可是莫家媳妇儿的首要责任!尤其是你的媳妇,镜儿!"

"孙儿明白,不过……"莫镜明略一犹豫,随即便低首答道,"孙儿定会尽心尽力!"

"这就对啦!莫家这么大家业,总要有人继承才行,切勿像你那二哥,整天不务正业!"莫老太太絮絮叨叨,又唠叨了好几句。染烟从老太太的话语中,大概听明白了她是嫌弃莫家二公子莫怀苍体弱多病,又游手好闲,故而将传继香火的希望,全都寄托在了莫镜明的身上。

默默地出了老太太的屋,两人并行在绿荫遮道的小径上,依旧彼此沉默地保持着距离。尾随着他们的汝殊,因为没资格一块儿进屋见老太太,所以并不知道发生了何事,便大了胆子问染烟:"少夫人,见过了老太太,老太太人可好?"

染烟使了个眼色给汝殊,当着莫镜明的面儿,她哪好将老太太的挑剔原原本本告诉汝殊。

汝殊心知失言,吐了下舌头,再不敢多问什么。

倒是一旁的莫镜明早将二人的动作看在眼里,不动声色道:"老太太好不好都是莫家的老太太,你们行为端庄些,不要等到被赶出莫府,方四下哭诉。"

染烟的脸沉了下去,她没有当着莫镜明的面儿说老太太半个不是,莫镜明却先当着汝殊训斥起了她们。从小到大,她在大益朝何曾受过此等羞辱,汝殊听见,心里又该怎么想?

果然,汝殊用惊异的目光看着染烟,实难想象,才新婚第一天,姑爷竟会说出这种话来。

染烟对汝殊摇摇头,示意自己不想吵架。她倒要看看,在外面有头有脸、一人之下万人之上的莫家人,一个个的真实面目到底是什么样的。亏她之前居然还一直以为,莫家至少能如方府内的人那般,有待人接物的基本礼数。

接下来,便是拜候莫太师及四位夫人。据闻,大夫人杜氏是莫太师的原配,育有一女莫铃儿,即宫中的俐妃。是故,杜氏虽然年老色衰,早已失宠,然在莫家却依旧地位稳固，把持着莫府大小诸事的定夺大权。

四夫人焦菡是莫镜明的生母，因此染烟和莫镜明先给莫太师和四夫人跪拜叩头，恭恭敬敬地各奉了一杯茶后，才起身一一给另外三位夫人奉茶。

相比莫老太太和莫镜明的刻薄冷漠，莫太师跟四夫人倒是满脸温和的笑意。莫太师道："委屈郡主肯下嫁给我家镜明小儿，你又是镜儿的救命恩人，老夫和拙荆都对郡主感激不尽。成亲之后，望你们小夫妻俩能和睦相处，美满度日，切勿因琐屑小事争执不休，伤了和气！特别是镜儿，你已为人夫君，得懂得体谅照顾郡主才是，明白吗？"

莫镜明垂首肃立，脸上似乎永远是一成不变的淡然。"孩儿明白，谨记爹爹教诲。"

四夫人焦菡拉起染烟，笑道："真是个可人儿，咱们婆媳虽然才第一次相见，但我一瞧便知你就是我心目中最理想的媳妇儿，和我们家镜儿最般配不过，相信以后的日子，咱们一定会相处融洽，真正地成为一家人！"

"多谢婆婆疼爱！"从昨夜到现在，染烟好不容易听到几句贴心顺耳的话，感动得心头一酸，"染烟初来乍到，有许多不懂之处，还望婆婆不吝赐教，哪里不周、不妥，也请婆婆直言不讳，染烟一定尽力做好莫家的媳妇儿。"

"好一张巧嘴儿，甜得跟涂了蜜似的。有你这句话，你婆婆还不欢喜得夜里都笑醒啊！"二夫人玫芸芸在一旁调侃道，"四妹妹好福气，既有个体面长脸的儿子，现在又多了个更体面贵气的儿媳，叫我们这些做姐姐的，真是要羡慕死了。"

"姐姐说的是哪里话！"焦菡嘴上谦虚客套着，面上却已然有掩饰不住的骄傲，同时还瞥了一眼坐在最边上的三夫人，"都是托老爷的福，托皇上和娘娘的福。"

二夫人似乎会意，抿嘴笑笑，道："这个自然，没有皇上和娘娘，也就没有咱们莫家今日的荣耀。不过，同是生儿子，有的却未必争气。"

在场的人，除了懵懂的染烟，谁都听出了二夫人话中有话。后来染烟才知道，原来三夫人就是莫家二子莫怀苍的生母。

冷嘲热讽中，三夫人潘菀恍若未闻，只管娴雅地端起染烟刚敬的热茶，轻轻吹了几下，便怡然悠哉地慢慢品了起来。显然，她对妻妾间的排挤已是见惯不惊了。倒是上了年纪的大夫人杜氏,假意轻咳了几声道:"行了,你们平日里贫嘴掐架倒也罢了,怎么也不分分场合? 好歹都是做长辈的人,当着孩子们的面儿也尖牙利齿的没个规矩,像什么话!"

二夫人被呛了几句,还欲强辩,转脸瞧见莫太师的脸色也沉了下去,只得悻悻地闭了嘴。

焦茵眉目轻挑,尽管对杜氏的话很不以为然,但杜氏不仅是太师的结发夫妻,还有俐妃撑腰,故而逢到这种尴尬的场合,每每都是打圆场搅和过去:"烟儿,让你见笑了,其实大家也就是闲着无事,说几句笑话逗闷子,反正都是一家人嘛,随意惯了,你别往心里去啊!"

染烟笑得有些勉强,终于听出莫府的人际关系并非表面上那么简单,这种虚言假意的客套大概每天都会上演。此时,染烟倒明白了,为何父亲一直都跟莫太师不睦,因为方秀亦是极讨厌虚伪的。

虽然腹中不屑,但面上染烟还是笑着应道:"怎么会呢,染烟岂敢?"

之后又说了一阵子话,多半都是无聊的叮嘱,以及期望染烟和镜明两人能早日添喜之类。这些话实在索然无味,所以和莫镜明告退时,染烟有种如释重负之感。

往回走的半道上,莫镜明同染烟分手,让染烟自己先回屋,他则欲去书斋。

"你等等,我还有几句话要跟你商量。"染烟叫住了莫镜明,同时用眼神示意汝殊暂且回避。

"有什么事儿,晚上说不行吗?"莫镜明好像预知染烟要说什么一样,颇为不耐烦道,"都折腾了大半天了,你还没折腾够吗?! 我可是累了,只想去书斋休息一会儿。"

"晚上?"染烟冷笑,"晚上我还能见到你的人影吗? 你有心回避我,我在莫府又孤独无依,能奈你何? 可明面上,你总不愿意这么快就被人瞧出我们之间有问题吧?"

莫镜明深深吸了口气,道:"好吧,想说什么就快说吧!"

"你娘说,我们得在成亲的屋子住上七日后,方可正式搬至蕙昕苑。蕙昕苑是独门小院,环境相对幽静,就算我们有什么问题,只要掩饰得当,家里人大概也察觉不出什么,能早些搬过去,应该也甚合你心意吧!可在新房的七日,你打算怎么避人耳目?"

莫镜明沉吟了一下,道:"你的意思是……"

"去书斋虽然不失为一个好办法,但你我才成亲,你便整日都闷在书斋中,这说得过去吗?"

莫镜明冷沉着脸不答话。

"待一会儿就回来吧。"染烟柔声道,"我不会打扰你,如果可以,你就当我不存在,平时怎么过,现在照旧就好了。"

莫镜明蹙眉凝视着染烟,道:"你到底在打什么鬼主意?就算勉强在一起,我也不可能对你改变态度。"

"我知道!"染烟咬紧牙关,一字一顿道,"不过,你现在需要我的通力合作,否则宣扬出去,两家的脸面都别想好看。"

莫镜明默立片刻,终于顿足道:"好吧,就依你。但我丑话讲在前头,两人同处一屋,有些事你忍也得忍,不忍也得忍,到时别怪我没提醒你,一切都是你自找的!"

莫镜明说完,便拂袖离去,撇下染烟独自站在道旁。看着莫镜明扬长走远的背影,染烟一把抓紧了衣袂,用指尖死死地绕成一个团。也许只有奋力地毁损点什么,才能压制住她心头被撕裂般的疼痛。

"少夫人,你怎么了?"汝殊不知何时出现在了染烟身后,"少夫人,你是不是和三公子吵架了,脸色这么难看?"

染烟慢慢松开揉成一团的衣袂,头也不回地对汝殊道:"等着瞧吧,还会有更难看的时候呢,这一家子都不是什么省油的灯。"

汝殊吃惊地瞪大眼道:"少夫人,此话何意啊?你怎么突然……"

"放心吧,我不会做什么出格的事儿,只是我一定要弄明白,是什么可以令一个人变得如此冷酷无情、决绝无义!是了,无情无义!无情无义的男人……"染烟嘴里含混地嘟囔着,没理睬汝殊的吃惊,自顾自地在抑制不住的愤怒和委屈中,调头大踏步往新房方向走去。

换了谁也不会心甘情愿、糊里糊涂受人摆弄,染烟兀自盘算着。反正徒有虚名的洞房夜一过,她这辈子都别想抹去莫镜明的痕迹,哪怕离开莫家,也是莫家的弃妇。不如先哄着莫镜明别见到她就跑再说,其余的,就等着实践莫镜明所言的"来日方长"吧。

染烟不信,相处的时日一久,莫镜明还能始终如坚冰一块儿。就算他坚不可破,染烟也绝不想自己被莫名其妙地困死在莫府。

晚膳时,莫镜明果然回了屋。两人在屋内用过晚膳后,见天色尚早,染烟便命下人在庭院中摆了桌子,邀莫镜明在院子中坐一会儿。

莫镜明捧着一本书,借着天光和下人早早点亮的灯盏,旁若无人地读着。染烟独自枯坐了一阵之后,突然开口道:"看得进去吗?半天都不翻页,装样子的话,好歹也装得像一些。"

她这么说着,目光却没有看向莫镜明。

"彼此彼此。"莫镜明同样没有把目光从书上移开,但好像早料到染烟会说什么一样,迅速且沉稳地开口道,"你在一旁闲极无聊的样子,明眼人一看就知道你心浮气躁,实在不太像正和新婚夫君共度温馨的暇余时光的娇妻。"

"这不能怪我。"染烟学着莫镜明的惯常口吻淡淡回应,"新婚燕尔本该耳鬓厮磨、浓情蜜意、眉目传情、缠绵呢喃,你我哪一项都不占,你叫我一个人怎么演双簧?"

"太谦虚了!"莫镜明翻了一页书,"你不是很能耐吗?相信你一定可以撑下去。何况,我已经吩咐了下人没事别来打扰我们,只要你扮不胜娇羞的新妇扮得稍微投入一点儿,谁敢说我们不是一对相敬如宾的佳偶?"

染烟未答,隔了半晌,忽然笑道:"相敬如宾?对,你我之间的确是相敬如'冰',不是'宾客'的'宾',是'寒冰'的'冰',比客人还不如。"

莫镜明闻言,隔了片刻才道:"你瞧你,好好的,怎么说着说着又急了?"

"不是急,是事实!"染烟伸手端起了茶盏,"你们莫家的规矩,难不成连实话都不让人说了?"

"岂敢!"莫镜明同样端起茶,"我不管你是怎么想的,总之,别白费劲儿了,过激的话只会令你徒增烦恼,而于我却没有任何影响。"

"汝殊!"染烟猛地一摔茶盏,茶盏磕在桌子上发出一声脆响。

"少、少夫人,有何吩咐?"汝殊匆匆忙忙从外面跑进小院,询问的同时直拿目光扫向莫镜明。

"茶凉了,给我和姑爷换一壶去。"此时,染烟的脸容又恢复了平静,好像什么也没发生过。

"天晚了,我们也该回屋了。"莫镜明放下茶盏,将书半卷在手,站起身对汝殊道,"重新沏一壶送进屋里来吧。"

汝殊瞧染烟没有反对的意思,赶紧应着捧起茶壶退下,走到院子门口回脸望时,见莫镜明正对染烟伸出一只手,大概是要牵染烟一起回屋。见此情景,汝殊放下心来,只道染烟初嫁,小夫妻俩尚在彼此适应的阶段,自己平白多疑了些。

染烟没有动,待汝殊的身影出了院门后,方苦笑道:"行了,样子装完了,接下来该商量一下夜晚怎么过了吧?"

莫镜明收回手臂,转身径直进屋道:"没什么可商量的,还像昨晚一样,我坐你睡。当然,要是你非跟昨晚似的,硬要趴在桌边睡,我也没有理由不成全你。正好,我还可以在大床上舒舒服服地睡一觉。"

染烟前后脚跟着莫镜明进屋,顺手将屋门关上,"你就不担心我趁你睡着时意图不轨吗?"

莫镜明轻描淡写地瞟了染烟一眼,道:"是吗?就怕你终是自取其辱。"

"那就这么定了。"染烟不容分说地沉声道,"今晚,屋里的椅子全是我的,你一把也不许占。"

莫镜明刚想在桌边坐下,闻言又直起身来,说道:"你来真的?"

"我像是在跟你开玩笑吗?何况,你也不是个懂幽默的人!"染烟冲莫镜明摆了摆手道,"要坐,床那边坐去。"

莫镜明眉头微蹙,但还是按着染烟的话,走到床边坐下,道:"你要坐,也不用霸占屋里所有的椅子吧,至多,叫下人多准备几张桌布就是。"

"桌布?"染烟纳了闷儿,"为什么要准备桌布?没听说过桌布也能用来坐的。"

"桌布当然不是用来坐的,"莫镜明用拿书的手朝桌子指指点点,"是用来接你的口水的。你一晚上酣睡如死猪,一张桌布哪够接你肆意横流的口水?"

染烟盯着莫镜明,肺都快气炸了。面前的还算是男人么?不但不肯尽丈夫的责任,还要对她的忍让冷嘲热讽。于是,染烟毫不客气地回敬道:"本郡主昨晚流没流口水自己知道,你要是真那么操心桌布的话,不妨抱紧你家的桌布睡,免得被我的口水弄脏了,累你心疼!"

莫镜明看着染烟,冷冷一笑:"怎么?又要急了?好,当我什么也没说,随你的便吧,反正,也就勉强相处这几日。"

这话正戳到了染烟的痛处,一直死撑的淡定,眼看就要在顷刻间土崩瓦解,她赶紧背过身去,踱到窗前,强迫自己不去理睬对方的刻薄。

较劲才刚刚开始,她不能输,也不愿失了方寸。在一个冷漠的男人面前,每一次的失误和慌乱,都只会让对方更看清自己的弱点;同时,自己在对方心目中的分量,也会因此而逐渐削减。扮弱是没有用的,一寸寸地谋夺对方的心,看起来亦是无路的绝境,接下来的日子,她该怎么办?现在看来,以前的想法真的是太天真了。

染烟的沉默换来了屋内暂时的平静,莫镜明似乎也没有乘胜追击的意思。就在两人相对无言时,汝殊的身影再次出现在了院中。

染烟离开窗户,在桌旁坐下,安静地等汝殊送新茶进来。茶盏摆好,热茶斟满,染烟对汝殊道:"回屋休息吧,这里不用你侍候了。"

"那晚上的夜宵还要吗?"汝殊陪伴染烟多年,还从未这么早就回屋休息过。因此,尽管送夜宵并不是她的分内事,但她依然显得有点没事找事地询问屋内二人,要不然总觉得哪里不踏实。

"不需要了。"莫镜明斜靠在床头答道,"你去膳房通知一声,就说少夫人昨天没休息好,今日想早点歇着,夜宵就免了。"

"好,奴婢这就去。"汝殊一一施礼,退出了房间。

染烟再度起身,将窗户关严,窗帘也放了下来,然后将屋中的四把椅子拼在一起试了试。她的身材娇小,刚好能勉强躺下,只是翻身比较麻烦些,一不小心就容易摔下地,但躺着睡,总比趴在桌边强。布置好后,染烟走向床边,向莫镜明伸出手。

"干吗?"莫镜明警觉地瞪着她。

"给我枕头和毯子!"染烟慢悠悠地说道,"你说得没错,我是要好好睡一觉,不吃饱睡足,怎么有精神体力陪你熬到地老天荒?"

莫镜明的神色倏然一变,尽管掩饰得极快,可还是被染烟捕捉到了他眼底的慌乱。

似乎这份慌乱取悦到了染烟,染烟冲他温柔一笑。他说"也就勉强相处这几日",她自然要说"地老天荒",大家都尝尝被戳到痛处的滋味,这样才公平。

椅子虽镶有丝绒软垫,但拼接处仍是十分的不舒服,染烟动也不敢动地躺着,就算本来困乏难熬,也因为姿势的别扭而睡意全无。不过,不用面对莫镜明那张冷淡的脸,不必和他唇枪舌剑地相互讥讽,染烟宁肯就这么躺下去。希望蕙昕苑的条件能好一些,至少能让他们俩都可以舒舒服服地睡觉,又不用担心被外人看出端倪。

迷迷糊糊地挺到半夜,染烟实在熬不住了,翻身坐起,准备起来喝口水,活动活动。哪料往床头一看,莫镜明竟然还是斜倚在床栏旁,一手握书,静静地凝视着她。

"干吗?看别人睡觉很好玩吗?"染烟终于忍不住再次开口,同时也十分懊恼这屋子房梁太高,根本没法牵帘子,否则就不用这么别扭了。

不过,也许还能另想办法。染烟四下环顾屋子的各角,琢磨着到了白天,可以弄一块布,试着从窗棂牵到柜子锁环,看能否隔出一小块遮蔽的空间来。

莫镜明不答话,反而放下书,侧了个身,背对着染烟。染烟白了他一眼,自己倒了杯凉茶,几口喝光,接着又倒了第二杯。

"晚上少喝点浓茶,尤其是凉的,越喝越睡不着。"莫镜明冷冷地说道,声音显得慵懒无力。

染烟没理他,还是喝光了第二杯,然后在椅旁抱起毯子坐着道:"我睡不着很正常,你为何也睡不着?"

半晌的沉默过后,莫镜明翻身坐起道:"我们俩换一换吧,在这间屋子,只要一想到有你存在,我就没法躺下身,还不如靠在椅子上休息来得踏实。"

"你!"染烟愤然,"我好心让你在床上休息,你还挑三拣四!好啊,想要我不存在,你可以立即开门出去,去你的书斋,那里可没有我!明儿一早,我自会去向太师大人请求,让你们莫家休了我,我们俩就算两清了,从此平生陌路,再无交集!"

莫镜明眯缝着眼,叹了口气道:"何必呢,刚刚嫁入莫家,就时时刻刻想着被休。要我告诉你多少次,我现在根本没有休你的打算,至于将来有没有,那要以后再说。你这个人真奇怪,我也是好心劝你别喝冷茶,你偏是不听,怎么我不接受你的好心时,你就恼了呢?"

染烟对此十分不屑:"你会有好心?我怎么觉得你的心都被狼狗吃了呢!还是两年前你地府一游,魂儿被阎王爷给扣了,所以才变得没心没肺、失魂失德?"

一抹冷光闪过,莫镜明的脸色立时阴沉了下去。他瞅定染烟,从牙缝中挤出了几个字:"那也是托你的福!"

染烟一时呆住了,她看过莫镜明的冷淡、莫镜明的无情,却还从未见过他如此阴冷。不,不仅仅是阴冷,染烟总觉得,在他阴冷的目光中,还有恨!

恨?为什么要恨她?就因为她把躺在棺材里,处于假死状态的他给惊醒了?这岂非太可笑荒谬了!无心之举反倒成了她的罪孽?

染烟的惊异和不知所措似乎提醒了莫镜明,他陡然将目光一转,以一种厌恶的口吻道:"算了,我不想大半夜和你吵。真奇怪,不晓得为什么,和你相处总是很容易被激怒,足见你有多面目可憎、蠢昧恶毒。所以,麻烦你不要一而再、再而三地挑战我的耐性,一看见你这副嘴脸,我就毫无耐性可言!"

染烟的脸霎时灰白。如果说先前的莫镜明还在维持着假惺惺的客气,那么此刻的一番话则是彻底地撕破了伪装。他和她,究竟谁才是蠢昧恶毒?他凭什么如此辱骂她?

泪水不知何时在眼眶里直打转,染烟咬紧嘴唇,硬是没让眼泪掉落。

"多谢你,让我看见了你的真心,看见真心比看作戏好。虽然我仍不清楚这一切究竟是为什么,可我知道以后该怎么面对你。你放心,我不会再惹你讨厌……"

"别说了!"莫镜明不耐烦地摆手道,"抱歉,其实有些事并非你想的那样,连我自己都不知道该怎么面对,或者说,连我自己都控制不了自己的心,你不会明白的!"

停了停,莫镜明随即无奈地颓倒在床头,道:"算了,睡吧,你想怎样就怎样吧,随你的便。"说罢,莫镜明顺手一拉床头锦绳,挽好的红帐立时层层遮垂,将两人的世界重重隔开。

　　帐中的莫镜明隐隐绰绰,只有一只鞋底尚露在帐外。染烟对着红帐,凄然而笑,跟着点点头,喃喃低语:"我的确是不明白,真的不明白,你的心到底在哪里……"

第二章　长夜孤心

　　新婚三日,照例是要回门的,莫镜明一早就备了马车送染烟。登车时,莫镜明伸手扶住染烟,欲言又止。

　　染烟想了想,便道:"我没那么任性,既然在你们莫府都没有闹开,回自己的娘家,更不会引我爹娘伤心垂泪。"

　　莫镜明略略颔首,仍是施力将染烟送入了车厢,又将带回给方家的礼品一一递给染烟,最后才拍拍手道:"今晚若是不想回来,就在家里住一宿吧,这两日你都没休息好,兴许回自己的家,就能踏实地睡上一觉了。明天一早,我自会派车去接你。"

　　染烟垂下眼帘不答,算是默认。莫镜明便招手,让远远候在一边的汝殊也跟着上车,叮嘱了车夫几句,让小心驾驶后,便让至一旁,目送着马车驶离莫府。

　　"傻瓜,就算你对家人说出了实情,我也不会怪你。"车影在街角消失不见,莫镜明的眼神顿时变得飘忽而忧伤,"你的家人要怨恨,就尽管让他们怨恨吧,他们的怨恨,至少能让我心里好受些。"

　　"什么怨恨不怨恨的?"一抹浓郁的香粉味飘来的同时,一方香帕扫过莫镜明的肩头,跟着身后传来几声娇笑,"成亲三日,新娘子回个门儿,你就幽怨上了?不至于吧!"

　　莫镜明不用回头,就知道来者是谁,除了他的生母四夫人焦菡,谁会用这么俗媚的香粉。

"人都走远不见啦,你还痴站着,傻不傻啊你!"莫镜明的肩头又挨了轻轻一小巴掌,焦菡嗔怨道,"小别胜新婚,人家回娘家住一夜,用得着哭丧个脸,弄得跟生离死别似的吗?"

莫镜明扭身闪开,冷着脸一言不发,抬脚就往府里走。焦菡怔了怔,忙提了裙摆撵上去喊道:"喂,娘跟你说话呢,你这什么态度啊!成天都是这样一副爱答不理的德性,你到底是不是我的亲生儿子啊?!"

方府闲町居内,段斐音拉着染烟的手,摩挲了一遍又一遍,也上上下下把染烟打量了一遍又一遍。

"烟儿啊,嫁入莫家还习惯吗?莫府的人待你还好吗?镜明对你怎样?"一连串的发问,将段斐音作为母亲的担忧展露无遗。

"都好,都很好,娘亲你放心吧,喏,这些礼物都是镜明亲自挑选,特地孝敬您和爹爹的。"染烟含笑答道。

"镜明这孩子有心了!"段斐音看也没看桌上的礼物,仍旧凝视着染烟,"你爹知道你要回来,早就说过,一忙完朝事便立即赶回来,这时候想必已经在回来的路上了。你稍坐片刻,等你爹回府,我们全家好好吃顿饭。"

"嗯,娘亲,你不用忙,镜明知道我想家,答应让我在家里住一晚,明儿早上再回去。"

"是吗?那可太好了,你的房间娘亲都嘱人每日打扫着呢!"段斐音温柔地揽过染烟,让染烟靠上自己的肩头,"不论何时,你只要知道,这里永远都是你的家。"

"是啊,这里才是我的家,有娘亲,还有爹……"如絮如雾的惆怅渐渐笼上染烟的双眸,人如果永远都不用长大,是否便可安心无忧?

转眼便是回莫府之期。远远的,染烟瞧见莫镜明正伫立在府门口迎候,不免感慨万分。如果镜明的行为不是作戏,而是出自真心,拥有这样的夫君,原是很幸福的事。可惜她福薄命浅,拥有着寻常女孩家所没有的富贵体面,却偏偏得不到一份真情。

下了马车,莫镜明让几个下人帮着染烟把回礼先搬回屋,接着表示等染烟歇歇脚、喘口气,他就陪同染烟一起去将方家的心意送到。

染烟没有拒绝,那一夜莫镜明说她蠢昧恶毒的话深深刺痛了她,以至后来的相处,她已失去了再和莫镜明针锋相对的勇气。

喝了莫镜明准备好的一小碗甜羹,染烟便让汝殊把给莫老太太的回礼先找了出来,准备即刻就去拜望莫老太太。

莫镜明一直在一旁静静候着,对染烟回门的情况,他一句都没有问。待汝殊找出回礼后,他才走上去对汝殊道:"把回礼给我吧,有我陪少夫人去就行了。老太太平素最讨厌别人不够尊重她,少夫人带你同去,少不得引起她的误会,还是我陪着少夫人更为正式些。"

汝殊犹豫地望向染烟,见染烟领首,方将回礼交到莫镜明的手上,道:"有劳姑爷了!我家夫人说了,礼物虽小,但礼轻情意重,区区心意虽不足挂齿,但望两家人能真正成为一家亲。"

"好,我会把岳母大人的话带给老太太。"莫镜明面无表情,淡淡应道,同时转身对染烟道,"那我们现在就过去吧!"

看过了染烟送来的回礼——一柄通体纯黄的玉如意,莫老太太满意地笑了。"亲家母真是太客气了,我老太太都是半截入土的人了,她还给我送这等贵重的礼物作甚?"

"我娘说,送这柄如意,是为祝愿老太太多福多寿、健康如意!只可惜她不能亲自来拜望,就仅以此礼略表寸心了。"染烟俯身在地,恭敬相答。

"好啊,亲家母的心意我老太太却之不恭,就暂且收下了。"老太太合上匣子,又对莫镜明道,"镜儿,还不快扶你的媳妇儿起来,你们俩随意坐,随意坐吧!"说完,又命婢女给二人看茶。

待染烟坐定后,莫老太太接着向她询问了方氏夫妇的情况,诸如身体是否健朗、公务是否繁忙之类,皆是些寻常的客套。不过莫老太太肯让自己坐下来说话,染烟已经很满意了,而且闲聊间的态度,明显比前一次好了很多。染烟过来之前,原本是有些忐忑的,此刻一颗心终于落了回去。

段斐音果然聪慧且经验丰富,染烟在心中暗赞。伸手打不得笑脸人,收下了玉如意,莫老太太便是内里再挑剔,当着面儿也不好太过分,至少不会立刻不给她好脸子。如此,自己总算能有一段相对平和的日子了。

出了莫老太太的屋后,染烟方才发觉手心里已微微发汗。

莫镜明走在前头,自始至终都没有多说多问一句。两人默默地回了房,又取了另外几样回礼，从大夫人那儿，逐一拜到四夫人处。

送给每人的回礼各不相同，有的是以玛瑙点缀的镂空雕花玉簪，有的是金丝水晶坠，还有翡翠玉兰嵌琥珀珠耳坠、冰魄紫玉缠枝手镯等物，另有精美华贵的头花数支，花样新颖色泽靓丽的布帛数匹，以及玲珑剔透、让人一见便垂涎欲滴的点心数盒，皆分送给了几位夫人。

四位夫人收下礼物，无不欢喜异常，连连称赞染烟之母心思细腻、处事周到。

好不容易打点完毕，染烟回到屋子，累得坐在椅子上不想动。莫镜明陪着她默默坐了一会儿，给她倒了一杯茶才道："你娘的回礼甚重，远甚于我孝敬她老人家的，下次别这样了，会惯坏莫府中人的。"

"惯坏？"染烟奇怪地瞧着莫镜明，诧异道，"她们不都是你的家人吗？我娘一片好心，你不会因为嫌恶我之故，就连我娘的好意也拒而远之吧？"

莫镜明咬紧牙关，忍了片刻道："看来，我在你心目中是相当不堪的一个人啊！也好，我们两看两相厌，也算彼此扯平了。不过，我还是要提醒你，你不了解莫府中人，如此做法，虽能一时改变她们对你的成见，但可一不可再。且不论你和你娘的一片好心是不是所有人都会感念，单就人的贪念而言，一旦被撩起，必将会是个无底洞！"

"你的意思是……"

"我言尽于此，你好自为之吧！"莫镜明站起身，"我去吩咐下人，将午膳给你送到房里来，吃过饭，你自己休息一会儿，我就不来陪你了。"

染烟没有答话，莫镜明已然做出的决定，能有她选择的余地吗？她想劝莫镜明留下来一起吃饭，对方会听吗？

走了几步，莫镜明在房门处停住，迟疑了一下，忽然回身问道："你干吗不告诉你娘亲实情，还让她准备了这么重的回礼？"

染烟静静地注视着莫镜明，感到好笑，他这是什么意思？是觉得内疚了吗？他也会有内疚的时候？

染烟道："你是希望我说出去，还是不希望？我记得临走前就告诉过你，我不想我娘亲和爹爹因为我而受到伤害。如果说你的勉强维持是顾及着莫府的名声，那我恰恰跟你有所不同，在名声与亲情之间，我更在乎的是家人的感受。"

莫镜明垂目,挤出一丝干涩的苦笑,道:"哼,你是在说我没有亲情吗? 看来我刚才真是多此一举,早知道,我就不提醒你……"

"不!"染烟打断了莫镜明,"我不是说你没有亲情,我是指你根本就没有情!"

莫镜明呆住了,闷了片刻方道:"你不要逼我,我说过,不想和你争吵。"

"我只是讲了句实话,如果讲句实话也被你认为是挑衅,那我无话可说!"染烟端起杯子喝了一口茶,接着轻描淡写道,"你在书斋也好好休息吧,多谢你肯陪我还礼尽心。"

莫镜明深吸一口气,语中苦意更甚:"不客气,这是我分内之事。那么,晚上见了!"

放下杯子,染烟起身踱到窗前,目送莫镜明走出小院,眼中满是复杂。

又过了一日,恰逢天气晴好、万里无云,莫镜明一大早就去了书斋。染烟见难得的好天气,遂和汝殊在院子里边晒太阳,边研究绣花的式样。

临离家前,为了打发在莫府的无聊时间,染烟特意向段斐音要来了不少花样,准备作绣品样式的参考。

段斐音虽出身大户,但为人恭俭贤淑,既抚得一手好琴,女红、厨艺亦样样精通,染烟带回莫府的那些精致小点,便都是出自段斐音的亲手烘焙。所有这些才德,段斐音本想悉数教授给染烟,奈何染烟一直都没有心思学习,每日只顾着贪玩好耍,故只勉强学得段斐音一鳞半爪,其中也就女红尚还看得过眼。

把带来的花样一一挑选比较了一番后,染烟觉得没有一样合自己心意。汝殊纳闷道:"少夫人,你准备绣什么呀? 带来这么多花样,怎就没一个合适的呢?"

染烟琢磨了一阵,让汝殊准备笔墨,她要自己重新画一张图作为绣品的底样。

半个时辰后,新图画好,汝殊仔细一瞧,当即惊喜地赞道:"少夫人,你画的图样真美,这是什么花? 为何我从未见过?"

只见宣纸上画的是数株枝形摇曳、冠似悬钟的五瓣花朵,花朵分为蓝色及浅雪青色,或含蕾待放,或交相吐蕊,整幅图花姿婀娜娇美,宛如正在迎风舞动,徐徐绽放之态呼之欲出,完全不像固有花样那般呆闷死板。

染烟张了张嘴,刚想回答汝殊,却忽闻院外传来一串爽朗的笑声:"哈哈哈,什么真美,可否借在下一赏啊?"

染烟觉得声音好熟悉,抬眼望去,只见一袭白衫在早晨明亮的阳光下轻轻飘入院中,来者身姿俊逸、神清气爽,仿佛已和阳光融为一体般,轻薄而明亮,白衫轻扬,衣袂翩翩。来人慢慢走来,带着温暖的笑容道:"在下见过弟妹,恭贺弟妹新婚大喜。在下来迟,真是罪该万死!"

"原来是二哥!"染烟顿展笑颜,道了个万福,"染烟这厢有礼了!"

莫府二公子莫怀苍,其实并不像传闻中的那般羸弱。他和镜明一样,都遗传了莫太师的优良基因,身形颀长偏瘦,但是眉目清秀精致。尤其是莫怀苍的眼睛,秀丽纤长,眼尾上挑,双眸忽闪间,又长又密的睫毛如荫覆盖,而其眉弯似画,唇润如轻脂,肤白可透雪,猛一看上去,多半会让人误以为他是个乔装改扮的女子。幸亏莫怀苍眉宇间毫无妩媚做作,反有一种如水墨莲花出尘不染的沉静之风,所以倒比镜明更显成熟干练,且优雅从容。

染烟和莫怀苍的相识纯属偶然。四年前,染烟一时兴起,跑去了祢都城酸儒书生、达人雅士都喜欢混迹的古玩字画一条街妙尽街闲逛,也就是在那时,在一家店铺中凑巧碰见了莫怀苍。

后来染烟才知道,莫怀苍喜欢搜罗稀奇古怪的玩意儿,是妙尽街各家店铺的熟客。染烟看中了一把精致的小扇,还是莫怀苍帮忙讲的价。自然,两人也就从此相熟了起来。

"呵,怎么,就弟妹一人在家吗?我三弟人呢?"莫怀苍环顾四下,不解地问道。

"哦,他去书斋用功了,二哥来寻他,是有什么事儿吗?"

"不不,"莫怀苍忙摆手道,"我前几天出了一趟远门,昨日方回,今日是特意入府来给三弟和弟妹道贺的。没能喝上三弟和弟妹的喜酒,怀苍惭愧至极!弟妹不会因此而生怀苍的气吧?"

染烟笑笑,说道:"二哥说哪里的话,只是没能敬成二哥的酒,我和镜明都甚为遗憾。二哥出门远行,是去办什么要事儿了吗?"

"是啊。"莫怀苍满脸愧疚道，"受人所托，终人之事。本来以为能及时赶回，岂料路途中出了点意外，故而耽搁了行程。别说你们遗憾，连我自己都觉得没脸前来，实在是太对不起三弟和弟妹了。"

"呵，二哥既然有诺于人，且又是因意外才耽搁的，区区小事一桩，千万别往心里去！"

"哎，多谢弟妹通情达理。对了，这是我送给三弟和弟妹的贺礼，敬请弟妹笑纳，虽说是迟了些，但毕竟是怀苍的一片心，还望弟妹千万别嫌弃。"

"多谢二哥，二哥来坐便是，何必这么客气！"染烟接过莫怀苍递过来的一方用锦缎包好的匣子，估摸着里面大概是些珠宝首饰之类，便没打开来瞧，直接转手递给汝殊道，"去，二公子的一份心意，先暂时拿回屋里收好。另外，你再跑一趟书斋，去将三公子请过来，就说二公子回府了，是特意来给我们道贺的，让他赶紧过来一叙。"

"是，少夫人，奴婢这就去！"汝殊接过锦匣，转身欲走。

"对了。"染烟又叫住汝殊道，"你先给二公子沏杯热茶来，再去书斋也不迟。"

"是，请二公子和少夫人稍候！"汝殊一口答应着忙去了。

莫怀苍面上含笑，如荫的黑眸深深凝视着染烟，"弟妹新婚，如今终于得偿所愿，和我三弟长相厮守了，一定幸福甜蜜得羡煞旁人吧？"

"哪里，让二哥见笑了！"染烟一边客气地应答，一边做了个有请的手势道，"二哥是屋里坐，还是就在这院子中坐一坐呢？"

"阳光明媚，天高气爽，难得好时光，怀苍愿陪弟妹在院子中聊天、晒太阳！"

"好，二哥有请！"

"弟妹有请！"

两人你谦我让，相互客套了一番后，莫怀苍提了长袍衣角，在椅子上坐下。

"不过……"莫怀苍看了看小院，回脸问染烟道，"我三弟怎么如此不解风情，新婚燕尔本该如胶似漆，他怎么可以撇下弟妹，一个人跑到书斋去呢？"

"这个嘛……"染烟在另一侧坐下,略显尴尬道,"镜明的脾气,二哥还不了解吗?他闲来无事,最爱翻书,多年养成的习性,一时之间恐也难以改变。就随他去吧,反正两情若是久长时,又岂在朝朝暮暮。"

"弟妹,你倒真会替他开脱,能娶到弟妹这么知书识礼、贤惠通达的佳人,是三弟的福气,连我这个做二哥的,都不免心生嫉妒啊。"

"二哥你又说笑了!"染烟故作羞涩地低下头,心里却一阵阵的酸楚。正当染烟不知接下来该说什么时,莫怀苍蓦然发现了桌案上的图样。

"咦,这花是弟妹画的吗?"

"呃,信笔涂鸦的。"染烟随口解释道,"闲来无事,原打算绣一方丝帕,谁知从娘家带回来的花样,选了半天都觉得不甚满意,故而干脆自己画了一幅。粗劣拙作,本不好意思拿出来现眼,二哥既然撞见,权且就当作是博二哥一哂啦!"

"难怪!难怪!"莫怀苍仿佛没有听见染烟的话一般,只管径直取了画幅,在眼前仔细地展看观摩,"难怪我刚进院子时,就听见汝殊说什么真美。的确是美,我莫怀苍也算是瞧过不少花样,但这一幅却是我见过的最生动灵性的图。只是弟妹所绘花物甚为奇特,不知其究竟叫什么?啧啧,或蓝或青,娇蕊盈盈,绰约柔婉,怀苍不才,还真的从未见过此等花株。"

"是啊是啊,奴婢也很好奇。"汝殊端了沏好的茶走上前来,忍不住插言道,"少夫人,你就快告诉我们这是什么花吧。"

染烟失笑道:"此花名叫桔梗,为草本植物,多野生于山坡草丛之中,只不过是一种极其寻常的花。当然,你都城中,肯定少见了。"

"桔梗花?"莫怀苍凝眉深索,最后摇头道,"怀苍浅见陋识,对此花的确是闻所未闻、见所未见,弟妹不会是随意编了个名儿来诓我们的吧?"

染烟怔住,随即想起自己现在是生活在大益朝。莫怀苍的不知,要么正如他自谦所言,少见多怪,要么就是大益朝不产此类花物。瞧莫怀苍的反应,倒似后者的可能性更大,要不,莫怀苍干嘛怀疑是她杜撰的呢?

不过话已出·口,想收回是不可能的了,甭管大益朝有没有此类花物,她只能强行将莫怀苍归为无知行列。

"我没事儿诓你们做什么。"染烟白了莫怀苍一眼,"此花的得名还有个动人的传说呢,你们不信就算了。"

"传说? "莫怀苍感兴趣道,"怀苍愿闻其详。"

"少夫人快讲讲吧,奴婢也想听。"汝殊着急地催促道。

"汝殊,我让你赶紧去书斋请三公子,你跟这儿凑什么趣呀? "染烟不满地轻斥了汝殊一句。莫怀苍再怎么随和,也是莫家的人,她可不愿莫家的人觉得方府的侍婢不懂规矩。

汝殊吐了吐舌头,自知失仪,虽好奇心甚浓,也只得一溜小跑着去办事儿了。

莫怀苍瞥了一眼汝殊懊丧离去的身影,回身笑道:"干嘛那么凶,是不是我多嘴,问了不该问的? "

"没有,不关二哥的事儿,二哥别多心。"染烟无奈解释道,"汝殊这丫头,你见过不止一次两次了。以往在方府,跟着我随意惯了,根本就没有主仆之别,现在进了莫府,总不能还像原来那样没规没距吧? 莫太师治家甚严,我不想我和汝殊刚进府就被人指点议论。"

莫怀苍闻言,笑意消散,眸中多了一层深色的阴影:"是不是有谁为难你了? "

"不,不是的。"染烟避开了莫怀苍的目光,"莫府上下对我都很好,照顾得也很周到,是我自己觉得应该注意一下。"

莫怀苍不语,慢慢地合了画放在桌上,半晌才道:"染烟,我如今是你二哥,曾经又是你的朋友,如果你还像从前一样当我是朋友,有什么解决不了的问题只管说,我一定会尽我所能、不遗余力地帮你。"

染烟心头一颤——朋友? 是啊,她现在孤单无助,多么希望有人可以指点迷津,帮她一把啊。但夫妻间的事,如人饮水,冷暖自知,别说外人无法窥知就里,只说自己仅剩的那点自尊,也不容她启齿呀。

染烟收回神思,冲莫怀苍一笑,道:"是,在我心里,一直都将二哥当成是好朋友、好兄长,可我真的挺好的,二哥你就别多虑了。嗯,刚才说到哪儿了? "

染烟的目光落到画稿上,趁着莫怀苍还未启口,忙转移话题道:"哦,对了,二哥是问桔梗花的传说? "

"传说从前有一个叫桔梗的少女,从小父母双亡、孤独无依,只有一个少年天天来陪伴她。有一日,少年对桔梗说:'等我长大,我一定要娶你。'桔梗也说:'等我长大,一定要嫁给你。'于是,两人便相约非卿不娶,非君不嫁。过了几年,桔梗和少年都长大了,他们成了一对恋人。又有一日,少年想出海捕鱼,等赚了大钱就回来娶桔梗为妻。桔梗阻止不了,只能流着泪答应,她说:'我等着你,你记得一定要回来呀。'遂送少年出海,目送着帆影渐离渐远,直至天边消失不见。从此以后,桔梗便天天站在海边等待少年归来。但是年复一年,桔梗从青春美貌的少女,等成了白发苍苍的老人,少年却始终没有回来。后来,在桔梗死去的地方,开出了蓝色的、浅雪青色的花朵,每当微风拂过,它们在风中轻轻摇摆,仿如桔梗在世时,还在痴痴地守望,等一个不归的人,和一份不归的爱。"

"不归的人,不归的爱?"莫怀苍若有所思,良久感叹,"染烟,你果真有心事,不然为何用它作花样?"

"因为桔梗花象征着永恒难忘的爱,或者也可称作无望的爱。"染烟说罢,淡淡一笑,"美好的东西谁不喜欢,难道二哥不觉得这个传说很美吗?"

"可是染烟,这种花的寓意太悲伤了,不适合你。"莫怀苍眼中的浓荫更深,幽不见底,关切之情溢于言表。

染烟愣了愣,接着粲然一笑道:"都怪我,干嘛要多嘴跟你讲桔梗花的故事,你看你,还当真了!其实,我只是喜欢它的清淡幽雅、柔婉动人,没有别的意思。"

说罢,染烟故作轻松,取过桌上的画样,慢慢地将其叠好,叠成了巴掌大的一方,同时也将桌上的其余花样给收拢整齐,准备一并放入装花样的匣子中。

此时,莫怀苍却猛然攥紧了她的手腕。"二哥,你干什么?"染烟吃了一惊。

"听我一句劝,染烟,你才刚刚新婚,这花不吉利,咱们还是不要拿它作花样吧!二哥可以去帮你寻更好看的花样,等过两日,就给你送过来。二哥保证,绝不食言!"莫怀苍过于白皙的脸,因为发急和用力,竟略略有了一抹红晕。

"二哥，你别这样！"染烟挣扎着，想摆脱莫怀苍。

"染烟，我……"莫怀苍的话头突然打住，他主动松开了染烟，转首望向院门口。此时，连染烟也听见汝殊的声音正由远及近："少夫人，二公子，三公子回来了！"

染烟心中一慌，手忙脚乱地将所有花样塞入匣子中，并低声对莫怀苍道："二哥，求你了，桔梗花的事儿，千万别向镜明提起。"

莫怀苍眼波转动，内里既有担忧，更有责怪。他没答应染烟，亦没出声拒绝，只是微微轻叹，站起身迎向院门口。

汝殊前脚进来，莫镜明后脚就出现了。他定在门外，冷淡的目光扫过染烟，再扫过莫怀苍，似乎对莫怀苍的出现并没有太多的惊喜。

"二哥，你怎么来了？"莫镜明跟着跨入门槛，负手而立，一副拒人于千里之外的样子。

染烟见状，心跳骤然停止，忽然有一种不好的预感。

"三弟，恭喜恭喜，终于娶得美人归。二哥我道贺来迟，还望三弟莫怪，有意讨杯喜酒喝，不知三弟可愿赏脸？"莫怀苍转瞬间笑意盈盈，仿佛什么事儿也没发生过，一面拱手道贺，一面热切地迎向莫镜明。

"二哥这么晚才来道贺，喜酒早就分光了，小弟又到哪里去找来给二哥喝呢？就算真的能找到，也是隔了好些天的剩酒，剩酒伤身，我看二哥不喝也罢！"

莫镜明此话一出，染烟便呆住了。傻子都能听得出莫镜明语带讥讽，就算他再有怨气，可莫怀苍毕竟是他的二哥啊。

莫怀苍讪讪而笑："看来我没能及时赶回，惹三弟不痛快了。三弟，我也深感抱歉，这不，昨儿一回，今日就特意来赔罪了。三弟消消气，大不了，二哥赔你们一桌喜酒，向你们负荆请罪！"

"喜酒也能赔的吗？"莫镜明不为所动，扬首从莫怀苍身边走过，走至染烟面前，"听说二哥还带来了贺礼，烟儿，我们收受不起，把贺礼还给二哥吧。"

"镜明！"染烟不知他们兄弟俩究竟发生了什么事，可是莫怀苍的一片诚意她是感受得到的，莫镜明如此作法未免有点太不近人情。

想到这里,即使明知会惹莫镜明反感,但染烟还是不顾自己和莫镜明的冷战状态,柔声相劝道:"二哥是因为路上出了些意外,才耽搁了赶回来的时间,镜明你就体谅一下二哥吧。反正能不能前来道贺,也就是个心意,二哥的心意迟则迟矣,却并非是他故意而为。你们兄弟间何必为了一杯喜酒,彼此过意不去呢?"

"闭嘴!"莫镜明的脸瞬时阴沉,他逼视着染烟,低斥道,"谁让你多嘴多舌了,你一个妇道人家懂什么!让你去把贺礼拿来还给二哥,你照做便是!才进莫府几天,我们兄弟间的事儿,岂容你来掺和!"

染烟瞪大眼睛盯着莫镜明,气得不知该说什么好。莫怀苍出现前,她还以为莫镜明只是嫌恶她一个人,未料莫镜明对待家人的态度竟也如此恶劣。这一刻,她只觉得周身都发冷。莫镜明温文尔雅的表象下究竟有一颗怎样的心?一个对家人兄长都能绝情绝义、心如铁石的人,跟恶狼有什么区别?

"还不快去,还杵在这儿做什么,听不懂我的话吗?"未待染烟反应过来,莫镜明又是连声的斥责,毫不顾忌旁人在场。

"三公子,您消消气,您消消气!"汝殊惶恐地扑过来,拦在莫镜明与染烟之间,护着染烟道,"东西是我收的,少夫人她并不知道放在哪儿,还是我去取好了。我这就去取,三公子您别动怒!"

"哈哈哈!"莫怀苍猛然爆出长笑,弄得染烟等三人皆回首莫名其妙地看向他。

"二哥,小弟的家事有那么好笑吗?"莫镜明冷着脸问道。

"三弟呀三弟。"莫怀苍勉强收住大笑,一摇一摆走到他们面前,注视着莫镜明道,"我是笑你凡事看不开,固执得不近人情,结果不但苦了身边的人,也苦了你自己啊!其实人世百年,所有爱恨嗔痴,都犹如过眼之云烟,为什么你就不能放下,让自己和别人都过得轻松一点呢?"

"小弟不明白二哥在说些什么!"莫镜明的语气尽管依然强硬,然而他的唇角却不易察觉地抽搐了几下。

莫怀苍含笑不答,只伸手拍了拍莫镜明的肩,莫镜明厌恶地将脸侧向一边。莫怀苍无奈摇首,转脸对染烟道:"实在抱歉,本是诚心来道贺兼赔礼,未料三弟却不领我这个情。我看我还是告辞吧,以免伤了彼此的和气,弄得你们夫妻俩也甚为尴尬。不过,作为二哥,我仍然衷心地祝愿你们能齐眉举案、白首偕老。染烟,改天有空,三弟的心情也好些时,我会再来探望你们的,告辞!"

"二哥慢走!"染烟欠身施礼,目送着莫怀苍离去。莫镜明则一直闷声不吭地僵立在一旁,也不知道究竟在想些什么。

染烟看了他一眼,咬紧嘴唇,决意不想再理他,遂对汝殊道:"把东西都收拣了吧,我要回屋了。"

"不继续绣花了吗,少夫人?"汝殊边问边给染烟使眼色,大概是期望染烟能放低姿态,主动与莫镜明和解一下。

染烟苦笑,语带双关道:"跟着扫兴的人,什么闲情都没了,还绣什么花!我要回屋躺一躺,你去告诉膳房,中午的饭不用送来了,我没胃口。"

"少夫人,这……"

"快去吧。"染烟以不容置疑的语气吩咐着,甩手进了屋,将房门用力关上。

汝殊不无遗憾地看看紧闭的房门,又看看莫镜明,低声嘟囔道:"三公子,你说你这都是为什么呢?又不是什么大不了的事儿,何苦闹成这样?!"

汝殊将桌上的东西收拾进屋,见染烟果然躲进了帐子中,知晓染烟是在闹气,也没好再惹她心乱,把东西归纳放好后,便轻手轻脚地重新掩上房门,退了出来。

转眼见莫镜明还呆立在原地,汝殊犹豫了一下,上前施了个礼,道:"三公子,奴婢刚才进去,少夫人确实已经躺下了,三公子若是没有其他吩咐,奴婢就先行告退了。"

"嗯?哦!"莫镜明仿如刚从梦中惊醒,无力地挥了挥手道,"你去吧,这里暂时不需要你了。"

"那……"汝殊发现莫镜明脸色晦暗、印堂沉郁,不免关心地问道,"那要不要奴婢再去沏一壶茶来,给三公子静静心?"

"不必了,我什么都不要。"莫镜明步履踉跄地挪到桌子跟前,一屁股跌坐在椅子上,"行了,快走吧,我想一个人待一会儿。"

汝殊无奈,信步走出了院子。她再愚钝,也看出了少夫人和三公子间早已不像从前。难道男人成亲之后，真的会和从前判若两人吗？

"汝殊！"一声轻唤令汝殊停下了脚步，她疑惑地寻声望去，香樟树下，一袭白衣飘了出来。

"二公子，怎么你还没走吗？"汝殊诧异地问道。

莫府，僻静的凉亭内，汝殊和莫怀苍相对而坐。

"二公子的意思是，三公子是因两年前的那场大病才心性大变的？"汝殊犹难置信，"照理说不应该啊，莫非三公子的病至今尚未痊愈？"

"不。"莫怀苍神色凝重地摇首道，"镜明的病已经全好了，但他的性格却越发乖张孤僻了。不仅对我，对莫府所有的人都十分生疏冷淡，还时常借故一些小事，冲我们大发脾气。有一回，我终于忍不住了，和他争执了起来，骂他不念亲情、无视长幼尊卑，你猜他说什么？"

"呃……"汝殊迟疑道，"猜不出来。"

"他说他原本就不是这个家里的人，只不过是一具躯壳罢了，还说这个家里所有的人对他的好都是有目的的，尤其是我这个二哥，被他斥为惺惺作态。其实我心里是恨他的，却偏偏要装出一副好兄长的样子。我反驳三弟，由于我在他病重期间回到莫府帮着爹处理了一些家事，他才对我产生不满。总之，那一回，我们大吵了一架，说了很多难听的话，闹得不欢而散，最后还是由爹出面，将我们各自斥责了一通，我们才没至于兄弟反目！"

"唉！"莫怀苍顿了顿，接着道，"后来，我自己静下心来想了想，吵架时说的那些话都并非我本意，只不过一时气急，有些口不择言。而且我也很后悔，再怎么吵闹，他也是我的三弟，不管他内心是否认同，他身上流的依旧是莫家的血，如果连我都不能忍受他，还有谁会拿他当兄弟？再过了些日子，我便没将这件事放在心上了，我以为他跟我一样，吵架时说的都是无心之言，过后也会很快忘记。于是我去找他，向他道歉，以期重修兄弟之谊。谁知，他却将我拒之门外，一直到他和你家小姐成亲，其间我又数次努力尝试改善兄弟间的关系，可三弟始终都是这么冷冰冰的，拒绝和我沟通，也拒绝收我送给他的任何东西。"

汝殊无限同情地看着莫怀苍道："真想不到二公子和三公子间竟有如许曲折，若是连二公子都拿三公子没办法，那我家小姐恐怕就更束手无策了。"

莫怀苍苦笑道："我则罢了，反正住在府外，跟镜明眼不见心不烦。不过，我担心染烟姑娘根本无法适应如今的三弟，她若有什么需要或为难之事，你尽可以来找我，毕竟，我对三弟的了解，还是比你们要多些。"

汝殊陷入了沉默。在她看来，莫怀苍已是泥菩萨过河，还能指望上什么？她最担忧的是，小姐天天守着性格古怪的姑爷，日子该怎么过下去呢？

仿佛看穿了汝殊的心事，莫怀苍再度苦笑道："就算什么也帮不上染烟姑娘，我想她若知道还有一个朋友在关心着她，愿意随时为她分忧，她也不至孤单难挨吧！"

"这……"汝殊叹气，不自觉地颔首道，"我们家小姐的确是孤单了点，嫁入莫府，估计除了奴婢，连个说得上话的人都没有。如此，奴婢就替小姐先行谢过二公子了！"

"好，你去吧。"莫怀苍微笑道，"我今日跟你说的话，切勿让三弟知晓，否则他又会对我产生误会了。"

"这个奴婢明白！"

"嗯！"莫怀苍挥了挥手。送走汝殊后，他一个人又在亭子中坐了许久，似乎在盘算着什么，直到近中午才起身离去。

染烟半倚在床头，越想越是觉得愤懑难平。早知道会变成这样，她就不让汝殊去将莫镜明给叫过来了，现在闹成这般，以后再见莫怀苍该有多尴尬。都是她害了莫怀苍，而自己也平白地受了一顿羞辱。

实在太过分了！染烟气急羞愤，一头栽在枕上，又拖了一床被子，将自己埋入黑暗中。如果可以，她宁愿什么都不想，什么都不做。

躺着躺着，染烟竟迷迷糊糊地睡着了。不知睡了多久，帐帘外传来了汝殊的轻唤："少夫人，你快醒醒，再睡天就黑了！"

天黑？居然一觉睡到了晚上！染烟一把掀开被子，钻出帐帘，见汝殊已摆好碗筷，正准备请她起身用晚膳。

刚刚添好饭，染烟尚未提箸，莫镜明突然出现在门口。四目相对，彼此的目光中都充满了冰冷和敌意，染烟最先将头侧向一边，倔强地保持沉默。

汝殊见到莫镜明回来，心中一喜，忙迎上去道："三公子忙完了？我们还以为您不回来吃晚饭了呢。三公子快请坐，奴婢这就给您添饭。"

"不必了！"莫镜明瞪视着染烟，阻止汝殊道，"先去给我上两壶酒来，我想喝几杯。"

"好，三公子稍等！"汝殊退出门时，见莫镜明已然落座，她如释重负地松了口气，心道：三公子能像寻常一样回来用膳，肯定是个好兆头，说不定小夫妻俩说几句服软的话儿，就能和好如初了。

酒水斟满，莫镜明对汝殊道："这里不用你侍候了，你也去吃饭吧。"

"那三公子和少夫人请慢用，奴婢暂且告退。"汝殊含笑着替屋内的两个人把房门掩好。

莫镜明自斟自饮地喝了两杯，对面的染烟一直在漫不经心地挑着菜，有一口没一口地吃着，显得心有旁骛。

莫镜明凝视着她的一举一动，忽然道："你不想喝一杯吗？"

染烟不答，也不想答，依旧是一副魂游九天外的样子，对莫镜明的话置若罔闻。

"陪我喝一杯吧。"莫镜明淡淡道，"咱们成亲好几天了，都还没对饮过呢！"

说着，莫镜明也不管染烟同不同意，取了一只空杯子，斟满了酒，推到染烟面前。

染烟挑了一根肉丝填进嘴里，道："有人喝酒是欲解忧，有人喝酒是欲尽欢，夫君今日的酒属于哪一种呢？"

"哪一种都不是。"莫镜明饮下了第三杯，"我知道你恨我、怪我，可我们夫妻间的情份也就仅止于此了。我也曾想强迫自己接受你，但最终发现我根本做不到，每当我刚刚对你生出一丝好感的时候，你总是会令我格外失望。"

"好感？失望？"染烟轻轻地笑了起来，"我能给你什么好感？又是什么令你失望了呢？"

莫镜明看向窗外："我也说不清，难道你真的什么都不记得了吗？"

染烟停下筷子，举目审视莫镜明，道："你要我记得什么？我倒觉得是你什么都不记得了。我们六岁订亲，彼此见面的次数也不是一回两回，那时我能感觉得到，你与我是在真实地交流，没有隔膜，没有芥蒂。然而现在，我看不透你，你不但像是换了一个人，连你的心也变得难以捉摸，或者说，我根本就看不到你有心。如果我还有令你失望的地方，那我真得谢天谢地了——失望，至少也是一种真实的情绪！"

莫镜明举壶，再一次将酒杯斟满，重重地放下壶后，对染烟道："也许你说得对，我已经不再真实了，连我自己都不知道我是谁，我的心又在何处。原来，什么都不记得，才是最快乐的事。"

"你……"染烟狐疑地打量着莫镜明，"你什么意思？我怎么越来越听不懂了。"

"你不是我，当然听不明白。"莫镜明细眉微挑，举起酒杯道，"来，就为不明不白地活着干一杯吧。"

染烟想了想，没有拒绝。在莫镜明冷淡的话语中，染烟感觉到了一种掩饰不住的落寞，以及无助的哀苦。只是，一切的一切，她皆不清楚缘故，镜明又死撑着不愿向她吐露心曲。

看染烟默默地饮酒，莫镜明将身子靠在椅背上，他的神情状态，与其说是慵懒，不如说更像一个耗尽体力而呈现虚弱之状的人。

"你跟莫怀苍早就认识了，对吗？"莫镜明猛不丁地发问，让染烟略略愣怔了一下。她将酒盏放下，镇定地直视莫镜明，道："对，我们早就认识。"

"认识有多久了？"

"有四五年了吧。"染烟接着道，"我是在逛妙尽街的时候，偶然结识他的，当时还不知道他就是你二哥。"

"那后来呢？"

"后来？"染烟很少见莫镜明这么刨根问底，"没有什么后来，你什么意思？难道以为我跟他不清不楚？"

莫镜明微微颔首道："莫怀苍很会哄女孩子开心，早就赢得你的好感也不足为奇！"

染烟不屑地笑道："你这是妒忌吗？你都说对我没兴趣了，用得着在意你二哥的存在吗？"

"我只是想提醒你！"莫镜明语带轻蔑，独自饮尽了第五杯酒，"莫怀苍这个人并没有表面看起来那么简单，你还是和他保持距离的好。如果下次他再来访，我不希望看见你和他一起喝茶闲聊、说说笑笑。"

又来了！染烟暗自哀叹。早上的蛮横无理，莫镜明不但没有丝毫悔意，没有半句道歉，此时竟又变本加厉，妄图控制她交友的自由。他不是嫌恶她吗？那她和谁说话、不和谁说话，又关他何事！

染烟内心涌起了极度的反感："莫镜明，到现在为止，我和你只有夫妻的名分，并没有夫妻之实。别说你对我毫无感情，就算有，夫妻之间也应该彼此尊重，你没有权利把自己的喜恶强加到我的头上，更没权利限制我的人身自由。如果你硬要以什么莫家家规来压我，我们可以去找你爹评评理。莫怀苍是你二哥，我请他喝杯茶，坐上一坐，和他说几句话，违反了你们莫家哪条家规！"

莫镜明的眼中冷光闪动，阴郁道："方染烟，是不是我让你做什么，你都要和我对着干！"

染烟叹了口气，道："我从未想过和你对着干，我只是想坚持自己的原则，不合理的要求我凭什么要依从你？倒是你，看谁都不顺眼，对任何人都是一副冷冰冰的样子，难道非要这个世界就只剩下你一个人，你才能痛快？"

"方染烟！"莫镜明一拍桌子，沉声道，"你总说我无情无义，你自己就有情有义了吗？我的好意提醒，被你视作是没有亲情，你和我讨厌的人眉目传情，以为我没看见吗？我承认，夫妻间的确是需要尊重，可你何曾尊重过我的意思？就算我把个人喜恶强加到你的头上，我是你的夫君，不管是有名无实还是有实无名，你只要在莫府一天，就是我莫镜明的妻子，为人妻者，顾念一下夫君的喜好，难道不应该吗？我告诉你方染烟，你和谁说话我都不会管，除了莫怀苍！你和谁说话都行，但就是不许和他！"

染烟冷笑道："你不应该叫莫镜明，应该叫'莫名其妙'！你是不是觉得人人都该围着你打转，都该以你为中心？好吧，你让我尊重你的喜恶，也行，但你总得给我一个合理的理由吧，让我知道是什么令你如此憎恶自己的兄长！"

"是啊，是什么呢？"莫镜明脸上浮出了分外古怪的笑容，再斟再饮，又斟又饮，一连灌了三四杯，之后，将酒杯重重地摔在了桌上，"我也想知道是为什么！"

莫镜明呵呵大笑，笑中带泪道："你告诉我是为什么，你和他为什么又再一次地同时出现在我的生命里？让我避无可避,逃无可逃,我受够了!"

莫镜明说罢,手臂一挥,将桌上的几碟小菜掀翻在地,随着噼里啪啦的几声脆响,菜肴和瓷盘的碎片弄得满地狼藉。他不管不顾,直接拎起酒壶,对着壶嘴就是一通猛灌,接着又将酒壶砸碎,再去拎另一壶,继续狂饮。

"莫镜明,你是不是疯了?!"染烟没好气地躲闪到一旁,冷冷地注视着他,心道:为了个莫怀苍,至于这般么?

"三公子,少夫人,怎么回事?"听到动静急急忙忙推门而入的汝殊和莫府另外两个下人,皆为屋内的情形所惊呆,他们面面相觑、满脸错愕,谁都想不通到底发生了什么事。

这时,莫镜明又灌完了第二壶,他依然将酒壶砸在了地上,冲汝殊和下人们嚷嚷道:"去,酒没了,再给我去拿几壶来。我还没喝够,还没尽兴,我要尽兴,要喝个够!"

汝殊见莫镜明这般失态,吓得更不敢听从了,她拿眼直瞅染烟,希望染烟能发个话,做个决定。

"去吧,三公子要酒,你们就让他喝个够。"染烟背过身,不去看莫镜明,"这里没关系的,等晚点再收拾。"

莫镜明皱了皱眉,看了看染烟,又看了看自己的下人,吼道:"混账东西,你们还不去拿酒,究竟谁才是你们的主子?"

两个下人唯唯诺诺、战战兢兢地转身出屋,撒腿就跑。

汝殊见两个下人已去取酒,便硬着头皮上前劝道:"三公子,你别急,有什么事儿可以坐下来和少夫人好好谈,喝酒伤身,你千万别……"

"走开,这里没你什么事儿!"莫镜明身形摇晃,推开了汝殊的搀扶。他的脸颊潮红,眼里已有了些许醉意,"在莫府,我想怎样就怎样,你一个外府的丫头,有什么资格管我!"

"汝殊,你出去吧,这里有我呢!"染烟不忍汝殊也跟着受到连累,忙示意汝殊离开。

两个下人很快拎来了几壶酒。莫镜明一壶接一壶,一口气将它们喝了个干净,喝最后一口时已经不支,酩酊大醉,歪倒在桌边。

染烟默默地等了一会儿,她敏感地察觉到,莫镜明内心的伤痛似乎远超她的想象,让他歇斯底里地发泄一通,也许心里会好受点。

等到确定莫镜明已无力再疯再闹时,染烟走过去扶起莫镜明,半拖半抱地把他挪到了床上,然后打开房门,叫汝殊进来把屋子收拾干净。

汝殊收拾完后,染烟又让汝殊打来热水,她拧了帕子,给莫镜明擦脸擦手,又扶他在床上躺好。好一番安置后,梁烟这才幽幽地坐回桌旁。

"汝殊,去给我沏一壶热茶来,万一三公子待会吐了,也好漱口。"染烟吩咐道。

汝殊心疼地看着染烟,她也就到这时才寻到机会相问:"少夫人,三公子怎么又和你吵起来了?闹成这样,明儿要是叫莫家的人知道了,岂不是会找少夫人的麻烦?"

染烟苦不堪言:"不是吵架的问题,是镜明他自己心里有事儿,却又不肯说出来,当然愁闷难排,于是借酒浇愁……"

"能有什么事儿啊!"汝殊不满道,"他一个富家公子哥,衣来伸手、饭来张口,又不用像别人那样,拼死拼活地考功名。依奴婢看,就是闲的!"

"嘘!"染烟做了个噤声的手势,"别说那么多了,快去沏茶吧,顺道再给我打一盆水来备着。"

汝殊点点头,问道:"那今晚要不要奴婢留下?万一三公子有什么事儿,奴婢也好帮少夫人一把。"

染烟愁眉难展,想了半刻方道:"算了,这屋子连个躺的地方都没有,你还是去歇着吧,我自己能行,若真有麻烦,我自会叫你。"

撩开帐子,一股浓烈的酒气扑面而来,染烟赶忙掩鼻。见莫镜明的脸潮红得厉害,她又揪心不已,伸手探向他的额际,触到莫镜明正在微微出汗,便将被子给他揭开了一些,又替他解开外衣,让他睡得舒服点。

等将莫镜明安顿妥当之后,染烟放下了帐帘,又翻箱倒柜,寻了香炉和百合香,在屋角焚上以驱酒气,又将窗子微微开了一隙以透风。她不敢开得太大,怕有人经过,看到她晚上独自趴在桌边发呆。幸亏白天睡足了,现在坐在这里倒并不觉得辛苦,染烟暗自庆幸着。

闲着也是闲着,染烟坐了一会儿,便取了装花样的匣子,以及一方素色丝帕,将早上画好的花样拓上丝帕,接着找来针线,在烛灯下一针一线地绣了起来。

床上的莫镜明似乎睡得很不踏实,不断地翻身,嘴里还嘟囔着什么。见此,染烟不得不时常放下手中的活儿,撩开帐子去看一下,或者帮他掖一下踢翻的被子,或者将他歪在一边的头扶到枕上。

"不,不是这样的,不要!"

睡到半夜,莫镜明忽然声嘶力竭地嚷了起来。在夜深人静的小屋中,他的声音听上去尤其可怕,染烟猛不丁被吓得浑身一哆嗦,手上的针没捏稳,直接就狠狠刺入了食指里,痛得她差点叫出声来。

染烟咬牙将针拔出,也顾不得食指上鲜血直流,随手就拿身上的一方丝帕缠了两圈,便急急忙忙去探视莫镜明。

"镜明,你怎么了?是不是做噩梦了?"染烟扑到床前,见莫镜明满头大汗,她叹息一声,转身便欲去拧方帕子来给莫镜明拭汗。未料莫镜明却猛然抓住了她的手,含含混混地叫道:"文儿,文儿,你不可以这样对我,不可以,为什么……不要……不要……"

莫镜明的叫嚷带着哭腔,甚至有点悲戚,由高渐低,逐渐变成了呜咽,而他紧闭的双目中,也淌出了丝丝晶莹。

染烟呆住了,什么文儿?哪里来的文儿?难道……难道莫镜明的心另有所属?这个念头一闪,她只觉得天旋地转,心中五味杂陈。

是了,若不是为情,他为何要这般痛苦,表面上冰冷如铁,却不惜把自己灌醉?以他的冷薄,这世上除了情,还有什么能成为他的牵绊?

染烟回忆起莫镜明大病之时,方秀到莫府探望回来后,曾对自己提及莫镜明在昏迷中不断地说着胡话。"他一直在念叨什么,什么'永不相逢、永不相认',或者是'永不相识',大概就是诸如此类吧。口齿太含混,我也听得不大分明,不过'永不'两个字,应该是没错的。"方秀如是道。

可惜当时染烟并没有在意,持续高热会令人做噩梦,当然会说胡话。但现在看来,难道莫非镜明从未接受过和自己的婚事?

至此,染烟又转念一想,怎么可能?那时莫镜明才十四岁啊!

染烟痛苦地退坐到桌边,心想:万一,万一镜明是个早熟的孩子呢,她该怎么办?自己可是已经嫁给他了呀!

"呃,咳咳!"睡梦中的莫镜明似乎被呛了一下,猛然翻身坐起,一手将帐帘胡乱地扯开,一手还捂着嘴,脸上十分痛苦难受的样子。

　　染烟一见,当即明白他是想吐,顾不得许多,赶紧手忙脚乱地拖出盂盆,刚刚递上,莫镜明便"哇"地一下吐了出来。酒气带着酸臭,难闻的呕吐物让染烟差点背过气去,最糟糕的是还有不少溅到了她身上。

　　染烟屏住呼吸,好容易等到莫镜明吐完,见他又再次翻身仰倒在床上,便赶紧憋着气把盂盆端到屋外,扔到了房檐下,然后逃也似的跑到院子中央,大口大口呼吸新鲜空气,等把气儿喘匀了,她才回到屋内。

　　"真倒霉,害人不浅的家伙!"染烟一边愤愤地嘀咕着,一边把自己被污染的外衣脱了,揉成一团,丢出了房门,接着又将莫镜明沾上污秽的外衣扒下来丢了出去。大致清理了一下后,染烟便倒了一杯茶,扶莫镜明起来漱口。盂盆没了,她只好用一只空茶杯接莫镜明的漱口水。

　　莫镜明吐完之后,似乎仍然没有清醒,整个人软绵绵的,所以也就死沉死沉的,无论染烟是脱他的衣服,还是扶他起来漱口,都很是费了一番力,累得满头大汗。

　　将莫镜明重新放倒在床上后,染烟又喘了半天的气儿,方才拧了帕子,去给他擦洗。

　　大概是由于水已经凉了的缘故,湿帕子刚一接触莫镜明的皮肤,他便猛一哆嗦,本能地往后闪躲。染烟只好一条腿跪在床边,一只手按住莫镜明的肩膀,轻斥道:"别动,老实点行不行,我还从没这么侍候过人呢!"

　　也不知是染烟的斥责起了作用,还是莫镜明习惯了帕子的冰凉,竟真的不再扭动挣扎。

　　染烟温柔且仔细地轻拭着他的脸,那干净白皙的面堂、英俊的轮廓惹得她阵阵心痛。何苦来哉,她是喜欢他没错,但他有必要为了另一个女子,就折磨自己,也折磨她吗?

　　"文儿……"莫镜明又一声咕噜,双手猛地环抱住了染烟的腰。

　　"喂!"染烟猝不及防,半边身子顺势歪倒在了莫镜明的身上,和他几乎脸对脸,"镜明,你干什么呀?!"染烟挣扎着想爬起来。

　　"不,不要……别离开……不要你走……不,不要放弃……"莫镜明语无伦次、含混不清地念叨着,双手也将染烟搂得更紧了。

染烟从未想到莫镜明这般大力,腰上的手臂像铁箍一样,勒得她无法动弹,她推了莫镜明两下,没推动后,不知怎的,竟就放弃了挣扎。

她将头靠在他的肩上,任由他将自己搂得死死的。他的身上,除了残余的酒气,还有那种男人肌肤特有的味道,染烟轻轻嗅着,恨不得埋进这温暖的气息里痛哭一场。

他一定是醉梦中误将她当成是"文儿"了,想到这些,染烟满心酸楚,而她却只有将错就错,才能和他如此贴近,如此亲密。渴盼已久的拥抱与亲昵,让她根本舍不得去纠正这个错误。

不知过了多久,染烟只觉得在莫镜明温暖的怀抱中,眼皮越来越沉,越来越重,终于到她的眼帘再也撑不开时,手指不自觉地一松,擦洗的帕子便掉落在了床边。

睡梦中的染烟嘴唇微翘,似在甜甜地微笑,可她的眼角却还闪动着斑斑泪痕。

清晨,一阵拍门声将染烟吵醒。她懵懵懂懂地听出是汝殊在唤门,但她的脑袋还未反应过来是怎么回事,便被人猛地大力一推。

染烟摔跌在床的内侧,心里咯噔一下,顿时想起了昨晚发生的事。她抬起头,和莫镜明惊惧的目光对了个正着。

莫镜明瞪着她,又看看他自己的周身,像被火烫了一般拿手指着染烟道:"你……你……你昨晚……"

染烟感觉好笑,两个人的外衣都弄脏了,被她脱了扔在屋外,此时身上都只穿了亵衣。

"少夫人,三公子,你们起床了吗?要不要奴婢侍候你们梳洗?"汝殊等了半天,不见屋内有动静,便又拍了几下门。

染烟翻身坐起,准备下床。

"你干什么!"莫镜明涨红了脸低吼道。

染烟学着他的样子,伸手指着他道:"不许动,乖乖地躺着,不然我就不告诉你昨晚我们到底怎么了!"

此招对莫镜明甚是有效,莫镜明立时便呆住了,瞪圆了双眼怒视染烟,可就是没敢再吱声。

染烟爬下床,趿了鞋子慢吞吞地去开门。屋门打开,汝殊当即一愣,直着眼睛上下打量了染烟一番后,随即面呈欣喜之色。染烟故作没看见,只管吩咐汝殊道:"把外面的盂盆和脏衣服先拿去清洗了,三公子尚未起床,你隔半个时辰再来侍候我们梳洗吧。"

汝殊笑着连连点头,又低声对染烟道:"少夫人,你也多躺一会儿吧,我去吩咐厨房,让准备几样滋补的粥点。"

"嗯嗯!"染烟支支吾吾地应着,赶紧将房门重新关上。

她要的就是汝殊产生误会,两人成亲都好几天了,再不拿出点让人确信无疑的事实,莫家迟早会找她和莫镜明的麻烦,尤其是昨晚莫镜明一闹,更别指望纸能包住火。

"行了,汝殊已被我打发走了,你出来吧。"染烟在椅子上坐下,对着帐帘内的人没好气道。

莫镜明撩开帘子走出来,他仍旧在为一身的亵衣而纠结,"你、你干吗要让汝殊看到我们两个……"

"让她看到我们这样才是最正常不过的。我们是夫妻,每天早上都穿戴得整整齐齐地开门,不觉得奇怪吗?"

"那昨晚上……昨晚上我们到底有没有……"莫镜明分外窘迫,接下来的话,他简直说不出口。

"有没有什么……"染烟白了他一眼,"你喝得烂醉如泥,吐了我一身不说,自己的衣服也弄脏了,我好心替你换掉,又替你擦洗,你全不记得了?"

"那也就是说……"莫镜明松了口气。

"也就是说,我们已经行过周公之礼了,你赶紧焚香祈福,祈愿我能早点替你们莫家开枝散叶吧。"染烟看见莫镜明的样子,不禁一股恶气上涌,暗想:什么意思,没发生什么你就可以万事大吉了?没那么便宜你!

"啊!这、这怎么可能?"莫镜明大惊失色,"你不是说我烂醉如泥了吗?"

染烟不以为然地拿手指绕着鬓边的垂绺,娇笑道:"有什么是不可能的?你虽然烂醉如泥,可吐过之后,我替你擦拭时,你却突然将我抱入怀中,我怎么挣扎也挣脱不得,结果……难不成你自己做过的事儿,推说不记得,就可以当什么都没发生？你看床边地上的帕子，那就是和你纠缠时掉落的。还有，什么都没发生的话，我怎么可能醒来时，还被你搂着？"

莫镜明白了脸，也白了唇，"不，不是的，你骗我，我怎么一点印象都没有？怎么会这样？"

"哼！"染烟一拍桌子站起身，朝莫镜明逼视过去，"我就知道你不想认账，没关系，反正我已经是你的妻子了，你认不认账我都是你的人，一旦我有了，即使你不认，莫家也会认。不过，我还真没料到你是这样的人，口口声声说对我没兴趣，却趁着酒劲占我的便宜。莫镜明啊莫镜明，你叫我说你什么好呢，道貌岸然？口是心非？还是见我方家人单势孤，欺我这一介女流？"

莫镜明忙避开染烟的目光，捏紧了双拳，踌躇地在屋内踱了两步，随后慢慢说道："染烟，你听我解释，我不是故意的，我是真的什么也不记得了。若我想占你便宜，从一开始我就可以……其实我说对你没兴趣，只是因为我没法面对你。原谅我，染烟，有些事怎么强迫也没办法改变，不过，如果昨晚我们确实……你放心，我会让你在莫府生活得像从前一样舒适，也会尽量不让我的家人找你麻烦。总之，我保证绝不会亏待于你！"

染烟看定莫镜明，内心的悲凉无以言诉。他避而不谈和她的感情，只说保证她的生活——谁稀罕！

"莫镜明，我想知道，你心里是不是有了别人？你能不能给我一句实话？"染烟猛不丁地发问。

"别人？"莫镜明错愕地回首，随即坚决地否认，"你在胡说些什么，别瞎猜了！"

"我瞎猜？你昨晚醉梦中明明……"染烟突然顿住了，因为莫镜明含含糊糊呼唤的那个名字，她只能凭发音大致猜测是"文儿"之类，但是莫镜明既然什么都不记得了，他也可以完全否认喊过别人的名字，甚至还可以编排"文儿"是男人。也就是说，没有确实的证据，她跟他争执梦话的内容，根本是毫无意义的。

"醉梦中怎么啦？你怎么不说了？"莫镜明悻悻地横了染烟一眼，"我连什么时候跟你行的周公之礼都不知道，你还好意思提？我警告你，休得再胡搅蛮缠，否则我完全可以不承认昨夜之事，反正我是在醉梦中毫无知觉，不能你说什么就是什么!"

"随便吧!"染烟两手一拍,冷冷道,"你不是巴不得什么事儿都没发生么?那你就当没发生好了。不过,你我成亲,总得给各自的家人一个交代,你是希望我说我们之间有什么呢,还是没有什么呢?"

"你!"莫镜明分外沮丧,一甩衣袖道,"你爱怎么说怎么说吧!"

染烟微笑着闭了嘴,她虽占了点嘴上的便宜,内里却心如刀割。感情本就是柄双刃剑,哪有胜负之分。

两人各怀心思,默默地吃着早膳。然而,汝殊却时不时地投来含笑的目光,在染烟和莫镜明身上扫来扫去,让染烟和莫镜明都极为不自在。要不要这样夸张啊?染烟忍了又忍,终于没好气地对汝殊道:"你先出去吧,没事杵在我们跟前,还让不让我和三公子吃饭了!"

"哦,好吧!"汝殊讨了个没趣,撅了嘴刚想告退,忽然外面又来了一个下人,看看却不是他们院里的。

"三公子早,三少夫人早!"那下人进门便一一行礼跪拜。

莫镜明放下筷子,问道:"莫宏,什么事?"

"哦,是这样的,老爷请三少夫人用过早膳后,即刻去他那儿一趟,说有话要问。"莫宏恭敬地答道。

"知道了,你就说三少夫人今早身体有点不适,改天再去拜望老爷。"莫镜明吩咐道。

"这……"莫宏犹豫地看向染烟,三少夫人看起来气色不错,怎么也不像身体不适啊。

"别!"染烟放下碗筷,转脸对莫宏道,"我没事,你回去告诉太师,我等会儿就过去。"

莫宏答应着离去。莫镜明横着眼瞧着染烟,指责道:"你怎么回事?我爹这个时候找你问话会为了什么事儿,你竟想也不想就答应?"

"当然!"染烟从桌边站起身,"我早就料到你昨晚一闹会惹麻烦,只是没想到来得这么快。虽然你替我称病是想为我挡下麻烦,可我躲得了一时,躲不了一世,除非我天天窝在屋里装病。该来的总会来,与其躲着不见,还不如兵来将挡,水来土掩。何况,称病不见,对你爹也不够尊重,不是吗?"

说完,染烟便对汝殊吩咐道:"汝殊,去见太师。我不能穿这件粉色的,太花哨了,会更令他老人家看我不顺眼,去替我找一件素雅点的。另外,头饰也给我取了,换成简洁大方的,越简单越好。"

　　"是,少夫人!"汝殊闻言,赶紧去开衣柜。

　　"那你想好怎么回答我爹没有?"莫镜明不放心地追问道。

　　"你看……"染烟托着下巴想了想道,"我就说你是因为高兴才一不小心喝多了,怎么样?"

　　莫镜明闻言,差点从椅子上跌下来。信心满满去回话的染烟居然会编个这么臭的理由,那还不如称病呢。

　　"不行不行!"还未等莫镜明开口,染烟自己就否决了,"你爹一定会知道白天我们发生争执的事儿,若是他问起你高兴的理由怎么答呢?我实话实说成不成?"染烟脑子又是一转:"就说因为二哥没有参加我们的婚典,你生他的气,所以喝了几杯闷酒。"

　　莫镜明沉默不答,这个理由最合理,但自己必然也会被招过去训斥一顿。算了,训斥就训斥吧,权且像以往一样两耳不闻,做泥木菩萨便是。

　　但莫镜明刚欲同意时,染烟竟又变了卦:"还是不行!我刚入莫府,便说你们兄弟间如何如何,太师就算不疑是我挑拨离间,也会觉得我不贤,谁让我是外人呢!唉,真麻烦,这也不行,那也不行,我究竟该怎么说呢?"

　　莫镜明叹了口气,道:"早侬我装病,就不用愁成这般了。"

　　"哼,还不是怪你!"染烟摆摆手道,"罢了,我现在没心思追究你的是非。要不,我说吃饭的时候,你一不小心弄断了我娘送给我的玉镯,我跟你发生口角,才致你喝闷酒的。对,就这么说。汝殊,你是看见我的玉镯被三公子不小心弄断的哦!"

　　"少夫人,我……"正在拣衣服的汝殊疑惑地回过身子。

　　只见染烟抬起胳膊,将手腕用力地在桌角一磕,腕上的翡翠铃兰镯应声断成了两截。

　　"哎呀,少夫人你!"汝殊惊叫出声,一旁的莫镜明也吃惊地瞪大了眼睛。

　　"多好的镯子啊,少夫人,你怎么说砸就砸了呢?你的手没事吧?"汝殊扔掉衣服扑过来,捧起染烟的手左瞧右看。

事情发生得太突然，汝殊只觉得心疼不已，也不知她究竟心疼的是镯子，还是染烟。

染烟笑着推开汝殊，抽回自己的手，另从怀中取了帕子，拣起断了的镯子，将它们包好，再重新揣入怀中，道："行了，这下可证据确凿了，待我哭诉一番去。"

瞠目结舌的莫镜明此时才反应过来，惊道："你！你就为圆个谎，竟把你娘送给你的玉镯给磕断了，你是不是疯了？！你以为这样说，我爹就会觉得你贤了吗？"

"当然不会！"染烟信心十足道，"但是两件事的性质可不一样，我为了只玉镯跟你闹，太师最多觉得我是骄横刁蛮，可骄横刁蛮对于出生镇国公府的郡主而言却并非什么大毛病，贵胄家里的千金有几个不骄横刁蛮？然而，若掺和在你们兄弟间说三道四，就显得居心不良、心术不正了。二者相较取其轻，我也只能如此了。"

莫镜明叹道："好吧，你圆了我爹这边，以后你娘岂不是要怪我三分。"

"唔，玉镯的确很可惜！"染烟故作心疼地吹气道，"好在我娘送了我不止这一只，若汝殊不提，我娘又怎么会知道？"

说罢，染烟拿眼斜睨着汝殊。汝殊赶紧知趣地赔笑道："少夫人别看我，少夫人怎么说，奴婢怎么做就是了！"

太师府德苡轩，莫太师看看染烟手中捧着的断镯，又看看满脸泪痕的染烟，有点哭笑不得。"丫头啊，你就因为这个跟镜儿闹气？"

"一只镯子在公公眼里当然不值几个钱，可好歹它也是我出嫁前我娘送给我的，戴着它就好像我娘亲在我身边一样。现在断了，连个念想都没了！"染烟抽抽搭搭，哭得梨花带雨、语不成调。

"好了好了，镜儿肯定不是成心的，丫头你就别伤心了。老夫知道方公夫妇对你甚是疼爱，你思念他们也是理所当然。加上你刚刚嫁入莫府，难免会有很多不习惯之处，人在孤单的时候，总是容易倍加思念亲人，这些老夫都可以理解。大不了，老夫准你每月都回去探家一次，别哭了，好不好？"

"真的？"染烟停止了抽泣，她没想到莫太师竟这么通情达理，忙行了个万福道，"多谢公公，烟儿感激不尽！"

"嗯,不过,你可不许再跟镜儿闹了啊!"莫太师温和地劝慰道,"夫妻之间,最重要的就是和睦相处、好好过日子,若总是因为些小事吵吵闹闹,难免会伤感情。老夫是过来人,伤过人心,也被人伤过心,所以深知家和才能万事兴的道理。尤其是你跟镜儿,也算经历过生死考验,理应更加珍惜对方才是。以后,不管大事小事,你们二人都要尽量好好沟通,好好商量,闹得鸡犬不宁,传出去也不好听!"

"是,染烟知错了,下次一定注意!"染烟敛鬓垂目,温顺地回应道。

莫太师笑道:"当然了,你们两个都还稚气未脱,闹点小孩子脾气也很正常,不必太过紧张,日后多注意便是。"

"嗯!"染烟将断镯重新包好,道,"染烟记住了。公公若没别的事儿,染烟就告退了。"

新房内,汝殊边替染烟倒水,边诧异道:"这法子还真奏效,这么容易就蒙混过关了。"

"容易?"染烟指了指自己的双眼道,"我活这么大,还没牺牲过这么多眼泪呢!怎么能叫容易,要不你试试?"

"别啊,奴婢说错话了还不行么!"汝殊笑嘻嘻道,"不过,少夫人你的眼泪牺牲得很值啊,还顺带捞了个每月能回府的特别关照。"

"是啊,连我都没想到,老太师居然这么好说话,看来我之前是误会人家了。"染烟环顾屋内,最后道,"三公子呢?又去书房了?"

"他啊,少夫人你刚离开不久,他就被大夫人叫去了,直到现在还没回来。"

染烟立马僵住了,瞪大了眼,眼珠转了几转,道:"不会也是因为他闹酒的事儿吧?希望他与我的口径一致才好,别哪里说漏嘴了。"

"莫府真不是个好地方,多大的事儿啊,居然惊动了太师、太师夫人。"汝殊不满地嘟囔道。

"那是因为……"染烟苦笑着端起茶盏,"太师把全部的希望都寄托在了三公子身上,全府上下自然会跟着紧张。"

"可奴婢觉得,二公子也不错呀,为何非得把承继家业的希望放在三公子身上呢?依奴婢说,怕三公子根本不是那块料呢!"

"嘘,小声点吧!"染烟抬眼扫视屋外,"这儿可比不得自己家,当心隔墙有耳!莫府的问题本就复杂,岂是你我能议论的,多一事不如少一事!"

"是,奴婢多嘴!"汝殊吐了吐舌头,当下不敢再语。

染烟独自品着茶,陷入了沉思。其实汝殊说的也没错,镜明从小到大的兴趣,似乎更多地投注在了博览群书上,连大益朝最高等的官府书馆"开卷堂"也被他混了进去,将里面收录的各色典籍史录读了个七七八八。要知道,"开卷堂"作为朝廷书库,收集的书目类别是整个大益朝最全的,就算花一年的时间,恐单连目录名册也未必能翻完。

反观莫怀苍则不同。数度邂逅令染烟觉得莫怀苍做事思虑周详、妥帖得体,能将一切事都料理得井井有条。何况镜明出生后,一直嫌恶莫怀苍屋里成日药香不断的太师,便以怕药味影响镜明健康为由,在祢都城另择了宅子,强迫莫怀苍搬出去住。十余载皆靠自己的莫怀苍,其独立生存能力,实远非镜明可比。

承继家业,光耀门楣,自然得有心、有能力的人担当。她实在想不明白,太师为何会对莫怀苍抱着那么大的成见。

所以说,莫府的问题,在外人看来纯粹不可理喻。然于染烟,她和莫镜明分别被叫去问话则让她明白了一个道理:她的姻缘与其说惹人羡煞,还不如说是自跳火坑。自身都难保了,莫府的种种又关她何事。

莫镜明直到晚间亥时左右才回来,染烟询问他情况如何,他笑着摇首,不愿多说,只叮嘱染烟,第二天一早要入宫,让染烟早点歇下。

染烟这才想起来,他们的婚姻是御赐的,的确是到该进宫谢恩的日子了。

一宿无语,翌日清早,夫妻二人收拾妥当,在莫太师的陪同下,乘了马车前往宫中。

于圣上所在的佩居宫前,莫太师被执事的内官拦了下来。内官道:"皇上想先单独见见两位新人,还请太师在外稍候听宣。"

莫太师赶紧答应着让开,莫镜明与染烟一前一后跟着执事内官进了佩居宫大殿。

殿内,只有司城瑜一人在翻看奏章,夫妻二人拜后,司城瑜含笑让二平身。

　　落座看茶,司城瑜放下手中的公文,笑着询问了一下两人的新婚状况,还对染烟打趣道:"便是嫁了人,也不要忘了宫里的娘家亲啊。别光顾着过自己的小日子,时不时得了空,还是得进宫来看看朕这个皇兄,以及你的侄儿侄女们。"

　　染烟亦不好意思地笑道:"皇帝哥哥,不是染烟不想进宫,实在是现在不用陪伴敏儿了,染烟也得听宣才能进得宫啊。"

　　"这还不容易,朕给你一个特许令牌,你不就可以随时入宫了？"司城瑜朝内官摆手,"去,把郡主的令牌拿来。染烟,朕可是惦记着你,早就给你准备好了令牌呢。"

　　内官捧了一只托盘上来,染烟伸手取过托盘上的镀金令牌,当即惊喜地叫道:"哇,皇帝哥哥,真的是为我特制的呢,这上面还铸有我的名字。"

　　"那是,皇兄还能骗你不成。既然拿了令牌,以后可就不许十天半月都见不着你的影子了啊！"司城瑜大笑道,"还有,令牌若是丢失,朕可是要打你板子的。"

　　"嘻嘻,皇帝哥哥放心,我一定会保管好令牌,也一定会时常进宫来探望皇帝哥哥以及娘娘和敏儿他们的。"

　　"嗯,这才像话！"司城瑜转首又对莫镜明道,"至于你呢,镜明,朕打算封你为箴慎侯,望你箴言慎行,以后也能成为我大益朝的国之栋梁。"

　　"多谢圣上！"莫镜明赶紧拱手道,"可镜明没有打算入仕,怕愧对皇上的加封。"

　　"哦？你不打算像你爹一样为朝廷出力吗？"司城瑜似乎甚感意外,深究地望着莫镜明。

　　莫镜明垂首道:"镜明不才,除了喜欢读书,一无是处,便是有意为朝廷效力,也没那个本事,若误了皇上的国政,镜明可就难辞其咎、罪该万死了。"

　　"呵呵。"司城瑜微笑道,"有没有本事是一回事,只要你的心连在大益朝就好。你现在不愿意入仕,未必将来就不愿意,何况并不一定要入仕才能为大益朝效力啊。本朝封的两字侯也不在少数,你大可以像他们一样,身在野庙心系朝廷嘛。"

莫镜明闻言,知道推却不过,只得起身跪拜在地,谢道:"镜明叩谢皇上隆恩!"

"宣旨!"司城瑜满意地对内官招呼道。

染烟无可避免,自然也跟着跪拜在一旁。内官拖声拖调地宣完圣旨后,莫镜明恭敬地接旨,少不得和染烟三呼万岁,恭叩称谢。

临退出时,司城瑜又吩咐染烟和镜明,别忘了去漓水宫探望一下俐妃。司城敏知道他们今日要进宫,想必早去了漓水宫等他们。

果然,漓水宫俐妃的贴身婢女予悦早带了人在漓水宫的九曲悬廊外恭候他们,俐妃在漓水宫摆了酒菜,就单等染烟他们到了。

第三章　爱憎相拥

俐妃的热情弄得染烟非常不好意思，尤其俐妃暧昧的笑容，更是让染烟耳热面燥。而相对于显得格外兴奋的俐妃，司城敏和司城琅这两个孩子，都相当平静地与她保持着距离。尤其是司城敏，越大越见沉静，对莫镜明客客气气地施礼，对染烟亦是客客气气地称舅娘。染烟知道，随着司城敏逐渐成长，以及二人身份的改变，很难能再像从前那么随意了。

说话间，染烟将目光转向了司城琅。司城琅本就不大爱吭声，染烟之前与他也见过一两次，但从未听他说过什么，甚至连称呼，都是结结巴巴喊出来的。染烟曾私下问过敏儿，司城琅是不是有口吃的毛病，所以才不言语。司城敏没有承认，也没有否认，只道现在有专人在看顾司城琅，他不紧张的时候，交流起来并无问题。

这次相见，染烟留意到，司城琅除了不爱开口说话，还特别的瘦弱，而且五官单薄、面色沉黯，一副肺痨患者的赢弱状态，幸好其两腮未显红晕，不然染烟真要提醒俐妃注意一下了。

俐妃招呼染烟入座，非让染烟跟她挨着，司城敏坐在染烟的另一边，司城琅则和莫镜明坐了一边。结果，司城琅正巧坐在染烟的视线对面，染烟一抬头，首先就会看见他。

予悦服侍好桌上的众位后，便喊其他宫人将菜端上来。染烟阻止俐妃道："太师大人还没过来呢，不等等他吗？"

"皇上找他有事商量，不知道要商量多久，便是没事，他也不会过这漓水宫来,毕竟身为人臣,和后宫的往来得多注意些。"俐妃微笑着,平静地答道。

"便是你们,不也是皇上召见了、许可了,才能来本宫这儿的吗?"俐妃接着道,"你当本宫为何在漓水宫里大摆酒席? 一是祝贺你们俩新婚;二则你们来了,漓水宫也能变得热闹点。平素这漓水宫的人,个个都闷得发慌,呵呵。"

染烟略微怔了怔,心知私相授受乃后宫大忌,最重要的是,她还听说俐妃一心想让圣上立司城琅为太子,但圣上对司城琅的表现颇为失望,故两人闹得十分不愉快。

当然,后宫总会无可避免地被牵涉到皇储之争中。眼下,除司城琅外,还另有两位大一些的皇子,虽说圣上或嫌他们资质愚钝,或觉得其太过争强好胜,然皇储之位没确定下来之前,没有哪个妃子会甘愿拱手让出自己孩子成为九五之尊的机会。

酒菜摆上,俐妃首先举杯,微笑着看看莫镜明,又看看染烟,道:"瞧着你们,本宫就想起当年初入宫时的情形。那时,本宫比你们现在还年轻,什么都不懂,也是一副清丽可人、温婉秀雅的模样,可惜红颜易老、韶华易逝,你们现在比本宫幸福多了。所以,镜明、染烟,你们一定要好好珍惜现在的幸福,什么名利富贵,其实都不过是身外之物,能得到,也能轻易失去,只有和一个人相濡以沫、相伴到老,那才是最真实的快乐。"

染烟疑惑道:"娘娘今日怎么了,怎会如此感叹? 莫不是遇到了什么不开心的事儿?"

"本宫闲人一个,能有什么不开心的事儿,都是你们这一脸新婚幸福的小模样让本宫妒忌了。呵呵,来,为你们将来的甜蜜小日子,咱们干了这杯,希望染烟早日为莫家开枝散叶,镜明也能早日荣升为父亲。"

"谢娘娘!"染烟和莫镜明各自垂目以掩饰尴尬,硬生生碰了一下杯后,又急急地喝了个一干二净。

菜品源源不断地端上,一席酒吃了近两个时辰,染烟和莫镜明才逮到机会起身告辞。

俐妃让予悦相送,司城敏此时却道:"不用了,还是我送舅舅、舅娘吧,我也顺道回凤仪殿了,母妃自己多保重。"

走在九曲回廊上,莫镜明一个人走在前面,染烟和司城敏慢吞吞地落在后面。染烟习惯性地想去牵司城敏的手,却被司城敏躲开了,"舅娘,敏儿现在都大了,不用舅娘牵着了。"

"能有多大啊!"染烟没好气道,"小白眼狼,这才多久没进宫看你,就跟我生疏起来了!"

司城敏摇头,指了前面的莫镜明,道:"舅娘,你嫁给小舅舅真的开心吗?"

"为什么这么问?"染烟狐疑地瞪她。

"我不知道,母妃和父皇在一起就不快乐!"司城敏扬起小脸,认真地说道。

染烟心里隐隐地痛了一下,不是为自己,而是为仅十岁的司城敏,小小年纪就要承受太多她不该承受的东西。

"敏儿多虑了……"被司城敏一句话弄到语塞的染烟,斟酌道,"我跟你镜明舅舅挺好的。其实夫妻间发生点小争吵再正常不过了,敏儿不必太过介怀。不管怎样,娘娘和圣上都还是很疼爱你的,不是吗?"

"正常?"司城敏一脸的迷茫之色,"我不明白……"

"等敏儿长大就会明白了。"染烟顿了顿,接着道,"对敏儿来说,最重要的不是别人怎么样,而是你自己要学会快乐,知道吗?"

"我自己?"司城敏若有所思。

"对,快乐与否不是掌握在别人手中,而在于你自己。大千世界形形色色,且不论人有好坏之别,单就个人而言,一辈子总会碰到顺境逆境、如意不如意。所以,就算身处逆境,过得不顺心,我们也要让自己快乐地生活下去!"说罢,染烟温柔地牵起司城敏的手。她的这番话不仅是讲给司城敏听的,更是讲给自己听的。

回到莫府,染烟和莫镜明歇战了两天后,便被告知,后府里的蕙昕苑已经收拾出来了,让他们二人即刻迁住蕙昕苑。

但没想到天公不作美,这日偏偏就碰上了阴雨绵绵,很多东西不好搬动,为免淋湿,只能暂时放在原来的屋子里,而让一对新人先住进蕙昕苑再说。

蕙昕苑里的正屋与偏屋都是刚刚打扫过的,因此显得窗明几净、一尘不染,屋内还焚上了百合香,青烟袅袅,香郁肺腑。

染烟把正屋里里外外看了个遍,对莫家安排的蕙昕苑还是甚为满意的。除了有些空置的地方等着搬入成亲时的家具外,其余的布置摆设,几乎无可挑剔。

表面上看,房子的基调以清雅古朴为主,但若仔细观察,就会发现屋内的每一样物品都极其精致昂贵,即使染烟在镇国公府生活了十六载,又对皇宫中的富丽堂皇早就见惯不惊,也仍旧不得不暗叹,莫家的生活之讲究,远非方秀夫妇可比。

在屋中凭窗而立,外面细雨如丝,仿佛一道银色的帘子从天垂落,细细密密地将染烟的世界遮隔在帘内,帘外翠竹青青,一派清幽。

染烟在窗前站了一小会儿,又移步到了外面的门廊上。门廊较宽,围有雕花木栏杆,以方便行走,亦可摆上桌椅小坐。

染烟走到栏杆前,扶着柱头上雕造的小麒麟,伸手接了一滴从屋檐滴落的雨水,冰凉的感觉在她的指尖漾溢开。由心底生出的一丝自在和快乐,几乎让染烟差点忘了自己身在莫府的别院。如果可以不用面对那些不想面对的人,在蕙昕苑度过余年应该还是很惬意的。

她曾无数次地想象过和心爱的人坐在门前,摆上一杯清茶,或者再有几样刚刚制好的小点,一起赏落日细雨、栽遍地的花、看月上中天,然后就这么慢慢变老,人生何憾?可惜老天对她开了一个玩笑,一切皆具备,却唯独缺了那个人的心。

"少夫人,咱这屋子还过得去吗?"不知什么时候,汝殊来到了染烟的身边。

"岂止是过得去啊!"染烟幽幽地道,"已经超过了我的设想,比我在镇国公府的宜芳阁大多了。你住的偏屋呢,去看过了吗?"

汝殊点点头,道:"看过了,没想到连奴婢住的房间,他们也布置得十分清新幽雅,尽管陈设不多,可奴婢已经很知足了。"

染烟微笑不语,不经意地一转身,她便看见翠竹林间的虹石小径上,一柄青色的伞正朝着大屋方向移动过来。

"呀,是三公子来了。"汝殊同样发现了来人,"少夫人,奴婢去沏茶吧,你和三公子进屋慢慢聊,站在门廊边,当心雨水湿了衣服。"

染烟没有答话,只是默默地看着青伞下的人朝她越走越近,然后在距离她丈余远的地方站住。

"愿意在雨中走走吗?"莫镜明在伞下朝她伸出了手,"走,我带你四处转转。"

染烟连忙眨了眨眼,以为自己听错了。不,不是她听错了,一定是她看错了,莫镜明怎么可能朝她伸出手呢?!

染烟迟疑着,瞪大眼睛看向莫镜明,道:"你?带我?"

"要是怕打湿衣服就算了。"莫镜明的伞柄转动了一下,似乎转身欲走。

"别,等一等!"染烟不再犹豫,提了裙子飞奔出门廊,奔下台阶,几个大步便奔到了莫镜明的伞下,"我跟你去。这莫府里我哪儿都不熟,你正好可以给我介绍介绍。"

莫镜明的眼中难得的不再是冰冷,反有几分欣赏和温柔。

"只有一把伞。"他说,"你不会介意吧?"

染烟笑着摇头道:"你都不介意,我为何还要介意?"

莫镜明将伞略微擎高了些,"那走吧,自己当心脚下。"

两人在竹林间慢行,四周青翠葱茏,晶莹的雨滴挂在叶尖,摇摇欲坠。

染烟偷偷地看了莫镜明一眼,问道:"今天怎么有这么好的兴致?早上你不还说要和往常一样去书斋,到晚膳时才回来吗?"

"嗯,对。"莫镜明淡淡道,"不过我并没有心思看书。看着窗外的落雨,总想着蕙昕苑这边怎么样了,下人们有没有把房间收拾得让你满意,所以干脆就过来散散心,没想到一眼就看见你站在廊前,望着落雨发愣。是蕙昕苑不合你的意,还是下雨让你觉得闷得慌?"

"就知道你嘴里吐不出什么好话来。"染烟悻悻道,"蕙昕苑很合我的心意,我也没有觉得有多闷。其实,我喜欢下雨,清凉世界,莫府也显得没那么惹人心烦了。"

"那你最好祈求老天能日日下雨。"莫镜明说着,停了下来,转目四望,"不然,以后在莫府的日子还长着呢,你可怎么过?"

"是吗?"染烟顺着莫镜明的目光望过去,见不远处的林间设有石桌石凳,可惜正下雨,湿漉漉的石桌石凳只能看着却不能坐,便对莫镜明道,"显然,雨天亦有雨天的不便,我能不能在莫府待下去,不是靠老天爷决定的,因为莫府现在的一切对我没有任何意义,或者说,我在莫府的日子是否长久,还有多长,其实是取决于你!知道你来之前,我在门廊上看雨时,在想些什么吗?我在想,当一个人把幸福的希望全寄托在另一个人身上时,无论结果如何,也都怨不得天尤不得人了。"

莫镜明的目光轻轻扫过染烟,似是有些回避地转过身子道:"走吧,我们接着朝前走,前面有一座小凉亭,应该可以歇歇脚。"

然而到了凉亭后,两人都有些失望,凉亭内的桌凳大半皆已被雨打湿,且阴雨天气下,尤感潮气浓重。

莫镜明抱怨道:"看来得找人把这里好好修缮一下了。府里的下人做事越来越不认真了,一个月前,管家就安排了人手来清理蕙昕苑,没想到清理了一个月,这破亭子还是透风漏雨的,明儿我一定找管家说叨说叨去。"

"也不能怪管家吧。"染烟劝道,"看情形,他们也是打扫过的,要是檐梁再加阔些,雨应该就不会打进来了。没关系,大不了我们在晴天的时候再来坐。"

"不行,马上就要进入多雨的季节了。"莫镜明指着凉亭解释道,"你瞧,只下了一天的雨,潮气便这般重,说明凉亭平日就受林间的潮气影响,即使是天晴的日子,入亭小坐,也是会被湿气侵体的。所以,一定得找管家想办法,在亭子四周围筑石质台阶,或许情况能好转很多。总之,一定要将凉亭完全修缮好,蕙昕苑的人才方便使用嘛。"

"嗯,还是你想得周到。"染烟笑了笑,"既然如此,我们还是回屋去坐吧。对了,你也该亲自看一下各间屋子,我觉得正堂旁边的偏屋,正好适合你做书房,以后你就不用每日往书斋跑了。"

"这……"莫镜明垂下眼帘,犹豫不答。

"放心吧。"染烟凝视着他,"没事我不会打扰你的,而且若不是你老拿话来激我,我根本不会和你发生那么多的争执。最重要的是,你若老是躲在书斋,总归是纸包不住火,太师和几位夫人皆火眼金睛,迟早会看出端倪来。"

莫镜明微微点了下头,道:"这个我知道。我本来准备在书房内安一张躺椅,只是见你今天心情不错,不想立即就和你提这些琐碎的小事儿。"

"哦!是啊!"染烟苦笑道,"我倒忘了,这是你们莫家,哪处的房子你不了如指掌!其实我想过了,有些事摊开来谈还好些。你虽然讨厌我,但并没有欺骗我的感情,从这一点上来说,我也应该和你坦诚相对。"

莫镜明深深叹了口气道:"染烟,从你嫁过来的第一天,我便打定主意不与你谈感情,至于个中原因,知道不如不知道。你是真正的方染烟也好,另一个人的影子也罢,前生注定,你我早就缘尽,你还是不要再执著了。"

染烟大吃一惊,暗想:难道莫镜明知道她是穿越而来的?这怎么可能?她变成方染烟的时候才刚刚出生,她以方染烟的身份在大益朝生活了十六载,只比她早出生半年的莫镜明怎么可能知道她的真实来历?除非莫镜明也是一个穿越者。然而,他说什么"前生注定早就缘尽",也太离谱了点吧?穿越之前的染烟,可是一场恋爱都没谈过。缘尽?连缘都没有,何来的尽?

染烟蹙眉望着莫镜明,半晌,才吞吞吐吐道:"我们俩之前就认识吗?你是我高中同学,大学同学,还是我家对门找不到女朋友的小胖子?"

"你说什么?"这次轮到莫镜明一脸的惊恐了,"什么学?什么胖子?你在胡言乱语些什么呀?难道是中邪了吗?"

情不自禁的,莫镜明竟抬手去摸染烟的额头,反被染烟一把拍飞。

"行了,"染烟没好气道,"你天天都跟我说些奇奇怪怪的话,难道就不许我也说几句?我告诉你,你要么把你的秘密烂在肚子里,要么就明明白白告诉我什么前生后世的。装神弄鬼、故弄玄虚的话谁不会啊。或者,若你的秘密实在太难以启齿,你也可以在地上挖个洞,把你的秘密全部透露给地洞,然后再把它们掩埋了,从此忘掉那些秘密。我只听说做人要朝前看,没见过像你这般对前尘过往死拽着不放的人。"

染烟噼里啪啦地说了一大通,心里却捏了一把冷汗。她刚才的试探证明,莫镜明根本就不是一个穿越者,否则他至少会回答"谁是你的同学、谁是小胖子"之类的,而不会以为她中了邪。

好险,差一点就暴露了。若是莫镜明敏感一点,顺着她的话追问下去,她又该如何作答?所以,她不得不以话压话,先胡搅蛮缠,转移莫镜明的注意力再说。

莫镜明听了，怔怔地呆了半天，喃喃低语道："挖个地洞？死拽着前尘不放？"

"对啊，"染烟拿手指戳了莫镜明的肩膀一下，"你和谁过意不去都没关系，和我过意不去更没关系，但你要是和自己过意不去，神仙也帮不了你。"说完，染烟便顺势拽了伞柄，"走了，我要回去了，裙子都湿透了。"

"少夫人，三公子，你们回来啦，没淋着雨吧？"汝殊在门廊栏杆边翘首以待。

话刚一出口，汝殊便发现染烟和莫镜明的衣衫都湿了一大片，于是忙将二人让进屋内，且连连责怪道："这雨说大不大，说小不小，少夫人和三公子便是想雨中漫步，也该多撑一柄伞才是，加上林中潮湿露重，衣衫岂能不湿。要是受凉感染了风寒，可怎么办啊？要不，奴婢去给你们煮一碗姜汤来吧？"

"不用了，这点雨算什么。"染烟轻轻道，"你还是先去给三公子找一套干净的衣服换上吧。"

"不，先去给少夫人找。"莫镜明将伞收了，靠在门廊边，"少夫人的衣裙湿得比我厉害，你赶紧带少夫人去更衣吧，不用管我。"

汝殊看看这个，看看那个，拿不定主意到底听谁的，最后道："哎呀，三公子，少夫人，你们就别相互谦让了，我把你们俩的干净衣服都找出来，你们就各自去屏风后更衣吧。"

说完，汝殊便匆匆跑入里屋，不一会儿，果然捧了两套干净的衣服出来。"三公子，少夫人，要不要奴婢替你们更衣？"

"不用。"染烟和莫镜明这次竟异口同声。

染烟笑着走到愣在当场的汝殊身边，顺手取了自己的衣服，对汝殊道："行了，你赶紧去沏壶热茶来，我有些渴了。"

"那好。"汝殊点点头，"三公子，少夫人，你们赶紧把衣服换了，湿衣服穿在身上会寒气入侵的。"

眼见汝殊离开，染烟才以嘲弄的口吻对莫镜明道："怎么，还怕我的丫头看见你的赤身裸体不成？难道你就没被你们府上的丫头、婆子服侍过吗？"

"哼，你是没瞧见，那些丫头、婆子们服侍的都是我爹的妻妾和老太太，她们哪有工夫理会我。"接着，莫镜明又道，"你呢？你怎么也不让汝殊替你更衣啊？莫不是怕汝殊在这房中碍着你偷窥？"

"偷窥？哼！"染烟好笑不已，将莫镜明上下打量了一番，"就你这身材，我不用瞧都能想象出是什么样。你啊，还是自怜自爱去吧。"染烟带着一抹坏笑，转身便走向里屋。

"喂，你干吗去？"莫镜明在她身后追问了一句。

"更衣啊，还能干吗？"染烟白了莫镜明一眼，重重地摔上了里屋的门，嘴里嘀咕道，"喊，你怕被占便宜，我还怕被你占了便宜呢！"

这场雨不歇气地一连下了好几天，趁着天色放晴，莫府的下人们赶紧将蕙昕苑的家具都给搬齐了。莫镜明则去找了管家来，叮嘱他修缮后面竹林里的凉亭。

染烟站在栏杆前，看见陪在莫镜明身边的是一个身材微微发福的中年男子，一身藏青色的锦袍，显示他在莫家的身份，几乎等同半个主子。

此人面庞白净，双眉修长，不但头发梳理得纹丝不乱，连下巴上的胡须也修剪得十分齐整，一看就是属于精明能干型的。

"在下柄奇见过少夫人。应某办事不力，以致蕙昕苑的凉亭无法使用，特向少夫人请罪，应某一定尽快将凉亭修缮好。"莫镜明和中年男子走到屋前时，中年男子撇下了莫镜明，疾步上前，连连恭敬地朝染烟施礼，口中道歉不已。

染烟微笑道："阁下就是应管家吧，久闻应管家大名，今日方才得见，有劳管家为我和三公子的事费心了。"

"少夫人太客气了，这些都是在下的分内之事。"应柄奇谦虚地拱手道，"以后少夫人若有什么需要，尽管随时吩咐应某，应某定随叫随到。"

"嗯，你去忙吧，我这里暂时没什么需要。"

染烟和莫镜明四目相对，相互只是点了点头，莫镜明便带着应柄奇前往后面竹林。

身旁的下人进进出出地忙碌着，染烟在门廊上站了一会儿，忽见一个小厮跑来，让她立即上莫老太太那里一趟。

染烟不知莫老太太找她所为何事，问小厮，小厮亦摇头说不知。此时，莫镜明不在身边，也来不及商量，染烟只得让汝殊留下，到时转告莫镜明一声，自己则跟了小厮前往老太太的住处。

进了屋子，却见大夫人杜氏也在。染烟心里直犯嘀咕：杜氏站在老太太身边，不会是刚刚向老太太告了自己什么状吧？

"染烟给老太太请安，给婆婆请安。"尽管忐忑，染烟仍是没忘记以礼相待。

"嗯。"莫老太太微微颔首，"家具已经搬得差不多了吧，你和镜明在蕙昕苑住得怎么样啊？"

染烟忙道："谢老太太和婆婆体恤，蕙昕苑住着十分舒适，家具基本上都已搬全，下人们正在清扫呢。"

"那就好。"莫老太太笑道，"那就安安心心地在蕙昕苑住着吧，有什么需要改进的、重修的，你直接告诉镜儿，让他帮你谋划谋划。"

"呃……染烟觉得一切都很满意，烦老太太惦记了！"染烟硬着头皮又问道，"不知老太太和婆婆找染烟来有何事？"

"你不用紧张，老太太只是想问问你们小夫妻俩的近况，你照实答便是。"

"是。"染烟尴尬地赔着笑。

染烟一个人慢慢地往回走着，脑中还在回想着刚才在老太太屋里的一番谈话，希望自己的言辞没有给莫家人落下什么把柄。

正当神思恍惚时，路边突然飘出来一袭白衫，吓了染烟一跳。待看清来人后，染烟走上前诧异道："二哥，你怎么来了？今日又是进府探望谁吗？"

莫怀苍笑着，脸上的表情却有些许忧伤。"得知你们乔迁新居，本来是想登门道贺的，奈何镜明他拒绝见我。所以，我就只能候在这路边，简略地向你道个喜了。"

"哎呀，只是从莫府里的一处搬到另一处，有什么可贺可喜的。"染烟尴尬答道，"二哥有心了，你怎么知道我去了老太太那里？"

"噢，我进园子的时候，正巧碰见了大夫人屋里的一个婆子，是她告诉我的，大夫人和你都去了老太太的屋里。"

"那你在这儿等了多久？"染烟问道。

"没等多久。"莫怀苍轻笑如云，"我运气好，刚走到这里，便远远地瞧见了你,不然我还准备继续走到老太太那儿等你呢。"

"二哥实在太客气了,又不是什么大不了的事,干吗非要亲自道贺啊?"染烟叹了口气道,"若是传到镜明的耳朵里,我只怕他又要冲着二哥发脾气了。"

莫怀苍摇摇头,道:"没关系,他是我三弟,对我怎样我都无所谓,在我的眼里,兄弟间的血脉相连是永远不可变更的。我只是担心你,染烟,镜明他对你好吗?你有没有因为我而受到迁怒?我一直都将你视作朋友,视作亲妹妹一般,你有高兴的事情,我愿意与你同乐;你若过得不顺心,我又如何能不替你担忧。说实在的,自从那日无奈辞别,这些天我一直都寝食难安,每天眼前都晃动着镜明和你发生争吵时的情形,如果不进府来看你一眼,我实在难以安心。"

"二哥,你别这么说,其实根本就不关你的事。"染烟犹豫了一句才道,"镜明变成现在这个样子,我也很意外,以前的他不是这么不近情理的。我想知道,镜明他两年前病好之后,是不是遇到了什么事?"

"遇到了什么事?"莫怀苍一脸的迷惑道,"你的意思是……"

染烟解释道:"我也说不清,就是感觉他好像变了个人似的,不知这两年当中,他受过什么较大的刺激没有?"

"刺激?"莫怀苍左思右想,"不可能啊,镜明这两年来一直都是平平安安的,很少跟外界接触,在府里也总是不爱与其他人打交道,加上我爹像老鹰护小雏儿似地护着他,他哪能受什么刺激。"

"那他有没有认识过其他的女孩子?"染烟想起了莫镜明在醉梦中所呼唤的名字。

"其他的女孩子?"莫怀苍失笑起来,"你吃醋了吗?染烟,这府里的丫鬟、婢女可不少,如果她们也算女孩子的话,那镜明肯定认识啊。"

"哦。"染烟也不好意思地笑了起来,"那你知道有没有一个叫什么文儿的?"

"什么文儿?"莫怀苍沉吟了片刻,最终摇了摇头,"我对这府里的丫头、婢女也不是全认识,不记得有你说的这么一个名字。要不然,改天我帮你去查一下?"

"不必了，不必了。"染烟连连摆手道，"或者是我听错了，或者是我多疑了，总之，我很替镜明担心，也很希望你们兄弟间能早日和好如初。"

"我知道。"莫怀苍无奈地苦笑了一下，"染烟，虽然你出生贵胄，可你却是一个善良的女孩子。我和镜明之间能否和好如初，决定权在他那儿，并不在我。而你的生活，本来应该是幸福快乐的，任何一个娶到你的男子，没有理由不用尽他的毕生来好好照顾你、好好爱护你。所以，如果镜明对你不好的话，我是不会袖手旁观的。"

"不，二哥，我的事自己能处理好，你千万别再掺和进来了。"染烟被莫怀苍的话吓得心头一跳，莫怀苍是什么意思？她和镜明之间已经够纠缠不清的了，若莫怀苍再插一脚，这以后还能有安宁日子可过吗？

"可是染烟，我……"

"就这样吧，二哥！"染烟急急忙忙打断对方，"二哥已经见过我了，你瞧我不是挺好的吗？我和镜明现在虽然还有一些小问题，但我们毕竟是夫妻，有什么事，我们会共同面对，也会协商着去解决。所以，请二哥尊重染烟的决定。"

莫怀苍深深凝视了染烟一会儿，落寞地点了点头，道："好，我尊重你的决定，不过，下个月初七是我的生日，我希望你和镜明到时能去我那儿，陪我喝两杯酒。要是……要是实在来不了，就算了。"

"下个月初七？"染烟诧异道，"怎么以前没听你提过？"

"以前？"莫怀苍的双眸再次如浓荫遮蔽，"以前你还未嫁给镜明，我哪好意思越过他，邀请你陪我过生日！现在既然你们两个已经成婚，我邀请你们俩一起来，不算是僭越礼仪吧？"

"你怎么这么傻啊！"染烟挥手拍了莫怀苍的胳膊一下，"陪你过个生日又能怎么样？你从小就搬到了外面去住，难道连你过生日，你爹娘都不管你吗？"

"他们啊，他们倒是记得我的生日，可却从来不会给我庆生，只会让管家给我带来银票，以及给我备好的生日礼物。染烟，我希望今年，我的身边能有你和镜明，那我就不用孤单地通宵喝酒了。"

莫怀苍接着努力挤出一丝笑容对染烟道："你说你，怎么力气这般大，打得我胳膊好痛。"

"对不起，对不起，我只是一时情不自禁。"染烟连忙道歉，"那今天就先到这吧，二哥早点回去，我也差不多该回屋了，等过两天，镜明心情好的时候，我再跟他商量商量，行吗？"

"有劳你了，染烟。"莫怀苍朝染烟挥了挥手，"那我就回去等你的消息了，告辞！"

"二哥慢走，染烟就不送你了。"染烟目送着那一袭白衣消失在林道的尽头，忽生悔意。她答应得太爽快，本是觉得不起眼的小事，然静下来想想，镜明那么容不得她和二哥说话，又怎么可能同意一起去给莫怀苍庆生呢！

快要望见蕙昕苑的月门时，忽然又有一个人冷不丁地出现在她的眼前。

"喂，你！"由于来人出现得太突然，染烟甚至来不及收步，便一头撞到了那人的肩上。待染烟站稳一看，却是莫镜明。

"你干什么呀？吓死我了！"染烟揉着撞痛的额头，嘴里抱怨着，继续朝月门走去。

"你怎么了？看你魂不守舍的样子，是不是老太太又找你麻烦了？应该不会啊，这两日我们都太太平平的，老太太也不是个无事挑是非的人。"莫镜明跟在染烟身后关切地问道。

染烟没好气地回头道："我是被你吓的！你好好的道不走，干吗突然从旁边蹿出来吓人呢？"

莫镜明唇角微翘，似笑非笑道："开个小小的玩笑嘛，你莫不是做了什么亏心事，吓成这般？"

"呸！"染烟余怒未消，"鬼吓人不可怕，人吓人是会吓死人的！"

"大白天的，有那么可怕吗？"莫镜明跟着染烟穿过月门，沿着被竹荫遮蔽的虹石小径，朝他们的大屋走去，"喂，你走那么快做什么？说正经的，老太太究竟为何找你？"

"很想知道吗？去问老太太啊。"染烟嘲讽了莫镜明一句，却一瞬间忽然想起了上次莫镜明也是对她避而不答，而她亦恍然明白了缘由。

明明自己的蕙昕苑并不缺下人，老太太偏和大夫人合伙，硬要在蕙昕苑安插进她们的人来，傻子也能明白她们打的是什么算盘，不就是为了掌握自己的一举一动吗？这些大户院里的妇人，若是不刁难个谁，不生出些是非来，只怕都会闲得皮痒吧！算了，跟她们斗气纯属浪费情绪，估摸着镜明也是懒得自找晦气，故才不愿多言。

"你这不是废话么。"莫镜明疾走几步，上前一把拽住了染烟，"好了，别跟我绕弯子了，我是真的担心她们挑你的刺儿。如果她们向你提出不合理的要求，你又不好拒绝的话，就让我去跟她们说好了。"

染烟看定莫镜明，道："你担心我？你也会为我担心吗？"

莫镜明松开了手，将头侧向一边，淡漠道："我还不想你那么快就香消玉殒，那样我也没法向你爹娘交代。"

"哦。"染烟点点头，"那你可以放心了，我一定会活蹦乱跳，比你更开心地在莫府生活下去。"

"哼！"莫镜明不屑地冷眼看她，"算了，当我瞎操心，你方染烟是谁啊，连圣上都要特别关照的葵邑郡主，还有什么是你搞不定的？"

染烟动了动唇，终究什么都没说。无所谓了，整个太师府本来就没有人关心在乎她的好赖，她只能靠自己努力挣扎下去。

回到大屋，染烟发现莫镜明在她离开之时，已在书房内安置好了一张宽大的藤椅，可躺可卧，如此，两个人便再不必为晚上怎么度过而发愁了。但看着被铺上柔软绒垫的藤椅，染烟却更是觉得心头堵得慌。因为，她已可以想见自己来来回回经过、终日面对的，都可能是紧闭的书房门。

刚用过午膳，一个叫依静的丫头便来蕙昕苑报道了。染烟沉声提示莫镜明："大娘怕咱们蕙昕苑的人手不够，特意从她屋里挑了个丫头过来帮忙，不过我已经有汝殊了，你看……"

莫镜明似明白了什么，断然道："上屋没多少事儿，汝殊一个人就忙得过来，依静就在下屋听用吧，平时再帮忙打打杂，委屈你了！"

依静见主子的语气毫无商量余地，没奈何只得应下。染烟松了口气，由镜明打发实在比自己出面要好得多。和镜明四目相对，两人彼此神领而意会，心下都不禁悄然一笑。

日头晴了两天后又开始下雨，染烟坐在窗前，花没绣上几针，倒是望着细雨发了好一会儿呆。莫镜明这几天一直关在书房里，足不出户，只有到了吃饭的时间,才会和她面对面地坐在一起。然而,就是这短暂的相对,莫镜明也往往视她为无物,既不曾拿正眼瞧她,也没有跟她讲过一句话。客厅通往书房的那扇门,果然够添堵,还不如此前莫镜明每日去太师府的书斋,眼不见心不烦!

忽而一串清脆的娇笑,打断了染烟的思绪。

"哎呀,这雨说大不大,说小不小,一路小心翼翼地走来,鞋子却还是湿了。"笑声未落,一个女人的娇嗔声,随即响起在门廊外。

紧接着是汝殊的声音:"哎,四夫人,这下雨天,您怎么还来呢?快进屋,把伞给奴婢就行,三公子和少夫人他们都在屋里呢。"

染烟放下绣花架,暗道晦气,越不喜欢的事越不能念叨,一念叨它就来了,比烧香求菩萨还灵验。这不,她刚刚还庆幸没莫家人来找麻烦,四夫人便来登门造访了。要知道,从她和莫镜明成亲后,四夫人还从未单独来过一趟呢。

染烟站起身,堆起一脸的笑迎了出去:"染烟见过婆婆,婆婆今日怎么有空来看染烟啊?"

焦菡正忙着拍打身上的水渍,一见染烟,便笑道:"我也是闲来无事,有好些天都没见着你和镜儿了,所以就过来看看,不会打扰了你们小夫妻俩吧?"

"怎么会呢!"染烟上前一把拉住了焦菡的衣袖,"婆婆快进来坐吧,婆婆来看我们,染烟求之不得呢。"

两人进了厅堂中,焦菡环顾四下,问道:"镜儿呢?怎么不见他的人影?"

"哦,他就在隔壁的书房内,婆婆你先坐,染烟这就喊他出来。"说着,染烟便请焦菡到桌旁就坐,哪知胳膊却被焦菡反拽住:"行了,不用喊他了,这孩子打小就喜欢把自己关在书房里,随他去吧。我今儿来,其实主要是来找你说说话。下雨天出不得门,你闷在屋里,都在做些什么?"

"呵,也没做些什么,胡乱绣些花罢了。"染烟笑了笑,"婆婆真的不让我叫镜明吗?"

"嗯,叫他干嘛!"焦菡的目光落在了窗前的椅子上,上面放着染烟随手搁下的花架子,"哟,这就是你绣的花吗?让我瞧瞧是什么花。"

染烟还来不及阻止，焦菡便扭着腰肢快步走了过去，一把拿起绣花架，对着窗仔细端详，然后道："花样倒是不错，这样式还从未见过呢，可惜怎么才绣了半朵？"

　　"儿媳手拙，绣得慢，让婆婆见笑了。"染烟走到焦菡身边，伸手欲抢过花架子。岂知焦菡的反应也很快，闪身一躲，让染烟抓了个空，随即笑嘻嘻道："好烟儿，你这花样也借我一用吧。我拿去改改，也绣在丝帕上，肯定很漂亮。"

　　"婆婆喜欢……"染烟的话未说完，便见汝殊端了茶盘走进来。

　　汝殊看着屋内的两人道："四夫人，少夫人，你们在抢什么呢？快请过来用茶吧。"

　　"什么叫抢啊？真是，你这丫头可真不会说话。"焦菡笑嘻嘻地轻斥汝殊道，"我是瞧中了你们少夫人的花样，正问她借呢。"

　　"是是，奴婢失言，奴婢自行掌嘴，给四夫人赔不是了。"汝殊赶紧将茶盘放下，假意在脸上掴了一下。

　　正说着，侧门忽然悄声无息地打开了，莫镜明正面无表情站在门口。

　　看见莫镜明，焦菡脸上的笑容顿时消失不见，呆立在当场。

　　莫镜明冷冷地扫视了一遍屋中众人，然后眉头轻蹙，直视着焦菡道："我说怎么忽然变得嘈杂起来了，你来干吗？"

　　染烟眼疾手快，赶紧趁此机会，一把夺过了焦菡手中的花架，将手背到了身后。

　　"我……娘来看看你们不成吗？"焦菡此时已顾不上花样的事了，忙半是责怪、半是讨好地走上前，对莫镜明道，"吵着你了？是娘不对，娘一时高兴得忘乎所以了。待会儿，娘说话小声一点便是，你也不至于对娘这种态度吧！"

　　莫镜明垂了眼帘，嫌恶道："娘是无事不登三宝殿的人，有什么吩咐，还是尽请直说吧。"

　　"咳，你看你，都把娘说成什么人了！我可是你的亲娘，人家都说母子连心，怎么就没见你跟我连过心呢？算了算了，娘懒得跟你计较，你还是赶紧回屋看你的书吧。你不待见娘，人家烟姑娘待见。"

　　莫镜明闻言，眼皮一抬，神情古怪地瞪着焦菡道："染烟怎么了？你有事直接跟我说好了,不要把染烟扯进莫府里的事儿,她什么都不懂。"

"娘看你才什么都不懂呢。"焦菡伸指,戳了莫镜明的额头一下,"娘找染烟说说闲话又怎么了?你这没心没肺的东西,当真是有了媳妇忘了娘。你快进去吧,我都懒得理你。"说罢,焦菡便连推带搡地将莫镜明推入了书房,还顺手带上了书房的门,又提高音量,对门内的莫镜明道:"我跟烟儿要说的是我们女人之间的闲话,你可别偷听啊。"

"说完了快走!"里面传来了莫镜明闷声闷气的回答。

焦菡得意地笑了,转身招呼染烟道:"看见了吧,对付倔驴就得用这个法子。"

染烟既错愕,又觉得好笑不已,心中暗道:莫镜明要是倔驴的话,那你这个当娘的又是什么呢?

"婆婆过来喝茶吧,我们小声点说话,免得再吵扰到镜明。"染烟又一次相邀。

焦菡犹豫地四下打量:"烟儿,咱们可不可以到里屋说话?"

"当然可以。汝殊,你把茶也端进来吧。"染烟满口应下。

进得里屋,焦菡仍是不肯坐,一边饶有兴趣地绕着屋子,东摸摸西瞧瞧,一边对染烟道:"丫头啊,你们这房间布置得好别致,比我那屋可强多了,可见镜明在老爷心目中有多重要。说真的,你嫁给我们家镜明,一点都不亏。你跟着他好好过,以后莫府所有的家产全都是你们两个的,加上你又有方府的产业,你们俩注定会成为祢都城最富贵的人。"

焦菡不说还好,此言一说,让染烟顿生不快。出生商贾之家的焦菡,倒是真没忘本,难怪莫镜明会跟她关系生疏!

汝殊替两人将茶摆好,又端了几样糕点点心,焦菡这才在茶几旁坐了,对汝殊道:"你先下去吧,我想和你们家少夫人单独聊聊。"

汝殊应了一声,退出屋去。染烟打趣道:"婆婆难道真的是要和我聊女人间的话题?什么私话,连汝殊也不能听?"

"哎,私话倒是私话,却只能私下里和你一个人说。"焦菡端起茶盏,喝了一口,放下茶盏时,脸上的笑容已变成了关切之情。

"染烟啊,我知道你是一个好姑娘,温顺懂事、单纯善良,可是在莫府的这摊浑水里,心性太过纯良是要吃大亏的。我是镜明的生母,也是你的亲婆婆,不可能眼看着你吃亏而不管不问,毕竟整个莫府,也就咱们娘仨才是一家人。所以,有些话我不得不跟你说。"

"请婆婆示下,染烟洗耳恭听。"

"嗯。"焦菡凑近染烟,压低声音道,"其实大夫人呢,你不用怕,她只是个虚架子。别看她有宫里的人撑腰,可这几年,俐妃和皇上的关系已大不如前,时好时坏、时冷时热的不说,我还听闻宫里又要选秀了,这就意味着皇上又会纳新妃。所谓'只听新人笑,哪闻旧人哭',一旦俐妃失宠,大夫人便连这点底气也没有了。"

"可是不还有老太太吗?"染烟迟疑道,"老太太那么信任大夫人,有老太太撑腰也是一样的啊。"

"傻丫头,你也不想想,那老太太都多大年纪了,一个风烛残年的人,说没也就没了,能给她撑多久的腰?老太太不过是大夫人最后的一根救命稻草罢了。"

"婆婆这话说得重了些吧。"染烟虽然既不喜欢老太太,也不喜欢大夫人,可焦菡的话怎么听怎么觉得刺耳。

染烟忍不住又杵了焦菡一下道:"婆婆别忘了,这个家拿主意的人,可不仅仅只老太太一个啊。我想,以太师对大夫人的敬重,怎么也不可能将大夫人撇到一边吧!"

"是,老爷是敬重大夫人。"焦菡不以为然道,"可拿镜明跟她比呢?谁对老爷才是最重要的?丫头,总之你记住,镜明才是你的依赖,才是你可以倚仗的,至于大夫人和老太太那边,你尽可以阳奉阴违。不过,你也要嘴甜点,多说点好话,这对你没什么损失,只要能把她们哄得开心就行。"

停了停,焦菡端起茶盏又喝了一口,才接着道:"二夫人玫芸芸失势已久,但她也算有背景的人,大益朝十大家族之一的庭阳玫家你应该听说过吧,这就是她为什么会成为太师第二任夫人的最重要的原因。玫家所在的庭阳,正好是大益朝南北河运的中枢地段,玫芸芸的两个兄长现在都在负责南来北往的河运转输。朝廷对他们事事倚重,老爷自然也把她当菩萨一般供在家里,哪怕她只是生了两个丫头。不过,玫芸芸本人并无甚心机,有时候还会因为心直口快,而惹得老太太不高兴。庭阳玫家家世雄厚,玫芸芸又从小娇生惯养,故而她也根本没有什么野心,所以你不必顾及她的存在,但你可以想些法子去笼络她。她受大夫人压制多年,和大夫人一向不和,若能争取到她的相助,你取代大夫人,成为莫家的主事者就指日可待了。"

染烟愣愣地听着,不知说什么好,半天才转出一句题外话:"是。我倒是听说太师还有两个女儿皆已出嫁,嫁的门户还不错,就是离祢都城远了点儿。"

"嫁出去的丫头泼出去的水,除了进宫,谁会指望丫头成为靠山呢?不说她了,接下来是三夫人。"焦菡笑了笑,"三夫人没有任何背景,不但没有任何背景,我还听说她家境贫寒,继父差点把她卖进宫里为奴,所以你要当心的,恰恰是这位三夫人,潘菀。"

染烟十分诧异:"为什么?她既然没有任何背景,为什么还要担心她?"

"因为……"焦菡的嘴角浮出了一丝嘲讽,"有时候最可怕的敌人,并不见得出身有多高贵,家世有多雄厚。我入莫府也将近十八年了,但是十八年过去了,我始终看不透潘菀究竟是一个怎样的人。她为人淡漠、行事低调,从来不争不抢,无论是老爷,还是大夫人,或者是老太太,让她做什么,她都从命,哪怕是和自己的亲生儿子分离,眼睁睁地看着尚还年幼的莫怀苍被老爷送出莫府,她也没有说半个'不'字,甚至连一滴眼泪也没有掉过。更甚者,莫怀苍住在外面这么多年,只有莫怀苍入府来探望她,她却一次都没有去探过莫怀苍。就连莫怀苍年年的生日,别的夫人都还会多多少少送点礼物,以示心意;她倒好,只在白纸上写下一个数字,拿信封装了,就当是给莫怀苍的生日礼。你说,天下哪有像她这样做母亲的。"

"数字?什么数字?"染烟好奇地问道。

"还能是什么数字,就是莫怀苍当年的岁数呗,年满十岁就写一个十,年满十一就写十一。我虽然看不透她心里究竟是怎样想的,可你也知道,我爹是一个生意人,别的不说,识人的眼力还是有一些的。他曾经告诉过我,越是深藏不露的人越危险,此种人懂得隐忍和坚持,如果不是身怀异志,便是筹谋已久,一旦让他们抓住机会,便很可能做出一些惊天动地的大事来,而潘菀就是这种人。"

"是吗？"染烟勉强挤出一丝笑容道，"也许是婆婆多虑了，有的人天生就性子冷淡，三夫人家里无权又无势，她若不行事低调点，恐怕没法在莫府立足。至于莫怀苍出府独居，这是太师决定的，三夫人就算提出异议，也无法令太师改变主意。她不去探望莫怀苍，大概是怕见到自己的孩子孤独无依，徒生伤感吧。她既然能在莫怀苍过生日时记下他的岁数，就足以说明她这个当母亲的还是很惦念自己的儿子的。"

焦菡若有所思，缓缓地点头道："你说得也有道理，爱之深，情之切，这反倒都化作了无言。一个母亲的惦念，对孩子来说，比世上任何礼物都贵重，尤其是像莫怀苍那种从小独自一人生活在外的孩子。"

"是啊。"染烟的耳畔仿佛又听见了莫怀苍的恳求："下个月初七是我的生日，我希望你和镜明到时能去我那儿，陪我喝两杯酒。要是……要是实在来不了，就算了。"

"不过染烟，"焦菡又道，"这就更说明了潘菀是个心机深沉的人，你不可不防啊。"

"嗯，我自己会小心的，多谢婆婆提点！"染烟说着，已准备送客，她实在没有耐心听焦菡继续说下去了，宅门里的倾轧她不想有任何参与。

想到这里，染烟站起身对焦菡道："婆婆稍坐，染烟去去就来。"

焦菡诧异地看着染烟，没有追问。

染烟来到外厅，拿了装花样的匣子和刚才从焦菡手里夺回来的绣花架，重新回到了里屋。她先将绣花架放在桌上，然后将匣子推至焦菡的面前，当着焦菡的面打开匣子，道："婆婆，这匣子里的所有花样，你尽可以挑走。若这些花样你都不满意的话，我还可以给婆婆另外画几种，但我绣的这种，却是不能给婆婆的。"

"为什么？"焦菡不满道，"我可是你的婆婆，一个花样你都舍不得。"

染烟笑道："不是舍不得，是因为我绣的这丝帕，是准备送给小公主的。婆婆若是和宫里的人用样式相同的帕子，又不是被封赏的，岂不是有忤逆的嫌疑？"

"算了，算了，我不要了。"焦菡吓得连连摆手道，"还是等你哪天得空了，给我重新画个花样吧，要好看、特别点的哦！"

"是，染烟谨遵婆婆命。"染烟松了口气，道了个万福，"那我送婆婆出门吧。"

两人走出厅堂，染烟问焦菡，要不要将莫镜明也叫出来送她，焦菡又是连连摆手，并做了个噤声的手势。染烟会意一笑，遂让汝殊去把焦菡的伞取来，把焦菡送到了台阶口。

染烟停下脚步，道："婆婆，地湿路滑，路上当心，千万别摔倒了。汝殊，你替我送婆婆出蕙昕苑。"

回到里屋，染烟在屋中伫立良久，然后捧起没绣完的丝帕，用手指轻轻摩挲着那半朵蓝紫色的桔梗花，喃喃低语道："这花可是我送给自己的，我是在将自己的一颗心绣在丝帕上，又岂能给你拿去糟践了。"

正出神间，忽闻身后传来轻轻的脚步声，染烟赶紧将绣花架子反扣在桌上，然后拿匣子压在上面。

"我娘走了？"身后传来了莫镜明的询问。

"走了。"染烟淡淡答道，又假装随手整理匣子里的花样。

"她来都跟你胡说了些什么？"莫镜明来到染烟的身旁，"你可千万别听她胡说八道，她满脑子盘算的都是莫家的财富，可惜她自己又没本事去和大娘争，所以她最擅长的便是挑唆……"

"看来，她也挑唆过你，是吗？"染烟低首，仿佛一直在看那些花样，但她的眼里，却满满的都是莫镜明。

莫镜明苦笑道："看来，她知道我油盐不进，便将目标转向了你。"

"那你觉得，她所说的真的全都是胡说八道吗？"

莫镜明怔了一下，道："你这话什么意思？你不会是听信了她的胡言乱语吧？"

染烟闻言，停下了手中的动作，道："听信了如何，不听信又如何？你这些天不是视我为无物吗？我做什么，不做什么，对你来说，完全可以毫不在意。"

"方染烟！"莫镜明沉声道，"你可以跟我斗气，但是你不能拿自己的命运开玩笑。莫家的事远比你想象的还要复杂，你的执意孤行只会让自己卷入看不见的危险中，何苦呢？你有皇上赐封的葵邑封地，以后也会继承你爹的封号和方家所有的产业，这些足够保你一生富贵无忧，何必跟莫家的疯女人们去争个你死我活?!"

染烟终于忍不住,将木匣的盖子"啪"的一声扣上。

"你真的很关心我,连我将来的生活都替我设想好了!但我只想问你一句,是不是就因为你铁了心要和我形同陌路,所以才不让我碰你们莫家的财富?我在你眼里就是这种人吗?嫁给了你,就觊觎你们莫家的权势与财富?你不说则罢,现在说开了,我倒要看看你怎么把我这个名正言顺的正室给弃置掉!"

莫镜明冷冷地盯着染烟一字一顿道:"随你怎么想,我对你已经尽心尽力了!"

染烟毫不相让,以同样冷淡甚至是略带刻薄的口吻道:"莫镜明,我也已经习惯你将我视若无物,你还是一直保持这种状态的好,别老是天降神迹一般,对我'尽心尽力',我受不起!"

"好啊!"莫镜明整个人就像凝了一层冰霜,寒气逼人,目光也像冰刀一样越发的凌厉,他狠狠地剜了染烟一眼道,"你迟早会知道什么叫后悔,咱们走着瞧!"说罢,莫镜明一转身,愤然离去。

"走着瞧就走着瞧!"染烟低低地回应了一句,她的心其实早就揪痛难耐,只是煮熟的鸭子嘴硬罢了。

"你跟三公子不会又吵架了吧,少夫人?"汝殊吃惊地出现在门口。

"把东西收拾好吧。"染烟有气无力地答道,"我觉得好累——心累!"

染烟独自在屋内闷坐了好一阵,自己去取了一把伞撑上,信步往竹林后走去。细雨中的竹林,空气分外清新,染烟的头脑似乎一下子清醒了许多,连心悸胸闷感也舒缓了些。她正走着,忽见迎面匆匆走来一个人,撑着一柄灰色的大伞。虽看不清来者是谁,但从其伞下的衣着,还是分辨出了此人就是应柄奇。染烟在路边站住,静候对方走近。

"应管家,怎么下雨你还来啊?不是说下雨只能暂缓修缮吗?"

"哦,原来是少夫人啊。"应柄奇上前正欲作揖,染烟忙阻止道:"应管家,下雨天多有不便,你就不必客套了。"

"呵,谢少夫人。"应柄奇将伞微微后仰,以免伞沿的雨水滴到染烟身上。

"是这样的,少夫人,因为凉亭四周的地势需要加高,所以在下先命下人围着凉亭挖了一圈沟壑，准备垫石垒土。这土刚刚垒上，便下了雨，在下有些放心不下，故而顺道过来看看，没想到垒好的部分果然被雨水冲垮了不少。"

染烟微笑道："嗯，没办法，正巧赶上了下雨，等天晴的时候叫人重垒便是。不过，府内事务缠身，应管家可是个大忙人，我这蕙昕苑一座小小的凉亭，也不是急等着用，还要让应管家冒雨亲自跑一趟查看，染烟实在愧疚。"

"少夫人，您客气了。"应柄奇不好意思道，"这些都是在下分内之事，如果是府里的下人们偷懒尚情有可原，但应某有幸蒙太师大人器重，以及老太太和大夫人的信赖，将府内大小事物交由应某主办，应某若不尽心尽力，岂不是愧对恩主？"

"恩主？"染烟疑惑道，"应管家所说的恩，是指太师的知遇之恩吗？"

"嗯，是知遇之恩，不过也不仅仅如此。"应柄奇停顿了一下，道，"其实，应某如今所拥有的一切都是太师大人给的，没有太师，绝不会有今日之应某。"

"原来如此。"染烟想了想又道，"可是我听说，你是三夫人介绍进府的，按理，你最应该感谢的人是她才对啊。"

"嗯，应某的确是由三夫人引荐给太师大人的。"应柄奇面露迟疑之色。

"在下和三夫人本是同乡，至十六岁院试中了秀才之后，应某的家境每况愈下，每日都在发愁有什么可以果腹充饥，后来不得不学了人，编草鞋挑去卖，就这样，家里也是有上顿没下顿的。幸蒙三夫人心善，不时周济我一两个铜板，这才勉强支撑了下来。没多久，三夫人嫁入莫府，正巧莫府缺一个得力的管家，三夫人便向太师大人推荐了我。不过她也说，只是看在同乡的份上才推荐的，若我办事不力、懒惰怠慢，她会第一个请老爷辞了我。是故，尽管我对三夫人也心存感激，但知晓她是一个行事分明的人，又哪里敢妄加攀附呢。"

染烟略略颔首，道："原来应管家还有这么一段故事，我现在终于明白，应管家为何会格外受到器重与信赖了。"

"呵，是应某的运气好罢了。"

"应管家何必谦逊。"染烟接着道，"你说话极有分寸，做事又兢兢业业、守职尽责，太师器重你也是理所应当。看来，染烟还有很多东西要向应管家学习啊。"

"少夫人说笑了,应某其实是一个很笨拙的人,只是希望勤能补拙。少夫人如果有什么需要应某帮忙的,应某也一定会尽自己所能,为少夫人分忧解难。"

"那我就先谢谢管家大人了。"染烟眼珠一转,忽然话锋一转,道,"对了,太师说可以为我特例一下,准许我每个月回一次娘家,不知应管家可有替我安排下时间?"

"哦,此事应某是知晓的,不过暂时还未做安排,少夫人不是才回去过一趟吗?"应柄奇诧异道。

"对啊,"染烟笑道,"我只是想了解一下应管家是怎么安排的。不过,既然管家尚无安排,染烟斗胆请问一声,回娘家的时间可不可以由我自己来决定?"

"当然可以。"应柄奇道,"少夫人一个月内什么时候回去都可以,不过若逢年过节或遇府中有重要安排时,还望少夫人能找太师商议一下。"

"嗯,这我知道,应管家请放心,该如何安排,我自有分寸。"

"多谢少夫人理解,那少夫人下个月准备什么时候回去呢?"

"我想月初就回去。"

"月初?"应柄奇略一犹豫,随即道,"好吧,不知具体是何日?以后的每个月都安排在月初吗?"

"那倒不一定。"染烟假意想了想道,"你暂帮我安排在下月初六吧,以后若有变动,我会提前遣人告知于你。"

"好的,就依少夫人所言。"应柄奇扶着伞柄拱手道,"那应某就去处理其他事儿了,就此向少夫人告辞。"

"应管家慢走。"

剩下染烟孤单独行,在细雨中流连了好一阵,才慢吞吞地回了大屋。

第四章　病作连理

门廊边,汝殊正倚门斜靠,神情黯然。染烟一边登上台阶,一边道:"立在这儿干吗,没事做了吗?"

"哎呀,少夫人,你可回来了。"汝殊匆匆忙忙迎向她,"少夫人,你去哪儿了? 快急死奴婢了。"

"有什么好急的?"染烟白了她一眼,"莫府就这么大,我还能丢了不成。"

"不是的,少夫人。"汝殊解释道,"是三公子回来了。"

染烟面色顿时一沉,说道:"他回来就回来呗,这是他的家,他不回来还能去哪,用得着这么大惊小怪吗?"

汝殊撅着嘴道:"三公子他回来有一阵子了,回来的时候从头到脚都是湿淋淋的。奴婢找了一套干净的衣服,想让三公子赶紧换上,谁知他见你不在,竟发了脾气,说什么也不肯更衣……"

"发脾气?"染烟不屑道,"我还一肚子火呢,他凭什么发脾气?"

"他是冲奴婢发脾气呢!"汝殊叹气道,"你们两个吵嘴倒不要紧,一赌气就各跑各的,还把气都撒在奴婢头上,真不知道你们是何苦来哉!"

染烟一时愣在了楼梯口,过了半晌才缓缓道:"我不欲伤人,人却欲伤我。你问我何苦来哉,我又去问谁?"

语中虽然带着气愤,然染烟终究有些放心不下,问汝殊道:"你找出来的干净衣服呢? 给我!"

捧着莫镜明的衣服,染烟敲了敲里屋的门。

"不是跟你说了嘛,少夫人没回来,别来烦我!"里面传来莫镜明极为不耐烦的声音。

"是我,我可以进来吗?"染烟不待莫镜明答话,便自行推开了门。莫镜明坐在桌边,正以一副疲惫不堪的神情望着她。他浑身上下,从头到脚,果然像汝殊所说的,没有一处干的地方。

染烟将衣服放在桌边,在莫镜明的对面坐下,道:"为什么不换衣服?明明知道这样会生病,难道上次闹腾得还不够吗?"

从染烟一出现在门口,莫镜明的视线便始终牢牢地盯着她,而对染烟问他的话则是充耳不闻。

"你看着我做什么?"染烟没好气道,"还不赶紧把衣服换了,我让汝殊去准备姜汤!"

"你去哪儿了?"莫镜明终于开了口,却答非所问。

染烟深深地叹了口气,道:"又怎么了?我还能去哪?没有你们莫家人的同意,我连莫府的大门也没法迈出一步,你又不是不知道。"

"那你至少该跟汝殊说一声吧,连个招呼也不打就没了影儿,难道因为你是郡主,就不用顾及别人的感受吗?"

"你想说什么?"染烟感觉自己的怒意又有了上升的趋势,"你自己呢?箴慎侯!你扭头就走的时候,好像从来也没跟我说过你要去哪里、何时回来吧!像你这么冷酷无情、自私自利的人,除了伤害别人,留世何用?"

"方染烟!"莫镜明气得浑身发抖,双拳紧握,眼中尽是无奈与痛楚的怒火,他一拳砸在桌子上,低声吼道,"你知不知道自己究竟在说些什么?我冷酷无情、自私自利?哈哈,我要是真的能冷酷无情、自私自利,就不会变成今天这个样子!"

莫镜明说着起身,身形摇摇晃晃,指着染烟道:"罢了,我就知道,我说什么、做什么都是错的,命里注定的,无论如何不甘心,永远都无可更改。可是你知不知道,我从来没有想过限制你的自由,只是你突然间不在了,我还以为……以为……"

染烟紧蹙了眉头,她忽然觉得莫镜明的情况有点不对,不但身形不稳,就连指着她的手也是摇摇晃晃的。染烟当即站起身来,向莫镜明靠近,同时伸手去拉他摇晃的手臂。

"镜明,你是不是不舒服?什么都别说了,我扶你上床躺一会儿吧。"

"不需要!"就在染烟的手指刚刚碰到他时,莫镜明突然猛力一挥,甩开了染烟的手,并重复地吼道,"我不需要你来扶我,不需要你假装关心我,我只是想你明白,明白我的心,你懂吗?"

"好好好,你说什么就是什么。"染烟再次靠近,试图抓住莫镜明。

但莫镜明仿佛看穿了她的心思,摇摇晃晃地退了两步,接着道:"不,你不懂,你不知道我是谁,我也不知道你是谁,可我真的只是以为,以为你会负气而不顾一切地离开……对,离开,以你的性子,有什么是不敢做的。你告诉我,跟我说实话,你是不是已经离开了?那你为什么又要回来?为什么?"

莫镜明的话戛然而止,他两眼直愣愣地瞪着染烟,只不过一两秒的时间,便在染烟的面前颓然倒地,不省人事。

事情变化得太快,染烟根本来不及反应,只能眼睁睁地看着莫镜明倒地。

"镜明,莫镜明,你怎么了?"染烟扑到他的跟前,伸手一探,发现莫镜明的额头滚烫,便慌乱地叫了起来,"来人啊,有人吗?快来人啊,三公子病了!"

本是该进晚膳的时候,蕙昕苑的大屋里却站满了人,莫太师、大夫人杜氏,以及焦菡俱已到场,所有人都站在厅堂中,焦灼不安地等待郎中的诊脉结果。

过了好一会儿,郎中才从里屋出来。莫太师率先迎了上去,问道:"大夫,我儿的病情如何了?"

"太师请放心,只是略感风寒,不打紧的。待我开个方子,配好了药,你们拿去煎了,煎完给他喂服三次,到明天早上,他的体热退了,也就无甚大碍了。"

"那真是太好了,有劳大夫了!"接着,莫太师又吩咐一旁的下人道,"请大夫到一旁去开方子!"

下人领着大夫下去后,莫太师转首对杜氏和焦菡说道:"你们都听见了吧,镜儿没什么大碍了。你们先回去吧,不用都在这儿守着,人多嘈杂,也不方便镜儿养病。"

杜氏点点头，临走时对染烟道："镜儿就交给你了，可别再出什么岔子了。"

　　染烟恭敬地退让至一边,道："两位婆婆请慢走,儿媳一定会小心看护。"

　　焦菡以责怪的目光看了染烟一眼，嘴角牵动了一下，却终究什么也没说,转身离去。

　　莫太师走近染烟，在染烟肩头拍了两下，安慰道："就这样吧，你辛苦了！"

　　染烟沉默地低下头，对莫太师没有过多追问镜明病倒的缘由而心存感激。

　　没一会儿,郎中便将开好的方子交给了染烟:"少夫人请过目。"

　　染烟接过方子,大略地扫了一眼。她虽不懂药理,但也曾患过风寒,所以对治疗风寒感冒的一些药物还是比较熟悉的。

　　"方子没什么问题。"染烟道,"你照单配药吧。"

　　药配好之后,染烟立即让汝殊去煎药。然那郎中凝目仔细地瞧了染烟一下道:"少夫人,不知是否方便,让在下也给你断一个脉。从面相上看,少夫人的状态也有感染风寒的征兆啊。"

　　"嗯？不必了。"染烟谢绝了郎中的好意,"我只是紧张所致,或者是累了。"

　　夜半时分,一直守候在莫镜明身边的染烟终于体力不支,趴在桌边睡着了。不过,人虽是睡着了,但心中的那根弦却还紧紧地绷着。

　　大概一个盹儿的工夫,染烟蓦然惊醒,醒来时见屋内已没了汝殊的人影,想着汝殊大概是去热药了。她叹口气站起身来,想进里屋看看莫镜明的情况,哪知刚一立起,便感觉头晕目眩,站不稳当。染烟赶忙扶住桌边,勉强撑持了半晌,才稍稍觉得眩晕没有那么厉害了,但嗓子还是火辣辣的痛,身子也像被虫食蚁咬一般的酸痛不已。

　　染烟心知恐怕是被那郎中不幸言中,自己果然是感冒了。她在雨中站了很久,虽然撑着伞,上面的衣衫没有湿,可是鞋子和过长的裙服却早就湿了个透,回来后又没来得及更衣换鞋,以致冷湿侵体,并不奇怪。

　　可此时她绝不能倒下,莫镜明的病尚未痊愈,若连她也倒下的话,光靠汝殊,如何能照顾他们两个人。再则,外表温柔、内里倔强的性格,也驱使着染烟咬牙不肯让自己倒下。

染烟顺手拿起桌上的杯子,顾不得茶水已凉,仰头一口气喝了个干净。茶水的凉意让染烟禁不住打了个寒战,平时喝凉茶也没觉得像现在这般冷,这一杯喝下去,似乎连牙齿缝里都冒着丝丝冷气,但头脑却因此清醒了许多。

染烟放下杯子,一步一挨地拖着酸痛的身体向里屋挪去。好不容易进了里屋,染烟扶着床坐下,发现莫镜明出了满身的汗,便拿手擦拭他的额头。这一触碰,反倒感觉自己的手比他的额头要烫得多。

莫不是我也发烧了? 染烟心想。

"镜明,你感觉好点了吗?"染烟握住莫镜明的手,低声呼唤道,"我扶你起来喝点水吧! 你身上发热,又出了这么多的汗,不补充点水分不行的。"

莫镜明将眼帘微微睁开了一缝,嗫嚅道:"染烟,是你吗? 你没有走吗?"

"走? 你让我走哪儿去啊?"染烟苦笑道,"别瞎想了,我去给你倒水。"

欲图松开的手这时却被莫镜明反握住,"现在是什么时辰了?"莫镜明虚弱地问道。

染烟想了想,答道:"应该已经是子时了吧。"

"那你怎么还没去睡?"莫镜明勉强拿眼瞟了一下周围,"咦,我怎么睡在床上?"

"你生病了,烧得厉害。"染烟半是责怪、半是同情道,"谁让你去淋雨,又不肯换衣服,不过,现在似乎好一些了。"

莫镜明缓缓地闭了一下眼,随即又睁开眼道:"对不起,让你受累了。"

染烟怔了怔,莫镜明一向都很傲慢,很少主动向人道歉,却在此时向她说"对不起",还真让人不习惯。

"你这种马后炮的话,不说也罢。"染烟轻声道,"反正等你病好之后,我会慢慢跟你算账。所以,你要是还有点同情心,就给我快点好起来!"

染烟说着,用尽仅剩的气力,挣脱开了莫镜明。但就这么一个小小的动作,却令她喘息不定、视线模糊。正不知该如何挪回桌边,去替莫镜明倒水时,外头传来了汝殊的声音:"少夫人,你在里屋吗? 奴婢将三公子的药热好了。"

染烟张了张嘴,很想回答汝殊,然以她现在的力气,能发出个声儿,大约只有近在咫尺的莫镜明可以听见了。

汝殊没听见应答,狐疑地端了药进屋:"咦,少夫人,你果然在里屋,三公子也醒了吗?正巧了,药还是趁热喝吧。"

"嗯,药给我好了。"染烟深吸一口气吩咐道,"你去取一壶热水来先凉着,待会三公子要喝,顺便再找几条干毛巾和一套干净衣服来,三公子在发汗,不能再凉着了。"

"是,奴婢这就去。"

染烟浑身绵软无力,想了想,干脆将药碗放在了膝盖上,这样方便给莫镜明喂药。可刚拿起勺,梁烟的手就颤抖得厉害,她勉勉强强将勺子送至莫镜明的唇边,莫镜明听话地喝下后,便对染烟道:"你放在旁边,我自己来吧。"

"你病还没好呢,能行吗?"

"能行。"莫镜明道,"我坐不起来,可以侧躺着喝,你帮我扶住药碗就行。"

染烟觉得这也不失为一个办法,就依了莫镜明所言,将药碗捧到了他的身侧。

莫镜明拿一只胳膊半撑起身子,另一只手一勺一勺地舀着药,很快便喝完了一碗。

染烟见此,笑道:"你果然是好多了。"

莫镜明重又躺下,半合着眼,一副很累的样子道:"我倒是觉得,只有我生病的时候,你才会变得温柔一点,所以我正在考虑是不是要多病几天,好让你天天给我这么喂药。"

"想得美!"染烟悻悻道,"说白了,你就是个少爷坏子,我去让下人来服侍你好了。"

莫镜明幽幽一叹:"娶妻若此,奈何!奈何!"

汝殊回来,准备好了染烟要求的东西。染烟拿了干毛巾,伸到被子里,胡乱地给莫镜明擦试了一番,便喘着粗气坐到一旁。接下来的更衣,染烟哪还有气力,遂无奈命令汝殊:"你来吧,他不换也得换。"

"少夫人,你是不是也生病了?"汝殊担忧地看着染烟,"怎么出了这么多的汗,脸色也……"

汝殊没说完,看见染烟直朝她使眼色,当即闭了嘴,犹豫了一下,便挨到床边道:"三公子……"

"不用了,还是我自己来吧。"莫镜明慌乱地拒绝,面呈苦色。

折腾了半天,莫镜明终于换好了衣服,将汗透的一套扔了出来。

"行了,你再睡会吧。"染烟此时稍稍缓过劲来,替莫镜明掖好被角,又对汝殊道,"把给三公子凉的水也端进来吧,放在这边茶几上,我一会儿喂给三公子。"

虚弱的莫镜明很快再度熟睡过去,期间迷迷糊糊地感觉被人喂了两次水,可等他又一次被摇醒时,映入眼帘的却是汝殊忧泣的脸。

汝殊的眼中晶莹闪动,似乎还含着泪:"三公子,该吃药了。"

"什么时辰了?"莫镜明习惯性地问道。

"已经四更天了。"

"少夫人呢?她去睡了吗?"莫镜明不问还好,一问,汝殊的泪便再也忍不住地夺眶而出。

"你还是先喝药吧,三公子。"

"怎么了?你哭什么,汝殊?"

汝殊的目光扫向了床尾。

莫镜明艰难地撑起身子,看见染烟竟然像弓虾一般蜷缩在床尾,大吃一惊道:"染烟,你怎么睡在这?不行,你去我的书房躺椅好好睡啊!"

汝殊抽泣道:"别叫了,三公子,少夫人她病倒了,可她却非要坚持守在你身边,结果现在浑身滚烫、人事不省,尤其这深更半夜的,要去哪里寻大夫呢!"

"快把我的药先喂她呀!"莫镜明急道,"我的体热皆已退了,只是身子尚未恢复,赶紧的,得先控制住少夫人的发热!"

"能行吗?"汝殊狐疑道。

"姑且一试吧,若拖到天亮,情况会更糟!"

两个人相互帮衬着,总算把药给染烟喂了下去。之后,莫镜明又对汝殊道:"你们少夫人是怎么照顾我的,你依样照做便是,虽未必有效,但至少可以让她舒服一点。"

　　汝殊点头应着,赶紧去打水。

　　莫镜明挪过身子斜靠在染烟身边,眼见染烟秀发凌乱,一脸憔悴,不免心疼地抱怨道:"你是不是疯了? 为了照顾我什么都不顾了。可是你知不知道,若没有你,我的存在还有何意义? 虽然我很自私,既不肯对你好,又不想放开你,但那也是因为我很想和你相守下去,又怕曾经的悲剧再次重演啊! 但不管怎样,你也不能因为赌气,就完全不爱惜自己的身子啊。我答应你,等你病好之后,我……我会放下从前,忘掉过去,和你好好地相守这一世。反正你什么都不记得了,我这也不算是违背誓言,对吗? "

　　莫镜明的声音渐渐哽咽:"只要我们还能看见彼此,只要我们还在一起,既然你都忘掉了过去,我为什么就不能呢? 烟儿,原谅我的情之深、恨之切,原谅我的自私自利,我知错了。所以,你一定要快点好起来,听见了吗? 烟儿,你千万千万要快点好起来! "

　　染烟的身子抽搐了一下,不知是因为听见了莫镜明的肺腑之言,还是因病所致。莫镜明凝视了染烟片刻,身子慢慢地贴近染烟。染烟的发香和体息让他有些意乱神迷,他情不自禁地在染烟的耳根处轻轻吻了一下,然后用力紧紧地将染烟揽入怀中。

　　"我要抱着你! "莫镜明在染烟的耳畔喃喃低语道,"这一生一世,我都要抱紧你,不许你再从我的身边逃开……"

　　天色微明时,染烟悠悠醒转,本能地想翻动一下身子,却发现自己正睡在莫镜明的怀里。她大吃一惊,却怎么也想不起来后半夜所发生的事。她将身子缩了缩,意图钻出莫镜明的手臂,离开这张床。上次莫镜明醉酒,她到最后也是糊里糊涂的,跟莫镜明搂抱在一起,可结果又怎样? 两个之人之间不仍旧有难以靠近的距离吗?

　　吃一堑,长一智,她再也不想糊里糊涂地被他占便宜了。占了便宜还要翻脸的人,她惹不起,总还躲得起吧! 何况,莫镜明生病的时候,是她守着他,照顾他通宵,那就是莫镜明欠她的。莫镜明曾说,最不喜欢欠别人人情,她就偏要他欠着，让他为自己的冷酷无情而愧疚。可惜人算不如天算，她没能照顾他到底，反而在他身边呼呼大睡，这算哪门子事啊！

"干什么去？"染烟的动作虽然轻微，但莫镜明还是被惊醒了，"在病好之前，你能不能老实点躺着！"

染烟尴尬地回过脸，说道："我们俩都躺在床上挺尸，汝殊一个人可怎么办呀？再说，要是让下人们看见了，多不好。"

"有什么不好的？"莫镜明懒懒地答道，"我们本就是夫妻，夫妻不同睡在一张床上，还能睡哪里？"

"镜明，别开玩笑了。"染烟叹了口气道，"我得起来了，要是被你爹和大夫人他们知道了也不好！"

"哪儿都不许去，在病好之前，必须在我身边乖乖躺着！"莫镜明带着几分霸道地按住染烟，然后仰脸合上双眸，似欲继续入睡。

"镜明，你……"

"嘘，别说话，生病了得静养，你不知道吗？"

染烟闭了嘴，想想竟笑了起来，一丝柔软悄悄爬过心尖，安稳地躺在男人臂弯里的感觉，真是奇异又温暖。

阴雨天气终于结束了，放晴之日，阳光清亮且纯透，两个大病初愈的人都让汝殊搬了椅子摆在门廊上，然后相互搀扶着，走到门廊上晒太阳。两人并排坐在门廊边，莫镜明将双腿翘在栏杆上，然后一摇一摆地晃着椅子，晃了一阵，忽然对染烟道："你说等我们老了，会不会也像这样度过每一天？"

染烟心中一动，回道："如果到那时，我们都还活着的话，也许会！"

莫镜明笑笑，不再说话。时光淡然，他似乎又想起了遥远时空中的某个人，曾经他也希望能和那个人相守到老，只是一再地错失了，今生真的可以弥补回来吗？

"你在想什么呢？"染烟看了莫镜明一眼，对方的恍惚神色总让她生出一丝不安。

"想起了看过的一段史实，是有关你们方家的，想听听吗？"

"有关方家？史实？你在哪里看到的？"

"你忘了大益朝开卷堂不仅收录了各类典籍国书，还包括大益朝开国以

第四章　病作连理　93

来由史官记下的详细实录吗？帙卷之繁复浩大，不是普通人能接触到的。"

"哦，我倒忘了你在开卷堂帮着抄抄写写，怡然自乐了许多年。"

莫镜明再一次笑了起来："看样子，你并无兴趣。"

"说说看，反正也是闲着无事，我对方家和大益朝的旧史还真的几乎是一无所知。"

莫镜明斟酌了一下，开口叙道："大益朝当今的十大名门望族，基本上都是开国建朝之初，曾跟随开国皇上一起打下江山的功勋元老，大益建制后，皇上便以分封的形式，让他们各自回原籍管辖一方。比如现今势力最强的凤济路家，掌握着整个大益朝约三分之一的兵马，其先人就是当年开国皇上的追随者之一，而当今皇后路氏，便是出自凤济路家。"

"嗯，这我知道，接着说。"

"不过也有例外。"莫镜明顿了顿，接着道，"方家就是后来才突然崛起的，其跻身为名门望族的时间，至多也就一百来年。据史册记载，是因为当时后宫祸乱，少年时期的睿广帝被一个宫人冒死带出皇宫，才侥幸保住性命活了下来。数年过去后，宫人染病离世，睿广帝流落民间，在祁城之时得到了方家的收留与帮助。故而，睿广帝被迎回朝廷登基后，不但提拔重用了方家，还娶了方家的一位姑娘为妃。"

染烟若有所思道："如此说来，所谓十大名门并不是一开始就是十家，而是陆陆续续发展至今才形成的，对吗？"

"可以这么理解，至少现在的十大名门，并不完全是当初被分封的家族。"莫镜明赞同地微微颔首。

"没什么可奇怪的，大益朝建朝已有几百年，任何事物都是发展变化的，说不定再过些年，你们莫家也会成为大益朝的第十一大名门。"染烟不以为然道。

莫镜明唇角牵动了一下，似笑非笑道："我的故事还未讲完呢。其实，睿广帝在位时间统共只有七年，去世时年仅二十四岁，是在征剿名为'疸祸'的叛乱中为毒箭所伤，不治身亡！据史载，睿广帝在位时，甚喜雯妃，也就是你们方家入宫的那位姑娘，所以雯妃的父兄也跟着平步青云，得到了睿广帝的连连擢拔。但睿广帝在中了毒箭、被护送回祢都的途中，于弥留之际，却下了一道遗旨,因为遗旨内容涉及警喻后继者,故而被一字不落地记录了下来。"

"都说了些什么?"染烟听得入神,不禁催促道。

"第一,雯妃墓不得入帝陵,且不能出现在帝陵方圆三百里以内,但需以皇后礼制相葬!"

"什么意思?"染烟错愕不已。

"遗旨第二条,雯妃之兄封镇国公,其子嗣后代亦永远承享镇国公的世袭爵衔俸禄,可司城一族皇室永不得纳娶方姓女眷,尤其不允许方家女子入宫。依据此条,睿广帝之后的各个继位皇帝以及他们所册封的记录在册的嫔妃,确实没有一个出自祁城方家。"

染烟听了,心里有些发凉,古怪的感觉萦绕不去,却也说不清为什么。

"遗旨第三条……"莫镜明垂了眼帘道,"第三条是推立幼帝,在幼帝成年前,由公主和辅政大臣共同监执国事。也就是说,当年睿广帝亡故后,雯妃亦从史载上消失不见。"

"你……跟我讲这些,到底是何意?"染烟沉了脸,咬紧嘴唇。

"我在想,喜欢一个人和恨一个人,是不是只有一线之隔,爱恨怎么可以同时在一个人身上纠缠不止、挣扎不休?"

"你确定睿广帝真的有那么喜欢方家的雯妃吗?"

"遗旨定下了方家永世的荣华富贵,难道不正说明了睿广帝的用情之深吗?"莫镜明转首,凝视着染烟。

"死后不许入帝陵,方圆三百里内不许靠近,这得有多恨哪!"染烟苦笑,和莫镜明四目相对,"都说人死万事休,睿广帝若至薨仍执念爱恨,封侯加爵又有什么意思。大益朝有举贤之制,如太师,凭着自己的本事,不也能官居高位吗?反之,平庸无能或心术不正者占据爵衔,只会祸乱朝纲。是故,念旧未必是件好事,何况……"

染烟轻叹,接着说道:"一朝君主一朝臣,连君臣都不同了,凭什么方家的女子就不能入宫?当然,并非所有的贵胄千金都想入宫,然圣谕之下,未免太过武断,至少在我看来,帝王之恨远胜他的所谓顾念。"

"是吗?"莫镜明蹙眉道,"也许雯妃做了什么令睿广帝无法原谅的事儿呢？"

"你一定要贬低方家才能心理平衡吗？"染烟冷然扭过脸去，"世事皆有因由，焉知问题不是出在帝王身上？便是情深致伤，问谁对谁错，又岂是我等外人能妄加推断的？"

"也许……"莫镜明转首望向翠绿青青的庭院，树叶在阳光下闪动着耀眼的光芒，似曾相识，又宛如新生。

"情深致伤，凭谁断对错……"

这次生病病愈之后的将近十天，对染烟来说，算是一段难得的温馨时光。尽管两人仍时有斗嘴，不过染烟能感觉得到，斗嘴的内容大多都是莫镜明在同她开玩笑，或者说是在故意拉近和她的距离。

莫镜明因何而改变了态度，染烟始终摸不着头绪。虽不知道他和她的这种状态能维持多久，但染烟还是希望两个人能走得更长远一些。

这日，莫镜明主动陪染烟去了德苂轩一趟，一为向莫太师请安；二则以示他们夫妻之间的和睦美满。

莫太师对两人的到访似有些心不在焉，只是随意地叮嘱了两人几句，便说自己还有公务要处理，让镜明趁着天晴，跟染烟在园子里随便走走，也可以上街去瞧瞧热闹。

染烟敏锐地察觉到，莫太师在急着打发他们走，所以告辞出来后便问莫镜明道："你爹最近心情不佳吗？"

莫镜明笑着说："不，我爹并非心情不佳，他是真的有事。你没发现他的书案上有一封尚未拆看的信函吗？"

"这我倒没注意。"

"我爹将那封信反扣在书案上，信封背面用以封口的火漆显示的是一个'玫'字。"莫镜明道。

"庭阳玫家？"染烟不解道，"是和二娘有关吗？"

"不。"莫镜明摇首道，"如果是私信，二娘跟玫家兄长的信函不会出现在爹的案头，应该是一些河运上的事务，在与爹互通有无。"

"莫非河运出了问题？"

"玫家做河运一向稳妥，所以皇上才会放手让他们经营。"莫镜明犹豫了一下，吞吞吐吐道，"不过，你也应该知道，河运涉及到方方面面，玫家不但要负责监督护送往来的官船，同时也要管理那些大大小小的商贾货船。按朝廷律例，他们会依照每艘货船承载货物的价值，抽取百分之一的税收，作为货船的督管费用，但这些都只是明面儿上的收入，是玫家真正收入中的一小部分。玫家也有自己的船队，时常转运一些私货，每一趟下来都可赚到相当可观的数目。对此，朝廷亦是睁一只眼、闭一只眼，彼此心照不宣罢了。所以玫家和爹爹通信，我怀疑十有八九，是和玫家私运的事有关。"

染烟上前拉了一把莫镜明的衣袖，悄悄道："你的意思是，你爹也有参与私运？"

莫镜明同样压低了声音答道："我爹从来不肯让我知道他的事，我不过是据理推测罢了，但没有真凭实据，这话我也只有跟你悄悄地说，绝不敢让外人听见。"

染烟变了脸色，道："可你爹毕竟和玫家不一样，朝廷官吏同地方勾结参与私运，一旦彻查下来，可是满门抄斩的大罪！"

"没错！"莫镜明正色道，"以我爹的谨慎，应该不太可能胆大若此。所以我才说没有真凭实据，如果有，我早就劝阻他了。"

"对啊，我爹也说过太师谨慎，最多是圆滑世故了些。私运事关重大，他又怎能不掂量掂量轻重利害？"染烟眼珠一转，拖住莫镜明道，"那你又是凭什么怀疑呢？不会就凭几封书信往来吧？"

"管家！"莫镜明伏近染烟的耳畔道，"管家每隔数月总有几天外出，明面上都称是为府中进货，又或者是回乡下老家。但有一次，我去他的房间，发现他弃换的鞋履和衣衫上沾满了河泥。那天他刚刚归府，我去的时候他正巧被大夫人叫去说事儿了，随身携带的包袱还搁在桌案上，包袱外层也沾有同样的河泥。"

"河泥？"染烟不以为然，"你怎么知道那是河泥，万一是在外面碰上了下雨天呢？何况，大益河溪不止一条，未必就是去了庭阳。"

"我也知道，但庭阳属于河流湖泊的交汇地，那里有一段河道出产五彩泥。你一定见过市面上的五彩泥塑，下等者为人工设色，上品则是选用真正的五彩泥塑制，其自然的纹路和色彩交融，绝非仿制可成。"

"也就是说,管家身上沾的是五彩泥?"

莫镜明点了点头,道:"二娘房中就有从庭阳带来的五彩泥人偶摆设,你闲着没事儿可以去把玩一番,就知道我所言非虚了。"

染烟陷入了深深的沉默。假如镜明的推测无误,对莫家,对她,都将是一件非常可怕的事,她还不想死,尤其变成罪囚无谓枉死,更加令她不可想象!

"不过,管家去庭阳跟爹究竟有没有关系还很难说。"莫镜明似看出了她的恐惧,揽住她的肩道,"我只是做最坏的推测,直觉告诉我,爹一心想的都是如何光耀莫家门楣,让莫家成为大益朝所倚重的显赫家族,会给莫家带来灾难的事,他绝对不会做。"

"但愿吧,但愿你的推测不会成为事实。"染烟苦笑道。

三天后,应柄奇终于将蕙昕苑竹林后面的凉亭修缮完毕,请莫镜明和染烟同去验看。经过重新整修,凉亭之内已不会再飘雨,而环境亦干燥了不少。

莫镜明兴致大好,当即命下人将棋盘取来,他要与染烟在亭中对弈。

汝殊沏了一壶茶,又备了一盘糕点,以及一盘切好的水果放在匣子里,一并提了过去,另又抱了两只鹅绒软垫,给染烟和莫镜明垫在石凳上,以免他们久坐受凉。

染烟的棋艺是方秀亲授的,以她的资质,虽然称不上高手,但与人对弈还是绰绰有余的。

两人一边落子,一边闲聊。莫镜明提议道:"瞧你在府里成日闷得慌,不如等明年开春、春暖花开时,咱们出门游历游历如何?"

染烟眼神一亮,道:"主意倒是不错,可太师会同意吗?"

"我去求他通融,多了不敢说,十天半月的他应该会答应。"

"十天半月能去哪里?我在祢都城生活了十六载,还从来不知道大益其他地方是个什么样,要是能周游于天地山川间就好了。"染烟略显失望道。

"呵,说你笨吧你还不承认!咱出了太师府,出了祢都城,我爹还能管得上你的腿?"莫镜明在取笑中又落一子,"其实,我对外面的天地也全都是道听途说,从未亲眼见识过,若能出门游历,咱还真得好好想想去哪儿!"

"是你提议的,你说吧!"染烟微笑着随后落子。

"不知你们方家如今在祁城可还有产业?"

"祁城?"莫镜明看似漫不经心地一问,倒把染烟问得错愕了,"怎忽然提起了祁城?"

"方公在朝为官也有很多年了吧,从未回过祁城吗?"莫镜明淡淡解释道,"如果我说陪你回祁城老家,兴许爹准咱们住上数月都没问题呢!"

"说了半天,你还是得看太师的脸色啊!"染烟嗤鼻道,"我还当你真有跑出去了便天高皇帝远的胆魄呢!"

莫镜明笑而不语。

"我听我爹说……"染烟想了想道,"他在祁城大概还有一间老宅子,是祖上传下来的。宅子虽老,不过几经修缮,平时又有专人养护,保持得还算不错,青砖灰瓦,院落三进三出,倒也朴拙自然。老宅后面是一个山丘,也是我们家的,山丘虽不大,可遍种果林。替方家看家护林的下人们,除了领取每月固定的月俸外,还可以分得一些卖果子的钱,也算是补贴家用吧。"

"听上去好像很不错嘛。"莫镜明露出了奇特的笑容,"不如我们以后搬去你们祁城的老宅子住,你我每日栽林种果度日,傍晚一壶小酒、几样小菜,共斟对饮、闲聊谈天,那该多么惬意。"

染烟哭笑不得道:"栽林种果?惬意生活?莫三公子,莫三少爷,你懂怎么栽树吗?你知道怎么样才能把果树种活吗?灌溉施肥、修枝剪叶、嫁接授粉、除虫防害,哪一样又是你能做的?真是站着说话不腰疼,等你真正过上那种生活你就知道了,现实哪有你想的那般惬意?不是我小瞧你,像你这种细皮嫩肉的公子哥,什么事都不做,去外面风吹日晒个十天半月,估计就吃不消了!"

"哦?"莫镜明以一种新奇的目光打量着染烟,"瞧你说的,好像自己什么都懂似的,是你自己当惯了千金小姐,怕跟着我受苦吧!"

"喊!"染烟不以为然地撇嘴道,"我怎么忽然觉得你是醉翁之意不在酒呢,难道你真舍得离开太师府、离开祢都城,去我们方家老宅闲度余生?"

莫镜明再次笑而不语,弄得染烟颇为迷惑。

"箴慎侯爷,你到底打的什么主意?"

"想去看看，不行吗？"莫镜明拈棋在手，却迟迟未落，反看定了染烟道，"镇国公一族于祁城起家，曾经收留过睿广帝的老宅想必已变了许多！百年瞬间，物是人非，我很好奇那里会不会是睿广帝一生最美好记忆的留存地。"

"你……"染烟狐疑道，"你还在惦记那个睿广帝，和你有关系吗？竟如此感兴趣。"

"错！和方家有关系，才是我感兴趣的地方！"莫镜明朗声笑道，"不像你，好像对自己的家世背景一无所知！"

染烟白了莫镜明一眼，低声嘟囔道："神经病，八竿子打不着的家世背景、祖宗先人，关我何事！"当下便没有再疑，还有些暗自欣喜:莫镜明对方家这么关注,是不是表示自己在他的心里还是有分量的？

傍晚的时候，应柄奇遣小厮莫平来到蕙昕苑，询问染烟回娘家的行程安排是否有变动，若无更改，两日之后，他会在府外为染烟备好接送的马车。

染烟顿时想起时日过得飞快，不知不觉竟已到了月初。

莫镜明在旁听了，没吭声。待莫平走后，梁烟对他主动相邀道："不如你跟我一块儿回去吧，有你相陪，爹爹和娘亲不晓得会有多高兴呢。"

莫镜明想了想，道："准备回去几天？"

"两天，咱们就住两天，让我陪娘亲和爹爹多说几句话，第三日一早咱们就回来，行吗？娘亲和爹爹就我这么一个女儿，我一离开，他们肯定很寂寞。"

"我知道。"莫镜明拍了拍染烟的手，"但我若跟你一块儿住下，你爹娘会感觉多有不便。这样吧，我陪你回去，等用过了晚膳就回来，让你和爹娘好生聚聚！"

"镜明，你真好，处处为我着想！"

"你开心就行。"莫镜明意味深长道，"我只是知趣一点，莫要让你爹娘嫌我碍眼！"

"瞧你说的，哪有！"染烟微笑着转身离开，对莫镜明眼中的深究之色故作未见。

听说姑爷也要回来吃饭，方府上下一片欣悦。方秀夫妇的盛情以待自不必说，席间，莫镜明言辞谈吐有礼有节，亦博得了方秀夫妇的欣赏。至此，他们也终于对染烟的婚后生活完全放下心来，一家人算是头一回过了个其乐融融的聚首日。

晚膳过后，染烟送莫镜明出府："真的不留下来陪我住一晚再走吗？"

"不了。"莫镜明替染烟拢了拢了额际的秀发，说道，"你留下来好好陪陪爹娘吧，反正也才两个晚上，我等你回来。"

染烟点了点头，送莫镜明上了马车，挥手道："天色晚了，自己路上小心。"

目送着马车渐渐远走，染烟松了口气。刹那间，她有些犹豫，莫镜明对她如此信任，她到底还该不该按原计划行事？如果莫镜明知晓了她此行的最终目的，会不会因此而怪她、恨她？但是……

染烟在府门口矛盾地踱来踱去，另一个孤单而无奈的身影老是在她的眼前晃动不止，他充满渴求且期盼的眼神，让染烟的心像针扎一般难受。

就这一次吧，下不为例，染烟暗暗想道。只去跟他道一声生日快乐就回来，镜明不会知道的，去看他一眼，以后就有理由拒绝了。

"镜明，请你原谅我，怀苍他实在太可怜了，我这么做也只是想去求个心安理得、问心无愧罢了……"

第二日傍晚，天色完全黑下来之后，染烟披着一身斗篷，匆匆出了门。

莫怀苍的宅子，染烟以前就曾造访过，那时贪图好玩，对莫怀苍收藏的各色玩意儿新奇不已。不过，今日的怀府有些不大一样，紧闭的大门内静悄悄的，仿佛人去院空。

难道莫怀苍并不在府上？染烟猛力叩了几下门环，正犹豫着是不是就此离去。

大门忽然"吱呀"一声打开，一个人影出现在了门口，正静静微笑地看着她。

染烟诧异道："二哥？怎么是你来开门？你的小厮呢？"

"进来再说吧。"莫怀苍淡淡地笑着，将大门又打开了一些，请染烟入内。

染烟进到门里，环顾四下，才发现整个宅子中，除了灯光闪烁，竟到处寂静空荡、无人走动。这顿时令染烟愈发狐疑，究竟是怎么回事？

莫怀苍在染烟身后将府门重新紧闭，走到她身边，对她道："走吧，我们到后面去坐。猜到你可能会来，所以略备了些薄酒，因陋就简，希望你不会见怪。"

　　"下人呢？怎么就剩你一个人了？"染烟犹豫着止步不前。也许是园子太空荡，让她无端地产生了些许紧张和恐惧感。

　　"我把他们都打发走了。"莫怀苍在微暗的灯光下凝视着染烟，"我怕你会来，所以就提前遣走了家中所有的下人。如果让他们看到你，万一生出些闲言碎语，传到那边会对你不利。"

　　染烟知道莫怀苍所说的"那边"是指太师府，她心中一动，说道："你怎么就知道我会来？如果我不来，今夜你岂不是要一个人孤独地过生日了？"

　　"我只是希望你会来，期待你会来，哪怕仅仅是期待，我也要为你安排好一切。"莫怀苍说着，垂了眼帘继续道，"至于孤独地过生日，我早就习惯了，与其让下人们在耳边吵嚷，还不如一个人静静地独守只属于自己的夜晚。"

　　染烟心里有些难过，却又不知该说什么好，只得从怀中拿出送给莫怀苍的礼物，递到他跟前道："生日快乐，二哥！"

　　莫怀苍抬眼，随即笑着接过染烟手中的匣子，问道："是什么？这可是你第一次送我礼物。"

　　"是一枚翡翠扇坠。"染烟不好意思道，"也不知道你喜欢什么，就随意挑了一样，希望能合你意。就算你不喜欢，也一定要收下，就当是给我个面子，成不？"染烟说的是实话，仓促间，她也不知道该送莫怀苍什么好，故而就从方秀的收藏中随便挑了一件扇坠，好歹也是上等翡翠，精工雕就，谈不上特别，可勉强还是能送出手的。

　　莫怀苍听了，大笑道："染烟，你我相识四年有余，你第一次送我礼物，对我来说可谓弥足珍贵，又怎么会不喜欢呢？不管是什么，只要是你送的，我都喜欢，我会把它当最贵重的珍品收藏起来！"

　　"别，千万别收藏。"染烟也笑了，"你的珍品何其多，大都不见天日，还是把它当寻常物件，需要的时候就取来用了，或者转送给别人，也没什么关系。总之，随你处置了。"

　　"送给别人？"莫怀苍失笑，"我才舍不得呢！好了，我收下了，谢谢你，染烟。来，我带你到后面去坐吧。"

莫怀苍向染烟伸出手，染烟略一迟疑，委婉地谢绝道："我自己能走，二哥前面引路吧。"

莫怀苍笑着点点头，引着染烟朝后面园子走去。

进得后园，染烟大吃一惊。后园之内的屋檐、树上都挂满了琉璃灯，灯盏连缀成串，华光闪烁。就如同自己六岁那年，在皇宫夜宴上看到的一样，只是规模要小些，一样的流光异彩，如入梦幻之境。园子内摆着一张方桌，上面铺着大花锦缎桌布，桌旁是两张椅子，同样用锦缎丝绒包裹铺垫，看上去既华贵又舒适。

莫怀苍请染烟入座，并对染烟道："稍等片刻，今晚没有下人，一切都得我亲自操持，怠慢之处，还请多多包涵。"

"要不要我帮忙？"染烟问道。

"当然要。"莫怀苍笑道，"你乖乖地坐着等我上菜，便是帮我最大的忙了。"

没过一会儿，莫怀苍便端来了酒菜，菜肴香郁扑鼻，让染烟情不自禁地咽了一下口水。

"这是你做的吗？好香啊。"

"还有最后一道菜，再等我一下。"莫怀苍说罢，匆匆离去，跟着端来了一个方方的大盘，还有一杯用琉璃盏装的类似酒水的液体。

放下大盘，莫怀苍端起了琉璃盏，对染烟道："稍稍避远一点，我让你欣赏一下我的得意菜品——烟花紫金鳞龙鱼。"

"啊，什么什么鱼？"莫怀苍所提的名字染烟从未听说过，她一边问，一边将身子避开桌子。只见莫怀苍将琉璃盏中的液体倒入方盘中的鱼身上，在一串"滋滋"的声响中，鱼面上竟然奇迹般地闪动起了状如烟花的光点。光点高低相错，耀眼夺目，从鱼头到鱼尾，形成了一道闪烁不停的光幕，又多为紫金色，好像阳光下水波中的龙鳞，熠熠跃动，只看得染烟目瞪口呆，半晌说不出话来。

"怎么样？还不错吧！"光幕熄灭后，莫怀苍在桌旁坐下，问染烟道，"就我这手艺，没太让美人失望吧？"

染烟这时方回过神来，结结巴巴道："太、太漂亮了，你是怎么想出这道菜的？用的究竟是什么东西？怎样才可以形成这样的烟花啊？"

"这可是我的拿手绝活，秘不外传。"莫怀苍笑着给染烟夹了一块鱼道，"不要光说好看，尝尝味道如何。"

"好香，你似乎是用了一种特别的香料，香味浓郁，却在唇齿间弥久不散。我在大益朝生活了这么多年，还是第一次见识到如此奇特的烹鱼法。"染烟尝后连连赞道。

"你喜欢吃就好。"莫怀苍给染烟和自己都斟满了酒，然后对染烟解释道，"此种香料并非大益朝所产，而是千里迢迢从境外异域带过来的，我也是好不容易才弄到一点，平时极少拿出来用。不过，今日为了博美人一笑，什么都舍得。"

"你太客气了，如此盛情款待，岂不是让我以后都不敢登门造访了？"

"说的哪里话，今天是个特别的日子，我这么做既是为了款待你，也是为了款待我自己。"莫怀苍笑着举起酒杯，"来，陪我干一杯吧，难得我二十岁的生日，平生头一遭，有人肯陪我一起过。"

染烟听了，心中一酸，赶紧也举起酒杯，道："生日快乐，二哥，祝你年年岁岁有今朝，快乐每一天。"

"也祝你，染烟，祝你幸福。"酒杯轻轻相碰，莫怀苍将其一饮而尽。

边吃边聊，几杯酒落肚之后，莫怀苍忽然拉着染烟道："我知道你不方便在我这儿耽搁太久，所以我想让你先看看我为你准备的其他节目，跟我来。"

"还有什么？"染烟被莫怀苍不由分说、连拖带拽地牵向了院落另一侧。穿过侧面的月门和一小片低矮的树林，他们来到了一弯半月形的莲池池畔。这里不比刚才的庭院，没有华光四射的琉璃灯盏，只有几只风灯透出昏黄的光芒，隐约照见莲池中数十朵盛开的莲花。不过，令染烟奇怪的是，这些莲花好像依照什么形状排列而出，多少让人觉得有人工的成分，而并非天然。

莫怀苍拉着染烟站定，在染烟的耳畔道："你再等我一下，马上就会出现令人惊喜的景象。"说完，他又一次从染烟身边快速离去，身影消失在了低矮的树林中。

"二哥,你要去哪儿?"当莲池畔只剩下染烟一个人时,她不禁有些莫名恐慌。

但没过一会儿,莫怀苍便再次现身,只是他的手中多了一支火把。

莫怀苍走到莲池畔的一角,将燃烧的火把对准池水杵下去,不可思议的是,火把竟然没有熄,水面上反而燃起了一道幽蓝色的火焰,火焰缓慢延伸,朝着盛开的莲花袭卷而去。接着,莫怀苍又走向另一边,用同样的方法点燃了池水中另一道火焰。之后,再换一个地方,第三道火焰奔向莲花。直到第四道火焰燃起时,池面上仿佛有四条幽光闪闪的火龙在滑动穿行。

而当这些火焰接触到莲花时,那些莲花竟一朵接一朵地亮了起来,或红或粉,或紫或黄,缤纷夺目的莲花开了个满池,映入染烟的眼帘,形成一个大大的"心"字。紧接着,莲花的花蕊突然喷出灿烂的烟花,一朵,两朵,三朵……满池的烟花此起彼落,星光满目。

同时,莲池畔的假山上居然也亮出了四条火龙,它们蜿蜒朝假山顶部蹿动而去,当火龙同时到得顶部时,"嘭"的一声,一大束烟花腾空而起,盛放在夜空中。

染烟惊愕得合不拢嘴,仰首看向夜空,一束又一束的烟花,照亮夜空,花开花落的明灭间,染烟仿佛看到了生命的绚烂与骄傲。

"烟儿,你看到我的心了吗?今夜,我的这颗心是为你而绽放的。"莫怀苍不知何时来到了染烟身边,在她的耳畔呢喃低语。但是染烟在一声接一声的烟花爆裂声中,并未太听清莫怀苍的话,或者说,她的全部身心都沉浸在了这华美的景象中,哪里还能留意到莫怀苍在说些什么。

璀璨的烟花不仅映亮了染烟和莫怀苍的身影,同时也映亮了黑暗的角落中,另一个人的脸庞。这是一张五官清逸、眉眼俊秀,和莫怀苍有几分相似的脸,他从莫怀苍府宅外的院墙下走出来,同样仰首看向夜空。明灭的烟花中,他的表情变幻莫测,当最后一束烟花熄灭时,他的双眸在黑暗中寒光闪闪,整个人也变得似一根冰柱般,森冷地伫立在墙壁的暗影里,并最终与暗影融为一体。

"镜明,我回来了!"染烟直奔蕙昕苑的大屋内,屋子里却空空荡荡的,不见人影。染烟失落地站在屋子中央,约好的回家之日,镜明又去了哪里?

晚间时候，莫镜明终于现身了，染烟忙上前拉他的手，说道："镜明，你可回来了，快，晚膳早就备好了，就等你了！"

但莫镜明却像躲瘟疫一样甩开了染烟的手，冷淡道："我不饿，你自己吃吧！"

"你怎么了？"回答染烟的是一记重重的摔门声。自生病以来一直敞开着的书房门，再次在染烟面前紧闭，无论她怎么敲，怎么呼唤，那扇门就是不肯打开。

不过，染烟很快发现，莫镜明的再度封闭并不是最糟糕的，因为数天过后，她的丈夫竟开始夜不归宿。

夜不归宿倒也罢了，犹令染烟无法不胡思乱想的是，清晨归来的莫镜明总是一身的酒气，气味之难闻，便是汝殊收拾莫镜明换洗下来的衣物时，也忍不住要捏紧鼻子。

再度坠回失落中的染烟，亦曾怀疑镜明的突然翻脸是不是因为自己去怀苍府一事让他产生了误会，她想解释，可镜明却连解释的机会都不给她。

宿醉归来的镜明，大白天总是一个人关在书房里，房内悄无声息，没人知道他究竟在做什么；至傍晚时分，他又总是准时拉开书房门，招呼也不打一声就跑出府去。无论染烟和汝殊怎么留他用晚膳，他都置若罔闻，只给屋里的女人留下远远的背影。

染烟气苦无奈，渐渐地便不再试图跟镜明和解，只是担心此事若被太师府他人知晓，后果将不堪设想。

如此过了半月，染烟和镜明之间，终究还是因彼此怨气的积累而爆发了一场争吵。最开始不过是莫镜明找茬，指摘汝殊没有及时备好他的茶点，然后在你一言我一语的唇枪舌剑中，战火迅速升级至无可收拾的地步。两人仿佛绝望的困兽，不顾一切地各自说了许多伤人的话，自己也为之所伤。

此番争吵令染烟彻底心灰意冷，她甚至觉得，如果可以抽身离开莫府，让她做什么她都愿意。她再也不想为了一个根本不爱她的人，付出自己的情感，消耗自己的青春。

这天夜里，染烟和莫镜明皆闷在自己的房中黯然神伤。虽然同在一个屋檐下，可两道房门却将两人远远地隔绝了开来。

而三夫人潘菀却在此时很不凑巧地突然到访，身后还跟着一个贴身侍婢，侍婢的怀中抱着一件长长的物品，被丝缎包裹着。

染烟抹干泪眼，仓促相迎："不知三娘今夜到访，染烟有失远迎了。"

潘菀淡淡道："没关系，是我来得突然。就你一个人在屋里吗？"

"哦，镜明也在，三娘里边请。"

潘菀的眉头不易察觉地跳了一下，缓步迈进了厅堂。

莫镜明打开书房门，静静地注视着潘菀，道："三娘真是稀客，我和染烟搬到蕙昕苑这么久了，您还是第一次登我们的门呢！"

"怎么，镜明少爷不欢迎吗？"潘菀依旧是那副清淡从容的表情。

"岂敢，岂敢。"莫镜明瞳孔收缩，"三娘有什么事，派个人过来知会一声，我和染烟自当去三娘那里拜候，又岂敢劳三娘亲自登门呢！"

潘菀脸上浮出了淡淡的微笑，但笑容却转瞬即逝："我没有什么事，只是有一样东西想送给染烟姑娘。若是随便让个丫鬟拿过来，怕显得我轻慢、有失礼数，所以我才亲自过来一趟，希望没有打扰到你们小夫妻俩。"

"三娘太客气了，快请这边坐吧。"染烟示意汝殊，"去给三夫人沏一壶好茶来。"

"不必了。"潘菀阻止汝殊道，"我说完就走，不必麻烦。"

潘菀说着，朝身边的丫鬟轻轻地摆了一下手。丫鬟当即走到桌旁，将怀抱的东西小心翼翼地放到桌上，并当着众人的面打开蓝绸，一张样式古雅的长琴出现在众人的眼前。潘菀指着琴对染烟道："这张琴是我当年嫁入莫府时，老爷花大价钱购得送我的，陪伴我已有二十余年。现在我年纪大了，也没有什么闲心抚琴了，与其闲置着，还不如转送给你这位莫府新进的少夫人。曾听闻你娘琴棋书画样样精通，尤擅抚一手好琴，你做女儿的，想必亦学得了你娘的曲中仙妙，将这张古琴转送给你，让它寻得善曲之人，也不枉它陪伴我二十余年。"

"三娘……"染烟怔怔道，"此琴如此贵重，染烟怎受得起！既然它已陪伴三娘二十余年，又是太师送给三娘的成亲之礼，染烟就更不敢夺人所爱了。三娘的好意染烟心领了，古琴还是请三娘带回吧。"

潘菀面上浮出了一丝苦笑，道："我带回去，也只是将它束之高阁，令它蒙上层层灰垢,那岂不是暴殄天物?何况,每每面对蜘网尘灰,未免触景伤情,感叹年华如逝水,既空了弦音,也空了自己的心,还不如为它另觅良主,让它不至于像我一样枉自蹉跎、面壁悠叹!镜明少爷,你也说一句话吧,我潘菀的这张古琴,你们到底是收得下还是收不下?"

莫镜明面呈尴尬之色,道:"三娘,你这又是何苦呢?"

"不是何苦,"潘菀正色道,"每个人都希望觅得一个好的归宿,就算是一张琴,亦是一样。它若有灵性的话,也希望遇到一个懂它、善用它、珍惜它的人,我不过是想成人之美罢了。"

莫镜明缓缓走到古琴跟前,用手指随意地拨弄了两下,琴弦发出了婉转却不失浑厚的声音。

"好琴,真是一张好琴!"染烟忍不住惊叹道。

莫镜明点点头道:"的确是一张难得的好琴。这样吧,三娘,我和染烟愿意暂时代为保管,三娘什么时候想要取回。随时都可以来蕙昕苑,行吗?"

潘菀秀眉微挑道:"也罢,反正琴我是给你们搁下了,也决计不会再来取回,你们觉得是代为保管也好,是推辞不过也好,总之,从今往后,这张琴就是染烟姑娘的了。对了,它还有一个名字,叫素手墨香琴,好好收着它吧。"

"奇怪,三娘为何突然要送琴给我?咱们跟三娘并无任何交结啊!"潘菀走后,染烟像是在自言自语,又像是在问汝殊。

"潘菀所做的一切,未必是为了她自己。"莫镜明在旁有意无意地淡淡回了一句。

染烟眉头深蹙,她听出来镜明是在暗指潘菀此行是为了莫怀苍,但同时,心中也更加厌恶莫镜明的无端猜测、乱吃莫怀苍的醋。

"我是说,潘菀一出现,你怎么会那么快就从书房出来!"染烟竭力遏制怒气道,"你是想让潘菀看到我们如何恩爱、如何温馨,欲借潘菀之口转告怀苍,让怀苍嫉妒你的甜蜜生活,以消你心头之恨吧?以你的性子,若不能睚眦必报,肯定会寝食难安!"

莫镜明的脸顿时沉了下去,但他却咬紧了牙关,一字未说。

一阵死寂过后,莫镜明长叹一声,缓缓抚上琴弦,对汝殊吩咐道:"罢了,庸人自扰，就当我每一句话都是多余！汝殊，去替我将琴支在门廊上，人心似海深，还不如曲觞付流年！"

"少夫人……"汝殊迟疑地看向染烟。

"照三公子的吩咐做！"染烟一字一顿，咬牙切齿。镜明什么意思？和他当真是话不投机半个字都多，好吧，大不了"从此萧郎是路人"！

关上房门的那一刻，琴音在莫镜明指下幽幽响起，初时舒缓轻柔，逐渐转为哀婉惆怅，如一人独自徘徊在寂静之中，伤怀着，嗟叹着，久久不能离去。

染烟独坐在床边，听着听着，不知不觉入了神。

模糊的光晕下，莫镜明整个人宛如与琴音融为了一体，他的手指在琴弦上娴熟地拨弄着，身躯因为手指的动作而略略颤抖。

当琴声变得如泣如诉时，莫镜明抬起头，望着远方黑暗中的某处，神情似恨似怨，飘忽不定，仿佛坠入了爱恨纠缠的深渊，既无力自拔，又欲罢不能。最后一个音符随着莫镜明的手指横扫，戛然而止，余音却在夜晚的微风中飘散出很远。

隔了一阵，染烟听见侍立在莫镜明身旁的汝殊痴痴问道："三公子弹的什么曲子啊？奴婢还是第一次听呢！"

"《妙莲生花繁尽落》。"莫镜明淡然相答。

"真好听，可惜就是太哀伤了些！"

染烟斜倚在床头，不知何时睡了过去。

睡梦中，她来到了一个奇怪的地方。仿佛是一座华丽的宫殿，地板上有大大的莲花纹饰，而宫殿的正中央，也有一朵巨大的含苞欲放的莲花骨朵，粉色的花苞似乎是用绢纱制成，下面还有莲叶形状的木板台子。

忽然之间，笙箫齐奏，宛如天外仙乐，而旋律竟似曾耳闻。随着音乐声起，粉色的花苞一瓣一瓣地打开，如真正的莲花般缓缓绽放。

当所有的花瓣都打开时，一个衣着鲜艳的绝色妙龄女子出现在莲花的中央。她裙似飞鸾，袖如白雪，在莲花内婀娜起舞，身子曼妙柔美，举手投足间莫不让人由衷地生出怜惜之意。

可惜女子的脸上蒙着半截薄薄的面纱，只露出一双秀目，眼波盈盈如秋光点水,无论梦中的染烟如何竭力分辨,也无法将女子的容貌瞧个真切。

紧跟着,一个男子的声音突然响起:"好,太美了,爱妃的一支舞,可谓冠绝天下啊。"

女子闻言停了下来,在莲花之中,朝某个人施了个万福。

染烟顺着女子的目光望过去,只看见一个逆光而坐、高高在上的身影,虽然仍是看不清对方的面容, 可染烟却莫名地心悸了一下。是在哪里见过吗? 还是……染烟竭力搜索着自己的记忆,却一无所获。

随即,莲花中的女子发出了一串银铃般的笑声,笑声越来越大,也显得越来越诡异,到后来甚至有些狂乱之态、声嘶力竭。

染烟惊讶地看着女子,心想:她这是在开心吗? 可是为什么……

再次转首,笼罩在光影中的男子身上散发出的,除了雍容华贵外,还有一股绝望和忧伤的气息,于女子狂乱的笑声中,他的身影渐渐暗沉下去,直至陷入黑暗。

染烟越瞧越心慌,越看越觉诡异,正欲迈步离去时,却忽觉脚下一沉,整个人就好像从高空直直坠落,重心失稳,她当即吓得大叫起来:"不,不,救命啊!"

这一惊吓得不轻,染烟蓦然清醒,满头大汗。紧跟着,她发现自己已从床沿边滚落在地,难怪会觉得从云端摔下。

染烟艰难地爬起身,拍去身上的灰尘,喘着粗气,重新在床边坐下。

惊魂未定,梦中的一切还历历在目。

染烟此时方醒悟,在梦中所听到的曲子,正是莫镜明弹奏的妙莲曲。可是,梦中的那对男女,究竟又是何人呢?

再隔了些天,染烟做了不少糕点,除了送给老太太和大夫人杜氏外,她还特意给另外几位夫人也准备了一份,特别是潘菀。为了感谢潘菀赠琴,染烟将送给潘菀的糕点做得尤其别致新颖。

然潘菀对染烟的回敬却显得十分冷淡,甚至连茶叶也未吩咐下人准备,便让侍婢送染烟出门了。染烟虽有些不是滋味,但顾念潘菀的辛酸遭遇,也就没往心里去。

而在回蕙昕苑的路上,染烟竟意外地碰到了莫太师。

施了个礼之后，染烟发现莫太师的情绪十分低落，便关切地问了一句：
"公公，是出了什么事吗？"

莫太师无力地摇摇头，对染烟道："不关你的事，你别问这么多了，我要去大夫人那一趟。你呢？这是打哪儿来？"

染烟让到一旁道："回公公的话，染烟刚去了几位婆婆处拜访，给她们各自送了一盒自己做的点心，尽管手艺粗浅，可毕竟是我的一份心。本来打算也给公公送一盒过去的，不知公公已经下朝归家，所以……"

"嗯，行了，你们留着自己吃吧，就不必送我那儿了。"莫太师心不在焉地挥挥手道，"你有这份心，老夫已经很满意了。不过，你毕竟是莫府的少夫人，该下人做的事就让下人去做，用不着为了孝敬我们这些老家伙而委屈了自己，明白吗？"

"是，染烟知道了。公公请放心，染烟并没有委屈自己，我是心甘情愿地想要尽一下孝道。"

莫太师默默颔首，不再说什么，径自缓步离去。从背后看，他消瘦的身影颇显佝偻，且步履沉重。

染烟狐疑，莫太师此般沮丧，难道朝中发生了什么大事？

再隔了两天，杜氏派人来蕙昕苑请染烟过去，终于证实了染烟的猜想。

丫鬟们退下后，屋内只剩下杜氏和染烟两人。杜氏并没有立即开口，而是负手立在窗前，似乎在想些什么。

染烟硬着头皮问杜氏找她来所谓何故。

杜氏不答，染烟只得陪着她静静地站着。良久之后，杜氏才背对着染烟道："皇上近日身体抱恙，听说情况相当不好，你带了桌上的东西进宫去吧。"

染烟诧异地看看桌子，只见上面摆的是五只锦盒，她没有开口，只拿犹豫的目光投向杜氏，因为她觉得杜氏肯定还有话。

果然，杜氏仿佛后脑勺长了眼睛，瞧出了染烟的心思一般，答道："都是些补养身子的物品，你放心，没别的意思，不过是怕你空着两手进宫不好看罢了。若是皇上不收，你就跑一趟漓水宫，把它们送给俐妃娘娘。"

"可是……"染烟挪动了一下略微有些僵硬的双腿，"可是婆婆，染烟并没有进宫的打算。皇上生病，染烟也很为之担心，但染烟和皇上毕竟还是君臣关系,若是小病,染烟前去探望最多是叨扰,皇上或许还肯见我一面;但若是大病,以染烟的身份,怕也是不能近皇上跟前的。"

杜氏回头冷冷地瞥了染烟一眼,轻声叹道:"亏你还是在镇国公府长大的,连这点奥妙都不清楚,还非得我说破吗?"

"我……"染烟的眼珠转了转道,"婆婆的意思是,让我借故进宫走一趟,到宫里探听一下消息,是吗?"

"要说君臣,皇上只有一个,谁又不是臣呢!"杜氏的话语中带着一丝苦涩。

"可你毕竟不用宣召,有皇上御赐的可以随时进宫的腰牌。虽然我也知道,让你去办这件事不合适,可你别忘了,朝廷一旦出现什么波动,对你爹的影响也是至关重要的。"

染烟闻言颇不以为然,明明就是莫太师和杜氏紧张他们的前程,紧张后宫里的争斗,却偏偏要拉上方秀陪绑,实在无聊至极。

杜氏半天没有听到染烟的回答,不满地责问道:"怎么不说话?难道为了你们方家,你也不愿意进宫吗?"

染烟硬着头皮道:"婆婆,我爹有训诫,不准我参与任何内宫事务,现在婆婆却叫我入宫探听消息,请恕染烟无能为力。"

"是啊,"杜氏不无讥讽道,"你除了会当郡主,会当堂堂的大小姐外,就只会做些小糕点来糊弄我们大家。说得难听点,方姑娘,你被皇上封为葵邑郡主,又有一块属于自己的小小封地,你以为单凭你爹是镇国公,就能轻而易举地获此殊荣吗?没有我们家的俪妃娘娘在皇上枕边促成,又哪有你的今天?你可不要忘了本!"

染烟气得好一阵说不出话来,无奈之下,只得向杜氏施礼道:"婆婆千万别生气,染烟并非那等见利忘义之人,也知道这些年在皇宫中颇受俪妃娘娘眷顾,既然婆婆认定需要染烟走这一趟,那染烟即刻进宫便是。"

杜氏见染烟答应,态度立时有所缓和:"烟儿啊,不是婆婆为难你,你既然做了莫家的媳妇,就该懂得为莫家分忧,知道吗?进宫的事不急在一时,你回去好好打扮打扮,让应管家给你派辆车,下午送你进宫。"

"是,染烟自会斟酌行事。"染烟又施了个礼,向杜氏告退。

到了宫中，染烟并没有莽撞地直接去佩居宫求见，而是先去了司城敏所在的凤仪殿。

司城敏见到染烟，脸上露出了灿烂的笑容，道："舅娘，你可算进宫来了，若不是父皇生病，我都想请父皇准我出宫，去太师府瞧瞧你呢。"

"你父皇生病了？"染烟装作懵懂无知道，"怎么会突然生病呢？病情如何？太医们都看过了吗？"

司城敏叹了口气，屏退了身后的宫女们，方道："父皇生病的事，难道你没有听我外公提及吗？他已经病了四五天了，太医局的太医们几次会诊，都查不出父皇的病因何在。不过，据他们估计，可能是由于五脏六腑不调，才致父皇身体虚弱无力，卧病在床。"

染烟皱了一下眉头，问道："我可以去瞧瞧你父皇吗？"

司城敏气馁道："我今天早上带着琅儿一同去过，可父皇却没见我和琅儿。我劝你还是不要去了，多半是白跑一趟。"

"不去试过怎么知道是白跑呢？就算尽尽心意，我也该去你父皇那儿一趟。你父皇准见最好，不准见我也不会损失什么，你说呢，敏儿？"

司城敏无奈地看了染烟一眼，道："随你便吧，我今日无事，陪你走一趟也没什么。不过丑话说在先，你今儿既然进了宫，就不许来去匆匆，不管我父皇召不召见你，你都得留下来，陪我用过晚膳以后才准走。"

染烟笑道："公主有令，染烟岂敢不遵？我只要赶在宫中宵禁前出去就行，因为未经皇上许可，我只有随时出入的自由，却不可以在宫中留宿。"

司城敏展颜，当即高兴道："那太好了，走吧，我陪你去佩居宫。"

两个人在佩居宫外等了半天，才见前去通禀的内侍出来。

内侍一脸的为难之色，朝司城敏拱手鞠躬道："公主殿下，实在抱歉，皇上说郡主殿下难得进宫一趟，她可以入内探视，但还望公主殿下等过几天皇上病情有所好转之后，再前来佩居宫。"

司城敏顿时脸色一沉，道："父皇也太厚此薄彼了吧，为什么舅娘可以进去，却偏偏不肯见我呢？"

染烟也觉得十分尴尬，是她拉着司城敏来的，却没想到会是这个结果，当下便对内侍道："就不能再通融一下吗？公主殿下既然已经来了，就不妨让她跟我一起进去吧。"

"哎,郡主殿下,这事小的哪敢擅自作主,皇上的话已经说得很明白了,还是请公主殿下先回吧。"

染烟知道已无回转余地,只好揽了司城敏的肩,道:"敏儿乖,既然皇上有令,你不如就在这儿等我一阵,我进去看看皇上的病情就出来。"

司城敏沮丧地点点头,道:"那你可别耽搁太久。"

第五章 浮觞曲水

在内侍的引领下,染烟进了寝殿。"皇帝哥哥,你病情好些了吗? 我是染烟啊,我来看你了。"

"过来坐吧。"一个虚弱的声音从帐幔内传来,"那边有椅子,你自己拖一下,坐到床边来,这样,朕跟你说话就不用那么费力了。"

染烟赶紧依言拖了把椅子,在床的一侧坐下。

"皇帝哥哥,你感觉好些了吗? 都怪染烟来晚了,可是皇帝哥哥,你怎么会突然生病了呢? "

"先不说这个。"帐子里的声音喘息道,"帮朕把帐帘撩开一些,朕想透透气。"

染烟忙不迭地又照着司城瑜的话去做了。帐帘半开,染烟大吃一惊,只见司城瑜的两颊深陷,两眼无神,脸色腊黄。她情不自禁道:"我刚才听敏儿说,皇帝哥哥你也不过才病了四五天,怎么竟虚耗得这般厉害? "

"病来如山倒啊。"司城瑜勉强挤出一丝苦笑,"你今儿怎么想起来进宫了,莫不是也听说朕生病了? "

染烟低下头,算是默认。

"来得正好。"司城瑜喘着粗气,虚弱无力道,"朕正想有个知根知底的人在身边说上几句话呢! 你知道吗? 宫里和朝廷上的人际关系一向复杂,想要完全没有牵连和瓜葛几乎是不可能的。可这些年,朕也是看着你长大的,知道你不但心地善良,还是个内心纯粹、心无杂质的孩子。朕想问一问你,从你的立场看,你觉得立琅儿为太子,合适吗?"

染烟瞪大眼睛,惊呼道:"太子? 不不,皇帝哥哥,你为什么突然问我这个问题? 你知道,染烟从来不懂朝政,更无意参与后宫是非,怎么好妄加评论立嗣之事呢? 何况,立太子乃是关乎江山社稷的大事,皇帝哥哥应该去问那些朝臣们,不应该问染烟呀!"

"可朕今天就是想问你!"司城瑜微微闭上双眼道,"就因为太子之位关乎国家的江山社稷,所以这么多年来,一直是朕的一块心病。染烟,你是个和利益角逐没有多大瓜葛的局外人,朕想听听你的心里话!"

染烟沉默半晌,道:"皇帝哥哥是由于生病的缘故吗? 由于生病,故而更加担忧谁来承继大益江山?"

司城瑜盯着染烟,既没承认也没否认,只一味地追问道:"将大益江山交给一个瘦弱多病,且很难与人交流的皇子,你觉得合适吗?"

染烟斟酌了好一阵,最后无奈道:"其实要我说,三位皇子年纪最大的不过十二岁,他们还都是小孩子,帝冠太沉重,以他们的年龄,根本不堪重负。所以皇帝哥哥要尽快好起来,竭尽全力继续承担起父皇和国主的责任,这才是皇帝哥哥应该考虑的正事。"

司城瑜若有所思道:"你是让朕再等几年,等他们都长大了再选立皇嗣? 可朕就怕哪天朕有个万一……"

染烟轻轻摇头道:"不,皇帝哥哥,人无完人,孰能无缺,小孩子有这样那样的毛病无可避免,多用些心思和耐心去发现培养他们的治国经邦之能,比凭空寄望从他们中挑出一个完美的国主要实际得多。作为国主,最需必备的品质,皇帝哥哥不是比染烟更清楚吗?"

"至于皇帝哥哥担心的'万一',"染烟脸上浮出了一丝轻柔的笑意,"皇帝哥哥正是盛年,为了大益的江山社稷,只要您能解开心结,好生调养,相信不久定能痊愈!"

"你怎么知道朕是心结所致?"司城瑜被染烟说得笑了起来,"你这丫头看似糊里糊涂的,倒有些鬼精灵!"

"太医们诊治为不调,除积劳成疾外,还和皇帝哥哥本身的心气有关。故染烟斗胆请皇帝哥哥万事想开些,饭得一口口吃,国事也得一件件来,做成一件算一件,不是吗?"

"朕会记下的,谢谢你,染烟!"司城瑜郑重其事地颔首道,"朕今日与你的谈话,千万别泄露出去,只许你跟朕知道,明白吗?"

"皇帝哥哥放心,染烟什么也没听见,什么也没说过!"

出得佩居宫,染烟见司城敏果然还在原处等她,遂践行诺言,带着司城敏回到了凤仪殿,准备陪她到傍晚。

司城敏询问了一番皇上的病况,染烟只是简略地答了几句,转而问司城敏圣上生病之前,是不是和俐妃娘娘闹气了。

司城敏奇道:"你怎么知道?不过,父皇和母妃闹气都有好长时间了,这一回却并非是因为琅儿。"

"那为何故?"

"选秀啊!"司城敏嘟囔道,"其实我也不明白,父皇都有那么多嫔妃了,为何还要选秀?而且此次的秀女中,还有一个是皇后娘娘力荐的,叫路甜,听说是皇后娘娘的远房表妹。"

染烟轻轻蹙眉,路皇后一直无所出,难怪会力荐自己的表妹入宫。若路甜能够怀上龙嗣,加上路氏一族掌控着大益朝三分之一的兵马,何愁不地位稳固、家大势大。可如此一来,本就对路氏一族有所忌惮的圣上,则将更加感到受制于人,甚至还会担心皇权旁落。

身坐龙椅,果然难有安稳,染烟暗自感叹。方秀再三告诫她不可卷进后宫的任何瓜葛中,实在是明智之举,也亏了她自己在司城瑜跟前打死都没说出对三位皇子的真实看法,万一隔墙有耳,甭管是得罪皇后,还是得罪嫔妃,皆不会有她好看!

回到太师府时,天已经完全黑下来了。意外地,染烟远远便听到了莫镜明的琴声,穿过院子飞掠树梢。

他没有出府醉酒去吗?是难得还是……

染烟在树影下伫立了好一会儿,做足了绝不理睬对方的心理准备,方提裙朝大屋走去。

"少夫人,你回来啦!"迎接她的汝殊忙挽住她的胳膊,"累了吧,少夫人,用过晚膳了吗?三公子还让膳房的人给留了菜呢,奴婢这就叫他们去热热。"

"不必了，我在宫里用过了。"染烟迟疑地停下了脚步，莫镜明还会关心她，顾念她吃没吃饭？

"哦，还有，太师跟大奶奶房里的下人都来过一趟，见少夫人没回，便要奴婢转告少夫人，说今儿少夫人若是回来晚了，就不必前去回话了，等明天再说。"

"知道了！"染烟心烦地推开汝殊，"我确实有些累了，想早点歇下，你去替我准备洗漱的热水吧。"

琴声蓦然终止，廊上廊下，夫妻二人举目凝视，于冷淡冰冷的表象下似乎都想说些什么，但又谁都不肯率先打破冷战僵局。

染烟目不斜视地上了阶梯，穿过门廊，径直进了内屋，好半天都没再听见琴声。

隔了一会儿，汝殊进来，染烟问道："三公子没再抚琴了？"

"三公子说少夫人辛苦了，怕琴声打扰少夫人休息。"

染烟咬了下唇，冷哼道："不是我辛苦，是还指望我替莫家跑腿吧！"

"少夫人，其实三公子他……"

"别说了。"染烟颓然在妆镜前坐下，"人这辈子或许不过如此，怨憎会，爱别离，求不得！"

第二日，染烟一早便将进宫的情况向莫太师回禀了一番，只是只字未提司城瑜和她的详细谈话内容。莫太师听闻圣体仍旧虚弱，不免愁云满面，向染烟解释因圣上禁止大臣与后宫往来频繁，故才不得不求助于染烟，还望染烟能够体谅他的苦衷。

随后，莫太师又道，圣上如能康复，等重新上朝以后，他定要力谏圣上早立太子。否则，再发生像这回突然病重的情况，还不知道会生出些什么乱子，万一影响到整个大益朝的稳固，就来不及了。

染烟心下一沉，忙劝道："公公千万不要再提立太子之事了，这本就是圣上的一块心病，甚为敏感，加之公公的特殊身份，哪怕真心为大益朝前景担忧，亦难免引得圣上误会！"

莫太师愣了愣，长叹道："你说的老夫怎会不知，可……唉！你先回去吧，容老夫再想一想！"

染烟道了个万福:"依儿媳之见,圣体固然虚弱,然却不像病入膏肓之兆,故敢请公公言行万勿操之过急!"

"哦?好,老夫知道了!"

怀着复杂的心情,染烟独自慢行在林间道上。她刚才一时冲动,似乎提示太多了,可如今,自己的命运已跟莫家联系在了一起,她不能眼睁睁看着莫太师在圣上面前自讨没趣,不提示能怎么办呢?置身事外,说时容易做时难。染烟忽然想起莫镜明提到的方家老宅,若有所悟,真想置身事外,远离是非,还得天远地偏才行啊。

"最近好吗,为何一副愁眉不展的样子?"身后响起的声音吓了染烟一大跳。

"二哥,你……"倏地回头,辨认出对方的染烟赶紧拍了拍胸口,好让提到嗓子眼的心脏落回去。

"又是进府来探望你娘?"

"嗯!"莫怀苍一步步近前,拿眼细瞧染烟,"好些天没见,你的气色不大好啊!"

"没有啊!"染烟匆忙掩饰道,"二哥别为我担心了,我一切都好。"

"真的?可我怎么听说……"莫怀苍的眼神变得忧郁且还有一丝悲悯,"镜明又跟你使性子了?"

"谁在乱嚼舌根子!"染烟苦笑,"二哥千万别信!"

"没有就好,别委屈了自己,染烟……"

"放心吧二哥,若没别的事儿,染烟就先走了!"

"等等!"莫怀苍唤住了转身欲离的染烟,犹豫片刻,沉声道,"有几句话我藏在心里很久了,不吐不快……"

"二哥有什么就直说吧!"

"染烟,不管镜明如何,我……我的怀府永远都会为你敞开大门,就算不能跟太师府相比,但它愿意为你遮风挡雨!"

染烟呆住,惊道:"二哥,你、你说什么呀?我……"

"我是真心的,染烟!"莫怀苍又朝染烟逼近一步,"从在妙尽街第一次遇见你,我就……"

"别说了，二哥！"染烟毫不犹豫地打断了对方，"怀苍，二哥，你永远都是我的二哥，永远！"

说罢，染烟飞也似的逃离了莫怀苍身边，生怕再多耽搁一会儿，会更生尴尬。

过了约摸十日，莫太师又如同以往那样上朝去了。据说，圣上龙体大愈之后，积下的许多奏本都需要在朝议上抓紧处理，所以莫太师回府的时间较寻常晚了许多。而莫太师的心情似乎并没有因为圣上病体痊愈而有所好转，仍是一副闷闷不乐的样子。

不久，宫中便传出消息，圣上册立路甜为柔妃，暂时住在离皇后娘娘的熙暖殿不远的上善宫。

这期间，染烟闲着没事，总是窝在房中绣花，那方桔梗花的丝帕眼见就要完工了，而时间转眼又到了染烟可以回府省亲日。

没有莫镜明相陪，难免有种形单影只的感觉，同时也免不了被段斐音以及方秀询问一番。幸亏染烟掩饰得极好，段斐音才没有多疑，毕竟上一次回府，莫镜明的表现是那么令他们满意，换了谁也料想不到，冷暖的转变会如此瞬急。

用过晚膳后，虽然天气凉了，但一家人还是在闲町居的庭院中支了灯盏和桌椅，摆上瓜果茶点闲聚。

依旧是段斐音抚琴，染烟陪着方秀对弈。几盘过后，染烟技痒，告诉段斐音她新学了一首曲子，摩拳擦掌地要弹给爹娘听。

段斐音和方秀闻言，皆笑着表示愿洗耳恭听。于是，段斐音从琴桌旁让位，坐到方秀身边，夫妻两一边吃茶，一边含笑地看着他们的女儿做足了架势。

起初倒还没什么，段斐音听着染烟的曲子或赞许地点头，或略带遗憾地摇首。然而，越听下去，段斐音脸上的笑容便越少，直至笑容完全消失，神情也越来越显惊愕。

曲子弹到一半时，段斐音忽然沉声叫道："停！烟儿，别再弹了，是谁教的你这首曲子？"

染烟莫名其妙地停了手，奇怪地看向段斐音，又看向方秀，见方秀亦是一脸茫然。

"怎么啦,娘亲,你不喜欢吗? 都怪我还没能练熟,其实这首曲子本身真的很好听。"

段斐音站起身,语气少见的严厉:"你还没回答娘亲,是谁教了你这首曲子? "

"是……"染烟发现段斐音的神色不对,本能地预感不妙,遂支支吾吾道,"是烟儿偶然看到一张琴谱,跟着琴谱所记自己学的。"

"你看的曲名,是不是叫《妙莲生花繁尽落》? "段斐音紧追不舍地问道。

"原来娘亲也知道这首曲子啊。"染烟疑惑道,"可是为什么从未听娘亲你弹过呢? "

方秀也跟着跳了起来:"什么? 这首曲子就是《妙莲生花繁尽落》? "

夫妻俩面面相觑,脸上说不出的古怪。

"爹、娘,你们怎么啦? 这首曲子有什么问题吗? "

段斐音深吸一口气,转脸看向染烟,道:"此曲成于百年前,有不祥之说,故而流传甚寡。烟儿,你以后切勿再弹此曲。"

染烟愣了数秒,道:"一首曲子而已,爹、娘,你们这也太过紧张了! "

"宁可信其有,不可信其无! "段斐音朝染烟走去,不容分说地拽起了染烟,"既有不祥之说,一定有它的道理。烟儿,你才成亲不久,和镜儿还有很长的日子要过,听娘的话,以后断不可再弹了,知道吗? "

染烟虽不以为意,可段斐音如此郑重其事,她不得不勉强应道:"好,不弹就不弹吧,我听娘亲的就是。"

更深露重,方秀走到窗前,抚着段斐音的手道:"别多想了,烟儿都已经睡下了,你也该休息了。"

段斐音叹了口气,转首望向方秀,道:"你说奇怪不奇怪,烟儿是从哪里翻到这琴谱的呢? "

"琴谱虽未怎么流传,却也并非绝迹,至少我知道开卷堂中就存有妙莲曲的手抄卷。不过,开卷堂的曲谱算什么,若不是夫人精通音律、博闻广记,换了别人,就算听了弹奏,也是白长双耳朵,未必晓得所闻即是妙莲曲啊。"方秀故作轻松地调侃道,"我不就是么,没夫人的提醒,还真没听出来。"

第五章 浮觞曲水 121

"行了，老爷你就别瞎搅和了。"段斐音忍俊不禁，娇嗔地推了方秀一把道，"老爷知道我的意思是指什么。这么多年，自我记事以来，还从未听人提及过此曲，偏不凑巧，怎么就被烟儿学会了呢？"

"好啦，别疑神疑鬼的。"方秀爱怜地将妻子揽入怀中，"我不都跟你说过了嘛，烟儿就是烟儿，就算有某种巧合，那也仅是巧合而已。祖辈曾经发生过的事儿，早已如过往尘土，哪可能再发生在烟儿身上呢！"

"可是烟儿……老爷！"段斐音挤出一丝苦笑道，"烟儿长得也太像她了，简直就是一模一样！"

方秀沉了脸，松开段斐音，走到屏风后，推开两扇贴墙壁而立的陈物架其中的一扇，然后朝墙上某处推了推，墙砖陷落，显现出内墙暗格。方秀打开暗格，从中取出一卷画轴，转身又来到段斐音身边。夫妻俩于灯下展开画卷，观摩良久，终是一声叹息："应该只是巧合吧。"

这一切皆被躲在窗外的染烟听了个清清楚楚。她本是无心睡眠，在府中溜达散心，见方秀夫妇的屋中还亮着灯，便走到窗下，想看看究竟是何事，没想到竟无意中听见此番谈论。好奇心顿然大起，她像谁？谁会跟她长得一模一样？

趁着白天方秀夫妇皆不在屋中，染烟悄悄溜进屋，摸索了半天，终于打开了暗格，取出了画卷。画面上是个云鬓高耸、身姿婀娜的妙龄女子，眉眼脸型果然和自己一般无二，可惜的是，旁边的题字不过是一首歌赞画中人美貌的诗，却并未道明画中为何人。

再看画卷已经发黄有皴裂，想是被保存的时间不短，可这和她有什么关系？

妙莲曲的手抄卷收录在开卷堂中，莫镜明会弹并不奇怪，偏偏方秀夫妇非要把她和一首很久远的曲子，以及一幅很久远的画像联系在一起，这就太奇怪了！

回莫府这日，天公不作美，阴云密布，似一场暴雨即将来临。

段斐音劝染烟，让她等雨过后再回，但染烟谢绝了。两府相隔又不是很远，说不定能在下雨前赶到；反之，若等雨停，还不知道要等到什么时候，回去太晚，又得惹莫府人说三道四了。段斐音无奈，只好依依不舍地将染烟送上马车。

　　来接染烟的是莫平,染烟的马车刚到太师府门前,天上便噼里啪啦地落下了豆大的雨点,打得染烟的额头生疼。莫平从马车后车架下面拖出了一把伞,拍了拍面上的灰尘,急急给染烟撑起挡雨:"少夫人,这雨势来得太猛,要不先寻个地方避一避,等稍小些再回蕙昕苑?"

　　染烟左右看了一下,她知道离府宅大门不远的花圃那儿有一座凉亭,走到凉亭不过几分钟的时间,可要是走回蕙昕苑,一路小跑也得十来分钟。也就是犹豫的数秒工夫,大雨便哗哗地倾盆而下。染烟无奈,只得提了裙子,喊莫平把伞撑好,两人一起疾步跑向花圃凉亭。

　　虽然染烟已经加快了步子,但冲进凉亭时,她的衣裙还是被浇湿了大半,心中暗暗庆幸没选择回蕙昕苑的同时,也万分懊恼和莫平两人被困在凉亭,又冷又湿的,不知道得等多久。

　　此刻,黑压压的雨幕外不见半个人影,更不见半点灯光,凉亭就仿佛突然成了与世隔绝的孤岛,除了风声和雨声相伴,便是黑暗的窥视。

　　本来,府门处是有负责应客的小厮的,可估计早就被雨吓得躲在房中了。

　　染烟暗叹倒霉的同时,莫平一边奋力地掸去伞和衣服上的水,一边请染烟坐下歇一会儿。染烟就着昏暗的光线,摸索着在凉亭一侧的边椅上坐下,看着黑沉沉的园子长吁短叹:"莫平,咱们回得可真不是时候,连带你也跟着我倒霉了。"

　　"呵呵,少夫人说的哪里话,谁出门没碰到过万一呢,有什么倒霉不倒霉的。只是少夫人淋湿了,小的担心雨一时半会小不了,这该怎么办啊?"

　　"怎么办?你我现在除了等,还能怎么办?"染烟将湿漉漉的裙裾拎起来,一边用力拧,一边说道,"你也坐吧,都这步田地了,还讲究主仆尊卑之别做什么,反正也不会有人看到。"

　　"多谢少夫人。"莫平在亭子的另一侧,挨着条椅的边沿坐下,也像染烟一样,动手慢慢绞干身上的湿衣服,以便让身子稍微舒服点。

　　半个时辰后,天色虽然渐亮,但雨势却未见有所缓减。染烟望着雨幕发呆,忍着寒意侵袭,一再按捺满心的焦躁与烦乱。

等得雨势终于稍稍减弱时，莫平起身将伞递给染烟道："少夫人，若合用一柄伞，两个人肯定都会被淋湿。不如少夫人打着伞先回蕙昕苑，小人可以再等等，等雨下得差不多了再回去，最主要是少夫人不能淋病。"

染烟想了想，接过伞对莫平道："那这样，我先走，遇上别的下人，我让他打伞来接你，你看成不成？"

"也好，让少夫人操心了！"莫平拱手道，"少夫人自己路上要当心积水坑洼，可别滑倒或崴了脚。"

染烟没再多话，撑了伞忙不迭地朝蕙昕苑走去。当快走到一半的时候，她忽然看到另一侧的小径上，有两条人影撑着伞冒雨朝这边走来。染烟本来想喊，但张了张嘴，终究没有发出声音，因为从伞下两人的身形上，她已认出来者应该是莫怀苍和应柄奇。

想起上次的尴尬，染烟赶紧闪身躲入旁边的一丛半人多高的景观树后，并蹲下了身子。景观树密密实实地长了很大一蓬，本身就呈伞状，因而躲在树后，即使打了伞，如不刻意观察，根本就不会留意到树后藏着人，所以染烟并不担心会被莫怀苍他们发现。

染烟将自己蜷缩成一团，竭力使全身都罩在伞下，便开始耐心地等莫怀苍他们经过。

过了半天，染烟觉得自己的腿都要蹲麻了，这才隐隐听到脚步声走近。"快点走吧，磨磨蹭蹭得像蜗牛，这么大的雨还散步么？真是！"染烟没好气地诅咒道，同时满心的郁闷，人要是不顺利的时候，事事都会不顺，看来果真如此。

"不行，这么做……官运物资……迟早要出问题……"

"不行也得行……我们罢手，庭阳那边也不会……"

莫怀苍和应柄奇两人似乎是在商量着什么，不过由于雨声，染烟只能断断续续听到一点，且听得并不真切。

"以往小打小闹……还能遮掩过去，毕竟朝廷默许一定程度的……大张旗鼓，盖也盖不住的！"应柄奇的声音低沉，语调中却充满了犹疑不定。

"可我们没有太多的时间继续耗下去了，必须做几笔大的……否则……"莫怀苍在染烟藏身的树前略略停了一下，然后才继续向前走，"否则，光靠那几条小船……永远都只能小打小闹。"

染烟暗暗吃了一惊,莫怀苍和应柄奇到底在商量什么?和庭阳有关,难道他们在背着朝廷私运货物?可怎么听上去,又不止私贩货物那么简单呢?

接着,莫怀苍和应柄奇低声说了几句,便渐渐地走远了。染烟在惊恐中等了一会儿,直到确信两个人已经远得足够看不见她时,才挣扎着站起身,迈着僵硬的双腿从藏身的树后跳出来。她一手握伞,一手提裙裾,顾不得大雨的浇袭,撒脚就是一路狂奔,生怕被鬼追上一般,冲进了蕙昕苑的月门。

"天哪,少夫人,你怎么淋成这样了?"汝殊被染烟的样子吓呆了,她的少夫人整个湿成了个落汤鸡不说,头发还一缕一缕地散落在肩头,不断地淌着水滴,衬得一张小脸苍白无比,连嘴唇也是乌青的。

"既然下了暴雨,少夫人怎么不在府里多待一阵,等雨小了再回来啊!"汝殊心痛地抱怨着,因为没能跟染烟回府,她心里还一直有些不痛快呢。

"我、我好冷啊,汝殊!"染烟嘴唇哆嗦,吭哧了半天才吐出这么一句。

"好好好,少夫人,咱们马上擦干身子,换了衣服到床上躺着,汝殊去给你煮一碗姜汤去!"

"三公子呢?他不在吗?"染烟经过书房门时,下意识地问汝殊。

"昨晚上出门,到现在都没回呢。"汝殊叹道,"奴婢劝说也没用,他根本就听不进奴婢的话,少夫人又何苦将奴婢留下来照料他呢。"

"不管他了。"染烟有气无力道,"我现在连自己都顾不周全了,他爱怎样就怎样吧。"

的确,就算她想管莫镜明,也有心无力。

日子如流水,两个月后,袮都城渐渐进入寒冷的冬季。莫镜明夜不归宿的时间并不多,可和染烟的僵冷状态却一直没有缓解,偶尔夫妻同桌吃饭,也是互不搭理,但莫镜明留在家时,却会时不时地抚上一曲《妙莲生花繁尽落》。

此时,柔妃怀上龙嗣的消息已传遍朝野,时人纷纷揣测,如果柔妃能顺利诞下一位小皇子,那一直悬而未决的太子之位,基本上就要尘埃落定了。

而自那个雨天后,染烟便没再见过莫怀苍。她曾试探性地向应柄奇问起,应柄奇告诉染烟,莫怀苍跟着几位经商的朋友去南方游山玩水去了,可

第五章　浮觞曲水　　125

能要到年底才会回来。

染烟很清楚应柄奇的话未必能信,莫怀苍游山玩水是假,出门办什么事恐怕才是真。不过,他的离开未尝不是一件好事,起码有一段时间,自己的心绪不会被他影响。

不久之后的一天,祢都城落下了入冬以来的第一场雪。夜晚变得异常寒冷,城中各户都早早地关了门歇了店,除了祢都城中那条每到夜晚才开始一天之中最为热闹时段的街道。

尽管因为下雪,生意清淡了许多,但这条街上依然处处灯火闪烁、红烛高照,从风雪的深处,还不时传来阵阵欢歌笑语。

其中一处叫旖旎阁的三楼顶层,一个穿着绯色衣袄、媚态百生的女子,端着一壶酒,推了走廊右侧的一间房门,走了进去。

这是间临街的屋子,屋子不大,却弥漫着浓烈的脂粉香气。在烛火和炉火的映照中,一个穿着白色银丝袍的男子正坐在临窗的几案旁自斟自饮,且已有了几分醉态。

女子走到几案一侧,将酒壶放在案桌上,娇滴滴地笑道:"公子每次来都只是喝几壶酒,多没趣啊,今夜风大雪紧的,不如就让奴家留下来陪陪公子吧!"

"走开!"男子冷冷道,"该付的银子我照付,你只管收银子管够我的酒便是,哪儿来那么多废话,扰人清静!"

"哟,我说公子,你要想寻清静,岂不是来错了地方?咱旖旎阁本就不是什么清静地儿,非但不清净,来的人可都是图热闹的!"女子不屑道,"奴家可是见公子仪表堂堂、非富即贵,心生仰慕,才自愿陪公子的。要知道,奴家自小被卖到旖旎阁,从来都是卖艺不卖身的。不信的话,公子可以去向任何来旖旎阁的常客打听打听,奴家对公子一片真心,公子却如此伤奴家的心。"

"我对你的身世不感兴趣。"男子的声音依旧很冷,甚至比窗外的风雪更冷,"世人的心,除了一个人,我皆不为所动。"

女子悻悻地白了男子一眼,道:"公子现在是如此说,可奴家相信,总有一日,公子的心里会有袆霄的。"

"出去。"男子将一杯酒一饮而尽,又将酒杯重重地砸在桌案上,"我不想再说第二遍！"

叫衿霄的女子退了出去，掩上房门后，并未急着离开，而是转身进了隔壁一间屋子。屋内同样有个穿着白色银丝袍的男子，此人正临窗而坐，自斟自饮。

"怎么样？他还是不搭理你吗？"男子听见身后的响动，头也未回，举起酒杯慢慢地啜饮。

女子不以为然地笑道："公子只是让奴家想办法留住他，并没有说一定非要他搭理奴家啊，只要诱得他在我们旖旎阁流连忘返不就行了？"

这个男子以相似的冷淡神情道："现在我改主意了，我要你缠住他，想法让他为你赎身，纳你为妾，无论你用什么手段，只要能达成目的就可以。"

"奴家的身不是早就被公子给赎了吗？"衿霄诧异道，"奴家早就是公子的人了，不然旖旎阁如何能容我到现在还守身如玉？"

男子冷冷一笑，道："他又不缺银子，用得着你为他心疼吗？如果你是旖旎阁普通的歌舞姬，哪有不想让恩客赎身的？让他再为你赎一次，不过是使他对你的身份不会起疑罢了。再说了，旖旎阁的妈妈多收一份银子，还不得更疼你？"

"喊，公子坏心烂肝，连自家的兄弟也要算计，不怕遭报应吗？"衿霄在桌案旁坐下，替男子斟满了酒。

"上天不公，我不过是讨回公道而已，遭报应的应该是他们！我一个也不会让他们好过！"男子呵呵冷笑不止，"你也别说我，你自己呢？不是也想获取别人与生俱来就拥有，而你却从未得到过的温暖与荣华富贵吗？"

衿霄看着男子，叹了口气，点头道："你替我赎身的那天，我本来以为可以从你这儿获得，可是你……"

"没有什么可不可是。"男子看着窗外，用不屑的口吻道，"我的心思不在你身上，这你也是清楚的。不过我保证，只要你好好帮我做事，你一定会得到你想要的一切！"

烛火相映，衿霄的眼中光芒闪动："好，反正现在我跟公子已经是一条船上的了。"

隔壁房间，酒盏歪倒在一侧，年轻男子终于不胜酒力，趴在桌上昏沉沉地睡去,嘴里却在含混地嘀咕着:"我该怎么对你?你让我该怎么对你?烟儿……烟儿……"

而此时的蕙昕苑中,汝殊一边关窗,一边对染烟道:"少夫人,歇了吧,已经快二更天了,天寒地冻地守在窗前,当心又要着凉。"

"你说他怎么还不回来呢?我都已经不和他吵架了,也懒得追究他的事了,可他为什么还是一日比一日晚归?"染烟失神地面对着窗户,"这么冷的雪夜,他究竟在哪里?"

"奴婢早说了,少夫人当初就该向太师言明实情。三公子夜晚流连在外,迟早会出事!"汝殊没好气地白了染烟一眼道,"现在懊悔有什么用,少夫人不是和三公子协定互不干涉的吗?那就该把心安到肚子里去,视若无睹、置若罔闻,不要总是心口不一!"

染烟没有回应,离开了窗子,说道:"明儿你去将三公子的那件银狐裘皮氅子找出来,我上次和你一起整理衣柜的时候,发现氅子有几处开线了,当时想着天气还不冷,没顾上缝,现在却正是穿的时候,尤其适合夜晚出门。明儿找出来缝好了,你就拿去给三公子,让他一定要记得穿,再怎样,也得顾惜自己的身体。"

汝殊动了动嘴,最终什么都没说,只是轻轻叹了口气。她知道说什么都没用,少夫人的心里,总归是无法不惦记着三公子,两个人的固执纠结,到底谁才能替他们解开啊?

又过了些天,染烟被叫去德苡轩,去了才发现杜氏和其他三位夫人都在场,且个个神色凝重。

"染烟见过太师,见过几位夫人。怎么了?是出什么事儿了吗?"染烟察颜观色,觉得他们的闷闷不乐应该不是冲着自己来的,故而问安过后便斗胆相问。

"河运出了大事,老爷因此受到了牵连,被人弹劾,皇上已命老爷回家思过,待事件查清楚后再说。"杜氏唉声叹气道,"真是屋漏偏逢连夜雨,难道咱们太师府的运数真的到头了吗?"

"你一个妇道人家懂什么,别张口闭口地胡说八道!"莫太师少见地没给杜氏一点面子,反而不耐烦地斥责道。

跟着，莫太师又缓和了语气，温声对染烟道："烟儿，叫你过来，就是想告诉你一声，最近你也不要进宫了，免得人家说老夫利用你拉拢和皇上的关系，想要开脱罪责。"

　　染烟迟疑了一下，说道："公公能告诉我，河运究竟出了什么大事吗？"

　　"前些天的大雪，造成了不少地方深受雪灾，皇上从南方临时紧急征调了一些物资救灾。原本，经由河道转运至各个受灾地是最便捷的途径，谁知到了下船地点清查物资时，却发现四十船物资，每船都缺失了至少一半。这可是灾民急等着要用的，要是不能及时发放下去，不知道又得有多少人饿死冻死在野外，你说皇上能不龙颜震怒吗？"

　　染烟变了脸色，紧张地问道："那以前的官船转运，出现过这样的怪事吗？"

　　"听说也出过，但丢失的数量不算巨大，底下的官员们都怕追责到自己头上，故而大多采取隐瞒不报，或者用虚假造本的法子蒙混过去。"莫太师感叹道，"这一次，若不是皇上亲自派人督办，怕也还查不出这等惊天大案呢。"

　　"这么说，到底是何人做的手脚并不知道。那些负责押运的官兵们呢？他们的嫌疑才是最大的呀，为何皇上反而要怪到公公的头上？"染烟不解地追问道。

　　"他们早就已经被全部羁押起来了，查案的官员也已问过了他们的口供。按照他们的说法，一路上根本就没发生过什么异常，每到一处，船只都是停泊在指定的港口，夜里派人专门巡守，清早起航时点验货箱数目，又都是对的，故而一直都没有发现一部分货箱其实已经被调了包，救灾物资被换成了大量的木屑泥块和朽烂的棉絮。"沉吟了一会儿，莫太师又接着道，"不过，按照惯例，官船所到之处，押船官兵的住宿与接待都是由玫家通知地方县衙，再由地方县衙负责安排，只有到庭阳时，是由玫家安排一切。而此次押运，据押船官兵们说，他们在庭阳受到了盛情款待，也只有那一夜，大半的官兵都喝醉了。所以，从现在看来，唯一可能出问题的，就是那一夜。"

　　"老爷，我们庭阳玫家，我的两位兄长一直都在替朝廷管理河道转运，从来就没出过什么岔子，现在要说他们监守自盗，芸芸打死也不相信。何况官船在庭阳出事，那不是太明显了吗？等于贼在身上挂了块牌子说自己是贼。"玫芸芸满腹委屈地争辩道。

"老夫又没说是你们玫家做下的案子，你急个什么！"莫太师皱了眉头，"案子不是还没查出个所以然吗，现在只是怀疑物资是在庭阳被人调了包，至于是何人调的包，老夫猜测，说不准还是你们玫家的死对头，正好借此机会来个一石二鸟。"

染烟深吸一口气道："也许也是公公的对头，公公不就因为此案而受到牵连了吗？"

"唉，就因为老夫和玫家是亲眷关系，这些年来，皇上才放心让老夫分管河运。谁知道，下面会出这么大的事儿，而且还不止一次地出现纰漏，老夫竟全然不知。有人以此作文章弹劾老夫，老夫是过错在先，难辞其咎啊，便是皇上不怪罪，老夫自己也无颜面圣。所以，老夫不想做任何辩驳，只希望皇上能早日查清此案，将那胆敢打官船主意的家伙揪出来，将他千刀万剐！"

染烟默然，想了片刻才问道："要不要将镜明叫过来，让他帮着想点法子，替公公分忧解难？"

"暂时不必了！"莫太师无力地摆了摆手道，"现在除了等着查清河运案，任何法子都没有用。镜儿这孩子心思重，又不理朝事，告诉他，只会多一人徒增烦恼而已，于事何补。"

回到蕙昕苑，汝殊发现染烟神情不对，问染烟到底怎么了。染烟若有所思地重复着二夫人玫芸芸的那句话："贼在身上挂了块牌子说自己是贼……"

"什么？少夫人，你在说些什么啊？"汝殊一头雾水，"什么贼不贼的，哪儿来的贼？"

"你说，如果一个贼在自己身上挂了块牌子，写上'我是贼'等字样，而平时别人并不清楚他究竟是不是，或者还认定他是个好人的话，看到他的牌子，会相信他所说的吗？"

"这奴婢可就说不好啦，哪有真的贼会告诉人家自己的身份的？没准别人以为他只是在开玩笑呢。"

染烟沉吟道："也就是说，他越说自己是，人家可能就越不信，对吗？"

"总之不合常理。"汝殊纳闷道，"少夫人，你怎么想起问这么奇怪的问题了？"

染烟摇首道："我也觉得不合常理，但仔细想想，又觉得再合理不过。既然都犯下了案子，不妨再疯狂胆大一些，这样反而容易躲过别人的疑心。"

又过了一个月，不出染烟所料，河运案竟然不了了之。由于查不出主谋，莫太师被官复原职，只有负责押运的官员受到了降职的处分，另十余人被流放边地。

河运案虽不了了之，但对莫太师还是造成了影响。他被召回朝廷后，皇上交给他办的第一件事就是南下庭阳、整顿河务，并查清玫家是否确有私船载运的情况。

染烟知道，皇上的这一招不过是投石问路，以及敲山震虎。玫家是大益朝十大家族之一，又多年掌管河运，一时间，就算皇上怀疑玫家就是内贼，可玫家也不是那么好动的。此次，皇上借莫太师和玫家的关系，有意把莫太师推出去，实际上是在同时考验玫莫两家对朝廷的忠诚度。

好在此时是河运的淡季，顺利的话，莫太师不会在庭阳耽搁太久。因此，他在离京前，将府中事务全部交由杜氏和应柄奇管理，又对各人叮嘱了一番，才前去领职履责。

奇怪的是，莫太师前脚刚走没两天，莫怀苍后脚便回了莫府，顺便还到了蕙昕苑造访。

镜明和染烟看着莫怀苍给他们带来的礼物，谁都没有动。

"我去南方游玩了好一段时间，顺便给府里的各位夫人还有你们夫妻二人带了些南方的特产，还望三弟和弟妹笑纳。"莫怀苍温文尔雅道。

"我不是说过么，我这里不欢迎你！"莫镜明冷冷道，"你还来做什么?！"

"你我兄弟，身上流的都是莫家的血，总不能一辈子都不见面吧？"莫怀苍笑容不改，"而且，我听说家里最近出了点事儿，想来劝三弟几句，别总流连烟花巷里，也该多为爹分忧解难。"

莫镜明和染烟闻言，各自变了脸色。

"二哥此话何意？"染烟没沉住气，脱口相问，"什么烟花巷里？"

莫镜明的声音冷如冰铁："二哥是道听途说也罢，是派了人跟踪我也罢，总之,我的事不需要二哥来管!"

染烟顿时明白了个八九不离十,忿然起身道:"你真长本事,莫镜明!我还道你与那些纨绔子弟、富贵公子哥们有什么不同,原来你和他们都一样,无所事事、风流成性!"

说罢,染烟便头也不回地冲出了蕙昕苑,怀着满心的悲郁,在太师府的后园子里漫无目的地闲走。

不多久,汝殊寻来,在她的身后,还跟着莫怀苍。

染烟看见莫怀苍,一言不发,调头就走,她跟他已经没有什么可说的了。

河运一事,莫怀苍究竟有没有参与,只有他自己心里清楚。但染烟害怕的是,此事说破后会立即给方莫两家以及庭阳玫家招来杀身之祸,莫怀苍他到底想干什么?

"染烟,染烟你怎么了? 为什么不理我? 我到底做错了什么? "莫怀苍追着她,情急地喊道。

莫怀苍不喊倒好,一喊,反把染烟隐忍已久的怒火给勾了出来。染烟停下脚步,回身对汝殊道:"汝殊,你先回去吧,不用管我,我有几句话想单独跟二公子说。"

汝殊点点头,默然离去。莫怀苍走上前来,脸上的神情变幻莫测。

"你是不是怪我,不该说穿镜明的去向? "莫怀苍痛苦地揽住染烟的双肩,"可是我真的忍不下去了,我真的不忍再见你继续被蒙在鼓里。染烟,离开镜明吧,他根本不值得你托付终身。"

"那谁值得我托付终身? 你吗? "染烟讥讽地笑道,并顺势挣脱开莫怀苍,"前尘过往我都可以不计较,但我就想问你一句,你可是想让莫家和我都万劫不复? "

"我不明白你什么意思? "莫怀苍一脸的茫然。

染烟叹了口气,道:"你们兄弟俩都太有表演的天分,我认栽了,但若要人不知,除非己莫为。莫怀苍,我警告你,趁着还没有酿成大祸,及早收手吧,不然,我一定会不计代价,全力阻止你。"

"你想阻止我什么? "莫怀苍的眼神满是阴郁,"我不清楚你究竟因为什么而误会了我,可我真的不是你想象的那样。我没有骗过你,真正骗你的人是莫镜明,你明不明白?!"

染烟冷笑道:"你一定要我说破吗？莫怀苍,你告诉我,你消失的这几个月,是不是在庭阳？"

"庭阳？我干吗要去庭阳？"莫怀苍脸色苍白道,"我明白了,你怀疑河运案和我有关？"

染烟冷着脸不答。

莫怀苍伸手,再次攥住染烟的胳膊,辩驳道:"你有证据吗？无端乱怀疑,是你想给莫家栽上杀身之祸吧？"

"你可以不承认,莫怀苍!"染烟倔强地和对方僵持着,"我以前就很疑惑,莫太师固然出手大方,可每月给你的用度毕竟有限,且看看你那些价值连城的收藏品,你的银子是从哪儿来的？"

"钱财问题我就不说了,你少小便被送离太师府,一个人在外生活,除了照顾你的小厮下人,你身边连真心疼你的人都没有,这样的你,便是私下做出些聚敛钱财的事儿也情有可原,但你千不该万不该,不该去打河运的念头!"染烟喘了口气接着道,"应柄奇和你娘私交非浅吧？他是为了你娘才心甘情愿在太师府屈居人下的吗？玫家兄弟小打小闹,被你捏住了什么把柄,才弄得捅破了天大的窟窿？哦,对了,太师分管河运,你只要威胁他们,大家是一条绳上的蚂蚱,他们自然会跟你合作。我说得没错吧,莫怀苍？"

莫怀苍惨白的面皮抽搐了几下,忽然松开染烟,森然冷笑道:"我真是小看你了,看来,你知道得还不少啊,虽不全对,倒也有七八分吻合。那接下来,你打算怎么对付我呢？"

"我刚刚说过了,趁着还没到无可挽回的地步,赶紧收手吧!"

莫怀苍双眸中射出冰冷如剑的寒光,冷笑道:"假如我就是希望看到莫家以及和莫家相关的一切,全都身首异处呢？"

"别忘了,你也是莫家人!"染烟激动道,"就算所有的人都不是无辜的,都该死,你娘呢？你也希望她为你的谋划陪葬吗？"

莫怀苍僵住,眼中的寒光慢慢褪去,淡淡道:"她早就死了,她说,从嫁入莫府的那一日起,她就已经是个行尸走肉了。"

"不,人只要还有一口气,没有什么不可以重来。怀苍,你原本可以拥有全新的更美好的生活,为什么偏要选择和莫家同归于尽?"

"太晚了!"莫怀苍冷冷地扭过头去,"我没想过同归于尽,我要的只是莫家的人去死。如果你肯答应,我会带你走!"

"不可能!"染烟断然拒绝道,"我还有爹娘。方家于国有功,不能因为你或者我,将百年声誉毁于一旦。最重要的是,即便你能全身而退,也会在余生噩梦中,过着日日仓惶逃窜、寝食难安的日子!听我一句劝,怀苍,收手吧!"

莫怀苍无力地转身,朝离开的方向摇晃着走了几步,苦笑道:"没错,你们都有在乎的人,却从无人在乎我的感受,哈哈,收手?收手……"

"怀苍!莫怀苍!"

林子里骤然安静了下来,空余染烟惊慌的余音,却再也听不见任何回应。

染烟思虑良久,决定不再对段斐音隐瞒。若想取得段斐音和方秀的体谅与支持,她必须有合理的理由,但她也只是委婉地暗示了自己和莫镜明难以维系的境况,并未提及其他。她不想让方秀跟着陷入惶恐不安中,这个问题已经够棘手了。

即使曾有所猜测,但当真的从染烟口中得到证实时,段斐音和方秀还是深深地为此惆怅且焦虑。几番规劝后,染烟不仅坚决不愿回莫府,更是连连哀求段斐音和方秀的相助。饶是方秀夫妻再识大体,再希望顾全大局,也终究禁不住染烟的缠磨,加上爱女心切,只好勉为其难,答应让染烟以重病为借口,先在家住一段时间。

当然,染烟想赖回娘家,也不是方秀夫妇帮忙打圆场那么简单的。莫府对此的反应,尽管表面上不好说什么,可杜氏却命应柄奇带上另请的莫家相熟的郎中,以及价值不菲的补品药材等,专程登门探望染烟。这就说明莫家对染烟的突然病倒之辞,并不尽信。

好在染烟早有准备,她不惜在大冷的夜晚赤足单衣地晃悠了两个时辰,当夜便抱恙卧床,且病势汹汹。

应柄奇在宜芳阁外等着郎中的诊脉结果时,只听得屋中传来染烟一阵紧似一阵的咳嗽,连他都不禁秀眉深锁。

段斐音在一旁陪着，有些不好意思道："真是，烟儿这孩子也太不注意了，没想到竟病得这般厉害，还劳莫家请郎中来给她瞧病。"

应柄奇略显尴尬地笑道："我家大夫人虽然知道镇国公大人一定会给少夫人找最好的郎中，可她又怕一家郎中瞧不准，将少夫人的病给耽误了，故而干脆让在下多叫几个郎中过来。其实只为少夫人能早些康愈，并无他想，唐突之处还望段夫人体谅，也请段夫人不要多心。"

"哪里的话。"段斐音欠身施礼道，"烟儿给莫家添麻烦了，大管家回去之后还请代为转告我们方家的歉意与感谢。至于烟儿的病，相信调理数日一定会好起来，大管家和府上诸位夫人大可不必太过焦虑。"

"呵，今儿郎中诊断后，想必我家夫人也会放下心来，多有叨扰，多有叨扰啦！"应柄奇忙不迭地回礼，转脸见郎中已出来，便立刻迎了上去，以摆脱这种尴尬的局面。

郎中确诊染烟乃风寒所致，又因身子比较虚弱，病况不轻，他开好了方子后再三叮嘱段斐音，一定要在两三日内控制住病情，否则会有性命之忧，若未见病人有所起色，可随时招其来复诊。

段斐音闻言也被吓了一跳，当即连连应承。送走应柄奇后，段斐音来到染烟榻前坐下，不无痛惜道："何苦呢，为了避开莫家，竟把自己折腾成这样，不要命了吗？"

染烟边咳边喘息道："娘亲有所不知，我正是为了要命，才不得不出此下策。"

那边应柄奇回府复命后，杜氏嗔怨地看了莫镜明一眼道："烟丫头生病倒是不假，可怎会偏是回门时病倒？你们小夫妻俩不会又在闹矛盾吧？"

"她是回了娘家才生的病，大娘为何要怪到我头上？"莫镜明面上说得不以为然，心下却焦急万分。应柄奇说染烟病情甚重，以染烟的聪慧，怎这次也失了分寸？要万一有个三长两短，他岂不是要追悔莫及？

"唉，算了，说什么都晚了。"杜氏缓了脸色道，"到底怎么回事，还是等烟丫头先养好病再说吧。不管怎样，人平平安安地活着才是最紧要的。"

莫镜明心头一动，杜氏难得说了句至理之言。还有什么比活着更重要的呢？恩怨也罢，纠葛也罢，真相也好，图谋也好，撒手人寰时，岂不什么都烟消云散了？

　　同意染烟离开，他并不后悔，以莫府现在的状况，染烟还是离开的好。但千不该万不该，他不该让染烟负气离去，以致染烟不惜代价身染重病。只是，若不气她，她肯离开吗？

　　恍惚出神间，杜氏来到他的身边，拍了拍他的肩道："现在老爷不在，虽说你亲登方府的门，有失咱们莫家的体面，可你们小夫妻俩的结总归是要你们自己去解的，若确实挂心想要去探望，大娘也不拦你。"

　　"不必了。"莫镜明毫不犹豫地谢绝道，"像方染烟这样的千金大小姐，大娘不是本来就不大喜欢她吗？如今她在娘家卧病，大娘正可以趁此机会，找点由头，拒绝她再登莫家的门。"

　　杜氏愣怔了一下，道："镜儿，你什么意思？你和烟丫头可是俐妃娘娘保媒、圣上证婚、满朝文武齐敬贺才走到今日的，你莫不是想休妻，让天下人看尽咱们莫家的笑话，让圣上下不来台？"

　　"圣上下不来台的事儿多了。"莫镜明淡淡道，"且不论大益朝十大家族和朝政如何让圣上头疼，单就咱们家的娘娘就已经够让皇上心烦的了。大娘，'休妻'，镜明不敢提，然而你敢说自己心里就没有一点私念，没有担心过染烟在莫府会取你而代之吗？"

　　"镜儿，你在胡说些什么?! 我看你是越来越不像话了！"杜氏勃然大怒，斥道，"虽然我不是你的亲娘，可我好歹也是看着你长大的，你居然用这种口吻对大娘说话！"

　　"我跟着老爷风风雨雨几十年，哪一回不是在替莫家打算、为莫家着想！若你觉得我何处有失公允，可以向我、向老爷提出来，但你扪心自问，你刚才的盘诘责难对得起大娘吗？"杜氏说得连连捶胸顿足，看样子被气得不轻。

　　"大娘既然问心无愧，何必急着辩驳。"莫镜明依旧冷淡得不见一丝感情，"这只是镜明的一个提议而已，大娘若觉得荒唐，大可以当镜明什么都没说，镜明就此告辞！"莫镜明躬身拜了拜，拂袖而去，只剩下杜氏呆立当场，半天都没回过神来。

　　染烟彻夜咳嗽，辗转难眠，汝殊也被她吵得睡不着，于是干脆起身帮染烟倒了一杯热水,服侍着染烟喝下,然后替她掖好被角道:"怎么郎中开的药不见起色呢?依奴婢看,少夫人这么拖着可不行,明儿还是再去把郎中找来,让他给改改方子吧。"

染烟摇首道:"病来如山倒,病去如抽丝,哪有那么快见效的。你若是嫌吵,就去和别人一个屋睡吧,我这里不需要人。"

汝殊吐了下舌头,委屈道:"奴婢哪里是嫌吵,奴婢是担心少夫人的身子熬不住,这回比哪次病得都厉害,奴婢听着都揪心。"

"不厉害,杜氏就会让应管家把我们给接回去养病。"染烟无奈道,"你当我喜欢生病么?只要拖过这个月,再往后莫府忙着迎新辞旧,哪还有空计较我是真病假病。爹他们再找理由留下我,莫家碍于面子,多半会做个顺水人情,咱们拖延不归的计划也就算是成了。"

"原来少夫人你早就想好了。"汝殊埋怨道,"唉,那也不该作践自己的身子啊,闹腾成这般,万一应了今儿那郎中的话……"

"没事的,我自己的身体自己知道,放心吧。"染烟将身子往暖被里缩了缩,"夜晚寒凉得紧,你也别跟床前站着了,去别处睡一会儿吧。你守着我,我反倒不自在,想咳嗽的时候还得拼命克制着,越克制越是要咳,还不如让我一个人放松些,或许咳得倒不厉害了。"

汝殊想了想,觉得染烟说的也有道理,只好道:"那奴婢就出去了,少夫人若有什么不舒服,一定要摇铃喊奴婢呀。"

染烟微微合眼,示意知道了。汝殊离去后,她从怀中掏出了那方桔梗花的丝帕,就着床头桌案上微弱的烛光凝思了半晌,眼眶禁不住渐渐潮湿。

过了些日子,染烟的病渐渐有所好转。她向段斐音询问莫府的人是否还有来过,段斐音摇首,顺便告诉她,莫太师已经从庭阳回京复命。但圣上对河务似乎仍不大满意,指令莫太师继续督揽河务以观其效,若再出岔子,便即行革职,而其他的朝务则将莫太师排斥在了一旁,莫太师的心境可想而知。

方秀去莫府解释原委,希望多留染烟在家调养一段。莫太师一副萎靡不振的样子,态度也显得十分冷淡。他自愧没有照顾好染烟,让染烟多有委屈,至于因病滞留娘家调养,莫府于情于理都不该有所疑议,请方家自行斟酌定夺便是,无需征询莫家。

方秀有些尴尬,再三道谢之后,方才告辞离去。莫太师送方秀出府时,忽又拉住方秀的胳膊肘,向其恳请看在两家姻亲的份上,若能于合适的机会帮着在圣上跟前说几句话,拉他一把,他莫琛定会感激不尽。

方秀无奈苦笑,向莫太师言明,帮衬没问题,可圣上早就对他的意见不屑一顾了,只怕说了也是白搭,圣上根本就听不进去。

此番话虽然是方秀婉拒对方的托辞,却亦是实情。莫太师颓然松手,怏怏不乐地道了一声"恕不远送",便撇下方秀返身回屋了。

倒是莫镜明早在离府门不远处静候多时,见到方秀,忙迎上来又送了方秀一段路。

方秀不知染烟和莫镜明闹别扭的真正原委,故而也没好指责镜明什么,只问他为何一直没来探望染烟。

莫镜明没有回答方秀,只是在询问了几句染烟的病况后,便将话锋一转,请方秀代为传话:今后无论他和染烟之间是聚是离,都望染烟自己能好生珍重,寻获到她真正想要的幸福。

方秀停下脚步,神色异常严肃地盯紧莫镜明,道:"你根本就不了解我家烟儿,你只是个沉溺于自己内心、忽视别人存在的被宠坏了的三少爷。爱一个人不是希望她怎样,而是要看自己能为她做什么,虽历千般磨难万种劫数亦不悔。等你到了我这把年纪,看透世事百态,你就会明白。拥有,哪怕沉重,也比虚伪的逃避更有意义,这是一个人活着的真实意义!"

染烟听完段斐音绘声绘色的描述后,无声地笑了。方秀在外为人谦和,这大概还是他第一次毫不客气地向人发难吧。十六年的养育之恩,真正心疼她的人,最后还是只有方秀夫妇。想到这里,染烟情不自禁地依偎进了段斐音的怀里。

转眼新年,祢都城连下了好几场大雪。雪后初晴的一日,府里的下人东来忽然神神秘秘地来到宜芳阁。原来,东来替方府外出办货,竟遇上了莫太师和莫怀苍当街发生争执,引得不少人围观。东来瞧了一会儿热闹,回来便将此事说与了染烟听。

染烟问两人是为何而争执,东来摇首说不知道。他听了半天,只道莫太师怒骂莫怀苍大逆不道之类,至于原委,还真没弄明白。

染烟想了想,叮嘱东来等一干下人,若莫府二公子登门造访,一概回应她不在府中。

未料两日后,登门造访的不是莫怀苍,而是莫镜明。

屋中炭盆燃得暖暖的,新沏的热茶茶香袅袅,染烟将果盘朝莫镜明推了推,道:"最近还好吧,有什么打算吗?"

"衿霄说她有了身孕,我准备将她从旖旎阁赎出来,另行安置。"莫镜明低垂着眼帘,声音轻得几乎听不见。

"衿霄是谁?"染烟问完,便醒悟过来此话真多余。祢都城的花街柳巷她虽然不熟,可单听旖旎阁的名字,就该明白那到底是什么地方。

"你喜欢的人原来叫衿霄?"染烟苦笑了一下,"你爹会同意你纳进一个烟花女子吗?"

"本来是不会,可她有了身孕,情形就不同了。"莫镜明喃喃道,"其实这样也好,也许你我都可以解脱了。"

染烟久久地看着对方,最终将头侧向一边道:"我都说了,莫府的事与我再无瓜葛,你不用来告诉我这些。"

"还是告诉你一声的好。"莫镜明盯着氤氲的茶雾出神,"毕竟你现在还是莫府的少夫人。"

"你爹是什么意思? 一纸休书易写,他该怎么敷衍圣上那边。"

"自从出了河运案,圣上就对我爹冷落得紧,假使两家断了姻亲关系,没准儿圣上对你和方公还会更加信任些。"

染烟转首,忽以一种斩钉截铁的语气道:"我不管你和你爹是怎么想的,在收到你的休书以前,衿霄都不能进门,否则,别怪我去向圣上告御状。"

"是因为颜面,还是你咽不下这口气?"莫镜明冷笑道,"我没说要将衿霄接进门,就算接进门也没这么快。我只是准备将她在祢都城中另行安置,前来知会你一声罢了。"

染烟略略颔首,说道:"请便吧,我也只是知会你一声,不要逼人太甚,否则我方染烟绝不善罢甘休。"

莫镜明愣愣地盯着染烟,两人相顾,长久无言,屋中除了炭火燃烧的噼啪声,死寂异常。

　　莫镜明离开后,染烟默默地坐了一阵儿,猛地将桌案上所有的茶盏和碟盘扫落在地。一片碎裂声中,汝殊惊愕地出现在门口,惊呼道:"少……少夫人,你和三公子又吵架啦?"

　　"没有!"染烟深吸一口气,克制住几欲夺眶的泪水道,"告诉我娘,明儿起,我想去葵邑宫住一段日子,散散心。"

第六章　殒命眩花

　　"少夫人,二公子说,少夫人若是不见,他决计不肯离去,会一直等候在宫门外,哪怕冻死,也不离葵邑宫半步。"汝殊满脸无奈地回禀道。

　　"让他进来吧,我倒要看看他又有什么要说的。"染烟放下手炉,打开窗户。窗外白雪层层,半岛上的葵邑宫就好像是一个与世隔绝的荒境,待了半个月,她也实在是有些闷了。

　　"你以为躲在葵邑宫,就可以不理外面的事情了吗?"一见到染烟,莫怀苍便毫不客气地说道。

　　"二哥,染烟不晓,外面还有什么事需要染烟理会的?"依旧是两杯香气袅袅的热茶、几盘点心、一盆燃烧正旺的炭炉,隔案相对的却已换了一个人。

　　"镜明……镜明想写休书,可爹一直不同意,他便搬了出去,去和那个什么衿霄居在一处了!"莫怀苍凝视着染烟,眼中的阴翳越发的深重,"到了如此地步,你真的依旧无所谓吗?"

　　"那又如何?"染烟淡淡道,"你希望我怎样呢?"

　　"跟我走吧,染烟,我求你了!我们一起到没人认识我们的地方去,过与世无争的日子。你不是叫我收手吗?离开这里的一切,就没有什么收手不收手的问题了。我这些年也积累下了万贯家产,我可以让你过得比现在还富足无忧!"

　　染烟轻轻一笑,道:"是不是你爹发现了什么,逼得你不得不提前做离开的准备?"

"染烟!"莫怀苍沉声道,"你上次跟我谈,我也认真考虑过,既然镜明从未对你用心,我们为什么不可以重新开始?没错,我爹的确是有所察觉,可他跟你一样,没有任何证据,只要我想,没人能抓到我的把柄。我所做的一切,都是为了你啊!"

染烟心头一颤,像被电流穿过心房,但她很快收敛心神,正色道:"我说过,你永远都是我的二哥,永远!非是我不愿意重新开始,而是我的心都在镜明身上,它回不来了!"

"至于镜明如何,那是他的事,我……只是依照自己的心而活着,想安安静静的,在葵邑宫过上一段无忧无虑的日子,就是这样……"

"值得吗,为了一个不珍惜你的人,枯守在这清冷的葵邑宫?你还有大好年华呢,染烟!"

"将来,也许我会重新找到我愿托付真心的人,但这要将来再说。"染烟顿了一下道,"不过,我真心希望你不要再继续错下去。之所以尚未将你的事儿揭破,不是由于我没证据,而是因为我相信,圣上一旦下令彻查,案子迟早会追溯到你的头上,且不会伤及莫家其他人。这就是所谓'若要人不知,除非己莫为!'"

"哼……"莫怀苍面上浮出了凄苦的笑容,"你未免也太自信了,染烟。我既然做下这事端,就不会那么容易让人查到真相!"

"是你太自信了,二哥!"染烟叹了口气,"你还不明白吗?我希望所有的人,包括你,都能太平无事地活到老,真正拥享生活的快乐。哪怕是自己不喜欢,甚至极端讨厌的人,也不能让报复迷失了自己的心!"

"迷失?"莫怀苍呆了半晌,"我的心早就迷失了,想要寻找回来时,却连你也嫌弃它!"

"不,我从来没有嫌弃过二哥,即使在知道你的所作所为后,我仍旧尝试着去理解你。可感情的事,有时候真的没法强求,譬如我对镜明不也是一样吗?爱别离,求不得……"

莫怀苍闭上双眸,深深一叹:"如此,那我就不说什么了。"

"汝殊,替我送二公子!"染烟高声吩咐道。

然令她诧异的是,她的话音未落,汝殊却喘着粗气跑了进来道:"少夫人，有客登门……"

"一个年轻美貌的女子，自称叫什么，哦，对了，叫衿霄，她说慕少夫人名已久，今日是特意来拜会的，还望少夫人不要将她拒之门外。"

染烟心下一沉，衿霄？善者不来，来者不善啊！

"什么狗屁衿霄，她居然还敢来？叫她滚，滚得越远越好！"莫怀苍猛一拍桌子，回首冲着汝殊低吼了一声。

"二、二公子，你这是……"汝殊被骇呆了。

染烟慢慢缓过神来，是福跑不掉，是祸躲不过，她若连面对的勇气都没有，反倒要叫对方笑她卑怯了。

"把她带到前殿去吧。"染烟一字一顿道，"她不是来拜会的吗？就让她拜个够。"

"让我陪着你吧，烟儿，我倒要看看这个贱人还能耍出什么花招来！"莫怀苍跟着站起身。

染烟这次没有立刻回绝他，她的脑子里乱糟糟的，悲心满怀，哪里还顾得上送走莫怀苍。

"其实早就想来拜望姐姐了，只是妾身卑贱，怕辱了郡主圣洁，故拖延至今，方鼓足勇气斗胆拜见，还望姐姐见谅。"

俯身在地的女子一身淡青色的素袄蓝裙，乌黑水亮的头发挽成了斜鬓，插着一支烧蓝累丝流珠簪，尽管简单清朴，却衬得略施薄粉的俏脸愈发柔婉可人、姣美楚楚。

染烟看着她，仿佛整个人被撕裂般的痛入肌髓。"姐姐不敢当，本郡主与姑娘素昧平生，不知姑娘何故要见本郡主？"

衿霄抬起头道："妾身知道姐姐在生我的气。衿霄自幼便失去父母双亲，流落街头，被鸨母收养，成为了旖旎阁中的一名婢子，这并非妾身可以选择。在旖旎阁，妾身先是干些粗杂的活儿，后来受鸨母的悉心调教指点，学得歌舞琴棋，虽说素来卖艺不卖身，可终究身份卑微低贱，岂堪与郡主殿下相提并论。未料上天垂怜，让我有幸遇到了莫家三公子，并蒙三公子眷顾疼惜，救我出水火。妾身除了感激涕零之外，实是没有更多的非分之想，还望姐姐能够不计前嫌，受妾身一拜。从今往后，妾身愿侍奉姐姐左右，终生以报三公子和姐姐的厚恩。"

"真是巧舌如簧,不愧是旖旎阁的红人。"莫怀苍在侧,冷眼讥讽道,"你既卖艺不卖身,又是如何搭上我三弟的?也就是我三弟太单纯,才会受你的蛊惑。"

"你既已有身孕,本郡主又如何敢劳你侍奉左右?何况,本郡主身边从来不缺侍奉的人,你还是回祢都去吧,不用跟我这儿姐姐长姐姐短的。"染烟挥了挥手,示意汝殊送客。眼前的衿霄一副楚楚可怜的样子,让她实在恨不起来,可她也同样无法咽下这口气,接受对方。

"姐姐,妾身来之前就已预料到了姐姐不肯原谅我,然而,得不到姐姐的原谅,我又岂敢擅自和三公子在一起,便是在一起了,我心里也会不安。所以,姐姐一日不谅解衿霄,衿霄便一日长跪不起,只求姐姐念在衿霄一片诚意的份上,答应让衿霄侍奉左右。"

"你这么想侍奉我?可惜……"染烟一声苦笑,"镜明将你赎身出来,不是为了让你侍奉我的,你又何苦在此长跪不起!"

"郡主都下了逐客令,你还赖着不走,未免太不知廉耻!"莫怀苍在一旁帮腔道,"走走走,有多远走多远,郡主不想见到你!"

"我……"衿霄眼眶含泪,望了望莫怀苍,又望了望染烟,"不知这位是……"

"莫家的二公子,镜明的哥哥。"染烟淡淡道,"你若想乞求体谅,也该算他一份。"

"妾身见过二公子。二公子、烟姐姐,妾身今日来,一则希望得到姐姐的体谅;二则,妾身其实还有些话,想私下和姐姐交交心。姐姐有所不知,三公子虽然对妾身眷顾有加,亦替我赎了身,可我与三公子之间,并非姐姐所想的那种关系,三公子实在是另有不得已的苦衷……"

染烟闻言,深深叹了口气,目光越过衿霄,望向了殿外。

殿外又开始下雪了,雪片越飞越大,天色也渐渐灰沉转暗,现在再想赶走两位不速之客,似乎已为时过晚。让他们冒着大雪摸黑赶回祢都城,危险不说,衿霄还怀着身孕,万一有个三长两短,岂不是更要被莫镜明恨上一辈子。

染烟正在踌躇间，衿霄却误会了她的沉默，忙急急叩首道："姐姐，衿霄说的都是实话，恳请姐姐容衿霄私下一叙。衿霄实在不愿看见姐姐和三公子因为彼此误会而无端生隙，那衿霄便是万死也难辞其咎了。"

"行了行了。"染烟有些不耐烦道，"本郡主今日没有心情和你叙什么私话。葵邑宫简陋，你姑且屈居一夜，等明儿雪停了，请莫二公子代为护送你回祢都城去吧。"

衿霄和莫怀苍闻言，皆欲辩解什么，然染烟已断然起身，挥手打断了他们："就这样，请恕本宫招待不周！"

是夜，大雪一直下个不停，染烟抱着手炉，拥被坐在床头出神。汝殊前来送参汤时，染烟问道："给那两位都送去了吗？"

汝殊点点头，然后在床边坐下道："少夫人，你说奇不奇怪，咱在葵邑宫住了半个月，一直都清清净净的，偏今儿来客，还一来就来了两个。两个也就罢了，又都是少夫人不想搭理的主儿，奴婢越想，心里越不踏实。"

"我也是。"染烟放下手炉，端起参汤，一勺一勺舀着喝，"葵邑宫本就偏僻，这大雪下得人心发慌。"

"不行，咱们明儿冒雪回府吧。常言道，惹不起还躲不起吗？少夫人跑到葵邑宫，本来就是为了躲清净，谁想到他们还跟来这么远，那咱们就再躲回去不就得了。"

染烟失笑道："你说的倒也不失为一个法子，只是那衿霄看似文弱，却很有些倔强的劲儿，我怕她跟着我们闯去镇国公府，到时不但爹娘平生尴尬，还会叫别人看了镇国公府的笑话。倒不如在此僻静处，随她闹也罢，撕破脸也罢，咱就静静地瞧戏吧。"

"唉，瞧她那副样子，奴婢心里真是堵得慌！"汝殊重重地叹了口气，"奴婢真恨不得让东来立即将她撵出葵邑宫。"

染烟笑而不言，差不多将参汤喝完时，才幽幽问道："今儿二公子对衿霄的到来表现得颇为义愤，也是说要将她撵出去，你说，他到底是真情还是假意？"

"二公子？"汝殊愣怔了一下，随即反问，"二公子的表现有什么不对吗？"

"我说不好，反正就是觉得有点怪怪的！"染烟将碗递还给汝殊，又拿帕子拭净唇边。

"算了，不说他们了，总之兵来将挡，水来土掩吧。"

第二日，雪仍不见停。用过早膳后，莫怀苍过来探望，染烟便问他昨夜休息得如何，早上可有见到衿霄。

莫怀苍道："还算勉强。听着雪落的声音，夜里总好像睡得不太踏实。过来的时候，那女人的房门紧闭，也不晓得怎样了。本来说今儿帮你将她送走的，可看这雪势，不知又会耽搁到何时。"

"葵邑宫的条件是差了些。"染烟淡淡笑道，"委屈二哥了。"

等到天气终于放晴时，已是午后。染烟吩咐送客，自己则披了件裘袍独自往葵邑宫的碧泠水榭走去。一则，莫怀苍和衿霄离去，肯定又要来向她辞行，她不想见、不愿见，故而选择了避而不见；二则，闷在屋中多时，趁着天气放晴，她亦想活动活动身子，出来透口气。

染烟边走边赏雪，心情也由于雪后的晴朗而变得愉悦起来。不过，等她来到碧泠水榭时，却大吃一惊地发现，衿霄居然立在水榭的池台边。

"衿霄，你怎么会在这儿？"

衿霄回过身看了她一眼，道："姐姐是想问妾身怎么还没走是吗？是啊，葵邑宫这么好，我又怎么舍得走呢，加上姐姐一直都拒绝见我，我当然要多留一阵子了。好在汝殊那丫头说漏了嘴，说姐姐出门散心去了，我便斗胆猜测姐姐是来了眩花湖畔。葵邑宫建在半岛之上，路径也多半是因地就势环岛砌筑，没想到我抄另一条小径过来，竟比姐姐还快些。"

"我不想见你，是因为我和镜明之间的纠葛不需要第三人掺和。葵邑宫是圣上封给我的行宫，你若是赖着不肯走，就别怪我强行送客了！"染烟说罢，转身即欲离去。

"姐姐！"衿霄沉声相唤，声调忽然变冷，冷得染烟心里禁不住打了个寒颤。

"姐姐如此排斥我，可我若是不小心从池台边掉下去，姐姐会见死不救吗？"

"衿霄，你到底想干什么？"染烟停下脚步，厉声喝斥道。

衿霄嘴角浮出了一抹冷笑："其实姐姐救不救倒还在其次，冬天的眩花湖该有多冷啊,若是掉进湖中,我和我肚里的孩子,就算侥幸没有一尸两命,大概他也会保不住吧。到时三公子又会怎么想呢?此处无人,我是怎么掉下去的谁又说得清?姐姐眼里容不得沙子的脾性,三公子是了解的,连二公子也瞧见了姐姐对我的嫌恶,他可以作证。自我到葵邑宫,姐姐就没给过我一个好脸,所以姐姐将我推入湖中以泄私愤也不是没可能。我说的没错吧,姐姐!"

"我劝你不要做傻事!"染烟此时暗恨自己心太软,早知道衿霄如此恶毒,她来的当日就该将她赶出葵邑宫。

"你想害我应该不止这一种手段,以后也有的是机会,拿自己和孩子的性命来抵换,你不觉得亏大了?"

"是吗?"衿霄笑得越发厉害,"妾身不过贱命一条,可是姐姐就不同了。姐姐不但是金枝玉叶,身后还牵连着圣上、太师、镇国公,姐姐声誉尽毁的话,不知会给这三方带来何等的影响呢?"

"你不就是想和我谈谈心嘛,何至于如此?"染烟慢慢地朝衿霄挪近,"我们换个地方,沏上两盏热茶,好好说阵子话便是,用得着你死我活吗?"

"姐姐若早这般通情达理不就得了。"衿霄面上笑着,脚下却又往池台边沿挪了一步。

染烟瞧见衿霄的一只脚后跟已经悬在了池台沿外,不由自主地向对方伸出手臂道:"别闹了,当我失礼在先,你大人大量,别和我计较,还不行吗?"

衿霄的眼中闪过一抹冷光,"姐姐莫过来!姐姐是金枝玉叶,若出了什么意外,妾身可担当不起!"

染烟估算了一下距离,不再犹豫,继续劝道:"我不过来可以,但你先离开池台边,咱们有话好商量。"

"不。"衿霄摇头,"我若离开,一会儿姐姐反悔又该怎么办?咱们还是这么面对面站着说话的好。"

"你想说什么就说吧。"染烟盯紧了衿霄,尤其是衿霄的脚下。

衿霄似乎看出了染烟的紧张,再次展颜而笑,并将另一只脚后跟也挪向了池台边沿。"妾身想告诉姐姐一个三公子的秘密。姐姐知道三公子为何一直对姐姐很冷淡吗?嘻嘻,姐姐跟了三公子这么久,却一直被蒙在鼓里,真不知是该替姐姐可叹可悲好,还是替姐姐不值呀!"

染烟有些被激怒了,衿霄说的正是她的痛处。此女果然不简单,在她跟前炫耀则罢,居然还专戳人的心窝子,若不是担心她一尸两命,她真恨不得调头就走。

"既然是秘密,你又何必和我说?衿霄,我同样也有一个秘密,就看你敢不敢听!"染烟说着,抬脚又向衿霄挪去。

"是吗?姐姐不要为了接近我而故意哄我,我……哎呀!啊!"衿霄突然脚下一滑,身形顿时站立不稳,摇摇晃晃,她脸色惊变,秀目中充满了恐惧,双臂乱舞下,眼看就要栽入眩花湖中。

染烟眼疾手快,快步冲上去抓住了对方的手臂,"衿霄……"

染烟话音未落,只觉脖颈上一阵火燎般的刺痛,像是被针或者刺之类狠狠地扎了一下,但远比针扎要疼得多。此时,衿霄的另一只手臂就势缠住了她,"郡主殿下,对不起了,到了阎王爷面前也别提我衿霄的名字,害你的另有其人!"

说罢,衿霄的目光变得异常狠辣,尖长的指甲深深掐住染烟,即使隔着厚厚的裘袍,染烟依然能感受到指甲的尖利。也不知衿霄脚下施了个什么动作,两人的位置竟调换了过来,染烟来不及挣扎,就被衿霄狠命地一推,"噗通"一声,坠入了刺骨的冰寒中。

好在染烟于坠落之时闭住了气,而且她原就擅游泳,因此坠入眩花湖后,并未下沉多深,便强撑着浮出了水面。但是染烟明白,自己在冬日的湖水中是撑不了几分钟的,如果不能尽快爬上岸,她的四肢将迅速僵硬。

然而,当染烟企图朝池台游过去时,她发现自己的四肢居然已经失去了大半知觉,按理说不会这么快,脖子上的针刺……

染烟忽然醒悟到,这是一次有预谋的侵害,衿霄根本就没打算跳湖,所作所演只为将自己诱到池台边,顺势推她落湖,且让她失去求生的可能。

"为、为什么?"染烟冻得嘴唇发紫,说话也直哆嗦,声音小得几乎不可闻。她跟衿霄无怨无仇,衿霄为什么非要谋害她的性命?

池台上的衿霄一脸得意的冷笑,冷冷地看着她在水波中沉浮。染烟目光一转,似乎看见通往碧泠水榭的小径上正走来一人。她深吸一口气,拼尽全身气力大喊："救、救命啊！来人，救命！"

她这一用力呼喊，身子跟着又直往下沉，下沉的瞬间她连呛了好几口水，遂赶紧再次闭住呼吸，同时艰难地用手指勾住衣袍的扣袢，狠力一拽，将身上又湿又重的袍子扯落，利用身子一松的空当，第二次挣扎出水面。

一丝血沫随着她的浮出飘荡在碧波中，应该是撕扯扣袢的时候，手指受伤了。但此刻的染烟哪里还能感觉到疼，她只是怀着最后一线希望，希望有人能帮她一把，将她救上去。

"别费劲了！"衿霄大概没料到染烟还能再次浮出，恶狠狠地冲着湖面嚷道，"我的好郡主，葬身葵邑宫眩花湖是你最好的去处，何必徒劳挣扎，让自己那么痛苦呢？"

"救我！救我！"染烟身不由己，机械性地念叨着，目光竭力寻找着刚才那条人影。这回她看清了，锦蓝绣袍的男子从衿霄身后慢吞吞地出现在池台边，看着她的目光是她再熟悉不过的双眸如荫、温情似水。

染烟蓦然停止了念叨，惊愕中，她似乎意识到了什么，只是这种意识在极度寒冷下和她的身体一样正逐渐僵硬，并正抽离她而去。

不！染烟痛苦地闭上眼睛，她真的要葬身在眩花湖中了吗？为什么自己都退身事外了，他们还是不肯放过她？为什么一定要她死？她的死能带给他什么好处？

"不，我不想死！"

湖水就快要淹过头顶时，染烟忽然听到湖面上飘来冰冷中带着几分怜悯、几分嘲讽的声音："这不能怪我，要怪只能怪你是镇国公的千金。方染烟，其实你根本就不该出生，更不该嫁入莫家！"

"不要！"染烟内心发出一声绝望的呼喊，身体抽搐了几下，便像沉石一样直往湖底坠落。"我究竟做错了什么？"随着脑海中最后一丝执念的淹没，她很快就在极度憋闷中丧失了意识，朝着无知无觉的黑暗深渊永坠下去。

碧水如玉的眩花湖上，层层涟漪晃动了一阵后，复归平静，池台岸边的两个人皆长长地出了一口气。

良久，衿霄说："二公子，我帮你下了手，你以后不会像对付她那样对付我吧？"

"怎么会？"男子冷冷地瞥了对方一眼，转首继续注视着湖面。他的眼中渐渐升起一层如雾气般的阴霾，黑眸也如同深渊一般，盛满了浓得化不开的惆怅。

"若不是她知道得太多，我又得借她脱身，你当我为何要出此下策？可她为什么就不肯跟我走呢？她如果点头同意，也不至于……"

"嘁，你们男人啊，永远都是心里想的一套，嘴上说的又是另一套！"衿霄不屑道，"账本呢？账本带来了吗？"

"就放在池台边上。"男子递出了一本账簿，"葵邑宫的下人，无论谁发现了这本假的账簿，都会递呈给方秀。以为爱女是因为彻底绝望才跳湖的方秀，也一定会怀着满腔愤懑，向圣上弹劾我爹跟镜明，到时，假账簿便是如山铁证，让他们想自辩都难！"

"二公子好计策，不过既然没咱们什么事儿了，咱们为何还要远遁他乡？"

"没我的事儿，却有你的事儿……"男子的声音越发森冷，"你来之前不是告诉汝殊，你有镜明的重要物件要交给郡主殿下吗？"

女人尴尬地笑了笑，道："是啊是啊，敢情就是这破账本，汝殊会认定是我间接害了他们的郡主！"

"他们怎么认定不重要，重要的是，方秀一定会找你讯问，而我又怕你说走了嘴，所以只好带你藏匿起来。"

"可我们要是走了，方秀会不会对账簿的真伪起疑？"

"还有你留给莫镜明的信呢！"男子唇边浮出了一抹诡异的笑容，"在镜明替你安置的别院处藏好了吧？"

衿霄干咽了一下道："藏好了，你放心。"

"等官差搜查屋子时就会发现，你偷走了镜明的罪证，又为了肚里的孩子远走避祸，如此一来，你的一切行径就不会被人怀疑了！"男子深深地叹息道，"可惜啊，真想看看镜明若是知晓你的肚子根本空空如也，他会是个什么表情！"

"你就那么恨自己的弟弟？"女人心虚地退后一步，此刻的她已开始担心，卸磨杀驴的事儿会不会发生在自己身上？

"谁让他拥有我从未曾得到过的一切！"男子一字一顿,咬牙切齿。

仿佛沉睡了千年,又仿佛只是午休的一个梦魇,不知从何方,染烟竟似乎听到有人在呼唤着什么,起初极为遥远,像是她的幻觉,但渐渐地,那一声声呼唤就如同在耳畔。

"喂,你醒醒,快醒醒！"呼唤声中还有沉闷的嘭嘭声。

的确是在耳畔,怎么回事?染烟努力地转动脑筋,这一刻,她结结实实地感觉到了胸口的疼痛。"哇！"一大口清水从她喉咙口喷出,接着,她如垂死挣扎的鱼一般,条件反射地弹起身子,俯身就是一阵猛呕。将肺腑中所有的清水呕吐干净之后,染烟总算感觉稍微清醒了些。

"好点了吗?"有人在拍她的肩背,动作十分轻柔,"总算是醒过来了,怎么那么不小心,掉进湖里去了?"

染烟勉强回头,一张极为陌生的脸出现在了她的面前,最奇怪的是,这张脸的半边还戴着薄薄的银箔面具。

湖?没错,她是坠入了眩花湖中,难道天不绝她,有人将她救了起来?

染烟本能地转首看向身侧的湖水,却发现眼前的景色自己从未见过。这不是眩花湖,这是哪里?还有,明明是冬天,怎么、怎么四周竟绿柳如烟?再一低头,染烟大吃一惊,自己的身上竟也穿着薄裙,而且是粗布薄裙。

她愣愕地斜身一倒,紧接着又挣扎着坐起,往后挪了两下,警惕地问道:"你是谁?这是哪儿?"

男子轻轻笑了一下,他这一笑,染烟才注意到,虽然无法目睹男子的全貌,但他没有戴面具的半张脸白皙清俊,颇为儒雅,眉眼粗看普通寻常,可眼眸却异常漆黑明亮,闪动着如晨星般的光芒。

"放心吧,我不是坏人,若要害你,就不会救你了。"男子微笑着朝她伸出了手,"我是崇西人氏,姓简名越,途径此地,碰巧看见你跌入湖中。怎么,你也不是本地人吗?这里是祁城郊外的晴湖啊。"

"祁城?这里是祁城?"染烟完全懵了,她沉入的是眩花湖,怎么也不可能从祢都城外漂到祁城,而且还从冬天漂到了春夏。

"不,此处距离祁城还有两里多路呢,你要去祁城吗?我可以载你一程。对了,你的家人呢?怎么一个人跑到了湖边?"男子见染烟没有起身的意思,便缓缓放下了手臂，却依旧笑容不改地朝她挪近了一些。

祁城……染烟暗想，若是离祁城只有两里多路，看来自己还真得先去祁城，再另作打算了。

"你……你也要去祁城？"

"我去祁城拜访一位故友，然后转道向北。怎么样，能自己站起来吗？我的马车就停在路边，喏，那辆就是。"男子回手一指，染烟果然看见路边停着一辆大厢马车。

"可是……"染烟上下打量着自己，"我……浑身滴水，湿淋淋的。"

"无妨，我不也一样吗？"男子笑道，"两只落汤鸡，哪儿还能计较那么多！"

染烟这时方醒悟，赶紧向男子道谢："抱歉，害你也全身都湿透了。救命之恩，没齿难忘，请受小女子一拜，日后定当重谢简公子。"

"别别，什么谢不谢的，换了任何一个人都不会坐视不理的，最重要的是下次一定要当心，不是每次都能碰巧有人经过。"简越调侃着做了个有请的手势，"那我们现在就上路吧。"

染烟将身上湿淋淋的衣服拧干了一些，爬入车厢后又尽量靠边坐着。简越看着她，一直微笑不语。

染烟分外窘迫，没话找话地问道："简公子，你为何要带着半副面具呢？寻常人看见，大多会无端生出些骇惧。其实简公子既然肯救人于危难，一定是仁善慈怀之人。"

"姑娘过誉了。"简越垂下眼帘淡淡道，"实不相瞒，从我出生起，侧脸便生有大片红色胎记，如若不以面具相遮，会更加吓人，所以……"

"原来如此，是我唐突了。"染烟尴尬地再次陷入沉默。

停了一阵，简越笑道："说了半天，在下还不知姑娘姓甚名谁，何方人氏呢，姑娘是否介意相告？"

"我……我姓方……"染烟想到方秀在祁城也是有老宅的，不如先去寻了方家的老宅落脚，然后再托人带信去祎都，这样起码不至于流落街头，也免得方秀夫妇担忧。

"其实我的老家就在祁城，只是家人多年流落在外，本来说是一起归乡的,未料却在路上失散,我又迷了道,故而不辨方位。"染烟想到去处后,总算编圆了自己的来历,"还是得多谢公子相告,原来这里就是祁城郊外。"

"原来如此。"简越似乎对祁城和方姓并不敏感,反安慰染烟道,"好歹总算是到了,希望进城后你能和家人团聚,那也算是皆大欢喜、有惊无险了。"

染烟含笑点头道:"进城后我便下车,公子,后会有期!"

"一定,后会有期!"

情况大出染烟的意料,她本以为祁城方家位列大益朝十大家族之一,名头响当当,随便找人打听一下,便能找到方家的老宅。谁知她在城门附近转悠了半天,一路相询,却几乎是十问十不知。

染烟纳闷之余,只得向着城中方向毫无目的地瞎逛。眼见天色渐晚,染烟心中不免焦急,若再找不到方家老宅,她今夜该怎么过呢?

一身的粗布裙上上下下摸遍了,竟连半个铜板也没找到,如何会落到这般地步,真真是奇了怪了。早知道,就该向那位简公子借个几两银子,偏偏她是在和对方分手,多方询问无果后,才想起银子的问题。

如此这般,闲溜达了近一个时辰,染烟拐进了一条小街,既不知道这是什么地方,更不知道自己要去哪里。

忽然,街边果摊一个卖果子的半大孩子冲她嚷嚷着什么,染烟奇怪地看了对方一眼,并未搭理,只管继续朝前走。

孰料那个孩子居然离开果摊追上了她,并一把拽住她的袖子道:"雯姐,你跑哪儿去了?一整天都不见你的人影,你爹正在屋里发脾气呢。对了,你的糖饼货匣呢?丢了货匣,你不怕挨你爹的打吗?"

"什么?你叫我什么?"染烟变了脸色,什么乱八七糟的,这孩子是不是疯了?

"我叫你雯姐啊。"那个孩子莫名其妙,向两边街上左看右看,"难道咱区还有第二个雯姐吗?你怎么啦?"

染烟蹙眉道:"你认识我?"

"咱们两家是街坊邻居,打我记事起就认识你了,你还天天带着我一起卖货呢!别开玩笑了雯姐,你赶紧找回货匣回家吧。"

染烟想了一下,狐疑道:"那你说我叫什么名字,大名,说对了我改天请你吃糖饼。"

"方绫雯啊，你爹方同，大哥方贺，二哥方谨，这有谁不知道的。你家的糖饼，我早就吃腻了，才不稀罕呢！好心提醒你没卖出货，又丢了货匣，看你爹会饶过你不，你却还有闲心在这里逗耍。我去看摊子了，才懒得理你！"少年狠狠地白了染烟一眼，赌气离去。

染烟愣怔了半晌，走到少年的果摊前，讪讪道："你不回家吗？天色都晚了，要不咱们一起回去吧！"

"你不是假装不认识我吗？"少年依旧很生气的样子，"一会儿，我爹会来帮我收摊子，我还得守一阵子。"

染烟转首四下张望，这条小街又窄又小，天将近黑时，除了偶尔经过的行人，哪里有什么客会买果子，便道："我帮你收拾，你陪我到家门口，行吗？"

少年不答，低眉敛首，似乎是默认了。见状，染烟便笑嘻嘻地动手帮他将摊子上的水果一一拣进身旁的箩筐里。

正在此时，突然从对面斜巷里走出来一个年轻男子，看年纪不过在二十岁左右，见到他们俩，便走过来道："绫雯，我正到处找你呢，可是你爹却发脾气说你死在外面了，究竟怎么回事？"

这是第二个叫她绫雯的人，染烟停住了手中的动作，仰首看向对方。年轻男子眉目周正，还有一丝轩昂之气，眉眼中充满了焦急与热切之情，不像是在说谎。

"你看，我就说嘛，方老爹在屋里骂人，连耗子哥都听到了，该不是我诳你吧，雯姐？"少年在一旁插话道。

染烟心中五味杂陈，她真的有些辨不清自己到底是谁了，遂问男子道："耗子哥，你找我何事？"

不问则已，一问，男子的脸色瞬间黯淡了下来。"我要走了，雯儿！"

"走？去哪里？"染烟一头雾水。

"很远的地方，也不知道要隔多久才能再见到你。"男子踌躇道，"今晚你能陪我多说会儿话吗？"

"我……我得先……"男子祈求的眼神让染烟一阵慌乱。她心想，既然自己被错认成了方绫雯，那怎么也得去看看方绫雯的家呀，最主要的是都姓方,没准儿方绫雯的家就是祁城方家呢?

"先要回去跟你爹说一声是吗?"男子想也未想地接话道,"我陪你回去便是,我跟你爹说过了,他说若你还知道回去,就随便我,爱和你说多久就说多久。"

染烟尴尬地笑了,点点头,道:"如此甚好。"

和贩果子的少年分手后,染烟却犹豫着停下了脚步。

眼前是一条狭窄得不能再狭窄的里弄,低矮破陋的木板房一间挨着一间不说,两侧到处是垃圾、柴堆、木桶、木盆等物,使得本来就不宽敞的通道更显拥挤与肮脏不堪。而那些房屋除了本身长年失修、七歪八斜、破败昏黑,还布满了生火烧柴形成的黑腻腻的油烟。因此,于微茫的夜色中看过去,这条巷子就如同充塞着要吞噬人的鬼怪妖魔,让人不禁惧意顿生。

嗅着空气中四处弥漫的难闻的污秽味,染烟无论如何也不敢相信,此处是祁城方家所在。

"怎么了?不怕,有我在呢,你爹不敢将你怎样的。"男子误会了染烟的犹疑,在一旁打气道。

"你个死蹄子,有本事你就死在外面,还回来干吗?!"

推开一间屋门,迎接染烟的是一根粗粗的槌衣棒,和一个满脸络腮胡的粗壮汉子。

"方伯,别这样!雯儿她不是故意要乱跑的。"眼看就要打到染烟身上的槌衣棒被男子拦了下来,"方伯,这些年来,我和干娘多受方家接济,耗子感激不尽,如若耗子有一天发达了,一定会好好报答您老人家的。不过,恳请方伯别再为难雯儿了,好吗?"

"哼!"络腮胡悻悻地放下了槌衣棒,"耗子,你别说方伯脾气爆,你也知晓咱们都是普通人户,一家大小靠做点小买卖糊口。她倒好,买卖不做,成天在外面野,这个月我们便是连税钱也交不起了!"

"知道,知道。"男子赔着笑,"方伯,我这里还有十两银子,你先拿去用,兑换成碎银,能撑好几个月呢。"男子说罢,从怀里摸出一锭亮晃晃的银子递给络腮胡。

络腮胡双眼一瞪,道:"臭小子,你干娘就靠替人洗衣缝补养着你,你哪儿来这么大一锭？别是偷摸坑抢的吧？"

"哪里，我的为人方伯还不了解吗？我早上跟方伯说过的，有阔亲戚来祁城寻我了，我和干娘要跟亲戚去很远的地方，这锭银子是我那阔亲戚给的。"

"臭小子，当真是要发达了？"络腮胡虽有怀疑，但目光还是被银锭的闪亮给牢牢吸引住了，他不再迟疑，一把抓过银锭，嘴里嘟嘟囔囔道，"好吧，看在你的面上，我也不跟死丫头计较了。不过，屋里没留她的饭，你看着办吧，别太晚回来！"

男子欣喜地点头道："知道了方伯，我干娘热好了饭菜，正等着雯儿呢，我们走啦！"

络腮胡不耐烦地挥挥手，跟着又叮嘱了一句："臭小子，别忘了你说过的话，以后发达了，可别忘了我家雯儿，当年你被打得半死，还是雯儿把你领回家来的呢。"

"一定，方伯你信我！"男子边应着，边牵着染烟往外走。

"我……我还是不去你家了。"走出那条又脏又臭的巷子后，染烟推开了男子。她感谢这个叫耗子的男子帮她解围，可她毕竟不是方绫雯，为免对方误会更深，染烟解释道，"我现在昏头昏脑的，都不知道发生了什么，你让我一个人走吧。"

"那怎么行！"男子急切道，"雯儿，我是真的要远行，很可能一去不回。在祁城生活了六年，我……"

"等等，你在祁城生活了六年，应该知道大益朝十大家族之一的方家吧，他们……"染烟没有顾及男子的情绪，反而急着想知道祁城方家的老宅到底在何处。

"你说什么呀雯儿？我当然知道大益朝的十大家族，可这其中却没有什么祁城方家！"

染烟呆住了，过了良久才痴痴问道："现在是什么年份？当今圣上又是谁？"

"你怎么啦，雯儿？现在是午元六年啊，听闻当今圣上刚刚驾崩，朝廷还未立新君呢。"

染烟皱了皱眉，年份不对，遂又问道："圣上驾崩？真的吗？你指的是不是司城瑜？"

"你是不是病了,烧糊涂了？"男子更加诧异,抬手就往染烟额上摸去。

染烟伸手挡开,回道:"我没生病,你说啊。"

"驾崩的皇上叫司城椿,是一个六岁的小皇帝!"

不知为何,即使是在昏暗的夜色中,染烟还是能感觉对方的脸色沉了下去。可这个消息太令她吃惊了,以致完全没顾上对此起疑。

如果皇帝还是"司城"这个姓氏,说明她还在大益朝,然而此大益却非彼大益,她该怎么办呢？

"走吧,咱们先回家吃饭,再慢慢详聊,好吗？干娘还等着咱们呢,你知道她最喜欢你了。"男子见染烟失神,以为自己言语有所冲撞,忙缓了脸色温声劝道。

染烟还要拒绝,可她的肚子却不失时机地咕咕作响了几声,她窘迫地捂住肚子,这才感觉到饥渴难忍。

"你呀,瞧你的样子就是饿坏了!"男子嗔怨道,"别固执了,乖啊,跟我走吧。"

默默随着男子拐了好几条街巷,尽管不大情愿,可与其回那个所谓的方家,染烟倒宁肯去男子家填饱肚子。

似乎走到了护城河边,一大片郁郁葱葱的柳树林后,有一间孤零零的茅屋。

"到了。"男子笑道,"我已经能闻见干娘烧的饭菜香了,今天一定有炖肉!"

热切的招呼,以及几样虽然普通但香气扑鼻的饭菜,让染烟感受到了久违的温暖。她默默地扒着饭,听着男子的干娘絮絮叨叨地和她说话,心里想的却是:莫非自己又再次穿越,真的成了方绫雯？要不然,为何这么多人都会误认呢？

吃过了饭,叫景娘的老妇收拾了桌椅碗筷,躬身朝男子和染烟各施一礼道:"你们两个就在屋中说话吧,老身还要去辞别一下街坊邻居,去去就回。"

染烟心想,就这么一处孤零零的茅屋,哪里来的街坊邻居,怕是景娘故意腾出屋子来,好让他们俩单独说话吧。刚才吃饭的时候她就注意到了,景娘对男子的态度格外恭敬,虽说一口一声"耗儿"地唤着,言语举止中也充满了慈爱,但敬畏和小心翼翼却是掩饰不住的。

"我想送你一样东西,雯儿,就当是留个纪念!"染烟出神间,男子已不知何时取了一只匣子抱在怀中。

染烟眼尖,一眼便瞧出匣子乃上等沉香木,镂雕着精致的百寿花鸟图案,她的心中不免一动。匣子打开,里面的物件更是让染烟吃了一惊,这是一枚龙纹冰花玉佩,以玉的品质和器形来看,应该是宫中之物。

眼前的男子到底是什么人?出行陋室,布衣草鞋,他怎么会有宫中之物?

"如此贵重的物件,我不能收。"染烟沉吟着将匣子推开,"不管你要去哪里,耗儿,我都愿你平安顺利。"

"你为什么突然改叫我耗子了?"男子凝目,深思地盯着染烟,"所有的人都叫我耗子,是因为我不但名字中有一个'灏'字,还由于我从十一岁那年和景娘逃难到此,人生地不熟的,挨打受欺是家常便饭。可是你却经常在我被欺负的时候,想出各种办法吓跑那些小混混,甚至有几次,还将你爹拉出去替我解围。你说,就算所有人都看轻我,我也得活得像个堂堂正正的男子汉。所以,全贱民区的人都叫我耗子,独独只有你叫我的大名王灏。"

"王灏?我……"染烟不知该如何解释,她听见别人叫才跟着学的,可是如果对王灏解释她根本就不是方绫雯,王灏会信吗?

"你是以为我跟着阔亲戚走,从此过上荣华富贵的日子,就会把你和祁城贱民区忘了,所以干脆先跟我来个绝情断义对不对?"王灏的眼眶有些发红,"实话告诉你吧雯儿,我此次远行,根本就是吉凶难料,连我也不清楚,将要面对的是什么。"

染烟纳闷道:"那你还要走?"

"是,虽然不知道要面对什么,可是我必须去面对。雯儿,你信我,人生中最最艰难的六年,我是在祁城度过的,尽管日子难熬,可还有像你、你爹这样好心的街坊伸手相助,我又怎么能忘了你们?把玉佩收下吧,就当是先替我保管着,万一三年之内我没有任何消息回来,那就说明……说明我可能已不在人世了……"

"别说了王灏!"染烟赶紧打断对方道,"你吉人天相,不会有事的。我之所以不能收，是因为玉佩太贵重，而且我也不知道……"染烟本来想说，自己也不知道还会在祁城待多久，等哪天王灏来寻却不见了她的人，岂不要当她是骗子？

"就是因为贵重，"王灏叹息道，"是我娘亲临终前悄悄留给我的，所以我才不想将它带在身边。别说路途遥远、容易遗失，若是不幸落在歹人手中，那就连我娘亲留给我的最后一件物什也没了。"

染烟犹豫片刻，道："你到底去什么地方，可以告诉我吗？"

"暂时还不能告诉你。雯儿，你同意收下了吗？"

染烟无奈道："替你保管可以，但你要记得取回哦。还有，就算我不在祁城了，我也会找个可靠的人替你保管，到时你记得多方打听一下。"

"你不在祁城，还能去哪里？"王灏因为染烟应诺下来，心情顿时见好，不禁哂笑道，"你哪儿也不许去，等我回来找你，知道吗？"

染烟耳根一红，支支吾吾道："管好你自己的事儿吧！"

两人在护城河堤一处平缓的沙岸驻足，月色正明，照得河中也有一轮明晃晃的皎月。在这宁静而温暖的夜晚，王灏兴致勃勃地回忆着当初和方绫雯相识的经过。

他被打得半死，浑身是血，是方绫雯点燃了一串鞭炮，并摇动着炸响的鞭炮串朝小混混们扑过去，才吓跑了对方。跟着，方绫雯丢了鞭炮串，将他扶回了自己家。

刚一进门，绫雯便被方同一顿臭骂，说她不知从哪儿拣回来个野小子。哪知绫雯更倔，一脚踹翻了屋堂中的板凳，冲着她爹虎气生生地吼道："你没看见人都奄奄一息了么?！你要是不管他，以后你快死的时候，也别想我管你！"

没想到此招还真管用，方同当即就闭了嘴，回屋拿了金创药替王灏敷了，等他好些又将他背回了景娘的茅屋。从此后，王灏就像是方家的一个外姓家人，有时候他会帮着方绫雯卖糖饼，也会帮方同干些力所能及的粗杂活儿；而方家吃饭的时候，只要王灏在，也都会自动多放一副碗筷。

王灏绘声绘色地讲着，染烟默默地听着，听到好玩的地方，也不禁宛然失笑。

看来，方绫雯的个性颇为豪放大胆。仔细一想倒不奇怪，有方同那么一个凶神恶煞的爹，以及贫民区的混乱，方绫雯肯定也是在这样的环境中磨练出来的。如果自己不得不在方家待下去，或许还真得从方绫雯身上学点东西。

趁着月光，王灏将染烟送回了方家。大概是十两银子的效用，方同这回只是瞪了染烟一眼，便转身回屋呼呼大睡去了，只剩染烟一个人站在屋堂中发呆。

屋堂的一侧是方同的屋子，染烟看见方同进了那屋，另一侧是一道半垂的灰布帘子。染烟端起油灯，撩开帘子，发现通往后院。窄小的后院靠墙砌着炉灶，堆放着柴禾、水缸等物，紧邻的便是两间狭小破陋的屋子。染烟推开靠里一间的屋门，看见房中一左一右摆了两张床，中间是张破桌子，还有两条长凳，想起方绫雯还有两个兄弟，遂估计这屋子是他们的。不过奇怪的是，为何打她进门，她就没看见方绫雯那两个所谓的兄长呢？

另一间屋子比前面一间还小，但染烟看见小方桌上摆着半面残旧的铜镜，还有一把木梳、一支木钗，料定是方绫雯的房间无疑，便叹了口气，踏入屋内，且将门从里面闩死。

屋子尽管简陋，但也不失整洁干净，有一点淡淡的廉价脂粉香气，比刚才那间混合着汗臭酒气以及说不出来什么味道，总之相当难闻的房间好多了。

将油灯放在桌上，染烟在床侧坐下，半面铜镜模糊地照出了她的影子，染烟愕然看见自己和普通的贫家女孩一般无二。

从怀中摸出王灏的匣子，染烟就着油灯微弱的灯光仔细端详那枚玉佩。把玉佩反转过来时，她傻了眼，因为玉佩的背面刻着两个如行云流水般的篆体字："司城"。

他不叫王灏，而是叫司城灏——司城？皇族？

染烟惊愕得好半天才合拢嘴，她不知道自己被卷入了什么，更要命的是，她对穿过来的这个朝代一无所知。

想找莫怀苍、衿霄复仇？警告莫太师和方秀小心？此时显然已变成了天方夜谭。司城瑜的时代是属于过去，还是未来？不论属于过去还是未来，她都没办法保证再死一次就能穿回去,所以先活下来才是正事。

染烟把靠里的墙边以及床上床下摸了个遍,发现床板头一处有一个洞,拿匣子试了试,刚巧能卡在裂缝里。藏好匣子后,染烟总算松了口气,和衣躺下。

没躺一会儿,就听见骂骂咧咧的声音响起。染烟吓了一跳,赶紧坐起来吹灭灯,紧张地注意着门外的动静。

一个是方同,他的叫嚷斥骂除了夹杂着不少粗话外,多半都是斥责对方不务正业、游手好闲,又不知到哪里去喝了酒,半夜才归;而另外两个男子的声音,则显得对方同十分反感。

染烟凝神听了半天,总算听明白了。原来方绫雯的两个兄长,长兄的腿脚有些不便,没事儿就替人赶赶车、拉拉货,赚俩小钱;次兄生来体弱,在一家铺子上当伙计,也是挣不上几个钱。但两兄弟闲来无事,总爱聚在一处喝闷酒,而且一喝就是喝到半夜醉醺醺地归来。

本身就没钱,还爱喝酒,难怪方同怒气甚重,也难怪方同那么计较方绫雯卖糖饼的收入。这个家家徒四壁、入不敷出,境况的惨淡可想而知。且此种境况似乎是方绫雯他们的母亲病逝后,才变得越发糟糕的,因为染烟听见其中一个男子冲着方同吼道:"你连娘的病都不给治,有什么资格来管我们!"

"是我不给治的吗?"方同气得顿足捶胸,"老天爷,你开开眼,替我惩治惩治这两个不孝子吧!我方同是那种无情无义的人吗?就算街坊邻居有困难,我能帮的都帮了,偏偏是自己的婆娘染了重病,连家里最后一文钱也交给了郎中,最后实在没辙了才断的药。没钱难倒英雄汉,我能有什么办法!"

方同的号啕在黑夜中听得格外瘆人,小院顿时沉寂了下来,笼罩上了一层无声的哀凉。

一宿再无话,染烟除了被隔壁房间床板的吱吱嘎嘎声吵醒了几次,倒也勉强安卧到天明。

天刚刚亮,方同便在屋外猛力拍门,喊染烟起来去找回糖饼货匣子。不,不对,染烟用力甩了几下迷迷糊糊的脑袋,努力使自己清醒。方同喊的其实应该是方绫雯,然而她现在真的有些错乱了,被当成方绫雯,却又一下子适应不了新的身份以及新的环境。

染烟刚拉开房门，方同便一指头戳上了她的脑门。"死丫头，你以为你是千金大小姐啊，这都什么时辰了，还不赶紧起床！你的两个兄长早就出门上工去了。"

　　染烟猝不及防，被戳得一个趔趄，连退了两步才站稳。摸着生痛的脑门，染烟不禁忿然，不知不觉就以方绫雯的口吻道："吵什么吵，死人都要被你吵醒了，多睡一会儿都不行！"

　　"睡？睡你个鬼啊！昨儿丢了货匣我还没跟你算账呢，你倒好，没事儿人一般。别以为有耗子帮着你，你就可以当自己是大小姐，赖在床上吃香喝辣，你没那个命！"

　　"我什么命不用你操心！"染烟反唇相讥，"说起耗子，我倒想起来了，十两银子呢？拿来！"

　　"干吗？"方同圆眼一瞪，"银子是耗子主动孝敬我的，想反悔啊，门儿都没有！"

　　"十两银子！"染烟一字一顿道，"是耗子给我们全家撑生活用的，交到你手上，我怎么知道你会不会拿去赌、拿去喝酒啊！"

　　"死丫头，反了你了，还敢跟我要钱！"方同作势又要打。

　　染烟当即双手叉腰吼道："你打，你打啊，大不了我抛下这个家一走了之，看还有谁管你死活！"

　　方同举起的巴掌僵在半空中，怒道："你、你，女生外向，果然！你是不是早就打算跑了？"

　　"我要是真想跑，还会回来吗？"染烟缓了一下语气道，"货匣子丢都丢了，到哪儿找啊？！十两银子，你想买多少货匣子就买多少。"

　　"那……那你总要去生火做糖饼吧！"方同讪讪地放下了举起的手，"方家的糖饼一向都是你娘做的，你娘的手艺又只传给了你，总不能连糖饼也要我去做呢！"

　　手艺？染烟呆了一下，她哪儿会做什么糖饼啊，连见都没见过是什么样子的。

　　"糖饼都卖了多少年了，大家早就吃腻了，后面巷子的小川，白请他吃都不稀罕。何况，糖饼也卖不了几个铜子儿，不做也罢！"小川便是昨天那个卖果子的少年,染烟还是从王灏口中获知的少年的名字。

她转了个身,拍了拍双掌,斩钉截铁道:"咱们改卖点别的。"

"你打算卖什么?"这回轮到方同错愕了。

"我刚才就说了,让你把十两银子交出来,咱们撑一家摊铺,好好做点生意。"

"才十两银子,能做成什么生意。"方同不屑道,"好的地段,连租摊铺的钱都不够。"

"我可没说十两银子是用来租摊铺的。"染烟冷冷地撇了一下嘴角,"十两银子是我们的货本。你就说,是愿意把十两银子几下花光,然后继续过有上顿没下顿的日子,还是愿意拿出来,让钱生钱,生他个衣食无忧、吃穿不愁?"

方同很明显地踌躇了,不过仍有怀疑道:"说得轻巧,哪有那么好做的生意? 钱生钱……爹是怕你会血本无归。"

染烟再次转身,走到方同面前笑笑,说道:"你只需拿出银子,其他一切皆勿需操心,交给我来办。怎么样,有没有胆儿跟我赌这一把?"

五日之后,一家方记浅草肆开张了,主卖各种甜品、汤点和小食等。刚一开张,其售卖的各式水果派和果泥馅饼等,便让从未见识过此等食物的祁城人大大惊讶了一把。人们竞相传告,纷纷拥去观望,整条并不算宽敞的街巷,顿时变得比城区最繁华的地段还热闹。

更厉害的是,这家浅草肆每隔几日便会推出一款新品,类如杨枝甘露、雪梨蛋蜜、生磨核桃露、生磨黑芝麻卷等琳琅满目的甜品,以及雕花酒粕烤眉肉、蒲烧鱼茸卷等小食,加上优惠低廉的价格,不仅吸引了普通百姓的目光和钱袋,连祁城中的有钱人也纷至沓来。

但碍于铺面不大,为了适应生意需求,方记浅草肆又增加了送外卖的业务,提前一日订购即可。此举大受那些有钱人的欢迎,这样,他们就不必觉得购买普通百姓喜好的食物有失身份了。

之所以主打水果类的甜品,是因为染烟看到小川卖水果卖到天黑实在太辛苦,如果每日的水果直送浅草肆,不仅能让小川轻轻松松赚到钱,自己的进货渠道也有了保证,此一举两得之事,何乐而不为呢?

小川不用卖水果,就到了浅草肆来帮忙招呼客人,之后还带来了不少贫民区的大大小小的孩子。染烟统一给他们一人做了一身干净的衣服,让他们负责送外卖,近处由大的孩子带一个小的去送,远地儿就由两个大孩子派送。由于送货上门会多收送货费,每日的送货费,染烟都全部发给了这些孩子,连工钱都省下了。而孩子们有了收入,个个都是欢天喜地,无不尽心尽力。

　　转眼过了一个月,这天收店后,染烟揣着点好的银子去找东家。东家收下了银子,一边向染烟道贺一边道:"真没想到,你一个月就赚足了三个月的租钱。"

　　染烟当即跪下,向那东家叩首道:"我身无半文钱时,来向先生试租三个月的铺子,虽也是像现在这样跪下哀恳,却并非人人都能像先生这样予以信任。说实话,我来找先生的铺子前,已经跑遍了大半个祁城,如若没有先生的信赖和宽容,我如何能有今天。所以,此时的一拜,非银钱可论,而是我对先生最诚挚的感谢!"

　　东家沉吟道:"如今浅草肆的生意红火,我的铺子却已显窄陋,姑娘如果想换家铺面,我可以退还姑娘两个月的租钱。"

　　染烟笑着摇首道:"此间铺子虽然不在繁华地段,又不够宽敞,可它却是我的福地,别说三个月,先生如果愿意的话,我想一直租下去,可以吗?"

　　回到家中时,天已黑下,方同招呼染烟道:"喂,丫头,爹和你大哥、二哥等不及你,已经先行吃过饭了,不过给你留了,热在外间灶上,你自己去盛来吃吧。"

　　随着浅草肆的盈利不断增加,方同对染烟的态度也和气了很多。染烟每天会给他一两银子的生活费,早就抵了王灏那十两本钱不说,此已相当于方家从前大半年的收入。方同讨好这个女儿还来不及,哪还敢给染烟脸色看。

　　"方贺、方谨又出去喝酒了?"染烟没好气地指责方同道,"你也不管管他们,我每天辛辛苦苦,好容易才赚够租钱,交完三个月的房租,现在又差不多囊空如洗了。他们不肯来浅草肆帮忙也就罢了,还成天只管喝酒混日,这算怎么回事? 方家的男人都死绝了吗,全都要靠我撑起这个家?"

　　"唉,我管他们,他们也不听啊! 丫头,你也别怪两个兄长不肯帮忙,贺儿老大不小了,到现在都还没说上媳妇儿,他心里能不憋闷吗?谨儿每天赔笑脸,稍有不慎就会挨掌柜打骂,他心里也不舒坦。心气儿不顺,就算去了浅草肆,他们那两张苦瓜脸,加上酒气冲天,还不得把你的客人都吓跑了?"

"别给他们找理由了,他们还不是觉得屈居在小妹手下,丢了他们堂堂男人的脸面!"染烟径自倒了一杯凉水,喝了一口便泼在地上,"不是让你去买点茶叶吗,每天都有给你用度,你偏要省些茶叶钱。"

"我买了啊,不过咱家又没来客人,沏什么茶呀!丫头,你以前也没说非喝茶不可,现在怎么讲究起来了?虽说咱们赚了点小钱,可毕竟还是普通人户。"

"以前是以前!"染烟瞪了方同一眼道,"你没买就是没买,何必不承认。阿爹,你也替我想想,在店里累了一天,回家来连口热茶都没得喝,你是不是想我步娘的后尘?"

"别别别,爹明儿保证去买,保证让你回到家就能喝上热茶。"方同被拆穿谎言,窘迫地搓着粗大的双手道,"那……先吃饭吧!"

"不吃了!"染烟放下杯盏,起身往后院走去,"气都气饱了。"

回屋点亮油灯躺下,染烟呆望着灰扑扑的房梁出神。她也不知道自己怎么了,从头一次跟方同说话就没心平气和过,跟方贺和方谨更是陌生。一个月来,生意尽管有所起色,她却始终无法融入这个家,思念与怀念的依旧是段斐音、方秀和汝殊他们,以及镇国公府锦衣玉食的生活。

神啊,这样的日子何时才是个头啊?!

染烟忽然想起来,今早听到一位客人说新皇登基,已经昭告天下改国号承邺,并令大赦天下。

新皇登基,那王灏去了哪儿呢?染烟赶忙爬下床,朝床板下的那个窟窿摸去,但她的手却摸了个空,王灏的沉香木匣不见了。

一定是内贼!染烟又惊又怒,风风火火地冲了出去。正在屋堂里削篾片编箩筐的方同被染烟气势汹汹的样子吓到了,愕然相问:"丫、丫头,你怎么啦?出什么事儿啦?"

"拿来!"染烟粗着喉咙厉吼,同时伸出了手,"东西拿来!"

"什么东西啊?"方同一脸茫然。

"从我房间里拿走的东西,还给我!"

"爹今天没进过你的房间啊,爹今天刚卖掉几个箩筐……"

"会不会是贺儿他们去过你屋,不知道东西重要,顺手给你拿了?"方同愣怔了一下又道,"贺儿他们今天回来得早,饭菜还是他们焖的呢。"

等到半夜,东摇西倒的两条人影摸进了方家的门。

"你、你还没睡啊,跟这儿坐着干、干吗?"由于喝了酒,方贺的舌头已不大灵光。

"别理她,疯丫头!我们去,睡觉去!"方谨倒不结巴,却很奇怪的三个字三个字地讲话。

"啪"的一声,染烟猛地一拍桌子,桌上的茶壶、茶杯一阵乱颤。

"你们哪儿也不许去,把我的东西还给我!"染烟一字一顿道,"否则别怪我翻脸不认人!"

"什么破东西,要找……找我们要?"方贺脸颊潮红,也不知他是真喝多了,还是厚着脸皮不承认。

"我们是……是你哥,拿了又……能怎样?"方谨仗着酒劲,明显有耍赖的意思,"拿自己……家里的,有甚错?"

"未经我的同意擅取便是偷窃!"染烟沉声道,"你们若不还给我,我不但要让四周街坊邻居知道,你们连自家小妹的东西都要偷去换酒喝,还要报官,让你们也吃吃官司。"

"报……报官?喊!"方贺不屑道,"我们……我们还没问你,那东西是哪里得来的,报了官,还……还没准儿谁吃官司呢!"

"小耗子临走之前,将自己的家传宝贝托付我保管,你们好意思为了几文酒钱,就昧着良心窃取人家的东西吗?"

"耗子?"方贺更加满不在乎地大声嚷嚷道,"耗子家穷得叮当响,你以为我们不知道?他都能有那宝贝,我们还不得有龙袍啦!"

"嘘,小声点,当心人……人听去,真以为……有龙袍……"方谨嬉皮笑脸地走到桌边,取了一只杯子,就要倒水喝。

"想喝水?我来给你们倒!"染烟一掌拍在茶壶上,换了一副和颜悦色的表情,从方谨手中拽过杯子。

凉水倒满,方谨伸手就要去接,谁知染烟手腕一翻,一杯凉水便兜头泼上了方谨的脸。"你!"方谨顿时清醒大半,一边抹脸,一边跳起来道,"你疯了,你个死丫头,为了只破匣子,你敢泼你二哥!"

"我泼的就是你,还有你,我还没泼够呢!"染烟用手指着方谨和方贺,同时另一手将杯子奋力一砸,碎瓷片顿时四下迸飞。

"疯丫头,你想干吗?"两位哥哥连忙掩袖躲闪。

"我倒要问问你们想干吗?耗子虽然穷,但他是流落到此地,我们谁也不清楚他家里原本是不是富贵人家。他跟着阔亲戚走了,你们也是知道的,凭什么他就不能有自己的家传宝贝?都说人穷志不短,可你们呢?成天喝酒混日不说,还偷起东西来了,如果娘还在世,迟早也是被你们两个不争气的东西活活气死,还不如早死了干净!"

"你、你在胡说什么?"方贺脸红脖子粗地吼道,"你说是耗子的东西,谁可以证明?"

"我可以证明!"方同沉着脸出现在房门口,"家里穷是我方同无能,没能给你们几个过上好日子。平时我也会耍些无赖,混点街坊领居们的东西,比如隔壁家晾晒在外面的黄豆,我经过的时候,会忍不住顺两把走;还有小川的果子,我也会死乞白赖地要上一个解馋。诸如此类的事情很多,但是我答应了人家的事,却从来不会失信,何况还是人家的家传之物,没准儿还是耗子他亲娘留给他的念想。"

方谨的眼眶红了,他将脸扭向一边,倔强道:"我不信;一定是小妹给了你银子,你才帮着她说话。"

染烟不动声色,摸起桌上一块碎瓷片,横在脖颈间道:"要我怎么说你们才肯将东西还给我?你们是不是已经换成了酒钱,还不了了?既然如此,我也没脸活在这世上了,还不如随着娘一起,死了干净!"

方贺、方谨大吃一惊,方贺急忙挪了两步上前道:"别别,小妹,有话好商量,我们还没来得及换呢。真的,你瞧,不是在这儿嘛,你先把手里的碎瓷儿放下,哥还给你便是。"

方贺从怀中掏出木匣,尽管认出这的确是那个沉香木匣,但染烟仍有些不放心道:"放到桌上来,我要验看里面的东西丢没丢,才能信你。"

打开匣子检查了一番，王灏的玉佩完好无损，染烟总算松了口气。幸亏发现得及时，不然以后该怎么向王灏交代。

"二位哥哥！"染烟扔了碎瓷片，拣起木匣抱在怀中，"今儿我除了想请二位哥哥归还失物外，还有一件事想与你们相商。"

"浅草肆的生意你们也瞧见了，算是逐渐走上了正轨。一个月前，我托阿爹问过你们，愿不愿意来浅草肆帮忙，你们谁都不搭理。那时浅草肆刚开张，是赚是赔谁都说不准，你们不来，我也不怪你们。今儿我再郑重地相邀一次，浅草肆还缺两位掌柜，不知二位哥哥可愿屈就？"

"你不就是浅草肆的掌柜吗，哪里需要我们？"方谨冷冷地回道。

"现如今的门面太小了，我打算连隔壁铺子一起盘下来。二哥对生意之道还是比较熟悉的，你若能将隔壁铺子盘下，当然就是分铺的掌柜！"

"那租金呢？你不付租金，我如何能盘得下？"

染烟笑笑，道："想当初，我盘下第一个铺面时，也是先跟人讲妥，试租三个月，三个月内付齐全部租金。二哥想要当掌柜，总要给我看些本事才行。记住，这个掌柜是二哥你自己靠本事挣来的，不是小妹的什么恩惠。"

"分铺卖的东西也和你卖的那些一样吗？"方谨追问道。

"不，分铺是用来给客人提供居坐环境的，这样空间就会宽敞许多，也适合我们搞各种活动，比如重阳节的时候，我们可以卖菊花饼、菊花粥，以及六十岁以上的老者可以半价等等。二哥是聪明人，应该知道特色的活动能更加促进我们美食的销售。当然，二哥忙不过来，亦可以招些伙计。"染烟接着道，"随着生意的红火，招伙计势在必行。空闲的时候，我还会将一些食物的作法教给二哥。这样，以后浅草肆再扩大，二哥甚至可以真正地独立出去。"

方谨咬着嘴唇，斟酌了半天才道："好吧，我试试。"

"不是试，二哥，是一定要到手！其实，现在浅草肆已经影响到了左邻右舍的生意，他们硬撑下去也没什么意义，与其每日跟我们拼吆喝，还不如选个更好的地儿，安心开铺子。只要二哥给的价钱合理，说得又在理儿，何愁人家不答应呢？"

染烟的几句指点，说得方谨频频点头。"我明白了，多谢小妹。"

"我呢，我是个粗人，笨手笨脚的……"方贺挠着脑袋问道。

"大哥千万莫自卑。"染烟胸有成竹道,"只要大哥把嗜酒的习惯戒了,凭大哥的本事,当浅草肆的掌柜还不绰绰有余？"

"这……我……"方贺讪讪地放下胳膊,摇头道,"喝酒有什么呀,这我可不敢保证,赶车运货的,哪个不爱喝两口解解乏？小妹,我看这条还是算了吧。"

"大哥,你连杯中之物都舍不下,莫非真肯一辈子赶车拉货、住着破屋陋室、连个婆娘都讨不到？"染烟冷冷地瞥了方贺一眼,继续道,"你若真的想通了,愿意一辈子低人一头、看着别人的脸色混口饭吃,我也不拦着你。不过,大哥莫怪我看不起你,从今往后,我可没你这个大哥！"

"你！"方贺刚要作怒,却见方谨朝他使了个眼色,只好忍气吞声道,"那你说,我若戒了酒,能干些什么？我也要凭自己的本事当掌柜！"

"当然是干你熟悉的工作,联系货源、进货！"

"进货？"方贺不满道,"又是运货,我不干！凭什么二弟的掌柜当得有头有脸,我就得依旧卖苦力？"

染烟叹了口气,解释道:"大哥是真不明白还是一时糊涂？咱们的浅草肆能不能赚钱、能赚多少钱,关键全在进货上。既有品质保证,又价格低廉的稳定货源,可是小店能否长足发展的关键所在。我把最重要的部分交给大哥,是因为相信大哥办事稳重可靠,不然,难道大哥比二哥更会招呼客人？"

"你呀,嘴笨舌拙的,我看负责进货挺合适。"方谨在一旁插言,"不过,你也得学会斤斤计较、仔细验看,别被人坑了才是真的。"

"我没指望大哥上手便能顺利,但一回生两回熟,经验积累多了,大哥自然也就驾轻就熟了。大哥觉得呢？"

"要我说,你们哥俩学些做生意的本事,总比一辈子赶车当伙计强！"

染烟和方同一言右一语,方贺终于心动地点了点头:"好吧,就这么说定了！"

方贺、方谨回了屋,方同问染烟道:"你怎么光让大哥戒酒,却对方谨只字不提呢？"

"他们俩一个巴掌拍不响,每次二哥都是陪大哥去喝的,所以只要大哥能戒,二哥自然也就不会再沾酒了。何况新铺面开张,他忙还忙不过来呢,哪有时间再去喝酒呢。"

方同恍然大悟道："丫头，原来你早就算计好了。"

"没那么简单。"染烟冷冷回道，"大哥的酒岂是说戒就戒得了的？我还得想点别的法子，彻底断了他的酒虫才行。"

方同讪讪笑道："丫头，你倒是越发厉害起来了。不过，这玉佩真的是耗子的？"

染烟抱紧了木匣，拿眼狠狠瞪着方同道："我劝爹还是别打玉佩的主意。一把年纪，晚节不保，被人骂'老不要脸'，好听吗？"

"哪里、哪里，我只不过随口一问，紧张什么？爹是那种人吗？嘿嘿。"方同自嘲着，赶紧逃回了房间。

第七章 夜闻箫曲

三个月后,方记浅草肆已成了祁城首屈一指的名点铺子,并以惊人的速度连续扩充了三间店铺。染烟核过所赚银两后,开始准备在城中另置宅院,让方家过上点好日子。不过,她托人打听后有些失望,自己还得再赚上半年,才能购到她看中的那处宅子。

半年的时间何其难熬,染烟情绪灰冷之下,便将铺子里的生意交给了方贺、方谨打点,自己则来到了祁城郊外的晴湖边。她从此处开始了方绫雯的生活,却无法在这里回到方染烟的世界。

染烟独自对着晴湖发呆的时候,没有注意到几骑快马护拥着一辆华丽的大马车,从她身后的官道经过,直奔祁城方向而去。

也不知吹了多久的湖风,染烟的心情总算稍稍好转,加上此时正值入秋,站在湖畔边多少有些冷飕飕的感觉,染烟便从沙地上爬起来,拍干净身上的沙土,开始慢吞吞地回城。

还没走到贫民区的街口,胳膊忽然被人猛地一把拽住,染烟回头一见是方同,正要作怒,方同却已急道:"哎哟,我的小姑奶奶,你又死……呸呸呸,瞧我这嘴,爹老糊涂了,你别跟爹计较啊!"

"到底什么事儿?"染烟甩开方同,"不都跟你们说了嘛,今儿天塌了也别找我。"

"傻丫头,这可是比天塌下来还大的事儿呢。快!快跟我走!"方同说着,又要去拽染烟的胳膊。

"不说清楚,我哪儿也不去!"

"你非去不可!"方同沉下脸正色道,"人家顾公公还在驿馆等着咱们呢。"

"什么公公?哪里来的公公?"染烟似乎预感到了什么,忙追问道。

"嘘,小声点!"方同鬼头鬼脑地四下张望了一番,才凑近染烟低声道,"顾公公可是从宫里来的人,是带了圣旨来的,派了人到咱们家找过你,你不在,来人便放下话儿,让你一回,就去驿馆候旨,若抗旨不遵,咱们全家的脑袋还不得……"方同龇牙咧嘴,做了个砍头的手势。

"奉天承运,皇帝诏曰,着民女方绫雯即刻进宫选秀,不得有违,不得延误!"姓顾的内官念完圣旨后,看了一眼匍匐在地的染烟,冷冷道,"方绫雯,还不领旨谢恩!"

染烟木然不动,方同在一旁急得低声催促道:"死丫头,快谢恩啊!"

染烟抬首道:"我不想进宫,更不想当秀女,我不能接旨。"

"你、你敢抗旨不遵?"顾公公和方同皆大惊失色。

"你疯了丫头,你是不是想害死我们全家啊!"方同忍不住破口大骂起来,转而又对顾公公道,"公公,公公请息怒,这丫头脑子坏掉了,您大人不计小人过,可千万别放在心上。"

顾公公将圣旨"啪"地一合,负手在后道:"姑娘,老奴只是奉旨办差,今儿这道旨你是接也好,不接也好,明日一早都必须跟老奴启程回京,违逆圣旨的后果你是清楚的。至于你究竟怎么想,老奴劝你还是进京之后,自己跟皇上说去吧。"

当夜,染烟便被强留在了驿馆。方同向顾公公恳求道:"明儿就要远行了,总得回家收拾收拾东西吧,还请公公行个方便。"

"有什么好收拾的!"顾公公语重心长地拍着方同的肩膀道,"家里的那堆破烂玩意儿不要也罢,我这里路上吃的用的,全都给姑娘准备好了,绝对不会让她受半点委屈,到了皇宫中,岂不更是应有尽有?行了,我劝你还是踏踏实实回家等消息吧,顺利的话,不出一两个月,你家方姑娘若是运气好,被选上了,你们方家可就草鸡变凤凰,飞黄腾达啦。"

方同还欲说什么,却已被几个护卫给架了出去。

方同面上粗鲁、脾气火爆，心里却还是十分心疼这个小女儿的。他喊上了方贺、方谨，天没亮就蹲守在驿馆外，想着进京之路千里迢迢，说啥也得给女儿送送行。

尽管顾公公老大不情愿，然念及染烟身处四周护卫的看管之下，此时就算想跑也跑不掉，便干脆卖了个人情，让染烟跟家里人长话短说上几句，只是别耽误了行程。

方同趁人不备，将沉香木匣悄悄塞进了染烟手里，颇有些动容道："丫头，这东西你看得跟自己的命似的，爹左思右想还是给你带来了，一路上你自己可要保管好喽。"

染烟点头，将匣子塞入怀中，道："爹，我这一走，不知道什么时候才能再见，你自己要多保重。"

"你也是，丫头，如果宫里过得不顺心，你就托人带信回来，爹亲自去京城看你，啊！"

染烟转首，拉过方谨道："进宫选秀根本就是没谱的事儿，万一皇上看不上我，我就得老死在宫中。所以，方记浅草肆不能关，以后你们仨的日子就全靠浅草肆的收入了。二哥，你脑子灵活，没事的时候多琢磨点新花样，浅草肆还能红火下去，只是你要多辛苦些了。"

方谨叹了口气，道："我明白，好不容易创出来的招牌，怎么说也会帮你继续维持下去。你放心吧，二哥会拼命赚钱，万一你选不上秀，二哥也不会任凭你老死在宫中的。到时，咱们有了银子，多方打点，还愁没办法将你接出来吗？"

方贺也连连点点头道："是啊，小妹，我们不会撇下你不管的。"

染烟笑了一下，满心说不出的苦涩："合适的时候，托媒人说房媳妇儿，好好过日子！"

一路北上，走了将近七日才到祢都。入了城门，一行人避开热闹拥塞的街道，选了僻静人少的线路，直往皇宫而去。

"怎么样，方姑娘，京城比你们祁城大多了，也繁华多了吧？"顾公公完全把眼前的染烟当成了乡下丫头。

染烟鄙夷地横了对方一眼。重回祢都，大的城制虽然差不多，可顾公公口中的"繁华"，远不及她之前所处的那个朝代。现在她基本已肯定，自己是穿回了大益的前朝，而不是未来。

人要倒霉，喝凉水都塞牙。染烟被安排在秀姿宫中最里面的一间屋子，打开屋门，扑面而来的阵阵霉气熏得她连退好几步，她捂着鼻子对顾公公道："这屋子有多久没住人了？这么大的霉味，满屋蛛网蒙尘，叫我怎么住啊！"

"姑娘有所不知，先帝年纪太小，咱们宫里又多年都没有选秀了，既然没有选秀，秀姿宫当然是闲置着，如今重开秀姿宫，也是有姑娘来住才打扫一间屋子出来。方姑娘本不在选秀名册中，负责洒扫屋子的奴才不知姑娘今日会到，故而未及时整理，还望方姑娘息怒。一会儿，老奴就喊几个人来收拾，用不了多久就能收拾干净。"

"我不在选秀名册，那何来的圣旨？"染烟狐疑地追问道。

"咳咳，方姑娘，你以为老奴还敢假传圣旨不成？老奴只是说原本不在，不过圣上愣是在名册的最后添上了姑娘的名字，如今不就在了嘛。"

"行了行了，我也懒得问那么多了，拜托公公快点派人来打扫吧，难道要我今晚露宿皇宫吗？"

屋子清扫完毕时，已是晚膳时间。秀姿宫的膳食比染烟想象的要简单清淡，可饶是简单清淡，居然也没有她的份。膳房的人回话，理由跟没打扫屋子一样：不知她会到，故而根本没准备她那份。

染烟觉得很郁闷，皇宫中完全无人为她的入宫做准备，哪有她的一席之地，为何顾公公还硬要将她挟持入宫？现在好了，连顾公公也以回去交差为名不见了，她不会在秀姿宫叫天天不应、叫地地不灵，活活被饿死吧？

染烟无奈回屋，在空荡荡的床板边呆坐发愣，好半天，等她想躺下的时候，才惊觉床上连床单被褥都没有，她这个晚上该如何过？

正无比抓狂时，忽然响起的敲门声让染烟吃了一惊。她在皇宫中根本没有认识的人，会是谁来造访呢？"谁啊，是顾公公吗？"

"是我，姐姐，我是采墨，也住在秀姿宫里，比姐姐早到几天。"

原来同是秀女，染烟同病相怜之情油然而生，当下便在桌上找了半截火折和小半段蜡烛，点亮之后，端起烛台前去开门。

灯光映照出一张温婉动人的脸，只是下巴过尖。染烟凝目之下，总觉得采墨的眉眼有点似曾相识。

"姐姐是今儿刚到的吧，我带了些东西过来，看姐姐这里用不用得上。"采墨的手中抱着一个大包袱，鼓鼓囊囊的，将她的半边娇躯都遮没了。

染烟见状，赶紧从门边让开，道："什么东西？进来说话吧。"

"哟，姐姐这里果然没有床单被褥，如果姐姐不嫌弃的话，先用妹妹从自家带来的将就一晚，如何？"采墨进屋后，径直走到床边放下包袱，并顺势坐在床沿，开始动手解包袱。

"你怎么知道我这里什么都没有？"染烟狐疑地跟着进屋，将烛台放在桌上。

"下午姐姐入住进来，我看见了呀。"采墨道，"我也是入了宫才知晓秀姿宫重开，很多事儿都混乱着呢。圣上刚刚登基不久，日日忙着处理刚接手的朝政，哪有心思管咱们秀姿宫！那些办差的内官，没有皇上发话，更是多一事不如少一事，懒得理会咱们。所以，生活起居的方方面面，少不了得咱们自己想辙，要不日子可怎么过下去。"采墨说话间，已将包袱中的床单被褥打开，招呼染烟道："来，姐姐，咱们一起铺床。"

"你倒是想得周全，怎么还从自己家带了被褥？"染烟一边帮忙一边问道。

"我娘舍不得我，所以临行前特意连夜缝制了一床。唉，我娘缝制了一夜，也掉了一夜的泪，想起来，我这心里就酸酸的。"

"那你借给我用，岂不可惜了你娘的心意？"

"姐姐明儿去找小实，他是负责安排咱们秀姿宫用度的。等姐姐有了用的，再还我便是。"

"多谢你了，没有你，我今晚都不知道该怎么过。"

"姐姐别客气，咱们都是入宫选秀的，我自觉姿色平庸，恐怕被选中的机会不大，若姐姐有幸被皇上选中，希望姐姐能恳请皇上，改善一下咱们秀姿宫的膳食。天天青菜淡饭，长此下去，姐妹们还不吃得肠子都青了！"

染烟失笑道："谁选得上选不上，那可说不准，全凭皇上的一念之间。"

采墨拍了拍铺好的被褥，道："总之，我娘说一入宫门深似海，咱们姐妹间若不互相帮衬,还有谁管咱们的死活。"

"对了。"采墨从怀中取出一个纸包,"我瞧姐姐好像也没吃晚膳吧,我偷偷地藏了一个馒头,姐姐若是饿了,将就着拿去充饥便是。"

"你有心了。"染烟推却道,"我不饿,你自己留着吃吧。"

"嘻嘻,姐姐怎么知道我是给自己留的?"采墨故作神秘状,"姐姐有所不知,秀姿宫配送的饭菜不但没油水,量也少得厉害。我刚来的时候,每晚到半夜都会饿醒,所以干脆用膳时不全部吃完,藏下一个馒头,等半夜饿了再吃,这样就没那么难熬了。"

染烟哭笑不得,怎么听上去秀姿宫的生活比贫民窟还悲惨,难怪采墨满心巴望着改善膳食了。

"不过,我今日吃得很饱。"采墨拍着自己纤瘦的腰身,"所以姐姐尽管拿去吃吧,万一明早膳房还没送来姐姐的那份,姐姐也好有力气去找小实。"

"小实很难找吗?"

"小实不难找,可他一天只来秀姿宫晃一圈就走,咱们又不能出秀姿宫。姐姐得撑到小实来,揪住他,让他赶紧解决你的事,否则,他一走,又不知道要拖到什么时候了。"

送走了采墨,染烟猛然想起来,采墨的眉眼跟衿霄有几分相似。尽管细辨之下,两人还是有不少差别,却不晓得为什么,这种说不出的相似感让染烟心里变得疙疙瘩瘩的,很是不舒服。

望着桌上的馒头,染烟终究没有动,人心的险恶她已经历过一次了,不想第二次再栽进同一个坑里。尽管采墨与衿霄根本不属于同一个时代,她也无法不满怀戒备。

染烟和衣躺下,采墨的被褥散发着和她身上类似的淡淡的甘草香,香气及被褥的温暖让染烟的心逐渐安静了下来。她翻了个身,期望明天的日子能好过点。

桌上的蜡烛不知何时已经燃尽,在一隙微风中"噗"的一声熄灭了。随着屋子陷入黑暗,一道惨淡的月光也透了进来,如霜似雪犹外寒。

染烟没料到,好不容易等来了小实,小实却被这么多秀女给团团围住了。

秀女们七嘴八舌地提着要求，还有人往小实手中塞着碎银珠宝等物，以期小实能看在钱财的份上，先给自己办事。

染烟彻底傻了眼，别说她是身无分文被带进宫来的，便是有银两，她也绝没想过连跑腿的小宦官都还要收受贿赂才给办事。

正愁得不知如何是好时，染烟的肩膀忽然被人轻轻拍了一下，扭头一看，原来是采墨。

"姐姐为何不上前，而在此发呆？"采墨问道。

染烟用眼神示意："围上去有用吗？没有可贿赂的钱财，说了不等于白说？"

采墨顿时变得分外迟疑，尴尬道："姐姐竟没有带任何财物就进宫了，可惜我从家里也没带几件来，恐怕帮不上姐姐什么忙……"

"不必了，昨儿你已经帮了我很大的忙了，我可不想欠着你的人情，又欠你的钱财。"染烟说罢，蹙眉又看了一眼被秀女们包围的小实。

"皇上驾到！"染烟突然不知哪儿来的勇气，大喝了一声。

这一声大叫，顿时吓得院子中的诸人浑身哆嗦，纷纷慌忙朝宫门方向俯身跪拜，连采墨也愕然地瞪着染烟，双膝直往下软。

染烟不顾采墨的惊愕，撇下她径直绕过众秀女走到小实跟前，低声道："皇上没来，起身吧。"

小实抬起身子四下张望，果然未见圣上的龙踪，当即跳起来冲着染烟骂道："假传圣驾，你是不是活腻了？"

"如果圣上真的驾临，就不是我而是你活腻了。"染烟冷声道，"且不提秀姿宫缺这少那，皆因你办事不力之故，单就说你私下授受秀女们的贿赂，被皇上撞见，一顿血肉模糊的板子总是跑不掉的吧？"

"你、你到底想干吗？"

"姐妹们！"染烟环顾四周大声道，"这个小奴才收受我们的钱财，还要克扣我们的配给，令我们吃不饱也住不暖，难道你们就甘心受他欺负？要知道，我们中的某些人可是未来的娘娘，凭什么要放弃尊严讨好这么一个贪婪、毫无廉耻、不男不女的东西。"

"你、你血口喷人，我何曾克扣秀姿宫的配给？"小实气得指着染烟的鼻子叫骂。

"我血口喷人？那好，你带我去见顾公公，我倒要亲自问一问，秀姿宫的配给每个秀女到底是几两银子，凭什么顿顿青菜淡饭，连床被褥都没多的?!"

"顾公公？你以为……"

"皇上口谕！"小实的话还未骂完，门外忽然又响起一声宣召。说曹操曹操到，染烟心中暗笑，顾公公真的来了。

"皇上口谕：着祁城秀女方绫雯即刻入佩居宫面圣！"顾公公扫视了众人一眼，才慢悠悠道，"方姑娘，请随老奴来吧。"

染烟叩谢了一下起身，临走还不忘低声吓唬小实道："该怎么办事，你自己掂量着看吧，如果我回来还缺褥少食……"

"奴才不敢了，奴才再也不敢了，求姑娘千万千万别告御状，奴才从今往后愿听凭姑娘驱使！"小实涨红了脸，低声告饶道。

染烟满意地离去，她刚才说小实克扣也不过是胡乱相诈，未料歪打正着。想到以后再也不用受小太监的欺负，心情那叫一个爽，若不是要跟着顾公公面圣，她真恨不得放声大笑，笑他个够。

佩居宫她是熟悉的，不过眼前佩居宫的一切陈设却又是陌生的，染烟局促地站在外殿，等待顾公公进去通禀。

没一会儿，一条人影晃出来，微笑着朝她走近。

"你、你不是王灏吗？"纵使染烟猜到了王灏是皇族，但仍为他就是当今圣上而吃了一惊，手指僵在半空中，半天也没缩回来。

王灏，不，应该说是司城灏含笑低首，用自己的额头戳触染烟的手指，道："朕说过，一定不会忘了你。怎么样，雯儿，朕没有食言吧？对，朕就是你的耗子哥，你最近过得还好吗？朕想你想得都快发疯了。"

"为、为什么……"染烟结结巴巴的，她有太多的疑问，却又不知该从何处问起。

司城灏直起身子，一把攥住了染烟僵直的手指，说道："走，我们里面慢慢聊，朕知道你一定有一肚子的疑惑。"

"朕有一弟一妹，都是同父异母。"司城灏这样开始了他的讲述。

原来,司城灏的父皇原本有两位皇子和一位公主,但其中一位皇子病逝甚早,及至司城灏十岁那年,才另有一位嫔妃怀上龙嗣。然而,令人始料不及的是,一场宫廷变故就在此时悄悄逼近了司城灏和他的母妃。

司城灏记得,那还是六年前开春不久,司城椿出生,宫里宫外的嫔妃贵人们全都去祝贺了,他的父皇自然也是十分高兴,在外殿摆了酒宴与众人同乐。可不知怎的,众人酒兴正酣时,他的父皇却突然昏倒在地,不省人事。

等到太医前来诊治时,老皇上的脉象早已微弱得几乎摸不到。估计是平时的生活饮食就不太注意,这日极度兴奋加上大量饮酒,导致风邪入体、经络痹阻,也就是俗称的中风。所有太医对此均表示束手无策、回天无力。

老皇上突然殡天,司城灏的命运也在此时发生了转折。

大丧期还未过,宫中的皇权争夺便已开始。司城椿的生母来自大益朝十大家族之一的九曲容家,其兄掌握着整个京畿地区的兵马。他们联手里应外合,发动了蓄谋已久的宫变,当然,对司城灏及其生母也是欲除之而后快。

司城灏的生母于危难之时,将龙纹冰花玉佩塞入司城灏的怀里,又把他交给了自己的贴身宫人,让他们赶紧趁乱混出宫去。其实,龙纹冰花玉佩是老皇上留给司城灏的,这是司城家皇权的标志。老皇上之所以未正式立储,就是怕司城灏成为众矢之的,过早死于非命。然而,人算不如天算,他绝没想到自己会突然驾崩,让司城灏连在群臣面前展示玉佩的机会都没有。

接着,司城灏的生母找来了他的陪侍郎,让对方穿上司城灏的衣服,扮成司城灏的模样躲在殿中,自己则在殿外静静地迎候乱兵。她的拖延时间、鱼目混珠,终让司城灏得以金蝉脱壳,逃出了皇宫。只可惜,她和陪侍郎却没能躲过一劫,皆先后殒命于宫乱中。

逃出皇宫不久,司城灏和那个宫人便遭到了搜捕与追杀。两人一路逃亡到了宫人的姑母景娘处,于景娘家中藏了两个月。但三人仍觉不够安全,便收拾了全部细软,继续南下,寻找安身处。

与此同时,司城椿在以他舅舅为首的众多武将的拥立下,于襁褓中登基，而他的生母也升为皇太后，每日抱着司城椿上殿，临朝听政。

南下的路上恰逢水患，颇多流民四方颠沛。司城灏他们混在流民中，躲过了一次又一次的盘查。不幸的是，天气渐热的时候，流民中发生了疫病，宫人染疾而亡，只剩下景娘带着司城灏流落至祁城。

两人于祁城落脚，隐姓埋名，直至数月前司城椿病亡，朝廷内部掀起了新一轮的权力争夺，皇太后及其兄因果报应，被宰辅段擎和大将军路为联手幽禁后，段擎提议迎回失踪的皇子司城灏登基，得到了众人的一致赞同。于是，经过细致的明察暗访，司城灏终于重新回到了本属于他的皇宫。

"朕其实早就想接你进京了。"司城灏满脸无奈道，"可是朕刚刚登基，很多事情都需要慢慢熟悉，皇太后和国舅虽然被幽禁，但他们仍有不少余党，不扫清余党势力，朕的皇位又岂能坐得安稳？何况，以他们的身份，牵涉到朝廷与大益朝十大家族的关系，怎么处置他们，相当棘手啊！"

见染烟沉默不语，司城灏笑笑又道："跟你说这些，你可能也不会懂，比起在咱们贱民区生存下去，皇家的事不知要复杂多少倍。不懂也无妨，你放心，只要朕在位一天，就有你一天荣华富贵、衣食无忧的日子。朕一定会对你倍加呵护，就像当初你关心朕一样，绝不会让你受到任何欺负。"

染烟尴尬地苦笑了一下，她这个冒牌货，表面看上去还当真是托了方绫雯的福，没有受多少贫苦折磨，却接替她一步登天，侍奉在皇上身边。但她偏又不是方绫雯，跟眼前的皇上仅仅只能说认识而已，任凭司城灏对她及他们的过去如何感慨难忘，她也始终产生不出一丝男女之情，这叫她在皇宫里怎么待得下去呢！

"你……你上次临走的时候，说前途未卜，还担心有性命之忧，是怎么回事？"染烟为自己即将开口的话题，随便选了个铺垫。

"朕离开京城六年，皇太后执掌国政六年，谁能保证人心不会变？段擎和路为，一文一武，手握重权，谁又知晓他们迎我回来，是真心地拥立，还是只是想借故将司城一脉斩草除根？朕经历了六年前的宫变，已经习惯了凡事都往最坏的一面想。"

"段擎是不是来自于陵南段家？而路为是凤济路家的人？"

"没错，他们的确出自十大家族。"

原来，段斐音的祖上还出过大益朝的宰辅。染烟的眼前，顿时浮现出段斐音的音容笑貌，令她心里好一阵酸涩。

染烟再次尴尬地笑了一下，道："那你怎么不想想，我跟这皇宫根本不和，为什么非要我进宫选秀？"

"因为这是唯一能与你朝夕相处的办法。"司城灏轻轻握住染烟的手道，"朕不敢想象，没有你在身边的日子，朕要怎么过。"

"也许是朕自私了些，但住在皇宫里不好吗？你不用每日天不亮就出门卖糖饼，你爹和你两个兄长，等过些日子，朕也会接他们进京来与你团聚。到时再给他们在祢都城中买间大宅子，封个小官当当，每日拿着朝廷的俸禄，衣食无忧地过日子，难道不比住在祁城的穷巷陋屋强？"

笑容僵在了染烟的脸上，她心中暗道：我已经不用卖糖饼了，也快要摆脱穷巷陋屋了，皇上啊，你早不早晚不晚的，我都奋斗得希望就在眼前了，如今却又一下变成了白忙活一场，你这"皇恩"真是害惨人了。

然而，这话染烟自然是不敢出口的，她换了一种委婉的口气："和自由相比，什么大房子、衣食无忧都不重要，皇上！"

"咦？"司城灏诧异道，"几月不见，你的见识怎么突然变高远了？你以前可是经常唠叨，总有一天要住进漂亮的大房子，要每日吃穿不愁，睡醒了就坐上漂亮的大马车出门，满街瞎逛瞎溜达，想买什么买什么，把整个祁城所有好吃的、漂亮衣服首饰，乃至胭脂水粉全买下来，难道这不是你的理想吗？"

"方绫雯原来是购物狂……"染烟哭笑不得，牙疼般地哼哼道，"当然，那也是我曾经的理想……"

"所以，你就乖乖留在宫里陪朕吧，啊？"司城灏没有听清染烟的前半句话，倒把后半句话落在了耳朵里，"你若是想要自由自在，那也简单，又不是不能出宫，只要跟朕说一声，或者咱们随便找个理由，不就能出去了吗？"

染烟无奈，索性直言："可我根本还没做好嫁人的准备啊。"

"原来你担心的是这个。"司城灏大笑，笑容中又有几许羞涩，"选秀只是走走形式，假若你还没有足够的心理准备接受朕，朕是不会强迫你的。朕会等你，等你真正和朕情投意合的那一天。"

话说到如此份上，染烟哪还有可以推托的理由，毕竟司城灏现在是君临天下的圣主，圣意不可违。若不是因为她是方绫雯，司城灏和方绫雯在祁城又有六年难忘的相处经历，又岂会容她只是走走选秀的过场？

回到秀姿宫，染烟见自己的屋子果然已被收拾一新，不但添了几样洗漱和梳妆用品，以及胭脂水粉之类，床单被褥也换过了，水粉色的绣花缎被与采墨的被褥整整齐齐码放在床尾，另外又添了一床鲛绡帐子，虽说仍是简单了些，但比之头夜却强多了。染烟心下不由感叹，不能怪宫里的女人们竞相争宠，谁让皇上的恩宠处处关乎着自己的切身利益呢。

刚歇了没一会儿，采墨便登门探听染烟面圣的情况。染烟没有告诉她实情，只道皇上招她只是问了问秀女们的衣食起居可还习惯之类，没有什么特别的。

采墨虽半信半疑，但也没有过多追问，反而好奇当今圣上是一个怎样的人，是否英俊随和。染烟笑答："到了正式选秀那天，你亲眼见到圣上，一切不就都清楚了吗？"

采墨点头称是，不过，她对选秀日格外紧张，生怕自己出错，故而才想先从染烟这里多了解皇上一些。

染烟安慰她道："放心吧，过两天就会有宫里的嬷嬷来教一些规矩，出不了错的。皇上人很随和，也能算是相貌堂堂，你就别惴惴不安啦。"

随即，染烟又道："对了，你的床单被褥还给你，多谢你了。本来该我亲自去送还的，我却不知你住在哪间屋，正巧你来，只能劳你辛苦啦。"

"姐姐别说这种客气话。"采墨起身讪讪道，"其实我能感觉姐姐和皇上的关系非同一般，只是姐姐不愿跟我讲罢了。我倒没什么，可姐姐要小心其他秀女，她们都来秀姿宫好些天了，却从未被皇上单独召见过，偏偏姐姐昨儿才来，今日便被皇上召见了，私下里，她们不知道有多羡慕嫉妒姐姐呢。"

染烟心中一沉，道："是吗？多谢你的提醒。"

采墨点点头，抱起床单被褥道："那我先走了，姐姐！"

"等等，"染烟从梳妆台前拿起一盒脂粉，又拿了一支洒金珠蕊孔雀翎银簪塞入采墨手中道，"这是今儿小实送来的，我也用不上，就送给你吧。"

采墨谦让了一番,在染烟的坚持下,十分开心地收了。送走采墨后,染烟关上房门长吁短叹了好一阵,一切都只是开始,她也会像俐妃一样陷入宫闱争斗中吗?

学习各种宫中规矩礼仪的生活是枯燥的,几个负责教授的嬷嬷一个比一个苦大仇深,便是连染烟这般其实懂得不少规矩、仪态仪容礼节上也无甚大错的,亦少不得要被鸡蛋里挑骨头。染烟耐着性子,和嬷嬷们缠磨周旋,倒也混过了大半个月。

答应司城灏留下,却又得避免从一开始就成为秀女们的众矢之的,染烟不但要靠自己撑过这段时间,还要让司城灏没事别来找她。

果然,等到秀女们该学的东西都学得差不多时,已没有人再将染烟视为威胁,而正式选秀的大日子也定下了。染烟从嬷嬷口中获知日期后,愕然呆住——这一天竟然与她和莫镜明成亲的大日子是同一天!

虽说两者相隔了不知多少年、多少朝代,然而,相同的日期还是让染烟觉得脊背发凉。是巧合? 是天缘? 还是上苍冥冥中在向她暗示着什么?

选秀没有悬念地结束了,除了染烟被封为雯妃,另有一名叫岑书瑶的秀女被封为瑶妃外,采墨等十余名秀女分别被封了昭容、美人、良人、才人等。

相似的鲛绡纱帐、红烛长燃,染烟坐在床头呆呆地望着摇曳的烛火出神。雯妃,这个称呼好熟悉,似乎曾在哪里听到过。

对了,莫镜明曾跟她讲过一段大益朝百多年前的故事,就是关于睿广帝和雯妃的。直到现在,她才恍恍惚惚地明白,自己即是这位方家进宫的雯妃,而方秀的祖上,竟然真的是方同一家。

可几次接触下来,染烟觉得司城灏是一个很好的人,加上早年的流落经历在司城灏身上留下了很深的痕迹,这让他更像是邻家大哥,同时也使得他帝王之气略显不足。

睿广帝和雯妃之间究竟发生了什么? 怎么可能闹到连死也要相隔三百里,且留下遗旨,令方家的女人从此不许入宫呢?

不知坐了多久,司城灏走了进来,为二人各自斟了一杯酒。饮尽后,司城灏很守约,起身准备去御书房歇息。

而此时,染烟却突然叫住了他:"别走,皇上与其歇在御书房引人嚼舌根子,还不如留下来陪我。"

　　"也好,朕也好长时间没和你好好说话了,今夜倒可以尽兴。"司城灏笑道,"怎么学了大半月的规矩,朕觉得你还是毫无长进似的。记住了,以后当着别人的面儿,你得自称臣妾,不可再你呀我呀的,知道吗? 当然,我们私下里,你仍是可以像从前一样,想怎么说话就怎么说。"

　　"现在不就是私下吗?"染烟勉强挤出一丝笑容,她也不知自己为何会留下司城灏,也许就是因为眼前的男人是司城灏,他没有像莫镜明那样给自己带来撕心裂肺般的疼痛, 反而让她体会到了新婚之夜该有的温馨之感。

　　两人慢慢地喝酒,随意地说着闲话。望着司城灏谈笑风生的脸,染烟有些感慨,为何司城灏仅仅在位七年,便在英华奕奕的年纪早逝,那是多么遗憾啊。

　　而她,七年之后,又该何去何从? 镜明好像没有说过雯妃的下落,她是不是得早一点想办法脱离皇宫,还归自由身?

　　当然,还有七年的时间,足够她慢慢考虑自己的未来。

　　数日后的一天傍晚,司城灏拉着染烟,要她跟自己去见一个人。

　　御书房内,一个身着淡青色锦袍的男子恭候已久。听到内侍宣驾,男子忙跪身恭迎,司城灏疾步上前,伸手扶起男子,道:"平身吧,以后你就是朕的兄弟!"

　　男子抬首,染烟大吃一惊地发现,此人竟然就是在祁城晴湖边将她救起的简越。

　　对再次见到染烟,简越显然亦颇为惊讶,然而惊讶之色一闪即逝,他很快便恢复如常,平静地回道:"多谢皇上厚恩,简家世代皆为御前侍卫,誓死效命于皇上乃简家的本责,包括臣下的命都是皇上的,随时愿为皇上肝脑涂地,又何敢与皇上兄弟相称。"

　　司城灏的眼眶瞬间红了,他扭头对染烟道:"记得朕曾经告诉过你,朕的陪侍郎假扮朕,和朕的母妃一起死于六年前的宫乱吗? "

　　不待染烟点头,司城灏又接着道:"那陪侍郎就是简公子的亲弟弟简辛。

他们的父亲以前曾是先皇的御前侍卫，不幸染病，英年早逝，留下了简越、简辛一双孤儿。先皇为此十分痛惜，便将简辛招入宫中，为朕的陪侍郎。孰料，竟发生了六年前的变乱。"

"原来如此。"染烟叹息着，对简越的身世油然而生一股痛惜之情。

"过去的事就不必再提了，皇上！"简越垂下眼帘道，"能以臣下之弟的性命保得皇上的周全，他死得也算值得。这些年来，皇上没有忘记简家，臣下便已经感激不尽了！"

司城灏缓缓颔首，道："忘？朕怎么可能忘呢！来，我们坐下说话，朕好不容易才寻到你，定要与你尽兴长叙。"

此番会面，简越因为精通音律，被司城灏留在了宫中，封了他一个内宫协律都尉。兴致很高的司城灏还说，以后得空时，要向简越好生讨教音律曲瑟。不过从始至终，简越的眼神都有些回避染烟，甚至只字不提二人在晴湖边就相识的事儿，这让染烟有些不得其解。

又隔了一月，司城灏告诉染烟，已经将方同他们接来了祢都，问染烟是召他们入宫相见，还是于宫外团聚。

染烟想了想，表示方同他们皆不懂宫中规矩，如若入宫，恐怕会闹出不少笑话，还不如她出宫，与父兄在宫外聚一聚。

司城灏遵从了染烟的意思，傍晚过后，两人换了私服，从后宫悄悄驾车出门，驶往司城灏为方家在祢都城新置的宅子。

见方同三人齐齐来了京城，染烟有些不大高兴。趁着司城灏与方同酒兴正酣时，染烟拉了方谨出门，问他祁城的生意怎么可以丢下不管。

方谨不以为然，能在京城坐享荣华富贵，干嘛还要辛辛苦苦地做生意？

染烟拿指头直戳他脑门道："你个短见的东西，我不过一介妃子，从来帝王的宠幸盛极必衰，谁能保证你们能一辈子坐享荣华？还不如靠自己一点一滴安家置业来得稳当。"

染烟当然没说睿广帝只能在位七年，七年之后，就算按莫镜明所讲，方绫雯之兄被封了镇国公，但方绫雯有两个兄长，究竟哪一个能获享世袭爵禄？剩下的一个又该怎么办呢？为了祁城方家的延续，她不得不多留一招。

"那你的意思是，叫我们不要皇上的封赐，又回祁城老家过苦日子？"方谨老大的不愿意，"凭什么你在宫里舒舒服服的，我们就得挣辛苦钱啊?！"

染烟白了方谨一眼，道："游手好闲惯了是吧？老爹一个人在京城享受皇上的封恩倒还说得过去，你们三个都赖在京城靠皇宫吃饭，好意思吗？我也不是说让你们回老家辛苦过活，我是想无论如何，我们方家得有自己的产业，能少跟皇宫沾边就别沾，这样才不至于一荣俱荣、一损俱损。"

"小妹，你是不是多虑了，凭着咱们和皇上的关系，皇上怎么可能……"

"不管小妹是不是多虑，我愿意回去。"就在方谨仍旧听不进劝的时候，方贺忽然从黑暗中冒了出来。

"我本来就没打算在京城久留，咱也就是乡下人进城，到祢都来开开眼、长长见识。可这几日逛了逛京城，虽说是比咱祁城繁华得多，但总觉得不像是自己的去处，还不如回祁城安家置业、娶妻生子，每日就着几样小菜喝两杯小酒，陪陪妻儿悠闲度日来得自在。"

"大哥，又是酒，你还没戒断啊！"染烟埋怨道。

"呵呵，只是高兴的时候喝两杯，不多，就两杯！"方贺不好意思地笑道，"习惯了，要说一滴不沾，好像也不大可能。"

"你愿意回去是最好不过的。"染烟闻言也笑了，没有过多追究酒的问题，"只是你腿脚不便，经营生意又不如二哥脑子灵，就咱们现有的几间铺面踏踏实实地维持下去便可，不要轻易扩大，更不要草率转投自己不熟悉的项目，知道吗？"

"放心，遇上拿捏不定的事儿，我会派人进京征询你们的意思。"

"老大，说好了咱们兄弟俩，还有爹，三人同享荣华富贵，你怎么又变卦了？"方谨在一旁不满道。

"我……我这不是住不习惯嘛！"方贺尴尬地解释道，"其实，我早就想跟你和爹商量来着，却不知该如何开口，又怕爹骂我是扶不起的烂泥，加上还想见小妹一面，故而一直未敢提回去的事儿。现在，既然小妹也有这个意思，我就更想回去了。"

事后，司城灏获知经过，感慨良久，道："天下都是朕的，难道朕还封不起你父兄三人吗？撺大哥回祁城，你事先也不跟朕商量下，难得大哥以前虽有好酒的毛病,却心性恬淡、不为富贵所动。"言语中尽管有责怪之意,但染烟听得出,赞赏之情倒似乎更多一些。

她答道:"方家出身微末,我父兄实无经天纬地之才,皇上又刚刚掌理国政,若不以才德擢拔人才,反因裙带关系厚封外戚,不但我方家会被世人戳脊梁骨,成为一人得道、鸡犬升天的笑话,还会令皇上的声誉蒙尘,招致诟病。所以,我没有跟皇上商议,便自行劝兄长归乡,皇上大可当我是在处理家事,万勿挂怀。"

"雯儿,你之贤德,后宫真是无人可比。"司城灏深情地握住染烟的手,"仅仅封你为妃,实在是委屈你了。"

染烟苦笑道:"皇上也别日日都来臣妾这里,好歹也去其他宫里走动走动,否则就是臣妾委屈了皇上才是。"

"朕的心里只有你一人,哪有心思跟她们周旋!"司城灏想了想又道,"不过,是该去走动走动,否则她们若视你为敌,还不晓得会闹腾出多少事端来。"

染烟听后,不知怎的,心里忽然抽搐了一下。她本以为自己根本不会在乎司城灏流连在哪个嫔妃身边,方才故作大方地让他去别的宫里,然而当司城灏真的答应下来时,她又瞬间产生了一种极为不舒服的感觉。只是话已出了口,还能反悔不成?染烟笑着低下头,努力忽视心中的不适。

第二日,司城灏果然没来她的上善宫。染烟百无聊赖,招呼贴身宫人雪慧把棋盘摆出来,她一个人左边下一手,右边下一手,玩上了左右互博。雪慧在旁看得目瞪口呆,可又不好多话。

眼见染烟就这么一个人玩了半个时辰,却忽然停了下来,愣愣地出神,手中还拈着一颗黑子。

雪慧以为染烟是自己把自己给难倒了,便大起胆子问道:"娘娘,怎么啦,是累了吗?要不奴婢去换杯热茶来,娘娘也歇一会儿,润润口。"

"你没听见吗?"染烟瞟了一眼雪慧,继续凝神不动。

"听?听见什么?"雪慧诧异地侧耳倾听,但除了窗外树叶偶尔发出的簌簌声,她什么也没听到。

"有人在吹箫啊,箫声幽怨如泣,断断续续的。"染烟答道。

"吹箫？"雪慧再次努力捕捉窗外微妙的动静，半晌才道，"好像是，呜呜的声音，听不大清。可是谁会大晚上的在内宫吹箫？箫声相隔甚远，莫不是从御苑那边传来的？"

"走，咱们瞧瞧去。"染烟丢下棋子，起身就要往外走。她早就闷得慌了，正想出门透透气，这下有能勾起她好奇心的事儿，当然要趁机去一探究竟。

"可是娘娘……"雪慧本能地欲行劝阻，然见染烟的身影已经晃出了寝殿，只好忙不迭地跟出去。

并非满月的夜晚，月光还算清亮，照映着御苑的重重树影。沿着小径，箫声逐渐变得清晰起来。

"怎么是你？"染烟停下了脚步，月光的清辉将吹箫人的衫子染成了青白色，也使得那半边面罩闪动着丝丝银光。

箫声戛然而止，简越从石凳上起身，躬身稽首道："在下闲来无事，想着御苑清静，便在此吹曲儿解闷，不想惊扰了娘娘休息，还望娘娘恕罪。"

"简都尉何必如此客气，本宫亦是闲着无事，出来散散步，听见箫声遂寻来瞧瞧，何来惊扰之说？"简越的生分让染烟有些不快，不过她尽量语气平静道，"看来是本宫打扰了简都尉的雅兴，告辞！"

"娘娘……"就在染烟转身之时，简越欲言又止。

"还有什么事儿吗，简都尉？"

这时，雪慧方才气喘吁吁地赶到。她被简越的面罩吓了一跳，轻轻惊叫道："娘娘，此人……"

"无妨。"染烟淡淡答道，"他是皇上亲封的协律都尉，不是什么歹人。"

简越再次稽首道："在下容貌有异，所以白天极少出门。娘娘既然散步到此，在下冒昧，愿为娘娘吹奏一曲，以谢娘娘不怪之恩，不知娘娘可介意稍作滞留？"

染烟想了想，默然颔首，在石桌边坐了下来。

一曲终了，染烟出神良久，转而对雪慧道："本宫有几句话要问简都尉，你先退下吧。"

"是。"雪慧施礼离去。

"简都尉对本宫和皇上皆有大恩，本宫曾说，他日有缘定当重谢，却不知都尉为何要当不认识本宫一般？"

简越放下长箫，道："在下没有当不认识娘娘，晴湖一面，已成旧事，尽管娘娘当时给在下留下了很深的印象，然往事重提，或恐影响娘娘与皇上的关系，不如淡忘的好。"

染烟笑了笑，换了口吻道："我倒没什么太深的印象，只记得当时十分混乱，脑中一片空白，更没想到能于宫中再度见到简公子。其实，皇上就算知道我落水为你所救，他也只会对你更加感激，简公子是不是多虑了？"

简越轻轻看了染烟一眼，道："怀有感激有时候未必是件好事，反而会使一个人做出错误的判断，我又何必令皇上错上加错呢。"

"什么意思？"染烟愣住，"错上加错？难道皇上让你在宫中任差，享受普通人一辈子也无法企及的封赏爵禄，还成了皇上的过错？"

简越沉默了一下，然后镇定道："你以为在宫中任差就是什么好事？别忘了，我弟弟就是死在宫中的。当然，我不是说皇上的一片善意是错，我只是指善意未必就会种善果。当年，若不是先皇念在我爹忠心耿耿的份上，又如何会对我们孤儿寡母心生怜悯，从而招简辛入宫？简辛不入宫，他又怎会在年少无知时，便无辜枉死？"

"当年是当年。"染烟叹了一声道，"皇上是不会让当年的惨剧重演的。"

"但愿吧！"简越起身，行了个大礼道，"在下愿娘娘在宫中能生活得平安快乐。若没有别的事儿，在下就先告辞了，也请娘娘早些安歇！"

染烟目送简越离去，心里半天不爽。不知怎么搞的，简越的祝愿怎么听怎么觉得带着一丝讥讽的意味，她又没得罪他，此人究竟怎么了？

回到了上善宫，染烟讶然看到一个熟悉的身影正坐在桌案旁，就着灯光仔细地研究着她未下完的半盘棋。

"皇上，你怎么回来了？"染烟急急冲到桌案旁，"皇上要来上善宫，怎么也不叫内侍通传我一声？"

"什么话？"司城灏抬头，冲着染烟狡黠地眨了眨眼，"朕天天都歇住在上善宫，你又不是不知道。怎么，朕才去别的宫溜达溜达，你就闲不住了？说，刚才跑哪儿去了，害得朕在此等了你半天。"

"去、去御苑散步了。"染烟尴尬道，"我还以为皇上今儿不会来了，下棋下得心闷,故而出去走了走。"

"哦！朕明白了。"司城灏故作恍然大悟道,"你不是下棋下得心闷,而是喝多了醋腹胀不堪,出去消食解酸的吧？"

"皇上！"染烟红了脸,窘迫道,"哪有啊,我才不会……"

"呵呵,好啦,朕不逗你了。朕都跟你说了,只是去别的宫走动走动,才没有兴趣跟她们多周旋呢,你就把心放在肚里吧。"

染烟情不自禁地笑了,在另一侧坐下道:"皇上要不要用点夜宵？我让雪慧去端。"

"好,朕还真有点饿了。"司城灏向染烟招手,"不过,你先告诉朕,你是何时学会下棋的,竟比朕还厉害。"

染烟一下愣住了,她居然忘了方绫雯出身陋巷,根本就不可能懂下棋。暗悔应该先叫雪慧将棋盘收拣之际,染烟故作漫不经心道:"比皇上厉害吗？我不懂的呀,在秀姿宫的时候,看见那些秀女们闲来无事,就这样将棋子摆来摆去地玩儿,我不过是依葫芦画瓢而已。"

司城灏狐疑地眯起了眼,道:"雯儿,吹牛皮也要有限度,你的意思是,你在下棋方面天赋异禀、无师自通？"

染烟分外尴尬,硬着头皮笑道:"多谢皇上夸赞,我也是今儿才晓得,原来我比皇上还能耐。"

"哼！"司城灏冷哼道,"朕小时候曾跟太傅学过一段时间的围棋,可后来在祈城,连填饱肚子都困难,哪儿还有工夫研究棋谱,自然也就将此忘得差不多了。本来朕刚才还想着,既然爱妃精于棋道,就跟着爱妃将朕已生疏的棋艺恢复起来,孰料爱妃原来是记忆超群,依着别人的葫芦画了自己的瓢,让朕白欢喜一场。"

"皇上！"染烟嗔怨地叫了一声,"还说我天赋异禀呢,原来皇上是哄我作耍。"

"可不！"司城灏揶揄道,"唉,也就跟你在一起,朕才最轻松随意,想怎么开玩笑就怎么开玩笑。你若是跟朕一起上朝,也得像朕一样被闷死。那帮朝臣成天都是一副死气沉沉的样子,朕看到他们恨不得撞墙。所以,朕若不来上善宫歇住,会被闷得英年早逝的。"

"呸呸。"染烟连啐两口,"什么英年早逝,这么不吉利的话你也敢说,多晦气,赶紧学我,也吐两口唾沫,把晦气带走!"

司城灏忍俊不禁,啐了两下道:"雯儿,朕觉得好奇怪,为何朕有时候会感觉你不像朕所认识的雯儿呢?可刚才,你又变成了朕心目中的雯儿。"

染烟歪着脑袋,假意想了想,然后指着司城灏道:"都怪你,将我接来宫中作甚?成天这个规矩、那项礼仪的,折腾得连我自己都不晓得还是不是从前的方绫雯了!"

"好了好了,怪朕,都怪朕!"司城灏见状,连忙起身坐到染烟旁边,揽住她的肩哄道,"朕也就是随便那么一说,别往心里去。不管宫中生活让你改变多大,你永远都是朕心中的雯儿,朕对你的感情也永远都不会变,知道吗?"

染烟鼻子一酸,这回是真的心酸,如果当初莫镜明能这样对她,她该有多幸福啊,也不至于会莫名其妙穿到什么睿广帝时期。

可偏偏就是这个令她无比绝望的年代,有一个这么好的男子,用他的全部身心疼惜她、呵护她,她该怎么办呢?强迫自己忘记莫镜明,好好和这个男子相依相伴,陪他度过他生命中最后的七年吗?

天哪,我都在想些什么呀?染烟浑身一个哆嗦,然后就嘤嘤哭泣了起来,哭得肆无忌惮,任凭司城灏怎么哄也哄不住。

这日,司城灏上朝,采墨忽然来了上善宫。自从选秀结束后,这还是采墨第一次来探望染烟。

采墨看起来精神不太好,染烟本不想和她有过多的交往,但见她一副怏怏的神态,只得请她入座看茶。

"不知昭容来找本宫有什么事吗?昭容脸色不太好,人不舒服,就应该躺下多休息才是。"染烟问道,一心只想早点打发她走。

染烟不问则罢,一问,采墨的眼泪便跟着扑簌簌地掉了下来。

"姐姐……"采墨哽咽道,"多谢姐姐体贴,小妹其实无病,皆因日前收到家中书信,说我娘因为思念我而病重不起,心中煎愁无措,故而才……"

"你娘病重?"染烟纳闷道,"可昭容来本宫这里又有何用?本宫又不懂医术,没法医治你娘的病啊!"

"我不是这个意思,姐姐。"采墨含泪,半天才支支吾吾地说道,"我……我是想请姐姐帮我在皇上面前求个恩典。皇上每日都流连在姐姐这里,采墨不敢妄自争宠,可一天天虚度下去,与其老死在宫中,不如请皇上开开恩,放我归去侍奉爹娘。"

"你这是什么话!"染烟正色道,"若是普通的宫人倒也罢了,你都已是皇上正式封的昭容了,怎能放你出宫?别说本宫没那个本事劝皇上,便是劝了皇上,岂不是在打皇上的脸吗?除非皇上废制,否则,你以为皇宫是你们自家的院门,可以随便进出的吗?"

采墨闻言,低头垂泪不已。

隔了一阵,染烟见采墨仍没有离开的意思,只好劝道:"其实妹妹也别多想了,你娘既已病倒,赶紧请医治病才是正事儿,就算你回去了,不也得找郎中吗?本宫这里还有点皇上恩赏的首饰,让雪慧收拾一下,一会儿给你送过去,你托人带回家,一则可以缓解你娘对你的思念;二来亦可请个好点的郎中,岂不一举两得?"

"多谢姐姐的一片心意。"采墨不甘心道,"可是,我就是想见我娘一面,真的没有办法吗?"

染烟摇摇头,道:"如果只是见一面,也不是完全没有办法。等你娘病好了,你可以让她先进京来,然后本宫再跟皇上说说,看能不能准你娘进宫,让你们母女团聚一次。不过,这都是后话了,现在要紧的是给你娘治病。"

采墨闻言,神色终于稍稍缓和,道:"如此就劳姐姐费心了,姐姐的大恩,我代我娘先行谢过了。叨扰多时,采墨就此告退,还请姐姐保重身子。"采墨的话很客气,但是染烟心里终究还是产生了一丝不痛快,并隐隐地有些不祥之感。

此不祥因采墨而起,却并非完全归根于采墨。既然采墨都因为不得宠,而生出了想离宫的念头,其他嫔妃可想而知。

染烟吩咐雪慧清理自己用不上的首饰时,给采墨包一份后,也各选几样代她送去其他宫,尤其是瑶妃那儿,要多送几件过去。

司城灏下朝,兴高采烈地要染烟赶紧更衣,随他一同出宫。

染烟莫名其妙道:"没事干吗又要出宫?我这一身不好好的嘛,又不是见不得人！"

　　"宝鼎回来了。"司城灏难掩满脸的欣喜,"朕和她分别数年未见,现在终于可以将她接回来了。"

　　"宝鼎公主?"染烟愣怔了一下道,"你不是说宫乱之后,前皇太后在她十四岁那年,便将她嫁给了容家的一个侄亲吗?"

　　"是啊。"司城灏道,"当年宝鼎还那么小,太后肯定是将她视作眼中钉,才把她作为联姻手段的,她自己又怎么会愿意? 如今容家失势,朕正好可以将她接回来。"

　　"皇上,"染烟叹了口气道,"容家失势不假,但毕竟还是大益朝的十大家族之一,你怎么可以完全不顾容家的颜面,单方面接宝鼎公主回来?"

　　"你怎么会这么说,宝鼎是朕的妹妹！"司城灏有些不高兴道,"容家和内宫沆瀣一气、擅乱朝政,还有什么颜面面对朕? 朕没有治整个容家的祸乱之罪已经算是开恩了,他们如果知道进退,就该早点将宝鼎给朕送回来,偏还要朕派人前去九曲恩威并施,才总算接宝鼎出了火坑。难道朕为天下之主,连自己妹妹的终身幸福也不能援顾吗? "

　　染烟被司城灏一顿抢白,气闷不已,可一时又找不到说服对方的合适理由,按捺了半天才道:"你说容家是火坑,你问过宝鼎公主的意思吗? 她在容家也待了不是一年两年了,她过得幸不幸福, 也只有她自己说了才算。"

　　"朕怎么没有问过? "司城灏斜睨了染烟一眼道,"你以为朕做事就那么没分寸吗? 朕派去的人征询过宝鼎公主的意思,她想回京,日思夜想地想要回京！"

　　"既然如此,"染烟知道再劝也无用,"那臣妾即刻更衣,随皇上去亲迎公主回宫。"

　　祢都郊外十里长亭,染烟和司城灏枯坐了近一个时辰,方见护送宝鼎公主的车马远远行来。

　　藏青色的锦帘撩开,一个身穿镶金丝绒团花缎袍的秀气女子下了车,目光扫过染烟之后,落定在司城灏身上,"皇兄！"

　　"宝鼎,你可回来了！"司城灏眼眶湿润地迎上去,一把扶住了女子。

"皇兄,我……我还以为此生再也见不到你了!"宝鼎长睫忽闪,清泪缓缓划过脸颊。

染烟冷眼注视着眼前的一切,虽然为兄妹俩相隔数年能再度团聚而感动,却莫名地对宝鼎的归来怀有一丝不安。

对九曲容家来说,强令他们归还公主,或许比治他们的罪更是奇耻大辱吧?

第八章　无妄之灾

返回皇宫后,司城灏特意摆了家宴为宝鼎接风洗尘,在座的不仅有染烟和被安置在祢都城中颐养天年的景娘,还有岑书瑶、采墨等诸嫔妃。

本来按司城灏的意思,是要将景娘安置在后宫赡养的,可景娘却坚称受不惯皇宫中的规矩,执意要离开皇宫,司城灏这才在祢都城中为她选了一处宅子,另派专人奉养侍候。故而,染烟自入宫后,这也才第二次见着景娘。

宴席间,司城灏和宝鼎兄妹俩一直在相述彼此分离后各自的情形,染烟他们则被冷落一旁,实实在在地作了陪衬。无聊之余,染烟便悄悄地和景娘低语了几句,随意问了问景娘生活是否习惯、有甚需要之类。未料回眼时,却发现宝鼎用极为冷淡的目光盯着自己,但两人眼神刚一接触,宝鼎便迅速移开,权当染烟不存在一般,弄得染烟甚为尴尬。

下了宴席,染烟送走景娘后,独自闷闷不乐地回到了上善宫。将近半夜的时候,司城灏才意兴未尽地从宝鼎公主落脚的凤仪殿回来。

染烟心情不爽,对司城灏归来亦是爱理不理。司城灏喝了几口雪慧端来的热茶,这才察觉染烟的情绪有异。

"别这样,雯儿。"司城灏放下茶盏,沉了脸色道,"朕虽然不知道你为何对宝鼎归来心怀成见,可好歹也该给朕几分面子,连宝鼎都看出了你不喜欢她,你这不是让朕难堪吗?"

染烟吃了一惊,从头至尾,她没有过多热情,可也算客客气气,哪里就表现出不喜欢宝鼎了?

"刚才在思齐宫，"司城灏解释道，"宝鼎问朕，宴席上见你始终都偏着身子和景娘说话，是不是因为不喜欢她才这样？"

"冤哉枉也，皇上！"染烟没好气道，"明明就是你们兄妹俩一直当别人不存在，我闲坐无聊才跟景娘搭几句话，怎么就变成我不喜欢宝鼎公主了呢？"

"当然，"染烟顿了顿，有些不吐不快道，"你们兄妹俩才是一家人，你们说个没完没了，我这外人插不上话不提，行径举止稍微随意了点，便是我轻慢无礼了她，我现在就算有千万张嘴也说不清了。早知道，我就该一动不动、目不转睛地当个木头陪衬，可惜我是活人，又出身微末，哪里能管得住自己！所以，下次你们再聚之时，还是烦请皇上别拉我陪坐的好！"

"你这是什么话？"司城灏恼道，"从今儿朕一说要去接宝鼎，你便是拉长了脸满心的不乐意，谁也没说宴席上你要像块木头。既然连宝鼎都觉出了端倪，可见你是在故意冷落她，难不成她刚刚回宫，会无端冤枉你不成？"

染烟气结，忽地一下跪在司城灏面前，说道："皇上，今日臣妾实在是累了，想要休息，还请皇上移驾别宫，以免臣妾再度轻慢了皇上。"

司城灏瞪着染烟，拂袖扫落桌上的茶盏，怒气冲冲，起身即走。

等司城灏离去后，染烟跌坐在地，心中说不出的伤心。她不知道自己究竟做错了什么，这还是司城灏第一次冲她发这么大的火，没想到看似温暖坚实的呵护，却因为宝鼎公主的到来而裂开了一条缝。

第二日，染烟以为司城灏绝不会再来上善宫，因此醒了也没梳洗，只懒懒地赖在床上，欲以昏睡度日。岂料，雪慧忽然进来禀道："娘娘，宝鼎公主殿外候见，娘娘还是赶紧起身吧。"

这个宝鼎到底要怎样，打上门来找茬吗？染烟一肚子的郁闷正无处发泄，偏偏连寻个清静都不成，她脱口就说了声："不见，本宫谁也不见！"

雪慧愣在原处，犹犹豫豫道："可是……只怕娘娘不见，得罪了公主，皇上更要生娘娘的气了。"

染烟翻身坐起，不耐烦挥手道："行了行了，还不快帮本宫梳洗！"尽管心里老大的不乐意，染烟却也明白雪慧说得没错，如果她不想彻底和司城灏翻脸，就得尝试着和宝鼎相处。

不过，雪慧替她梳头的时候，染烟转而又十分纳闷，她干嘛要在乎与司城灏是否翻脸？她不是对这个男人毫无感情的吗？

　　见到宝鼎后，染烟尽量使自己的语气显得婉转谦逊，甚至近乎谦卑："不知公主殿下驾到，相迎来迟，还请公主殿下见谅！"

　　"不必多礼。"宝鼎看了染烟一眼淡淡道，"听皇兄提及，姐姐与皇兄乃患难之交，宝鼎私下好奇，故而冒昧造访，希望没有打扰到姐姐休息。"

　　染烟心知宝鼎是在讥讽她大白天的还没起床，只作充耳不闻道："本宫出身微贱，本来根本就没有资格进宫，皆因皇上是个念旧之人，本宫才有了今日的荣宠，又哪堪与公主殿下相提并论？本宫若有做得不是之处，还望公主殿下不吝赐教。"

　　"你既然知道我皇兄是个念旧之人，"宝鼎公主不待染烟招呼，便径自在茶案旁坐了下来，环顾四周后才道，"就应该更加自重身份才是。毕竟，这是在皇宫中，若是恃宠而骄，等有一天色衰爱弛，你觉得这宫中还有你的一席之地吗？"

　　染烟抬眼，道："本宫实在不明白公主所指！"

　　宝鼎叹了口气，道："那昨晚是怎么回事？我今儿一早就听宫人们窃窃私语，说皇兄半夜命人清扫佩居宫寝殿……"

　　"昨晚……"染烟勉强克制住自己的情绪，"没错，本宫和皇上是发生了些口角，不过也不是什么大不了的争执。况且，那只是本宫和皇上之间鸡毛蒜皮的私事，还望公主殿下不要听那些宫人们胡言乱语、搬弄是非。"

　　"哦？是吗？"宝鼎看着染烟，"其实我也不想指责姐姐什么，但望姐姐好自为之，不要辜负了我皇兄的一片深情。"

　　宝鼎走后，染烟很不是滋味地独坐在花坛边，却见雪慧在旁，欲言又止。

　　"想说什么就说吧。"染烟以为雪慧又要劝自己想法讨好宝鼎。

　　"娘娘，你昨儿不是叫奴婢拿些首饰送给各个宫吗？奴婢今早去瑶妃娘娘那儿，却发现公主殿下也在，且和瑶妃娘娘谈得火热。奴婢说明来意后，瑶妃娘娘连看都没看奴婢送过去的礼盒，只口头让奴婢代为转谢，便打发奴婢走了。"

　　"瑶妃？"染烟忽然醒悟，宝鼎介意的并不是别的，而是方绫雯的身份。在宝鼎的眼中，瑶妃才配得到司城灏的宠幸，才配成为将来的后宫之主，所以她才有意离间自己和司城灏的关系。

这个想法顿时让染烟有了危机感，昨日的裂缝，难道仅仅只是个开始？

承邺元年新春，宫里好一番热闹，御苑内张灯结彩，众人齐聚。傍晚时分，由简越亲自编排的一场盛大的曲乐盛会在御苑中拉开帷幕。司城灏牵着染烟的手率先入座，随之，宝鼎公主等也陆续就席，连方同、方谨也被请了来，安排在下首位置。

住在京城的这段时间，方同被封了个长庐大夫的闲职，而方谨则当上了小吏。虽说俸银不多，可清闲得很，成日无所事事，便在京城中闲逛遛鸟。不过居住的时间长了，交往的人多了，比之在祁城，方同、方谨不仅学会了将自己穿戴得有模有样，言谈举止亦收敛了不少粗俗之气。

饶是如此，染烟远远地注视着他们，仍觉得他们和皇宫格格不入。她曾向司城灏提过，干脆就别让他们入宫了。司城灏却不以为然道："怕什么，朕又不是不了解他们，不懂规矩、失仪失态又怎么了？朕的皇宫，朕不取笑他们，看谁敢取笑！"

"你不见怪就好，公众场合，臣妾实在是怕他们有损皇上的脸面。"染烟没有过多坚持。自从宝鼎公主回宫之后，她小心翼翼了许多，只为尽量不让对方抓住自己什么把柄，搬弄是非。但是非却似乎从来没有停止过，以致她和司城灏的关系也逐渐不再像从前那么随意了。

"朕见怪，朕当然见怪，朕见怪的是他们怎么越来越像朕的那些自以为是的大臣们了。"司城灏苦笑道，"朕其实很想从他们身上看到朕过去的影子，但朕发现，别说是朕的影子了，连他们从前的影子都变得越来越模糊了。"

染烟怅然而立，司城灏话中有话，她又如何不知？

"怀念的，仍是当初祁城的那段日子；难忘的，也仍是当初祁城的那个你。"司城灏曾无数次这样说道。但他不知道的是，即使是以前那个市井街巷中的方缕雯，来到皇宫后也一样会变。因为市井街巷就是市井街巷，皇宫就是皇宫，两者的天差地别容不得你忽视。

"不过朕不会怪你，不管你变成什么样，朕对你许过的诺言，永远都不会变！"每次感叹后，司城灏又都会握紧她的手，将她揽入怀中。

于是,染烟便会感觉稍稍安定,至少,司城灏不是个随时都会失去的依靠。

等众宾客全部入席后,司城灏朝简越挥了一下手臂,示意乐宴可以开始了。

简越躬身施礼,然后退下,接着登上乐台,于琴桌边就座。当他手抚琴弦,拨动出一连串华丽的音符后,四周顿时鼓乐大作,笙箫齐响。华光溢彩中,两行歌舞姬衣袂翩翩,从乐台两侧鱼贯入场,整个御苑宾客的目光当即为之一振,纷纷齐聚乐台。

乐宴正式开场,简越编排的曲乐一会儿齐鸣,一会儿独奏,加之令人眼花缭乱的舞蹈不停地变换着,既衬合了新春宫宴的喜庆,又绝无重复之感。

可惜染烟看了一阵,还是不免开始走神,曾经的一点一滴又浮现在了她脑海中。也不知道镜明现在怎么样了,他和衿霄会过得幸福吗?不,不对,衿霄那么恶毒,她会不会害镜明呢?

染烟想着,就情不自禁地揪紧了衣袍。

"没想到简越还能弄出这么多花样来。"一只手伸过来握住了她,"你觉得怎样,雯儿?"

"还不错,挺好的。"染烟随口应着,手指慢慢松懈。

"你不舒服吗,雯儿?"

宝鼎公主看向染烟这边,轻轻皱了下眉。

"臣妾没事。"染烟努力地把注意力再次投向乐台,"皇上,你不觉得简都尉有卖弄之嫌吗?咱们的新春宫宴,都成了他的才艺专场了。"

"呵呵。"司城灏笑了,同时也放下心来。他收回握住染烟的手,取了桌上的酒盏,举向染烟道,"随他吧,难得有他发挥本事的时候,你就让他尽兴好了。"

"奇怪,简家以前都是御前侍卫,怎么到了他,变成喜好风雅了?"染烟赶紧也拿起酒盏,和司城灏碰了下杯。

"你不知道吗?"司城灏微扬下颌,朝乐台的方向示意道,"他的一身功夫也不错,尽管没有得到他父亲的亲传,但朕听说,他从小便已开始习武,甚至简辛当年入宫的时候,也是会些拳脚的,朕每每和简辛摔跤打架,几乎次次都是输。"

"哦？真的？"染烟失笑，"你干吗要和简辛打架啊？"

"他是朕的陪侍，可陪朕读书时他总是喊困，只有陪朕打架，他才精神奕奕。"司城灏说着也笑了，然而笑容很快凝固在了脸上，"如果简辛不死，现在大概也有简越这般高了，应该也成了朕的御前侍卫吧。"

染烟回首深深看了司城灏一眼，半晌才道："简辛当时清楚自己要替皇上死吗？"

"朕不知道。"司城灏幽幽长叹，"朕不知道母妃是怎么跟简辛说的，可简辛当年也不过才十岁，一个十岁的孩子，你觉得他会想死吗？何况还是替别人死。"

"都过去了，皇上！"染烟心里小小地难过了一下，忙安慰司城灏道，"一切都过去了。皇上就是太念旧了，可人毕竟是要朝前看的，皇上若是想治理好大益朝，也需懂得适时放下。"

司城灏默默点了一下头，跟着又摇了摇头，却没有再说话。

染烟不知道他是什么意思，只得自己喝尽杯中的酒，将目光投向乐台。没一会儿，便到了中场休息的时间，宾客们依序上前敬酒，方同、方谨跟在最后，来到了染烟的面前。

两人恭祝之时，染烟发现方谨的目光偷偷地瞥向宝鼎公主，而宝鼎公主则轻蔑地将头侧向一边，故作无视。

"二哥。"染烟轻声相喝，方谨老老实实地收回了目光。

"本宫听说你成天游手好闲，你这不是辜负了皇上对你的期望吗？"染烟借题发挥，斥责方谨道，"虽为小吏，亦要懂得为朝廷分忧解难，若是连小吏都做不好，依本宫的意思，你就别留在京城了！"

方谨吓了一跳，赶紧连连作揖道："臣知道错了，臣一定改，一定改！"

"好了。"司城灏插话道，"雯儿，你就别难为他了，大过节的，大家都要开心点。"

"哼！"染烟对方同、方谨道，"看在皇上替你们说话的份上，本宫也就不撵你们回乡了，但愿你们好自为之，别令皇上失望！"

方同、方谨狼狈退下，染烟又瞥了一眼宝鼎公主。她故意训斥方谨是做给宝鼎看的,否则不知宝鼎会不会又向司城灏告状,说方谨唐突她!

乐宴过后的新春,司城灏带宝鼎公主一行去曙秀行宫赏梅。染烟为了避免和宝鼎公主相处,选择了称病不去。

睿广帝时期尚未建葵邑宫,故而染烟也没有别的去处可选,只能待在宫中。晨起梳洗过后,染烟闲着无事,便令雪慧去折些御苑中的梅花插瓶,权且当作是赏梅了。

雪慧没过多久便回来了,身边还跟着个简越。

染烟很诧异,简越虽居于内宫乐府,可平时从来不登上善宫的门,今日怎么跑来了?

"在下是来向娘娘辞行的。"简越躬身施礼后,向染烟禀道。

"辞行? 你要去哪里? "

"在下要离开皇宫一段日子,此事已经征得了皇上的同意。"简越道,"估计少则三五月,多则一年半载,时间说长不长,说短不短,所以特意来向娘娘道个别。"

"有什么重要的事,一定要去那么久吗? "染烟不解道,"以你的身份,随时可以出入皇宫,至于如此郑重的辞行吗? 莫不是简都尉嫌宫里的差事不能发挥所长,不愿再出任协律都尉了? "

"不不,皇上当初任命简某为协律都尉,实在是为简某所虑。这样一份既清闲又没有危险的差事、皇上的周到体恤,实令简某感激不尽,如何会有嫌弃之说。只是简某家中自寡母三年前病逝后,便再无亲朋,如今简某想将弟弟的骨骸移回崇西安葬,所以只能向皇上辞行,亲扶遗骨回乡。"

"哦? 找到你弟弟的遗骨了? "

简越沉重地点了点头,道:"皇上也找到了其母妃的遗骸,他没有跟娘娘说吗? "

染烟心里抽搐了一下,问道:"什么时候的事儿? "

"十日之前。"简越道,"不过,皇上说恰逢新春,不宜动土,想等开春之后,选个好日子,再隆重地移迁入皇陵。或许就是这个原因,他还没来得及告诉娘娘吧。"

染烟脸上很有些挂不住,这么大的事儿,司城灏竟没有跟她透露半句,还要简越告诉她,并给她台阶下,司城灏心里到底还有没有她?

"那你为何不也等开春之后?"染烟勉强装作若无其事的样子问道,"现在就急着回去,是否过早?"

"嗯,在下是想先回乡,选一处风水好的地方,请人先将墓寝修筑起来,然后待天气暖和时,就可以将父母和幼弟的骨骸一并入葬了。"

"一并入葬?原来你是要重修三座墓,难怪需要那么长时间。"

"是啊。"简越难过地答道,"以前安葬我爹的时候,尚有家财,但我娘为了抚育我和幼弟,不得不省下钱来,从简了事。及至宫乱,幼弟身亡,我娘又不得不带着我避居乡下,家境更是每况愈下,连我娘病故时,也是我向人筹借了一点银子,方得落葬。现如今,既然找回了幼弟遗骨,我也积攒下了不少俸禄,不如趁此机会,将三人另行厚葬,也算于他们故去多年后,还简家一个风光吧。"

染烟微微颔首,道:"那本宫就祝你一路顺风了!新墓修成,也请替本宫和皇上在你父母和幼弟的坟前上一炷香吧!"

简越俯身,深深叩首:"多谢娘娘恩典,亦望娘娘善加保重!"

简越离去后,染烟的心境怎么也平静不下来。她忽然有些后悔没有跟去曙秀行宫,皇上和宝鼎公主相处的时间越多,和她之间的距离便会越大。然而,宝鼎公主毕竟是皇上的亲妹妹,她这个外人又怎么能阻止他们兄妹在一起。

正是烦闷时,采墨忽然来了上善宫。原来,她娘已经病愈,是特意来感谢染烟的。采墨问染烟道:"姐姐的身体好些了吗?要不再请太医来给姐姐诊诊脉?"

染烟摇首,道:"我没事儿,就是提不起多大精神来。"

采墨沉吟了一下,挪近染烟低声道:"姐姐还是赶紧调理好身子才行,不然姐姐不能陪在皇上身边,岂不白白被那个瑶妃拣了便宜?"

"什么意思?"染烟吃了一惊。

"姐姐居然不知道?"采墨的神情比染烟更加惊讶,"臣妾听说,宝鼎公主做主,此去曙秀行宫,带了瑶妃随行。"

染烟的手指紧紧攥住衣角,隔了一会又松开,故作淡定道:"随行就随行吧,难道本宫还能指望皇上专宠不成?妹妹也不要光拿眼睛看别人,什么时候也替皇室开枝散叶才是正理。"

采墨呆了呆,道:"姐姐说笑了,皇上都不去臣妾那里,何谈开枝散叶?不过,姐姐每日和皇上厮守,怎么也……"

"凡事皆求一个缘分,岂是说有便能有的。"染烟故意叹道,"这样吧,等合适的机会,我一定想法让你如愿,如何?只是……"

"只是什么,姐姐?"

染烟垂下眼帘,想了想,道:"本宫怕会引起瑶妃的误解,而且大家都是姐妹,帮你不帮她,瑶妃定会因此而迁怒本宫。"

"姐姐身受皇上的百般恩宠,难道还会怕她吗?"采墨不满道,"其实,臣妾早就看不惯她了,仗着和公主殿下亲厚,从来不把我们这些昭容、才人放在眼里,就连路上遇见上前打个招呼,她也爱理不理的。"

"症结就在这里。"染烟接着很无奈地扶住额道,"她有公主殿下撑腰,咱们又能拿她怎么办呢?"

采墨沉吟了片刻,道:"姐姐想要妹妹怎么做,只管吩咐便是。"

染烟笑了笑,说道:"本宫这可纯粹是为了帮你呀。"

三日后,司城灏回宫,染烟故意不提瑶妃跟去曙秀行宫之事,只问司城灏在行宫玩得可好。倒是司城灏主动说明:"朕甚为开心,不过宝鼎没有征询朕的意思,便答应瑶妃同行,爱妃你不会见怪吧?朕在曙秀行宫仅是陪着她们赏赏梅,四处游玩一番,并未与其同住。"

"皇上说哪里话。"染烟温柔地替司城灏宽衣解带,"臣妾又不是悍妇,别说瑶妃随行,便是皇上临幸哪个妃子,不也是再正常不过的吗?"

"雯儿!"司城灏捉住了染烟的手,转过身来,深深地凝视着她道,"别这么说,朕的心里只有你,这世上除了你之外,朕谁也不想要。"

"本来,你不去曙秀行宫,朕也不想去的,可事先已经答应了宝鼎,要陪她好好玩几天,朕总不能说话不算话吧?至于朕有没有亲近瑶妃,你随便问随行的任何内侍、宫人,他们都可以给朕作证。"

"好了好了,臣妾没有不信皇上!"染烟低下头,半是撒娇半是正色道,"可皇上不在的时候,臣妾认真地想过,如今皇室血脉渐微,皇上便是再尊重臣妾,也得为皇室的延续打算呀。"

"还不是因为你!"司城灏啧怨道,"为什么你就始终不肯让朕亲近呢?"

染烟尴尬地退了半步,"皇上应该了解臣妾,臣妾也就是祁城陋巷里的一介野丫头,对男女之事懵懂无知,或者说,臣妾还并未做好侍奉皇上的准备。最初入宫之时,臣妾已向皇上言明,皇上当时答应不会强迫臣妾,如今是后悔对臣妾的承诺了吗?"

"朕不是后悔!"司城灏松开了染烟,摇首叹息道,"朕就是不明白,你为何宁肯把朕推向别人的身畔,也不愿跟朕肌肤相亲呢?莫非你心里还装着别的什么人?"

"臣妾哪有!"染烟吓了一跳,赶紧跪下道,"皇上离开祁城不过数月,就召臣妾入宫了,难道臣妾有认识别人的机会吗?"

"唉,你这是作甚?快起来,快起来!"司城灏赶忙扶起染烟,"朕跟你开个玩笑罢了,怎把你紧张成这般?算了,不提此事了。总之,朕不会勉强于你,你也不要把朕推给别人,好吗?"

染烟碰了个软钉子,心下很是怅然,同时也更有些犹豫了,她到底该不该放弃自己的计划呢?然而,一想到宝鼎的所作所为,她便立时打消了自己的犹豫。与其让宝鼎得逞,让瑶妃得了便宜卖乖,还不如拉上采墨一起,消除掉宝鼎和瑶妃对自己的威胁。反正,以采墨的头脑,自己暂且还唬得住。

雪慧端上茶点,请司城灏和染烟慢用。染烟挥手让雪慧退下,自己则端起茶盏,亲自替司城灏吹开了浮叶,递奉到司城灏面前:"臣妾感念皇上对臣妾的厚意,临幸之事不提也罢,不过臣妾还想向皇上求个恩典,不是为臣妾自己,而是为了采昭容。"

"哦?什么事儿,你说。"

于是,染烟便将前一段时间采墨的母亲因思念成病、采墨萌生离宫之意、自己劝解采墨的事情讲了一遍,最后道:"如今采昭容的母亲已经病愈,她想接她娘亲进京见上一面,不知皇上可否特准她娘亲入宫?"

"这点小事,你自己拿主意不就得了!"司城灏微笑道,"在祁城,你就素好打抱不平,怎么来了宫里还是那样爱管闲事?"

"臣妾……唉,臣妾应下了采昭容,若不帮她向皇上求这个恩典,采昭容会以为是臣妾哄她作耍呢。"

"嗯,以后再有这种事情,你不必请示朕,自己看着办就行了。"司城灏喝了一口茶,将茶盏放回桌案上道,"但宫里究竟不宜闲人出入,你让采墨的娘亲住两天便回去吧。"

"是,臣妾明白!"染烟展颜笑道,"多谢皇上给臣妾这个面子,要不然,臣妾真不知该怎么答复采昭容了。"

"你向朕求的事儿,朕何曾有不应的?"司城灏的笑容里充满了温暖,"只希望你有一天能为朕想想,替朕添口增丁。"

过了几日,司城灏下朝,归得上善宫,发现采墨和一老妇也在,料想老妇便是采墨的母亲,便忙让众人平身看座。

那老妇对司城灏感激涕零,说了许多好话,弄得司城灏颇有些不好意思。再瞧采墨温婉清秀、珠泪两行、楚楚见怜,便不免多留意了几眼。

染烟看在眼里,不动声色,待采墨和她娘亲走后,才对司城灏道:"采昭容今日带她娘亲过来,是特意请皇上去她那里用晚膳的。她娘亲日思夜想,如今终于见到了自己的女儿,对皇上的感激之情,皇上今日也看到了。为了表示感谢,采墨和她娘亲自下厨,弄了几样小菜款待皇上,皇上哪怕不情不愿,好歹也去采昭容的宫里坐一坐,给她个面子,如何?"

"这不合适吧!"司城灏为难道,"本来准采墨的娘亲入宫探视,也是私下里送个人情,若是开了这个先例,被众嫔妃们知晓了,皆纷纷向朕请求准她们的亲眷入宫相聚,那不是要坏了宫里的规矩吗?"

"宫里的规矩是死的,人却是活的。"染烟劝道,"人生父母养,谁没有个难舍的亲情,众嫔妃们若是以后也向皇上求这个恩典,皇上大可以宽宏大度些,准许每月一位嫔妃的一名亲眷入宫探视一日,那不就成了?"

"你的这个提议也不无道理。"司城灏琢磨了半天,领首道,"好吧,朕就依你的意思,去采墨那里坐一坐。不过,你不陪朕一起去吗?"

"人家谢的是皇恩浩荡,臣妾去算什么?"染烟笑道,"臣妾还是别没脸没皮去分那杯谢酒了。"

"你呀,越来越不知所谓了!"司城灏白了染烟一眼,道,"都不知道你脑袋里到底在想些什么!"

入夜已深,染烟独坐窗前,不知不觉,手脚皆已冰冷。

司城灏仍未归来,一切皆在染烟的算计之中,可她独独没有算到的,是自己的心。究竟是将司城灏留在自己身边重要,还是保住她在司城灏身边的位置重要,连她自己都分辨不清了。

"小妹,这就是迷香散,不可多用,用多了会使人昏睡不醒。另外,迷香散的解药有两粒,含一粒在口中,便不会受其影响。不过,你要这两样东西作甚?"方谨偷偷地将迷香和解药塞给染烟时,疑惑不解地问道,"这些可都是下三流的盗贼用的,我也是辗转托人才搞到的。"

"行了,别问那么多了。"染烟将东西藏入袖中,"今日你进宫之事,切记不要对任何人提起,万一皇上过问,你就说是进宫探病来了,明白吗?"

方谨越发满脸狐疑,可见染烟沉着脸,只好点头道:"搞什么啊,神神秘秘的!小妹,你可别玩过火,咱这荣华富贵才刚刚开始,好日子我还没过够呢。"

"没过够就更应该管住自己的嘴!"染烟冷眼逼视方谨道,"你要敢泄露半点,别说荣华富贵,只怕方家所有人的脑袋都得搬家!"

"你、你是不是疯了?"方谨吃惊道。

"滚吧。"染烟深吸一口气,不耐烦道,"你最好祈求我没疯,否则一样没有你什么好果子吃。"

照方谨的原话叮嘱了采墨一遍,采墨亦有些惊恐,问道:"不会出事吧,姐姐?"

"你以为本宫是在拿项上人头陪你玩吗?"染烟拍了拍采墨的肩,"只要能让皇上在你宫里歇宿一夜,不管你和皇上之间是否确有其事,你一口咬定之下,还有谁敢质疑?"

采墨不语,半晌才道:"可皇上会不会因此更加嫌恶臣妾?"

"这本宫可就没法保证了。"染烟冷眼道,"反正大不了也就是个度日如年,老死在宫中的下场。你是愿意搏一次,还是甘愿忍受岁月无情、年华离逝,就看你自己的选择了。"

采墨思量许久,终于下定了决心,点点头道:"好,臣妾就搏一次。"

第二天,司城灏终于回来了。他站在上善宫门口,神情显得恍惚且尴尬窘迫,"雯儿,朕……"

"臣妾已为皇上放好了洗澡水,皇上先去泡个热水澡,放松放松吧。"染烟道了个万福,"皇上请！"

司城灏欲言又止,却终究还是依了染烟的话去沐浴了。解释一旦未能说出口,便丧失了勇气,何况事情已经发生,解释有用吗？只是再见染烟,司城灏明显多了几分回避和无所适从。

皇上临幸过采昭容的小道消息很快不胫而走,没几日,瑶妃忽然登门拜访。

"妹妹从来不登上善宫的门,今儿怎么有空了？"染烟语带讥讽,满意地看着岑书瑶恭谦拘谨地立在下首,局促地用手指绞着衣角。

然而,看到今天的岑书瑶,梁烟心中并没有想象中的快意,相反,却是有一股无名的怒火,在肺腑中燎灼。

"臣妾年轻无知,若有失礼不周之处,还请姐姐莫怪。"岑书瑶道,"姐姐送的礼物,件件样样精美无比,臣妾自忖拿不出什么像样的回送,故而一直耽搁到今日才厚着脸皮前来拜谢姐姐。刚巧臣妾家人送来了一些和血养颜的花草茶,臣妾斗胆请姐姐笑纳。虽是些不足挂齿的粗陋之物,可姐姐若不嫌弃,平素取来就茶品茗,不但会觉香郁肺腑,久而久之,还会气色红润、肌颜胜雪。"

染烟不屑地笑道:"妹妹的心意,本宫心领了。不过听妹妹一说,既然是这么好的东西,妹妹应该拿去孝敬宝鼎公主才对,本宫岂有资格享用？"

瑶妃的脸皮难堪地抽搐了一下,忙道:"宝鼎公主那边,臣妾也送了一份过去,这份是特意孝敬姐姐的,还望姐姐给个面子,一定要收下。"

染烟抬了一下胳膊,雪慧上前谢过岑书瑶,替染烟接下了礼匣。染烟遂又道:"妹妹今日前来,可还有别的事吗？若没有,本宫想去躺一躺了。"

"呃……"岑书瑶犹豫着不知该如何开口。

染烟向雪慧施了个眼色,雪慧赶紧退下。当殿内只剩染烟和岑书瑶两人时,染烟望定对方,道:"妹妹现在可以直言了吗？"

"姐姐一定要帮我,我知道姐姐一定有法子。"岑书瑶哀恳道,"入宫这么久,皇上对臣妾一直不理不睬,臣妾本来都打算认命了,可这宫里的日子实在太难捱。臣妾不求别的,只求能替皇上生个一儿半女,这样,哪怕不得宠,深宫的日子也算有个寄托,不是吗?"

"妹妹!"染烟低声轻斥道,"妹妹休要再说这等浑话,难道宫人们嚼舌根子说的,妹妹也听信?皇上宠幸谁不宠幸谁,又岂是本宫能左右的?我劝妹妹还是赶紧回吧,免得被闲人听到,又不知要惹出多少事端来。"

岑书瑶痴怔了片刻,见染烟处再无商量余地,只得无奈告辞。

岑书瑶走后,染烟默默地坐了一阵,忽然自觉不妙。

假如被司城灏知晓,岂不是要疑采墨之事是她背后做了什么手脚?当然,无凭无据,司城灏也追究不出个子丑寅卯来,可疑心一旦存下,司城灏肯定不会再如从前那般信任她,更不可能一直对她心怀愧疚下去。

可怕的还在后面,不知道岑书瑶的登门,是不是宝鼎公主故意让其来试探自己的。若被宝鼎抓住任何把柄,染烟很清楚,对方绝对不会轻易放过她。

事已至此,便很难再有善罢甘休的可能,她本来不就是想借采墨排挤瑶妃,再达到打击宝鼎公主的目的吗?现在游戏才刚刚开始,她当然只好继续玩下去。

雪慧过来问瑶妃送的东西怎么处置,染烟打开来瞧了一下,倒是比较难寻的雪中情、迷迭香以及含笑等物。染烟想了想,让雪慧随便拣配了几样,先就茶冲泡一壶尝尝。跟着,她又吩咐了雪慧几句,雪慧点点头,退下后,很快便沏好了一壶茶。

晚间的时候,司城灏终于忙完,过来一起用膳。待膳毕,雪慧又将新沏的一壶茶端了上来。

染烟一边亲自给司城灏斟茶,一边道:"皇上,这是瑶妃今日特意送来的花草茶,臣妾下午已经尝过了,觉得还不错,便选了可以平肝降火、醒脑安神的洛神花和迷迭香,给皇上冲泡了一壶,皇上试试,看功效如何?"

司城灏笑道:"难为你还一切都为朕着想。好啊,朕岂可辜负了你的美意。"遂顺手接了杯盏。

品了一口后,司城灏皱了皱眉头,道:"雯儿,此茶忒香浓了点,朕有点喝不惯。"

染烟笑道:"是啊,初尝是有些不惯,不过听瑶妃说得长期喝,方能见奇效。兴许皇上你多喝几次,就惯了呢?"

司城灏无奈道:"朕就是受不了如此浓烈的香味,雯儿,咱们还是换清茶吧,好不好?"

染烟故意嗔怨道:"你呀,就是不懂得保养身体,一天到晚忙于朝政已经够劳累的了,再不善加调理,你怎么吃得消?"

"好好好,朕一定注意。"司城灏赔着笑,"就知道你心里还是惦念着朕的,朕喝、朕喝还不成吗?"

半夜的时候,司城灏忽然被腹痛搅扰惊醒,赶紧起身欲寻厕桶,却发现旁边的染烟已经不见了踪影。两人同榻而眠数月,但却各自分被而卧,故司城灏对染烟何时不见完全无知。但当下司城灏腹痛难忍,顾不得许多,只好先去解了自己的燃眉之急再说。

好一阵腹泻后,腹痛终于有所缓解,不过司城灏也出了一身的虚汗,冷风一吹,衣服贴在身上冷飕飕的,司城灏忙大声呼唤内侍。

内侍拎着裘氅匆匆赶来,帮司城灏披上。这时却见雪慧哭丧着脸端来热水盆,请司城灏净手。

"怎么啦,雪慧?"司城灏这时方想起染烟。

司城灏不问则罢,一问,雪慧顿时珠泪如串。

"娘娘她、她不知怎的,睡下没多久便说身子又痒又疼,怕影响皇上休息,就一直在外殿坐着。可谁知不适感却越发厉害了,浑身都起了大片大片的红疹子,而且人也发起烫来,现如今正躺在奴婢的床上,奴婢……奴婢不知怎么办才好!"

司城灏圆目一瞪,怒道:"怎么办?还不赶紧带朕过去瞧瞧!"

"娘娘不许奴婢告诉皇上,说是怕皇上担心,若影响到皇上休息,耽误了皇上上朝就不好了。而且娘娘照过镜子后吓得都哭了,躲在帐子中,死活不肯让人看见她的脸。"

"废那么多话作甚!"司城灏怒道,"人都病了,还顾忌这个顾忌那个,还不赶紧带路,朕一定要亲眼看看雯妃怎么样了。"

罗帐中,染烟死死地揪住帘缝,哀求道:"别,皇上别看臣妾,臣妾这副样子没法见人,而且若是传染给圣上,臣妾是万死也难辞其咎了。"

"朕看看又怎么啦!"隔着帐子,司城灏触到染烟的双手火一般的烫,更加心急如焚,"你不让朕看,岂不是要活活急死朕吗?雯儿,朕就瞧一下你的病况,又不会嫌恶你,你怕什么?"

"不、不。"染烟坚持道,"臣妾面目全非,皇上见了只会破坏臣妾昔日在皇上心目中的形象,臣妾宁肯皇上永远记得臣妾的好,也不愿皇上为此而伤感叹息。求皇上成全了臣妾吧!"

司城灏不甘,还欲劝染烟,身侧的小内侍这时凑上前,低声道:"皇上,依奴才看,娘娘的急症事出有因,咱还是赶紧召太医为上,万一耽搁了病情……"

"对对,宣太医,立马给朕宣太医!"

半个时辰后,两个太医走了出来,向等在走廊上的司城灏禀道:"皇上,依下臣之见,娘娘可能是得了过敏性风疹,又称荨麻疹。不知娘娘平日有没有对什么过敏的迹象,最近又可有接触过什么容易引致过敏的东西?"

"过敏?"司城灏疑惑道,"到底什么东西会引致过敏?"

"那范围就比较大了,譬如羊肉、鱼虾等食物,又或者蚊虫叮咬。当然,现在天气尚寒,蚊虫叮咬的可能性可以排除。另则,还有花粉、尘屑、熏香等,皆有可能。"

"花粉?"司城灏闻言,勃然变色,一拳砸在了栏杆上,咬牙切齿道,"瑶妃,你好深的心机!"

染烟用厚重的纱蒙住头,在几个宫人的搀扶下,移步寝殿。司城灏心痛地迎了上去:"雯儿,让你受苦了,都是朕失察,没想到朕的后宫也如此的不安宁。"

"是臣妾的错!"染烟欲行参见,却虚弱得双腿一软,身旁的宫人们忙不迭地将她架住。"臣妾误信他人,结果害得皇上也闹了肚子。臣妾……臣妾真是无颜面圣,皇上还是让臣妾一头撞死算了。"说罢,染烟便止不住地抽泣起来。

"雯儿,你万勿说这种话,朕已经没事了。不过你放心,朕绝饶不了瑶妃,若让她把后宫搅得这般乌烟瘴气,那还了得!"

染烟抽抽搭搭地被扶进寝殿,没多久,雪慧便端来了太医配制的药。染烟闻着药味,皱眉道:"行了,本宫这里无需你侍候了,你出去打探打探,看瑶妃那边有没有什么动静。"

雪慧应了一声退下,染烟则将汤药随手倒入了床榻边的盂盆中。其实她对瑶妃送过来的花草茶并不过敏,独独一味洛神花的花蕊却是不能碰。过敏尽管成真,也的确是需要医治,但她担心司城灏太过宅心仁厚,将瑶妃轻轻责罚了事,故而干脆拖延用药,欲以加重的病情逼迫司城灏。

至于司城灏的腹痛,只不过是茶中下了些巴豆粉,司城灏喝得少,腹泻过后,自然不药而愈。这么做,无非是让司城灏确信瑶妃送过来的花草茶是有问题的。连皇上自己都闹肚子了,便是宝鼎公主肯为瑶妃作证,也无济于事。

说曹操,曹操到,雪慧还未进来回禀,宝鼎公主便风风火火地闯入了上善宫。

隔得老远,染烟撩开袖子让宝鼎公主看了一下自己的胳膊,包块成片,还有些水肿。宝鼎被吓得退了一步,皱眉道:"居然真有这般严重!为何本宫喝过却没事?"

"公主有所不知,过敏因人体质不同而表现各异,公主殿下喝过没事,但臣妾和皇上却双双出了问题,不过症状不同,有轻有重罢了。"染烟有气无力道,"不信,公主殿下可亲自去问问皇上,皇上昨夜闹肚子,也折腾了一宿呢。"

宝鼎悻悻答道:"这本宫知道,可……"

宝鼎换了一种商榷的语气,温言软语道:"瑶妃她也不晓得还有过敏这种事儿,念在她不是成心故意的份上,你能不能跟皇兄说说,就饶过她这一遭吧。当然,她无心办错事,也该受些罚,你看罚她闭门思过三个月如何?"

染烟虽早料到宝鼎会向着瑶妃,可听她说得如此轻描淡写,当下便气不打一处来。若换成是她,宝鼎说不定立时就会追究她个谋害皇上之罪。

"公主殿下,臣妾病成这般,已自顾不暇,如何还能向皇上进言?何况皇上都走了好一阵子了,臣妾也不知皇上去了哪里,何时才回上善宫。"

"皇兄已经去了瑶妃那里,说是要将瑶妃打入冷宫!"宝鼎没好气道,"本宫只是想请你等皇兄回来后,劝皇兄收回成命。"

"这可就难办了。"染烟叹口气道,"皇上金口玉言,一旦下了旨意,焉有收回之理?公主殿下与其在本宫这里耽误时间,还不如趁着皇上未下圣谕之前,赶紧去劝劝皇上。"

"我怎么没劝!"宝鼎公主脸色难看道,"可怎么劝,皇兄也听不进去呀!"

染烟闻此,一颗心算是稍稍地落了肚。她故作焦急之色道:"那怎么办呢?本宫其实也不想瑶妃妹妹就因为送错了茶,而落得个打入冷宫的下场啊。"

"唉!"宝鼎公主一跺脚道,"算了,你安心养病吧,我自去找皇兄再理论理论。"

"公主殿下慢走,请恕本宫不能相送了!"染烟在床榻上略略欠身,冷眼目送宝鼎离去。

隔了一阵,雪慧回来,果然给染烟带来了好消息。染烟这才踏踏实实地睡了一觉,折腾了一夜,她也的确是累了。

等她醒转,却见司城灏守在罗帐外,半支着胳膊肘打盹,心下一热,忙轻声唤道:"皇上!皇上!"

"雯儿,你好些了吗?可以让朕看看你吗?"司城灏急急扑到床前。

染烟唉声叹息,道:"哪有那么快好,太医不是说得调理好长一段时间,还得防止复发吗?"

"皇上,这些日子你也别守在臣妾跟前了,还是回佩居宫住吧。不管怎样,皇上都要以保重龙体为善,那么多朝政都在等着皇上处理,皇上万不可因臣妾而荒怠啊。"

"朕不放心你。"司城灏鼻子一酸,"自打朕认识你,你一直都是健健康康的,连风寒都很少见,现在朕真的有些后悔将你接进宫来了。"

"哪有那么严重。"染烟顿了顿,接着道,"不过就是因为瑶妃妹妹的一杯茶。臣妾后来思来想去,觉得她可能也是无心之举,皇上你就别再责怪她了。"

还有,今儿宝鼎公主也来过,想托臣妾给瑶妃妹妹说个情。可惜臣妾浑浑噩噩的,等不到皇上,竟就不知不觉睡过去了。皇上,你没有重责瑶妃妹妹吧?"

"别说了，什么也别说了，雯儿。"司城灏沉沉地垂下头，"朕答应过你，绝不会让你受到半点伤害，不管对方是有心还是无意，可就在朕的眼皮子底下，不幸仍是发生了，你叫朕如何饶她？此例一开，以后岂不是人人都可以欺你宽厚仁德，而放肆妄为了？"

"你别光顾着为别人着想，雯儿。养好你自己的身子，对朕才是最重要的。你一日不好转，朕的心里便一日痛如刀割。所以，你一定要老老实实吃药，尽快好起来，知道吗？"

染烟此时情难自控，含泪点头道："好，皇上，臣妾一定尽快好起来。"

从此以后，司城灏会对她更加疼惜吧？染烟暗想。宝鼎公主再怎么搬弄是非、再如何不甘，怕也折腾不出什么结果来了。一石二鸟乃情非得已，以后，她会好好珍惜剩余的日子，陪司城灏走完他生命中的最后六年。因为这个男子重新唤起了她努力却未得到的爱，也是唯一真心实意相信她、呵护她、给她温暖的人。

染烟开始认真地喝每一碗苦口难闻的汤药，因为她认定所有的是非都会自此结束，她要重新找回曾经的那个方染烟，享受几年短暂却倍感幸福的岁月。她甚至还想着，说不定能帮司城灏躲过劫数，让他一直在位下去。

然而，令染烟始料未及的是，看似顺利的受害事件，却突然急转直下，变得对染烟极为不利。

宝鼎公主力保瑶妃不成，郁闷中咨询了太医。太医说这个病可能会传染，总之，连他们也说不好，接触染烟的人会不会因此同样染上荨麻疹。这不过是太医们一种模棱两可的说法，却被宝鼎捏住了话题。

"雯妃必须离宫！"宝鼎劝司城灏道，"皇兄哪怕不顾惜自己的龙体，也不想这宫里人人自危吧？以前宫中发生疫病的时候，也有将生病的妃子送出宫去的先例。皇兄你若是当断不断，万一大规模传染起来怎么办？将雯妃送出宫去静养，对她其实也是件好事。本宫听太医说，患了荨麻疹的人，最好能每日甘泉沐浴，兼用药剂，方能好得快些。而距祢都数百里外的毗迦寺后山便有天然甘泉，寺中和尚将甘泉接引至庙里后，取用甚为方便，不是正可以为雯妃治病吗？"

"毗迦寺？数百里外？那不是太远了吗？"司城灏摇首，"不行，朕不能将雯儿送到那么远的地方去。"

"皇兄！"宝鼎跌足道,"你若真想雯妃好,就应该助她疗病。皇兄要是实在舍不得她,等她完全康复了,再把她接回来,不就成了吗？"

司城灏满心犹豫,在殿中踱来踱去。他是想他的雯儿能早点好起来,然而两厢分离,又的确是痛苦的抉择。他摆了摆手道:"宝鼎,你让朕好好想一想！"

五日后,马车缓缓地驶出了宫门,闷坐在车厢内的染烟坚持没有回头看一眼,哪怕她知道司城灏正站在离台上,用殷殷的目光追随着她的车乘。

宝鼎到底还是容不下她！染烟的心再次冷沉了下去,除了满心的愤怒,对司城灏亦充满了失望。他为什么要听信宝鼎的一派胡言？明明就是宝鼎想撵她出宫,他为什么还要听信？也活该自己被宝鼎反将一军,她太低估宝鼎的能耐了,等到再回到皇宫的那一天,她一定不会再给对方留任何余地！

马车就快要出城时,在侍卫"让道,回避"的吆喝下,本在前面的一辆马车退让到了路边。染烟随意一瞥,发现那辆车乘上坐着一个面貌清癯的老者,看其气定神闲的仪态,不像是普通百姓。好奇之下,染烟便招呼侍卫去打探打探那辆车上到底坐的何人。

不久,侍卫前来回禀,道是辞官回乡的段擎段大人。

段擎辞官了？染烟有些错愕,便让侍卫再去相询,说自己久闻段擎之名,想请其下车拜会一下,不知段擎可愿赏个薄面。同时,另有侍卫将马车牵引至路边,等着段擎的回话。

片刻之后,染烟却见段擎亲自跟着侍卫而来。她忙下车,上前道了个万福:"段大人,久闻大名,未想今天竟不期而遇。不知段大人为何要辞官回乡呢？"

段擎恭敬地拜道:"多谢娘娘关心。段某年事已高,很多时候都有力不从心之感,故干脆向皇上辞了官,回乡抚儿弄子,闲度余年。"

染烟仔细地瞧了他一眼,道:"看段大人才不过五十有余,何谈年事已高？段大人乃皇上登位的居功至伟之臣,此时正是辅佐皇上治理朝政、施展才德抱负的大好良机,匆匆辞官岂不可惜？"

段擎深深叹了口气,左右环顾,欲言又止,终究只是摇了摇头道:"朝廷的事,一言难尽,臣现在已是一介闲人,不谈也罢。"

染烟见状,微微一笑,并未再相追问,转而只是道:"那本宫就祝大人一路平安了!"

段擎躬身施礼,默送染烟一行人缓缓走远。

行至半路,染烟让雪慧去吩咐侍卫,她不惯久坐,有些累了,反正不急着赶路,早点寻个干净点的客栈歇宿,明天一早再起程。

于是,天色尚早的时候,侍卫们包下了路途边一家大客栈,清了客人,让染烟住进了上房。

染烟慢悠悠地喝了一壶热茶,估计时辰差不多了,便叮嘱雪慧留意路边,若是段擎的马车路过,一定要将其请入。

约摸一个时辰后,段擎的马车终于出现了。雪慧笑嘻嘻地迎上去行了个礼,向段擎言明前路怕是走到天黑也寻不到家像样点的客栈,不如就此歇宿,反正整间客栈已被雯妃娘娘包下,空余的房间多的是,不在乎再多入住一人。

段擎思量半天,终于同意就此住下。

晚间闲暇,染烟让雪慧重新沏了一壶上好的茶,请段擎过来坐坐。

屏退左右后,隔着一道珠帘,染烟先是询问起陵南段家的情况,聊了一阵闲话后,忽而话锋一转,即表示愿向段擎请教如今的朝政利弊。

段擎沉吟了半晌,开口道:"娘娘离宫休养,此去尚不知何时重返,何故还如此关心朝政利弊?"

染烟叹道:"本宫与皇上相识于民间,患难与共,对本宫而言,无论在朝在野都是一个样子,本宫的心里终究还是牵念着皇上的。"

"难得娘娘淳朴真挚,对老臣亦是坦诚相待。"段擎感叹道,"既然娘娘诚意询究,那老臣也就以心换心,实言相告了。不瞒娘娘,皇上在民间六年,实在是比其他的帝王更懂得民间疾苦、百姓所需。然而,理想、愿望是一回事,朝政实施起来又是另一回事,涉及方方面面利弊的权衡也尤为重要。哪怕出发点是好的,可一旦触及重臣权贵的利益,任何政令都不是那么容易推行下去的,甚至还可能危及皇上的皇位,尤其是在皇上登位时间并不长的情况下!"

老臣这么说，并非不支持皇上的想法。事实上，老臣是觉得皇上年轻气盛，在时机和条件都未成熟的形势下，便急于求成地推行新政，必然会动摇大益朝的根本。据老臣所知，现在很多原本支持皇上的人，都已开始动摇，乃至十大家族中，除陵南段家和凤济路家以外，其余各大家族皆纷纷表示了不满。如此下去，前景堪忧啊！"

　　"前景堪忧？那段大人就更应该结合自己在朝为官的丰富经验，向皇上进谏呀！大人不觉得辞官归乡、一走了之，有失臣子之责吗？"

　　"唉！"段擎为难地摇首道，"娘娘有所不知，非老臣不顾君臣之道，而是数次进谏已惹皇上心烦，皇上直指老臣因循守旧、墨守成规，还说老臣上年纪了，只知蹈常袭故，却不知锐意革新。娘娘，事已至此，你说老臣如果再不知趣离开，赖在朝中，还有意义吗？"

　　"本宫明白了。"染烟沉默了一会儿道，"所以段大人提出辞官回乡，皇上便顺水推舟地准了，是吗？"

　　段擎垂首，算是默认。

　　"皇上果然是太急躁了些。"染烟同情地看着段擎，"大人为我朝重臣，就这么走了实在可惜，是朝廷亏欠了大人。"

　　"娘娘别这么说。"段擎连忙摇手，"臣本当食君之禄、担君之忧，奈何仕途沉浮皆无定数，天意罢了，谈不上什么亏欠不亏欠的。只是，老臣最为担心的，是天下或恐不久生变。娘娘假如有合适的机会，还是再向皇上进一言吧，没准儿娘娘的话，皇上能够听得进去。"

　　染烟想了想，道："本宫会尽力，不过以后本宫也许还有需要大人的地方，大人愿意襄助本宫吗？"

　　"可是，老臣回乡，便没打算再出来……"

　　染烟笑道："放心，本宫不会令大人为难的，只是或许还会去向大人请教些问题。"

　　段擎也笑了，回道："悉听娘娘吩咐。"

　　毗迦寺转眼迎来了春天，染烟在这里过得还算舒适。建立在甘清岭上的毗迦寺风景幽绝，后山青峦重重，染烟每天都会沿着山中小径散一会儿步，有的时候近，有的时候远，权且当作登山锻炼身体。如此日复一日下来，人变得更神清气爽了。唯一不大习惯的是寺中素食，伙房的和尚虽不断变化花样，但染烟还是惦念着能沾点荤腥。下午天气暖和，山中日照渐强，染烟便会待在屋中午休，待得晚间用山中甘泉热汤沐浴、更衣后于寺前花丛小坐品茶，别提有多惬意了。论起生活质量，可比宫中要舒服得多。

只是那股子不甘心的念头还是会时不时来搅扰心扉。跟莫镜明落得个葬身眩花湖，跟司城灏又落得个古佛青灯，为什么她始终都不能摆脱被老天捉弄的命运？

这日，染烟在毗迦寺的佛堂前像平常一样上了炷香，于蒲团上合十凝目，暗愿司城灏能早点想起自己，把自己接回宫中。可是她忽然又有点丧气，好几个月了，宫中除了定时送来需用，司城灏不仅没有给她写过一封信，甚至连半句话都没有带来。

染烟开始后悔，会不会是自己走之前惹恼了司城灏。她从获悉要被送往毗迦寺的那一刻起，便倔强得不肯再理司城灏，任凭对方如何解释，她也只有冷冷的一句："臣妾但凭皇上处置，是生是死，都是臣妾的命，与皇上无关！"

方同不计路途奔波，前来看过她两次，每次来除了唉声叹气，说些什么"丫头啊，看来咱们方家福薄命浅，你就好生养息自己吧"之类的话，未能给她带来任何好消息。

希望，随着时间的推移，一点点地破灭，她还能再回到宫中吗？难道她作为方绫雯的一生，就得虚耗在这毗迦寺里，孤苦以终老？可是雯妃和睿广帝不应该就此结束啊？

凝望着佛龛上的菩萨像，想到司城灏对自己的遗忘，染烟心中百般的不是滋味，不知不觉信口吟道："世间哪得双全法，不负如来不负卿？"

"换了我就不会问这句话。"一个声音蓦然响起在染烟身后，跟着，一衫蓝袍晃入了寺内，径直走到佛像跟前站定，举目凝视道，"我只会说宁负天下，绝不负卿！"

染烟吃了一惊，站起身道："简公子，你怎么来了？"

简越回身，一手指点着佛像道："方绫雯，你仔细瞧瞧，这佛受世人百般供奉，可有哪一天睁开过眼睛看看它面前卑微的世人？这世间又有哪一天少了疾病、痛苦与死亡？你日日夜夜向它祈求，可有令圣上想起你一分半寸吗？说什么贫贱之交不可忘，说什么怀恩感世永铭记，那不过都是骗人的鬼话。方绫雯，你醒醒吧，祈天哀地、求神拜佛，不如靠自己，指望皇上恩典，你也得运用自己的脑子才能换来啊！"

"简、简公子，你这是怎么了？家里出了什么事儿吗？"染烟从未见简越如此愤世嫉俗，当下不禁退了两步，同时眼光也斜向屋外。屋外本是有侍卫的，不知为何却不见了踪影，雪慧在佛舍做些针线活儿，这会儿大概也不会出现。

简越看着染烟，道："想呼叫侍卫吗，娘娘？我是特意来探望你的，难道你以为我会伤害你？"

"不，不是。"染烟赶紧否认，"本宫虽在寺中静修，可这里的情形想必是瞒不过宫里的。简公子若未经许可，便贸然来此探望，怕是会引起皇上的误会，对简公子也不利。"

"看来，你心里果然是除了他，再也容不得别人啊。"简越黯然道，"可他呢？他又是怎么对你的？把你送来毗迦寺便再也不管不问了！"

"谁说不管不问了！"染烟强辩道，"每个月、每个月的初十，宫里都会准时送来这里的需用，假如皇上真的不管不问，他还会记得毗迦寺缺什么少什么吗？"

"皇上的一句吩咐而已！或者在你离宫的时候就定下了，办差的敢不遵圣意吗？"简越不以为然地冷笑道，"而今呢？你大概还不知道吧，采墨已经从昭容变成了皇妃，替代了原来瑶妃的位置，你静修养病实是在为他人作嫁衣裳。"

染烟瞳孔收缩，始料不及的变故让她颇受打击，半天都回不过神来。

简越跟着又道："当然，这也没什么可稀奇的，自古帝王谁不是后宫佳丽三千，今日宠幸这个，明日宠幸那个，寻常得不能再寻常。然而你呢？你就甘愿成为被遗忘的过客，匆匆从司城灏的记忆中消失吗？"

"不可能！"染烟痛苦挣扎道，"皇上不会忘记本宫的，绝对不会！"

简越没有回应，看着她的眼神却充满了同情和痛惜。

"如果你是想来看本宫的笑话，"隔了一会儿，染烟忽然意识到，简越来毗迦寺一定不单是为了告诉她采墨被封妃的事,肯定还有其他目的。"那你恐怕要失望了。采墨是本宫的好姐妹,皇上宠幸她,本宫由衷地祝福,绝不会为此而争风吃醋。"

"对,我知道!"简越笑了,笑得不无嘲讽,"我从来就没想过看你笑话,娘娘。若说看你笑话,我将你从晴湖边捞起时,你当时的样子可比现在狼狈多了。采墨和你的关系,我大致也略知一二,毕竟在后宫中待了那么几个月,后宫从来不乏小道消息,只要是你想知道的,甚至不用费半分银子,就会有人主动相告。采墨为人比较单纯,在你进宫之初,与你因为偶然的相借被褥而结识,你当她为姐妹乃情理之中。可你想过没有,或者最初她是个单纯的女子,然而后宫的生活却是可以改变人的。涉及切身利益时,无论多单纯善良的人,也可能变得心机险恶,你怎么就可以肯定她后来接触你,不是利用你接近皇上?"

"够了,简公子,你到底想说什么?"染烟心烦意乱。

"采墨的娘根本就没生过什么重病,这也是我离宫后去了采墨的家乡才获知的!"

染烟身形摇晃,这个消息几乎彻底击碎了她对人的信任,她呻吟般地吐出了几个字:"采……墨……"

"你现在明白,我为何要你自己救自己了吧!"简越带着一丝痛楚的神伤,伸手扶住染烟道,"只有回到宫里,你才能得到你想要的一切,才能和你念念不忘的男子长相厮守。"

"长相厮守?"染烟推开简越,"还有意义吗?"

"他本来就是属于你的!"简越语气已有些尖利,"假如他只是祁城贫民区一介普通的男子,他永远都只会属于你一人。可他突然摇身变成了皇上,所以他才会成为其他女子争夺的对象。"

染烟苦笑道:"我怎么做?我要怎样才能重回他的身边?"

"韬光养晦!娘娘,等待合适的时机,同时学会一切可以令男人为你痴醉沉迷的手段,方能重新占据皇上的心,夺回你失去的。"

"呵!那不还是要等吗?"染烟长笑,"你说了半天有什么用!"

"当然有用。"简越转身走到庙门处,负手长立道,"以你现在的情况,便是皇上肯接你回宫,你也一样要面对宝鼎公主的刁难和嫌恶,甚至还有采墨对你的防备,最大的可能,就是她们二人联手,再次将你撵出皇宫。而这第二次被迫出宫,对你来说大概就是永远了!所以,与其说我是在劝你努力争取早点回宫,还不如说是希望你回宫之后,能够地位稳固、长立不败之地。"

染烟不语,人活着是为了什么?为什么一定要争来争去?简单的长相厮守就那么难吗?

"我可以帮你,只要你愿意,一切都可以改变!"简越显然误解了染烟的沉默,他再一次凑近染烟,轻声低语中是从未有过的温情脉脉。

"你为什么要帮我?"染烟转首,直着眼睛和简越对视,"从你一出现在宫里,我就隐隐觉得你不是皇上想象的那么简单,你究竟想做什么?你的目的何在?"

简越眼中的温情逐渐变冷,他转身避开了染烟的目光。

"说啊,你一直在说我,为什么不说说你自己?"染烟追问着,心中有股恶意的宣泄感。

"我也要找回我失去的,你知道吗?"简越忽然诡异一笑,"当年若不是我脸上天生有大片红色胎记,进宫陪侍皇上的人其实应该是我,而不是简辛。所以,我娘本来对我还算不错,可宫变之后,她便开始嫌恶我,总觉得我才是害死简辛的罪魁祸首。呵,一开始连我自己都信以为真,以为自己真的不该活于世上,弟弟的死全是由我造成。可后来随着年事渐长,我终于想明白了,夺走我一切的,正是大益朝高高在上的皇帝,是寄居在皇宫富丽堂皇外壳下的那群冷酷无情、自私自利的人。被他们夺走的一切,我要一点一滴地找回来!"

染烟浑身哆嗦了一下,惊恐道:"你……你想要怎样找回?大益朝世代承袭,你是动摇不了皇朝根基的。我劝你还是放下过往,开始新的生活吧。"

"你害怕什么?"简越冷笑道,"怕我会伤害你的皇上吗?不,我不会伤害他,真想伤害,我在内宫时早就下手了,何至于等到现在?一个人死了,就一了百了,什么债都不用还了,我可不甘心。"

"你别这样,简公子,皇上他真的从未想过要伤害你弟弟,何况他的母妃也殉难了,谁都不愿发生这种悲剧……"

"放心吧！"简越深深叹了一口气道，"我当然也清楚皇上那时年纪尚幼，还什么都不懂，更无力掌控朝局，连他自己都被迫藏匿民间六年，何谈换回简辛的命？我要讨还的对象，并不仅仅是司城灏，而是整个大益朝。大益朝欠我们简家的荣耀富贵以及生命，我问其偿还，难道有错吗？"

"我、我不明白你的意思……"简越的话令染烟心惊肉跳，她支支吾吾问道，"偿命？你要偿命也该找被幽禁的前皇太后或者九曲容家，大益朝如何偿？"

"你听清楚，娘娘！"简越脸上再次浮现出古怪的笑容，"我要的不是命，不是任何一个人的命，或者说，他们的命在我眼中根本一钱不值，我要的只是补偿，而且还得你帮我！"

"先别急着回绝！"仿佛看穿了染烟的心事，不待染烟摇首，简越便抢先道，"一个小小的协律都尉非我所意，简家如今只剩我孑然孤身，若仅仅是当个协律都尉，在内宫编曲奏乐、供人娱乐，我实难面对简家先祖。娘娘，你可以帮我的，只要你再度获得司城灏的宠幸，到时你一句话，就能让我晋朝入堂。我能光耀简家门楣，你亦得以和心爱的人长相厮守，我们各取所需，何乐而不为呢？"

染烟愣住了，一颗悬着的心终于稍稍落肚。此时，她才终于明白简越来找她的目的，果然并非出于什么好心，而是看中了她雯妃的身份。利益交换得如此直白、毫无遮掩，也剥离了染烟此前对简越尚还存有的一丝好感。

不过，简越能坦诚剖白，比那些表面言之堂堂、暗中心怀鬼祟的人，实在要强多了，譬如采墨之流。染烟更恨的是被人欺蒙，白白送了她好些贵重首饰不说，还将司城灏推到了她的身边。采墨才是真正坐收渔翁之利的人，此恨不报，染烟何以能安？

"怎么样，娘娘？我们二人合作可谓有利无弊，你还是不愿意吗？"

染烟没有立即答复简越，她在佛堂内踱来踱去。有利无弊？恐怕绝非这么简单，她的历史知识有限，可大致也是知道几个权臣弄朝，祸害无穷的史例的。如果能重新回到司城灏身边，给简越封个官儿当当，绝非难事，但万一因擅用简越而祸乱了朝政，她可背不起这个千古骂名。

除非……只给简越安一个闲职，没有实权却一样能出入朝堂、参闻朝政,这也算是给他们简家光耀门楣了吧？对,就这么办,简越又没有说他一定要位极人臣,朝廷随意封赐的闲职名类甚多,全凭皇上一时高兴,如此既不会令司城灏为难,对简越亦算是一种公平的偿还,自己权当顺水推舟就行!

重要的是,染烟很清楚,重返皇宫之后,自己必须有可用之人,否则在险恶四伏的皇宫中,单凭自己挣扎求存,还是会落得今日的地步,甚至比今时今日更糟糕。

当然,心里虽是这么想着,染烟还是多留了个心眼,"合作?简公子,我看你是打错了算盘。后宫不得干政,我左右不了皇上对官吏的任命,便是勉强插上几句话,用不用你、怎么用你的决定权还是在皇上那儿。再则,我若就此被皇上遗忘在毗迦寺,你的愿望岂不是要全然落空?和我这个被遗忘的弃妃合作,你还不如进宫,去找新妃采墨试试。"

简越眉目轻轻上挑,以一种审视的态度打量着染烟,继而开口道:"你是不相信我呢,还是担忧着什么?婉拒我没关系,娘娘,就当我什么也没说,因为我相信你权衡得出利弊……"

"不过,你已经将司城灏拱手相让,用不着顺带将我也推给你的好姐妹。我不是司城灏,对采墨那种女人没兴趣!"简越说罢,冷冷转身,一脚迈出了门槛,"我也不比司城灏,可以轻易遗忘。娘娘,我还会再来探望,但不会再这般唐突了。除非娘娘愿意见简某,否则简某绝不出现在娘娘眼前,惹娘娘心烦!"

"拱手相让"这四个字从简越口中说出,恰如剜在染烟的心尖上。她闻言,顿时脸色煞白,胃部抽搐,双脚一软,差点跌坐在地,目光所及,简越的身形已晃出庙门,几个起跃后便从下山的石径处消失不见。

他看出了她的怀疑以及试探,要么是对此表示不满,要么是出于自尊,所以不但反唇相讥,直戳自己的软肋,还决绝地拂袖离去。

没错,简越不是司城灏,他和她只有相互的权衡利用,彼此根本用不着顾及对方的感受!

染烟咬紧嘴唇,兀自在庙门前倚立良久,待心境慢慢平复,她反倒不那么在意简越的无礼了。所谓欲擒故纵、欲跃先退,想来简越断不会轻易放弃二人的合作,关键要看她自己。她的一个点头,必将使自己走上一条无法预知祸福的不归路。

　　罢了,什么不归路,六年之后,司城灏是否还能在位都还难说。染烟轻轻跺了跺脚,暗自发誓道:还是先一雪前耻,找宝鼎和采墨算账最为重要。

　　三个月后的一天,毗迦寺后山一处天然的绝壁石台上,响起了蓝衫男子低回悠扬的箫声。于清晨微润的、混合着草木花香的空气中,箫声少了几分悲郁泣诉,却更显空明灵动。随着箫声的呜呜不绝,染烟婀娜旋姿,临风起舞。

　　从此,绝壁石台上多了一个吹箫的人,也多了用心习舞的染烟。

第九章 春暖花故

日月如梭，山中荣枯又一岁，承邺三年秋，简越忽然来向染烟告辞："我该走了，娘娘。不久之后，想必就是娘娘回宫的日子了，我不方便再出现在娘娘身边，还请娘娘勿忘前诺，简某会于崇西静待娘娘的好消息。"

"你怎么知道我什么时候能回宫？"染烟诧异地脱口相问，简越却只是深深一礼，转身即走。

过了三四天，正是宫里给毗迦寺送来各种需用的日子。然而这一回，却没有任何物品送到，唯曾经接染烟入宫选秀的顾公公轻车简从，登临了毗迦寺。

这一回，顾公公带来了染烟期盼已久的司城灏的口谕："皇上说，'去毗迦寺瞧瞧雯妃的病可痊愈了，若得痊愈，朕不日即亲迎她回宫！'"

染烟呆愣数秒，方才缓缓俯身道："回皇上的话，臣妾早已康复痊愈，承蒙皇上不弃不忘，臣妾便是粉身碎骨也难报圣恩。"

虽然日盼夜盼等的就是这"有朝一日"，可或许是等待的时间太长，及至亲耳听闻时，染烟仍是有点不敢相信。一时间，染烟心中百味杂陈，却独独没有了当初离宫前，想好好珍惜与司城灏相伴余年的想法。怀着莫名的酸楚伤感，染烟和雪慧等踏上了启行回京的路。

中间隔着在毗迦寺忍熬的时光，纵使相见也无言。司城灏上前相迎时，染烟恭谨地退了一步，避开了对方想来搀扶她的手，只是低声道："臣妾让皇上忧心了！"

司城灏的手悬在半空，僵了片刻之后长叹："雯儿，朕知道你在怪朕，居然将你留在毗迦寺这么久，可是朕也有迫不得已的苦衷，希望你……"

"皇上！"染烟抬起脸，"咱们回宫吧，回宫再说。"

"也好！"司城灏似乎如释重负，他挥手朝侍卫示意了一下，"摆驾回宫！"

司城灏的皇辇在前，染烟的马车在后，缓缓跟行。多了些生疏和各有隐晦后，两人到底没有同坐在一起。

一行人走走停停，总算在傍晚前回了皇城。

上善宫还是老样子，纤尘不染，所有的摆设都没有移过位。司城灏送染烟进殿，叮嘱染烟梳洗更衣后，他会来接她，采墨已为她设好了接风洗尘宴。

染烟闻听，柳眉轻挑，可终究什么也没说，道了个万福便折身入屋去了。

泡进了盛满热水的澡桶，雪慧帮染烟一遍遍地擦洗着身子，见染烟用诧异的目光望向她，忙解释道："娘娘，咱们把身上的晦气全洗掉，以后咱就不会再倒霉了。"

梳了个乌黑锃亮的高云鬟，换上了华贵的宫服，染烟满意地朝雪慧点点头。雪慧不好意思地笑道："好久没梳过宫里的样式了，奴婢的手都快生了。"

"看来，你也很想念宫里的生活。"染烟坐到茶案旁，端起案上的茶盏，轻轻用盖子拨弄着叶沫道，"跟着本宫受苦了吧？你放心，咱们这次回来，要把失去的，统统都找回来。"说完后，染烟忽然发现，不知不觉中，自己连说话的口气都越来越像简越了。

"姐姐，你可回来了，妹妹来向姐姐请安了！"一个熟悉的声音响起在殿门处，染烟愣了一下，放下茶盏，回首望过去。一眼望去，染烟顿时恍然大悟，终于明白为什么自己待在毗迦寺那么长时间，司城灏都对她不理不问。

采墨的怀中，还抱着一个圆嘟嘟、白润可爱的胖小子。孩子睁着明亮的双眸，眼珠子骨碌骨碌转个不停，在殿里望来望去。

"这是……"染烟起身，朝采墨走过去，并本能地伸出了手指逗弄那个孩子，孩子咧开嘴，咯咯笑个不停。

"是小皇子，皇上给取名司城念！"采墨低下头道，"其实，皇上一直都想念着姐姐，妹妹本来也说早点接姐姐回宫，谁知这个小家伙临世，公主殿下将其看得比什么都重，只要皇上一提接姐姐回宫，公主殿下便竭力反对，说

第九章　春暖花故　　225

怕会影响念儿的健康,故而一拖再拖,姐姐……"

采墨再次抬首时,眼中已有了泪花。"非妹妹不愿接姐姐,实在是妹妹人微言轻,得罪不起公主殿下,希望姐姐不要记恨于我。妹妹心里很明白,都是承姐姐的情,妹妹才有了念儿,姐姐的好,妹妹永生都不会忘!"

染烟叹了口气,若换作从前,采墨的这番表白定会让她感动,然而,如今采墨跟司城灏连皇子都已诞下了,无论说什么都显得惺惺作态、虚假伪善。

"别这么说,采墨!"染烟再次轻柔地抚摸了一下司城念的小脑袋瓜,并俯身冲着他甜甜微笑道,"你是皇上的第一个宝贝皇子,当然是最重要的啦!可惜雯娘在山中静养,没能看到你的出生,你不会怪雯娘吧?乖哦,以后雯娘会加倍疼你的!"

随即,染烟又侧了脸问采墨道:"你说,我当他的干娘好不好?"

采墨瞪大了眼睛,欣喜道:"当然好,姐姐不提,我也正有此意呢。姐姐如今回了宫,咱们姐妹两从此后便不分你我,尽心侍奉皇上。姐姐如此喜欢念儿,以后有了己出,妹妹也一定视为亲子般疼爱,让他们兄弟两从小玩作一处,就好似我跟姐姐般亲密,多好呀!"

染烟笑了,说道:"己出?就算有己出,也不定就是兄弟,万一是兄妹呢?我看念儿还是添个妹妹的好,也免得将来兄弟争位、反目成仇,你说是吧?"

"不不!"采墨尴尬道,"妹妹失言了,其实姐姐能为皇上再添个一男半女,怎么都是好的。以皇上对姐姐的情深一片,将来又怎会不立姐姐的小皇子为储君?我不能跟姐姐相提并论,念儿自然也没什么可争的,只要他能平平安安长大,我就心满意足了。"

"我跟你开玩笑呢,看把你紧张得!"染烟甩手离开,回到茶案边坐下,"皇上说你已经备好了接风洗尘宴,咱们是现在就过去,还是再等等皇上?"

"姐姐若是收拾好了,咱们现在就过去吧。我可是特意来接姐姐的,就怕姐姐不肯去我那儿!"采墨的神情明显轻松了很多,转身将司城念交给了身后的贴身宫人。

染烟冷眼瞥过采墨的一举一动,心中暗暗苦笑。采墨的言谈举止确实表现得很单纯,可单纯的外表下,她可是够有心机的。居然亲自抱着儿子过来,想打动自己,见自己不予计较后,转手就把儿子交给了下人。她的表演自己早看够了,也再不会信了。

宴席过后,司城灏送染烟回上善宫,在宫门前,又欲告辞,染烟叫住了他:"皇上,怎么今晚不歇宿上善宫吗?"

"朕……朕还有些公务要处理,所以……"

宫灯摇曳,秋风微凉,染烟静静地注视着司城灏道:"皇上是怕臣妾的病还没好,还会传染呢,还是皇上的心已不在臣妾身上了?"

"朕……"

"皇上的心里若已没有了臣妾,臣妾也没什么好说的。色衰爱弛,自古君王多薄幸。何况臣妾久病,不在皇上身边,皇上对臣妾疏冷也是常理。但却不知皇上为何还要接臣妾回宫?臣妾出身市井,只要皇上一个恩典,便可令臣妾重归民间,永远不再惹皇上心烦!"

"雯儿,你说的这是什么话!"司城灏被染烟一逼,有些急道,"朕怎么会嫌弃你?朕的心里又怎么会没有你?就像你说的,若非惦念你,朕又何必再次接你入宫?雯儿,朕是怕你刚回来要习惯一阵子,所以才没有即行歇住上善宫。再说,你以前不是也希望朕能给你时间,让你慢慢接受朕吗?怎么无端就怀疑起朕,不相信朕了?"

"看来是臣妾误会皇上了!"染烟欠身施礼道,"臣妾在外这么久,没有皇上的任何音讯,初回宫中,又觉得皇上待臣妾生分了许多,故而难免胡思乱想,还请皇上恕罪!"

"好了,雯儿!"司城灏在夜风中轻轻叹了口气,"你别胡思乱想了,朕……朕不是有意和你生分……"

司城灏沉默了片刻,示意左右退下,这才靠近染烟,一把拉住染烟的手道:"朕是觉得太对不起你了。朕原本说要给你幸福,可现在却成了这般……朕实在是无颜面对你。"

"臣妾不明白,皇上你……"

"朕说过,除了你,朕谁也不想要,任六宫粉黛三千,朕从来都无意。可是不知道怎么搞的,朕却在墨妃宫里……唉,不提旧事了。总之,将你送去毗迦寺后,朕本来打算隔个两三月便将你接回,谁知墨妃这时却有了喜。请太医诊过断定为男嗣,朕闻听后整个人都懵了,又怕你获知后会更伤心愤怒,不

第九章　春暖花故　　227

得已之下，只好安排墨妃养胎，又严禁去毗迦寺送需用的人乱嚼舌根子。结果一瞒再瞒，朕便越发丧失了面对你的勇气。有好几次，朕也曾提笔，想跟你说说朕对你的思念，然而写不上两个字，朕就无论如何也写不下去了。雯儿，朕大错已铸成，是不是怎么做都弥补不了对你的伤害？"

染烟凝视着司城灏，昏黄的灯光映照在他的脸上，使得他看上去仿佛老了许多，至少他离开祁城时那种充满活力的状态已不见，甚至比染烟离宫时还不如。他那心事重重、不堪重负的模样，仿佛怀揣着许多复杂的难以言述的迷茫与惆怅，更有掩藏不住的疲惫和落寞。

时间果然会改变一个人。染烟将目光游离开，司城灏的身后树影重重，在灯光下诡异地围聚着，仿佛随时都会吞噬掉二人。

"皇上有了龙脉，这么大的事，迟早都是瞒不住的。"染烟慢吞吞道，"皇上不必自责，念儿的出生明明就是件喜事，怎么皇上偏要往牛角尖里钻？皇上若是早些告诉臣妾，臣妾在山中反正闲得发慌，也正好能为小念儿缝制点衣裳鞋袜，何至于像今日这般猝不及防，什么都没准备。"

"朕……朕还以为你接受不了念儿呢！"司城灏温声道，"墨妃告诉朕，说你主动提出当念儿的干娘，朕真是有点不敢相信！雯儿，你以前不是说最痛恨那些朝三暮四的男人吗？"

"嗯？我说过吗？"染烟一愣之下，又忘了改称谓，当下反应过来，赶紧道，"臣妾那时……那时年纪还小，很多事都是想当然，现在固然也讨厌朝三暮四的男人，可皇上跟他们不同！皇上忘了吗？臣妾也曾提过子嗣的问题，毕竟对君王来说，子嗣承继乃头等大事，臣妾再不知轻重，也不会在这件事上无理取闹。"

"朕现在明白了。雯儿，以前在祁城陋巷，朕总觉得你是个风风火火、眼里揉不得沙子的丫头，可其实你的心地比谁都善良。朕向你起誓，朕对墨妃好只是看在念儿的份上，感谢她为皇室开枝散叶，但你不在宫里的这两年，朕碰都没碰过她一下，以后朕也只会守在你身边，你相信朕，好吗？"

染烟的心哆嗦了一下——相信？

应该说，她的确没想责怪司城灏。这件事从头至尾也有她的失误，失误就失误在，千防万防，她还是相信了采墨一次，真是一着不慎，满盘皆输。

所以,"相信"这个词,染烟决定从此从自己的字典里剔除。

司城灏在染烟正式认下司城念为义子这日,重回上善宫下榻。秋高气爽的时节,沉寂已久的上善宫沐浴在透亮的阳光中,殿内更是一派热闹喜气,至少,表面看是如此。

按惯例是该由司城念向染烟磕头的,然而司城念还太小,便由采墨抱着向染烟恭恭敬敬地拜了三拜。染烟笑着给司城念戴上百岁玉锁,还有自己亲手绣的香囊,然后从采墨手中接过司城念,抱在怀里。

"皇上,你看他冲着臣妾笑呢!"染烟对凑上来的司城灏道,"这小家伙真认人,第一次见臣妾时就会笑,一点也不生分!"

"可不,他跟你有缘嘛,要不朕怎么会给他取名念儿,心心念念盼卿归啊!"

染烟瞥了司城灏一眼,又道:"看眉眼,和皇上好像一个模子里刻出来的,以后长大了,肯定也会跟皇上一样丰神俊朗!"

"是吗?朕也觉得他实在是像朕,不过他可比朕可爱多了,唇红齿白的小肉团,令人一瞧就忍不住要亲亲他……"

染烟和司城灏凑在一起,抱着司城念旁若无人地说说笑笑,好像他们才是真正的一家三口。采墨看在眼里,脸上逐渐有些挂不住,忍了一阵,好容易找到插话的机会,忙道:"皇上,今儿天气这么好,咱们还是别光站在宫里说话了,不如抱念儿在庭院中晒晒太阳,这对他的健康也有益。"

"好,那朕就抱他去外面玩!"司城灏说罢,对染烟道,"来,交给朕吧,你也歇歇手,让朕跟他亲昵亲昵。"

庭院花坛的草坪上,司城灏一会儿搀扶着司城念,教他学走路,一会儿又高高举起他,让他去摘那些在阳光下闪烁的叶片,又或者夹着他一起蹦蹦跳跳,忙得不亦乐乎,满头大汗,却满脸的兴奋与满足。

染烟和采墨两人一直掺和不进去,就坐在石凳上静静地看着父子俩的游戏。采墨看了一会儿,笑道:"姐姐,你瞧,皇上多疼爱念儿啊。皇上这会儿的样子,哪里还像万人之上的君主,和普通的慈父没什么两样嘛。"

染烟目睹眼前的一切,心中觉得很不是滋味,听采墨这么一说,勉强挤出一丝笑容,点头称是,心中却冷笑不已。她知道自己这一步棋没走错,抓住了司城念,也就等于抓住了半个司城灏,接下来的事情可就容易多了。

转眼间便入了冬,第一场大雪过后,司城灏在银装素裹的皇宫御苑中摆酒,邀宫中诸人雪中赏梅。染烟和采墨带着已经学会蹒跚迈步的司城念在雪中嬉戏。恍惚间一抬首,仿佛凉亭内坐着的君王不是司城灏,而是当年的司城瑜;眼前的孩童也不是司城念,而是幼小的司城敏。染烟忽然格外的失落,前朝后世的叠加,让她几乎有点分不清自己到底是谁,曾经的记忆,真的可以如死而重生般,一刀斩断吗?

"姐姐,你怎么了?累了吗?"染烟的出神让采墨有些诧异,这时却见宝鼎慢慢地朝她们走过来。

"参见公主殿下!"两人纷纷施礼。

"免礼吧,这儿都是自家人,不用讲那么多繁文缛节!"宝鼎深深地看了染烟一眼,叹道,"本宫出行,替皇兄去办了一些私事,才回京城不久,没想你已经回宫了。怎么样,你的身体还好吧?"

"承蒙公主殿下惦念,毗迦寺果然是个静心休养的好地方,臣妾早已痊愈。"

"嗯!"宝鼎点点头,"可以借一步说话吗?"

染烟随着宝鼎在梅林中且行且驻。宝鼎虽然提出和染烟单独聊聊,但她的兴趣倒似乎更在那一簇簇雪中盛放的梅花上。染烟跟了半天,宝鼎也没有理她一下,只好率先开口道:"公主殿下,不知殿下想跟本宫说什么?本宫愚钝,还请殿下明示。"

正在专注地欣赏梅花的宝鼎回头看了染烟一眼,道:"我回来之后,皇兄找我谈过,希望我能和你放弃前怨和睦相处。其实这两年我也思量过,既然皇兄始终都放不下你,与其看着他在痛苦中煎熬,我为何不能多为他想想呢。我邀你一起赏梅,也是想和你多些交流,你不必那么紧张。"

染烟想了想,道:"奇怪了,本宫和殿下并无甚前怨,皇上为何这么说?"

"皇兄……皇兄可能是因为我建议将你送出宫的事儿,而对我颇有微词。不过话说回来,你就没有一点点记恨我吗?"

"这个时代,谁也说不清荨麻疹会不会传染,公主殿下为防患于未然,实乃情理之中。"

"这个时代？"宝鼎挑了挑眉，随即有些恍然和不以为然道，"不是这个时代，而是至今对荨麻疹会否传染仍无定论。你虽出身市井，但在宫中好歹也该注意一下，时常蹦出些奇奇怪怪的词，会让人家看皇兄笑话的。"

停了停，宝鼎又道："不管你是否记恨我，我都要跟你说清楚，非我轻贱你的出身，但大益自开朝以来，便无市井女子封妃的先例。可皇兄的情况特殊，他封你为妃，对你格外情深，本宫没意见，只是本朝尚未立后，以你的身份……"

"本宫明白公主殿下的意思了！"染烟一颗心再度下沉，"正如公主殿下所说，本宫和皇上相识于市井，能有今日的荣华富贵，皆乃皇上隆恩厚赐，本宫感恩戴德还来不及呢，何敢奢望皇后之位？公主殿下请放心，将来无论立谁为后，本宫都会谨守本分，不敢僭越半步。"

"你能这样想是最好。"宝鼎转了个身子，继续朝前走，"皇后之位不过是个名分，正如皇储一样，迟早都是要立的。你虽没有当后宫之主、天下之母的资格，可你有皇兄的恩宠，其实连本宫也对你羡慕不已呢。"

说得真好听！哪怕身上穿着暖和厚实的银狐裘袍，染烟也只觉得周身发冷。宝鼎口口声声摒弃前嫌，可实际上却不过是担心自己觊觎后位，真是可笑之至！染烟突然有些明白，为何采墨表现得那么大度，没准儿宝鼎很早就向其暗示过，将来的后位非她莫属。

"假如方绫雯没有资格当皇后，那我宁肯后位空悬！"染烟怀着对宝鼎的满腹怒怨，暗暗起誓道。

关键不在于谁当司城灏的皇后，而在于染烟不愿忍受这种根深蒂固的轻蔑。出身贫贱又怎样，她不也曾是葵邑郡主吗？身份的落差带来的截然不同的感受，加剧了染烟心头的不平衡。自以为是的司城皇族，其实也没什么了不起！

司城灏笑意吟吟，用几分询问、几分热切的目光迎接着染烟和宝鼎。宝鼎朝司城灏点了点头，入得凉亭内，在司城灏的左侧坐下。

司城灏转头伸手去接染烟，问道："雯儿，冷吗？来，坐下来喝两杯暖暖身子。你们俩都是朕的亲人，也是朕在这世上最牵念、最放不下的人，看到你们能走到一块儿，朕的心总算踏实下来了！"

接着，司城灏笑着举杯道："为朕的两位美人儿，干杯！"

染烟和宝鼎相视，各自取杯，一饮而尽。

之后，染烟没有向司城灏提封后的事。假如司城灏同意宝鼎的意见，那她提也没用，而且，如果司城灏心里真有自己的话，便是封后，无论封谁，也会提前告知她一声。

不久，新年又将近，司城灏带染烟去了内宫乐苑，去看一看今年乐宴的准备情况。瞧了一阵后，染烟忽然叹息道："没有了简公子，这班乐师的节目真真是毫无新意。对了，皇上，简公子去了哪里？"

"你不满意吗？"司城灏低声悄悄道，"老实说，朕也不满意。可是简越离宫后，推说他要为其弟守墓三年，不肯再入宫，你叫朕怎么办，还能强迫他不成？"

染烟笑道："以皇上的圣明，难道看不出守墓只是他的借口吗？本宫猜他八成是嫌小小的协律都尉不够尽展其才，故不肯入宫呢。"

"哦？"司城灏蹙眉想了想，"你说的不无道理，难道他还想入朝为官不成？"

"不如皇上封他个闲职，再让他兼管内宫乐苑试试？"染烟看着司城灏，低声道，"他一家人都不在了，换了谁心里都难免会有所失落。协律都尉虽然足可以让他衣食无忧地闲适度日，但派上用场的时候毕竟不多。他父亲好歹也是个御前侍卫，相比之下，他可能会觉得自己只是圣上跟前的无用之人。"

"可是，朕就是为了保简家一条根，才让他留用后宫的啊！"司城灏嘟囔道，"朕为他着想，他还不领朕的情？"

"皇上用心良苦。可后宫到底是女人拥簇扎堆的地方，他堂堂一介男儿，未必肯一辈子混在乐苑脂粉堆里！"染烟接着又道，"当然，我这也只是猜测。皇上不妨试他一试，不然，咱们对简家这根独脉不管不问，似乎总有点说不过去。"

"是啊！"司城灏赞同道，"你不在宫里的时候，朕派人登门请过他好几次，到后来他干脆闭门不见，人都不知道去哪儿了，只让乡邻代为回话，朕为此还挺郁闷呢。"

简越去了毗迦寺，当然不在家中！染烟暗想，幸亏简越行事谨慎，在毗迦寺后山林中选了个荒弃的猎户棚子落脚,两人每次相见,都是在约定的日子于那处崖顶平台上见面,不然,若是被司城灏知晓两人的秘密往来,后果将不堪设想。

新年还差半个月时,简越应召入宫。司城灏封了他个太中议事郎兼协律都尉,简越欣然受命。自此,简越每日上朝听命于司城灏座前,下朝又去忙乐苑事宜。

回到上善宫,司城灏对染烟道:"雯儿,你所料果然不错,这个简越还真是得让人费一番心思去揣摩他。"

染烟微笑道:"那他今日上朝,表现得怎样?"

司城灏认真地想了想,说道:"别说,他的建议还真有可取之处。今日有人谏奏朕扩充朝廷亲军兵力,并逐渐禁令十大家族私下蓄养卫营。可简越说,本来十大家族在朕登位之后,就已经积蓄了很多不满情绪,如若再一味相逼,会将他们逼到朝廷的对立面,还不如暂以安抚为主。"

"皇上认为呢?"

"当初大益立朝时,这些家族都是追随先祖皇帝打江山的人,先祖皇帝答应与他们共享天下,故而准许他们中的武将家族拥有自己的卫营。此举一是作为朝廷兵力的补充,一旦朝廷有事时,可以相互援引;二来也是为了安他们的心,但实际情况却比表面上看到的要复杂得多。虽然朝廷限制了他们可蓄养卫营的数量,然而他们分辖各地,私自扩充的问题很普遍,加上还有些家族的人入朝为官,手中亦掌有朝廷的一部分兵力。这样,朝廷调度起兵力来,很是力不从心,而他们实际控制的兵权,对朝廷也是巨大的威胁。"司城灏喝了一口茶,接着道,"就是因为利弊难以权衡,才令朕如此头痛。朝廷必然要扩充亲军,可是削夺十大家族的势力,却非一蹴而就之事。"

染烟挑了挑眉,心想:何止你司城灏头痛,以后你的不知第几代皇孙司城瑜也还在为此而心烦呢。

"也就是说,真正对大益朝有威胁的,都是那些武将家族?"染烟坐到司城灏身边,替司城灏添满了茶,"而像陵南段家,这些出文臣的家族对大益朝还是有用的,对吗?"

"至少他们不足为虑!"司城灏拉过染烟的手,轻轻拍了拍,"朕知道你不懂这些朝政,跟你说,无非是想宣泄一下心中烦躁,你不会觉得闷吧?"

"说到闷……"染烟笑着轻轻依偎进司城灏的怀中,"臣妾还有一个惊喜要送给皇上呢。"

"惊喜?"司城灏啼笑皆非,"你又想出什么花样了?你能乖乖地陪在朕身边,让朕每日下朝后都能见到你,对朕就是最大的满足了,可别弄得朕有惊无喜、心惊肉跳啊!"

"皇上!"染烟娇嗔一声,从司城灏怀中离开,"你就是这么看臣妾的吗?臣妾可是辛辛苦苦费了老大的劲儿呢。"

"呵,朕跟你说笑呢,到底什么惊喜,能先给朕透露一下不?"

"暂时还不行,透露了可就不叫惊喜了,但臣妾要皇上保证,到时不许取笑臣妾。"

"你呀,糗事一箩筐,讲上三天三夜也讲不完,朕又何曾取笑过你?"

乐宴即将开场,上善宫内却没了染烟的人影。司城灏急得询问上善宫所有的下人,却没人知道染烟的去向。正作怒间,雪慧匆匆赶来,向司城灏奏禀:"娘娘交代,请皇上先入席,她一会儿就到。具体娘娘去办什么事儿了,雪慧也不十分清楚,只知道是很重要的事。"司城灏无奈,只得先行更衣,带了采墨和司城念起驾。

没一会儿,乐宴在司城灏的点头示意下启幕。遮挡在乐台四周的帷幔被缓缓拉开,坐于乐台靠里的屏风后的乐师们鼓乐齐奏,曲音喧天;乐台正中,是一朵铁丝为骨架,由绢纱蒙制的粉莲;粉莲在曲乐声中徐徐绽放,当花瓣打开时,露出了鹅黄花蕊拥簇的翠绿莲蓬,蹲伏在莲蓬上的女子一动不动。

所有的鼓乐声在此时戛然而止,简越步上乐台,箫声清越如鹤舞莺鸣,莲蓬上的女子闻音,抬起头慢慢起身,水袖朝司城灏所在的方向轻抛,跟着一个挽袖侧跪,纤纤施礼。司城灏定睛细瞧,待看清楚舞者后,不禁惊呼:"雯儿!"

染烟的灵感得自曾经的梦中,她总觉得乐苑的歌舞伎跳得再美再好看,也难免让人有审美疲劳,如不出些新花样,司城灏最多只会赞她一句"不错",实在难以留下深刻印象。

染烟在简越的箫声中翩翩起舞,两人经过无数次的练习,早已舞乐相谐,珠联璧合。只见染烟舞姿曼妙,婉转婀娜,或如飞燕斜风,或如凤鸾取翅,或轻快,或激昂,而脚下却始终稳稳地在尺许直径的莲蓬上旋转,未曾失足半步。

"好!""太美了!"……纵是宫廷乐宴,众宾客也忍不住叫好声一片。

更有人窃窃私语:"这不是出身市井的雯妃吗?没想到,没想到啊!"

宝鼎公主和采墨的脸上各有失神,只是宝鼎公主不久之后便轻蔑地撇了一下嘴角,道:"哗众取宠,到底登不上大雅之堂!"

司城灏静静地看完,静静地等染烟换好装回到他的身侧,但是直到乐宴结束,他也没有开口说一句话。

染烟忐忑地观察着司城灏的反应,而司城灏却面无表情,始终注目乐台,让染烟根本看不出他心里到底在想什么。

回到上善宫时,时辰已晚,司城灏径直进了内室更衣,染烟也只得在宫人的侍奉下,于屏风后换掉隆重的仪服钗饰。过了一会儿,雪慧端来夜宵请染烟和司城灏慢用,可半天都不见司城灏出来。

染烟朝雪慧施了个眼色,雪慧忙走到内室门外轻轻敲了一下,大声道:"皇上,夜宵送来了,请皇上稍微用一点吧。"

隔了一会儿,里面的内侍代为答道:"皇上累了,歇一阵就出来,请娘娘先用!"

染烟闻言,略略松了口气,让雪慧先退下。

未几,司城灏果然换好衣服出来了。染烟迎上去,道:"皇上,你对臣妾今日的惊喜不满意吗?臣妾哪里做错了,还请皇上示下。"

司城灏于桌旁坐下,端起夜宵来喝了一勺,接着叹了一口气道:"朕不是不满意,而是太惊喜了。雯儿,你是什么时候学会跳舞的?"

"跟……跟乐苑的人学的。"染烟道,"皇上忙于国事,臣妾便有了很多闲暇时间,觉得人家跳得好看,便跟着学了。"

"哦?"司城灏垂着眼帘,依旧让染烟看不透他的喜恶,"花了这么大心思登乐台,就是为了让朕惊喜一下吗?"

"臣妾是想让皇上开开心心度新年啊!"染烟认真道,"如今已是承邺三年,可皇上面临的政局依然棘手。臣妾知道皇上压力大,肩上的担子重,所以才想让皇上放松一下,解解胸中烦闷。如果皇上不喜欢,那以后臣妾不跳便是。"

"朕……"司城灏放下汤勺,深深叹了一口气,抬首道,"朕说过,朕不是不喜欢,只是……只是不知为什么,朕看着在乐台上起舞的那个人,忽然生出许多生疏感,好像你并不是朕所认识的雯儿,却是另外一个陌生的人……"

染烟愣道:"陌生人?"

"其实,也不仅仅是在乐宴上有这种感觉。"司城灏的眼中渐渐笼上莫名的哀伤,"很多时候,朕都会产生怀疑,你究竟还是不是朕的雯儿?朕以前也曾跟你提过,但或许真的是环境会改变一个人,朕将你召入宫来,你便逐渐变得让朕陌生……如此说你大概会生气,又或者是时间的蹉跎让朕产生了错觉。朕现在也说不清楚,明明是拍案叫绝的乐宴,为何朕的心中会伤感莫名,好像正在逐渐失去你一样。"

染烟陷入了沉默,好半天才幽幽道:"皇上,你有没有想过,你和雯儿其实都再也回不到祁城市井中了?"

司城灏微微颔首道:"朕想过,朕也明白,过去的时光再也回不去了。好了雯儿,朕最近一直有些心绪不宁,你别见怪。总之,朕对你还是那句话,不管岁月多长,你变成什么样,朕都绝不会负你!"

"怎么样,娘娘的一舞是否已令皇上刮目相看呢?"简越慢悠悠地放下箫,清冷的月光照在雪地上,更添天地间的凄凉和寒意。

"的确是'刮目相看',"染烟无精打采道,"都说我不是他认识的那个方绫雯了,可不刮目相看了吗!"

"重要的不是你是谁,而是你想成为谁。"简越顿了顿,接着慢吞吞道,"要在宫中生存下去,区区市井中的方绫雯能应付得了吗?就算皇上再独宠,你周遭的人会容得下你吗?防不胜防的人到处都是;到底不是市井中的那些小混混,靠着拳头就能威吓住他们。娘娘,其实令简某难忘的,也是晴湖边那个落水后狼狈不堪的小丫头,可娘娘在意过吗?"

染烟吃了一惊,道:"简越,你……"

"只要娘娘过得好就行,其他的简某并不在意!"简越语气冷淡道,"然而,皇上如若真的像他自己说的那么喜欢娘娘,他又何必在意你是不是市井中的方绫雯?"

染烟沉默,她被简越七弯八绕,脑子已有些乱,可潜意识还是在告诉她,不论简越说什么,她都不能听信,至少她不应该怀疑司城灏。

"本宫不想和你讨论谁在意谁不在意的问题!"染烟沉声道,"如果采墨真的被立为后宫之主,以后本宫再在皇上耳边吹什么风,只怕她都会以后宫不得干涉内政来处处挟制本宫,加上宝鼎从中作梗,那你我可就是一损俱损了。"

"在下明白娘娘的意思,娘娘是想拔掉采墨这颗眼中钉,对吗?"

染烟有些犹豫,"本宫在想,后宫女人何其多,瑶妃一入冷宫,墨妃就爬了上来。墨妃若再倒下去,宝鼎还会不会又寻找到一个新目标?"

"宝鼎公主的气焰的确颇为嚣张,不过,要打击她,让她再也没有脸面到处颐指气使,倒也并非难事。你只需告诉在下,你是愿意采墨活,还是死?"

染烟心口战栗了一下,"本宫只想求存,不想杀人!"

简越笑了笑,站起身道:"在下也没有说非要杀人哪!"

"那你的意思是……"

简越带着古怪的笑容,意味深长地绕着染烟转了一圈,然后在她身侧停下,说道:"要令人死,实在是有太多种法子了,未必个个都需要动手,譬如说逼死……"

"够了!"染烟退了两步,离简越远了一些,方道,"本宫再重申一遍,本宫只想求存,不愿看见任何人因此失去性命。"

"娘娘以为这样就是慈悲?"简越步步紧逼,"娘娘不知道有一个词叫'生不如死'吗?当一个人在绝境中苟延残喘时,你让她活着就是让她生不如死!"

"当然!"简越停了停,将脸侧向一旁,负手而立,"娘娘吩咐让她活,在下遵命便是!"

染烟横了简越一眼,心中愈发纷乱如麻,"你先想办法解决宝鼎公主吧,采墨……采墨容后再说。"

简越恭敬施礼,转身离去。

新年刚过，这日一大早，雪慧匆匆进门，向染烟禀道："娘娘，不好了，你快去思齐宫看看吧，思齐宫现在正闹得不可开交呢！"

"哦？怎么个不可开交法？"染烟慢悠悠地放下茶盏，"不都跟你说过嘛，咱得罪不起公主殿下，思齐宫的事儿你少管。"

"今儿不一样啊，娘娘。不知为什么，公主殿下一直哭哭闹闹、寻死觅活的，皇上劝都劝不住，急得让奴婢前来问问娘娘，看娘娘有什么法子没有！"

"公主寻死觅活？"染烟轻笑，"殿下平日可一直都是高贵贤淑、风光八面，出了什么大事闹到寻死，连皇家的脸面都不顾了吗？"

雪慧摇了摇头，回道："奴婢也不太清楚，好像是和公主从前的夫家有关。"

"那咱们可真是该去瞧瞧，公主金枝玉叶，万一左右护卫不到，磕着碰着尚且不好交代，闹出人命来，皇上还不得龙颜大怒，责咎一片？"

"可不，奴婢见思齐宫的宫人们个个都战战兢兢，正紧紧地围着公主呢！"

行至思齐宫，宫外已围聚了不少人，连采墨也牵着司城念站在那里探头探脑。染烟眉头微蹙，上前低斥采墨道："你也是当娘的人了，怎如此不晓事？这热闹是那么好看的？还不赶紧让人将念儿带走！让他一个小孩子看见大人浑闹像什么话！"

采墨吓了一跳，忙招呼宫人抱走司城念，同时讨好般地向染烟解释道："姐姐说的是，都是妹妹所虑不周，刚一听说思齐宫出了事儿，没多想就牵着念儿过来了。"

"现在如何了？"染烟冷眼瞥过采墨，没有搭理她的解释。

"正被宫人团团护住呢，寻死是寻不成了，却还在哭闹中。"采墨边答边试探性地问染烟，"姐姐也是赶来相劝的吗？只怕这会儿除了皇上能说上几句话，公主对谁都要使性子。"

"本宫先进去看看再说吧！"染烟转首又对其他看热闹的嫔妃和宫人们道，"大家别凑在这里了，公主殿下的家事，有什么好看的，都散了，都散了吧！"

待众人陆续散开得差不多时，染烟才留下雪慧和采墨，自己进了思齐宫大殿。

宝鼎和司城灏正被宫人围住，不见人影，只闻呜呜的泣骂声，中间还夹杂着司城灏低声的劝阻。

"这儿没你们的事儿了，都退下吧！"染烟站在人围外静静道。

宫人们闻言，抬首见是染烟发话，各自面面相觑，谁也不敢挪动。

"本宫知道使唤不动你们，可是公主殿下现在就想一个人静静，你们连公主殿下的意思也敢违逆吗？"

宝鼎和司城灏皆愣住了，宝鼎暂时停止了抽泣，司城灏从人缝中轻唤道："雯儿，你不知道……"

"公主殿下已经很累了，由本宫和皇上陪着就够了，你们这么多人在此杵着，不怕更惹公主心烦吗？"染烟清楚司城灏想说什么，她却置若罔闻地依旧坚持遣散宫人。

宝鼎含泪，朝司城灏点点头，司城灏则无奈挥手道："退下去，都退下去！"

染烟静静地看着跌坐在地，哭得梨花带雨、两眼桃肿的宝鼎，以及蹲在一旁满脸苦涩的司城灏，半晌才走近两人，极为冷沉道："公主殿下要寻死是吗？现在方便了，没人阻拦你，公主殿下想怎么死，本宫愿意搭把手。"

"方绫雯，你！"宝鼎气得眼泪又是噼里啪啦地滚落一串。

"雯儿，你干吗呀?！宝鼎都这样了，你就别添乱了！"司城灏亦有些急，忙不迭地拍宝鼎的肩，还用责怪的目光瞪着染烟。

染烟只作不见，蹲下身来看定宝鼎道："想死还不容易嘛，自个儿找一截白绫悄悄地挂了，又或者投井、吞金、饮鸩都行。真要想寻死，谁又拦得住你，用得着闹得鸡飞狗跳、满朝皆知吗？白白叫人看了皇室的笑话去。"

"你什么意思啊，雯儿？"司城灏一头雾水，不解地插话道。

染烟仍是没理，继续对宝鼎说道："公主殿下，万难的事儿有皇上在，有本宫在，咱这么多人还想不出个解决法子吗？你如此闹下去，除了让别人看笑话，又有何用？"

司城灏明显松了口气，劝道："是啊，宝鼎，不就是容家找咱们闹嘛，朕再想办法打发掉他们便是，你又何必非要寻死？"

"可是……"宝鼎拿帕子拭了下满脸的泪痕道,"他们出尔反尔,根本就是阴险卑鄙的小人,只怕来者不善,善者不来,我若不死,他们是不会跟皇兄善罢甘休的,都是我给皇兄引来的麻烦,如何还有脸活在这世上。"

"管他们罢不罢休!"司城灏一拳捶在自己的膝盖上道,"朕还就不信这个邪了,容家谋逆,朕尚未治他们的罪,他们还敢写休书,反了不成?"

"皇上不能这么说!"染烟这时方抬眼看着司城灏道,"司城椿虽在褓褓中登位,但大益朝毕竟没有改姓,定容家的谋逆罪有失妥当。何况,容家是大家族,其中难免有忠心无辜之人,全族定罪,是否有失公允?总之,越是形势不利,我们越要冷静,尤其是公主殿下,万不可再一心寻死。留得青山在,不怕没柴烧,此事我们容后再议,活人总不会被一纸休书憋死。公主殿下,你说呢?"

宝鼎鼻子一酸,清泪再次长流,但到底是安静了下来,默默地点了下头。

染烟陪着疲惫不堪的司城灏回到上善宫,让雪慧去沏盏参茶来给司城灏提提神,并问道:"到底出了什么事儿,闹得如此严重?"

司城灏无奈地摇摇头,说道:"朕也不清楚怎么会弄到这般地步,容家驸马殁了!"

"什么?殁了?什么时候的事儿?"

"据容家的人说,驸马是被逼无奈才写的休书。宝鼎走后,驸马一直都郁郁不乐,每日借酒消愁,终于在数天前挥剑自刎,血溅休书,死时,手中还紧紧握着他和宝鼎成亲时互换的玉珏。可事实上,朕问过宝鼎,她说成亲后与驸马素来不和,容驸马每日均与狐朋狗友厮混一堆,吃醉回家还拿宝鼎撒气,宝鼎早就苦不堪言,故才坚决要求回京。可好端端的,驸马为什么要自杀呢?这其中定有蹊跷!"

染烟沉吟了片刻,道:"蹊跷不蹊跷,臣妾也说不清。眼下,容家就是在借驸马爷的死向皇上挑衅,是吗?"

"他们说朕用皇家权势逼死了驸马,如若朕不给他们一个合理的交代,他们就聚容家之众,天天跪在皇城宫门前喊冤,让天下都看看,朕和公主是何等仗势欺人的人!"

"交代?"染烟问道,"难不成他们还想让公主以命抵命?"

"朕当然不会同意。可朕低声下气跟容家族中长辈商谈过,他们却油盐不进,既不要银子,也不要封赐,非要个什么说法,这……这叫朕该如何是好?"

"如果只是这样,反倒好办了!"

"什么意思?朕不明白……"

"臣妾请问皇上,公主的那纸休书现在何处?"

"在朕这里,容家告朕的御状,休书就是证供之一。不过,休书大半已被血迹浸染,你还是不要看的好,免得……"

"臣妾不是要看,臣妾的意思是,皇上不如趁机销毁了它,就说公主和驸马爷仍有夫妻名分,只是公主少小远嫁,想家想得厉害,故而才将其接回,驸马爷和公主之间可能是有所误会,才终酿成悲剧。如今驸马亡故,死者已矣,公主愿为其戴孝三年,以尽夫妻情分。如此对容家,不也算是个交代吗?"

司城灏想了想,再次摇首道:"恐怕容家未必肯接受咱们的说辞。"

染烟轻轻冷笑道:"皇上,你怎么聪明一世、糊涂一时呢?臣妾以前就跟皇上提过,皇上接宝鼎公主回宫,对容家来说,那是比治他们的罪还要大的羞辱。容家好歹也曾风光一时,哪怕失势了,几分颜面总还是要留的,可惜皇上听不进去,为此还跟臣妾置气。"

司城灏愁眉不展、闷闷不乐,沉默了半天才道:"雯儿,就算你说的都对,但让朕不管不问宝鼎,朕无论如何也做不到。"

"好了好了,臣妾可没让皇上不管公主。事到如今,反正错已铸成,咱们也就只能将错就错下去。臣妾是觉得,在公主这件事上,容家颜面尽失,故而衔恨在心,刚巧驸马爷的死给了他们一个讨还颜面的借口。按道理,让公主为驸马爷戴孝三年,已是给足了他们容家面子,他们没有理由不接受。唯一麻烦的是……"染烟故意犹豫地说道,"否认驸马爷和公主间的一纸休书,容家在心理上很可能过不去这个坎。"

司城灏没有作声,显然他也在仔细斟酌染烟的提议。

"实在不行,臣妾还有一招;不过纯属迫不得已,恐皇上……"

"怎样?你说。"

"臣妾不敢!"

司城灏急道:"都火烧眉毛了,还有什么敢不敢的,你尽管直说,朕绝不会怪你。"

"万不得已的时候,咱们不妨试试请被废黜的皇太后出面,是她将公主远嫁容家的,如今由她来摆平,容家心里再不平衡,总不会驳了她的脸面。"

"什么? 不行,绝对不行!"司城灏猛地一拍桌子,"提起这个心肠歹毒的女人,朕就恨得牙根痒痒,让朕去求她,门都没有。朕要让她永远不见天日,孤独地老死在幽室。"

染烟叹了口气道:"皇上,现如今,是宝鼎公主重要,还是皇上的仇恨重要?"

司城灏语塞,但仍倔强地拧过头去道:"总之,朕这辈子都不想再见到容太后。"

"那臣妾可就没有办法了!"染烟假意无奈道,"本来由容太后出面是最合适不过的,所谓解铃还需系铃人,以她在容家的威信,可比我们任何一个都有说服力。"

"雯儿,你别想得太天真了,就算朕去找她,她也未必肯帮朕的忙。她要是稍微还有点人性,当初又怎么会把宝鼎送走?"

"当初是当初!"染烟听出司城灏的口风已松动,便接着劝道,"她被幽禁的这几年,想必日子也分外难过,所谓落地的凤凰不如鸡,今时哪还同往昔?皇上若实在不想见她,臣妾愿意代为一试。总之,这是没有办法的办法,死马权当活马医罢了。"

司城灏犹疑不定:"你去? 你用什么去说服容太后?"

"司城椿年仅六岁便病亡,臣妾就以此作文章。臣妾可以说这是太后坏事做尽的报应,如今她已一无所有,甚至连唯一的寄托和希望都没有了,还能跟皇上争什么?如果她肯出面,至少还能保容家周全,保大益周全,也算最后做了件好事。臣妾想,太后她会仔细考虑的。"

"可是,老妖婆被幽禁了好几年,谁知道她会趁机发什么疯,朕不想委屈你……"

"皇上,臣妾不觉得委屈,为了公主殿下,臣妾的委屈又算得了什么。"

"雯儿……"司城灏猛然起身,拉过染烟,将她紧紧拥在怀里,"雯儿,你是这世上对朕最好的人,朕真不该……真不该怀疑你不再是从前的雯儿,朕……"

"别说了,皇上。"染烟在司城灏的怀中抬起一根手指,掩在司城灏的唇上,"臣妾什么都明白。只是,公主若为容家戴孝,怕就不能住在宫中了。"

"没关系。"司城灏暖暖地握住染烟的手指,将其移开,"只要能过了这一关,大不了朕在祢都城中另为宝鼎建公主府便是。"

染烟笑了,但笑容却很快凝固在了脸上,身子也止不住地战栗了一下。

容家驸马爷到底是怎么死的?

染烟气急败坏,在御苑的雪地林中转来转去。不久,林中便响起了轻微的脚步声,简越一身雪白的锦袍,不紧不慢地行来,神情格外轻松。

染烟打量着他,没好气道:"容家的事,是你挑起的吧?!驸马爷再荒唐,你也不至于杀了他呀!都跟你说过了,本宫不想弄出人命!"

"娘娘达成目的不就行了,何必问那么多?有些事知道还不如不知道,何况,你怎么就这么肯定是我杀了容家驸马?简某亦曾跟娘娘说过,我不会亲自动手,让容家那位酒色公子的血沾染我的衣袍,他还不配!"

"不是你动手,他会为了公主自刎?鬼才相信!"

"娘娘!"简越低声抗议道,"公主和驸马爷分手,容家驸马的存在已经没有任何意义了,你又焉知不是容家逼死他的?"

"本宫不想听!"染烟觉得自己的心都揪成了一团,阴谋与争夺是如此地令人不寒而栗,她已经开始后悔了,后悔和简越纠缠在一起,越陷越深,可她还有回头路可走吗?

简越说得没错,至少她达成了目的。

染烟闭上双目,深吸一口冰冷的空气,然后重新睁开眼,对简越道:"不管容家驸马是怎么死的,你想过没有,任何交易都是要付出代价的,这个代价很可能比你估计的还要大。你真觉得将容家拖进来,不会带来别的遗患?"

简越微微轻笑,道:"那娘娘呢?娘娘和我交易,可曾想过自己的代价?"

染烟默然,然后沉声道:"大不了你将本宫的命拿去好了!"

简越再次笑道:"简某是在跟娘娘开玩笑呢,娘娘勿需付出任何代价,因为替娘娘做事,简某心甘情愿。至于容家,他们也是为了自己的利益才肯听我的话,互相利用而已,娘娘大可不必担心因此留下后患。如今容家大势已去,他们除了想争回点失去的东西,还能如何?只要皇上的胸襟稍微大度些,做做姿态,容家自然也会审时度势,适时收手。他们久历更朝换代的风雨,还不晓得鸡蛋碰石头的轻重吗?"

"但愿像你说的才好!"染烟悻悻道,"这件事结束后,你就不要再插手采墨的事了,本宫自会处理!"

春寒料峭的时节,宝鼎一身素服来到上善宫,眉宇间一片凄凄艾艾的愁云,早已没有了往日的灵动娇媚。"皇兄大概已经告诉你了,我明儿就要出宫了,所以特意来向你道个别,也顺便正式地感谢你,谢谢你帮我、帮皇兄平息了容家的不满。"

"公主殿下说的哪里话,什么谢不谢的,皇上不是说过嘛,咱们都是一家人哪!"染烟主动离座,走近宝鼎,拉住她的手道,"还有,你道什么别呀?虽说住不得宫里,可公主府隔得这么近,你没事的时候就进宫来走动走动,探望探望你皇兄跟本宫,不就成了!"

宝鼎退了一步,抽回自己的手道:"多谢雯妃好意。经过此次,我也算知道了,皇兄他虽名为天下之主、九五之尊,很多事却根本做不了主,我不想再给皇兄添麻烦了。所以,以后我会深居简出,为我家容郎守足三年孝。而皇兄是个不太懂得照顾自己的人,但望你能不辞烦劳,多多顾惜他些。"

染烟默默点了点头。宝鼎即使落得这般窘境,她也终究还是和自己保持着距离,哪怕是道谢,话说得再客气,疏离感却自始至终不曾消弭。

又是一年春天,没有了宝鼎在宫中晃来晃去,染烟觉得自己过得轻松多了。她让司城灏将司城念接来了上善宫,花了很多时间和心思陪司城念。好在这方面她驾轻就熟,拿出曾经哄司城敏的浑身解数,染烟很快就赢得了司城念的亲昵,甚至比对采墨还要亲。

这一天,天气特别好,又难得碰上司城灏朝务轻松,他便带上了染烟和司城念一起出游。

曙秀行宫四处百花开,鸟语芬芳,姹紫嫣红,三个人像是度假般尽情尽兴地玩耍了三日,方才意犹未尽地回到袆都。

采墨出来接驾,顺便想接司城念回宫。谁知司城念却紧紧拽着染烟的衣袖,死活不愿跟采墨走。司城灏见状便道:"既然念儿不舍雯娘,你就随他意吧,反正想见还不是随时都可以见到。"

采墨无奈,口中称是,脸色却已变得极为难看。

晚间,染烟向司城灏说起此事,有意无意道:"要不还是将念儿送回墨妃那边吧,臣妾虽然疼念儿,但到底墨妃才是念儿的亲娘。"

"你就别想那么多了!"司城灏半开玩笑道,"念儿跟你亲,朕都看在了眼里,如今念儿不肯走,咱总不能硬伤了孩子的心吧。"

"不是臣妾多心,就怕墨妃想不开……"

"朕会去和她好好说的,你只管放宽心陪着念儿便是。再说了,将念儿放在墨妃宫里,朕想探望念儿也不方便,不是吗?"

染烟笑了,坐到司城灏身边,依偎进他的怀里,娇声道:"臣妾以后一定为皇上再添个小皇子。"

"这就对了!"司城灏脸上露出了幸福的憧憬,"不管是小皇子还是小公主,朕都会像疼你一样,加倍疼爱他们。"

数天后,采墨来上善宫探望司城念。染烟摆了一桌子的点心酥卷等物款待她,并好言道:"你陪着念儿多玩一会儿吧,本宫就不打扰你们母子了。"说罢,染烟便带着雪慧退出了上善宫,在外面的庭院闲坐说话。孰料,没隔多久,便听到上善宫殿内传来司城念一声尖利的哭叫,随即"哇哇"嚎啕不止。

染烟和雪慧皆吓了一跳,赶忙提了罗裙冲进上善宫。只见司城念满嘴是血哭闹得厉害,而采墨在旁怎么哄也哄不住,且还越哄哭得越厉害。

染烟当即斥道:"墨妃,你干了什么? 念儿他怎么啦?"

这下,司城念更像是受了极大委屈般,挣脱了采墨,哭着扑入染烟的怀里。

染烟只得急急哄道:"乖念儿,别哭,快别哭,告诉雯娘出了什么事儿?"

采墨哆哆嗦嗦,回头直摇手道:"不关本宫的事,真的不关本宫的事啊!"

"娘娘,你瞧,瓷盘怎么裂了?"雪慧一手指着桌案,颤颤地示意染烟。

染烟定睛一看,果然,一只装酥卷的盘子裂开了一角,还有半块沾着血迹的酥卷扔在盘子边。

染烟大怒道:"墨妃,念儿可是你亲生的! 虎毒尚且不食子,你就算怪他怨他,也不至于如此狠心,拿碎瓷戳他的嘴啊!我可怜的念儿!"说着,心头一酸,眼泪就落了下来。

"我没有啊姐姐,我也不知道盘子什么时候裂了,酥卷里怎么会有碎瓷片,我真的只是想喂念儿他平时最爱吃的肉茸酥卷啊!"采墨满眼惊恐慌乱地解释道。

"怎么会?殿里只有你跟念儿两个人,你问本宫怎么会?难不成是御厨要害念儿?好,好,本宫跟你说不清,雪慧,去请皇上过来,孰是孰非,就让皇上来决断吧!"

一个时辰后,染烟细心地给司城念被划破的嘴唇上了药,并叮嘱他:"乖念儿,不要去舔伤口,越舔伤口越痛,还不容易长好,知道吗?"

司城念泪痕未干,点了点头。染烟随即招呼雪慧将司城念抱下去休息。

两人离开后,染烟叹了口气站起身,回脸对一直闷闷不语、坐在桌案旁的司城灏道:"都是臣妾太粗心了,臣妾当时应该留在殿内,那样就不会发生这种事了。"

司城灏仍处于愤怒中,一袖子扫落了桌案上的茶盏,恨恨道:"以前朕还以为她是个心思单纯的人,何曾料到……雯儿,你说说,天下间哪个亲生母亲会下得了如此狠手!念儿还那么小,他整个嘴唇都乌紫肿胀了,朕看得心里别提有多难受了。"

"皇上也别太伤心了,小孩子的伤口愈合得快,估计过两天就没事了。肉茸酥卷宫人们全都尝了一遍,除了念儿吃的那只,其余全都没问题,臣妾估计,也许是墨妃妹妹不小心……"

"别说了,你现在还在替她辩解!"司城灏正欲作怒,抬眼见来了宫人,便生气地将头侧向一边。

宫人慌慌张张收拾好地上的碎茶盏后,赶忙退了出去,看样子,大概是怕被迁怒吧。

"臣妾不是在替墨妃妹妹辩解。"染烟尽量语气温和道,"不管今儿墨妃妹妹做了什么,好歹她也是念儿的亲娘,臣妾若不替她寻个解释,念儿会怪上他亲娘的。"

司城灏无力地摆了摆手,道:"朕不想听,也听不进去,该怎么办,你拿主意就行。贤德固然没错，可你也要小心为上。你和念儿无论是谁，万一再出点什么事儿，朕的心里都不会好受。"

司城灏千万分的担心，果然还是出了事儿。

没几天，采墨突然又出现在了上善宫。起先还算客客气气，说是给染烟道谢并表示歉意，然而没说两句，采墨突然就变了脸色，指着染烟的鼻子骂染烟居心险恶，害得他们母子分离，并且于激动中冲上前去和染烟撕扯成一团。

染烟奋力地拨开采墨细瘦的手指，口中劝道："采墨，采墨，你别闹了，叫宫人们看见，传到皇上耳朵里多不好。"

雪慧自然赶紧上前帮忙，想要将两人分开。未承想，采墨却越发一副要和染烟拼命的样子，双眼含泪，神态几近疯狂："姐姐还我……还我的念儿，求求你把念儿还给我吧！"

"你这是干什么呀！"采墨的手指才一被拨开，又死命地掐住了染烟的胳膊。此时天气已经非常暖和，人人都换上了单衣薄裳，采墨又尖又长的指甲掐进了染烟的肉里，染烟吃痛不住，狠力地将采墨一推，却不知怎么搞的，自己先跌翻在地，腰部立时一麻，动弹不得。

正在此刻，司城灏火急火燎地出现在大殿门口，厉声喝道："采墨！你给朕住手！"看情形，司城灏应该是闻报赶来。殿内所有人僵立当场，除了染烟，她是真的把腰给拧了，又痛又麻地躺在地上。

"雯儿，雯儿你怎么了？"司城灏瞧清殿内的情况，慌忙冲到染烟身边，试图扶起染烟。染烟尖叫了一声："别碰臣妾！皇上，臣妾伤了腰！"

司城灏霍然起身，逼近采墨道："你到底想干什么?！前面伤了念儿还不够，如今又来害雯妃，你是不是觉得朕对你太宽纵了？"

"皇上，臣妾不想……不想弄成这样的，臣妾只是希望要回念儿。"采墨被司城灏的愤怒吓得连退了两步，"求皇上开恩，饶过臣妾吧！"

"滚，立即给朕滚回去！朕不想再看到你！"司城灏一手指着采墨道，"从今往后，未经朕的许可，不准踏出你的采仪宫半步，否则休怪朕不念旧情，让你重蹈瑶妃的覆辙！"

上善宫中好一阵人仰马翻后，染烟好歹是被移上了床。太医诊过后，断定为腰肌损伤，需要卧床休息数日。雪慧在一旁哭道："都是奴婢没用，没能拉住墨妃娘娘，小殿下的伤才刚开始见愈，主子却又躺下了，若不是皇上及时赶到，今儿还不定闹成什么样子呢！"

"行了雪慧，本宫没大碍的，只是好像突然有股子气蹿上了腰间，稍微一动就疼，你也别跟本宫在这儿耗着了，照顾好小殿下才是正事儿。小殿下伤了唇，得温粥就菜茸慢慢喂，你要仔细点、耐心点。"

雪慧含泪退下，司城灏坐在床榻边，无限温柔且满眼伤感地拉起染烟的手，将其合在自己的双掌中。

"有年头没打过架了，皇上！"染烟苦笑道，"臣妾笨死算了。想当年，跤还跌得少吗？哪次都没事儿，怎这回……"

司城灏不说话，将染烟的手慢慢移近自己的唇边。暖暖的气息透过染烟的手心，她似乎感觉到了司城灏揪心的疼痛。

"其实也不能怪墨妃，她思子心切，情有可原。臣妾本不想和她争执，却又受不住痛，欲要推开她时，自己却被裙袂绊倒了。"

司城灏撩开染烟的衣袖，只见本来雪藕一般的胳膊被掐出了道道触目惊心的伤痕，眼泪一下子夺眶而出："雯儿，你真是太善良了，都伤成这般了，你怎么还替她说话？"

"什么也别提了，雯儿。"司城灏边说边帮染烟整理好被褥，又将自己的头挨上染烟的胸口，"朕听了你一次，这次你要听朕的，念儿有你，比有亲娘还要幸福快乐。"

染烟没再说话，她斜眼瞥了一下和她相依偎着的司城灏，生怕自己再多说一个字，就会破坏两人此时温馨的时光。

夏天转眼即至，就在很多人都已经快遗忘了采仪宫中的墨妃之时，意外再次降临。

由于天气闷热，炽烈的阳光灼烤着皇城。中午过后，是各宫的午休时间，上善宫自然也不例外，宫人们都热得躲在自己屋中喘歇消暑。但这日，静悄悄的上善宫内却忽然溜进了一条人影，直往小皇子司城念睡的寝殿摸去。

酣睡在冰丝席上的司城念被人捂住了嘴，他猛然惊醒后惊恐地瞪大了眼。

来人朝他直摇手，恳求道："别吱声，娘只想悄悄地看你一眼就走，你别嚷，别惊动了其他人，好吗？"

司城念本能地挣扎了几下，以他的年纪，被人莫名其妙捂住了嘴，当然很不舒服。

来人加重了手力，含泪道："念儿，你不认得娘了吗？我才是你的亲娘啊，你回到娘的身边来好不好？娘保证会加倍疼爱你，好好照顾你。"

司城念说不得话，口中"唔唔"地直摇头，且开始用力抓扯对方的手。来人在慌乱中一面哀求，一面愈发用力按住司城念的口鼻。呼吸困难的司城念用尽了全身力气在床上扑腾，又是抓扯又是脚踢，但他的闹腾除了令对方不顾一切地扼住他的脖子外，根本无济于事。就这样片刻之后，眼见司城念眼仁上翻，身子逐渐发软，可来人或许是由于惊恐过度，并没有因此挪开自己的手，反而大声抽泣道："大不了娘亲和你死在一处，也免得你落在那个歹毒的女人手上，以后还不定要受多少的苦呢！"

"啊！来人啊，杀人啦，墨妃娘娘杀人啦！"一声凄厉的尖叫响彻上善宫，原来是看护小皇子的宫人过来瞧瞧司城念醒了没有，却恰巧看见了这一幕。

司城灏当先冲了进来，见到床榻上瘫软成泥的小皇子，气得挥手就狠狠扇了采墨一记耳光，直打得采墨摇摇晃晃，跌坐在地。

染烟随后跟到，眼见小皇子快不行了，已然顾不上追究采墨的责任，便急急扑到床前，将司城念放平，然后嘴对嘴地给他做人工呼吸。一时间，寝殿内哭泣声骤响，既有惶恐的宫人连惊带怕的抽泣，更有采墨嘤嘤掩面的啼哭声。

司城灏则捏紧了拳头，紧张地注视着染烟的急救。他不知道，也不敢想，万一念儿救不回来，他该怎么办！

过了好半天，似乎等了百年一般，司城念才终于"哇"地一下哭出声。染烟浑身大汗，双膝一软跪倒在床榻前，将司城念紧紧地揽在怀里，安慰道："好了念儿，不怕，有雯娘在，有雯娘在呢！"说的时候，已是泪水涟涟，混合着汗水淌进嘴角，分不清是咸是苦。

"墨妃疯了"的消息不胫而走，采仪宫的宫人在接受询问的时候，都异口同声地指摘墨妃疯了的种种迹象，让司城灏听得是又痛恨又绝望。

"将采墨送出宫去吧！"染烟一整天都寸步不离地守着司城念，此时虽已深夜，但为免司城念不安，染烟便将他安置在了自己的床榻上。

　　"毗迦寺是个好地方，山青水秀，还有能治病的甘泉，臣妾在那里养好了病，希望采墨也能在青山绿水间逐渐好转。"染烟怕吵醒司城念，故而压低了声音劝司城灏道，"打入冷宫，对治疗采墨的病无益，以后念儿长大了，若他想要见亲生母亲，臣妾也没法向他交代。还不如让采墨出宫养病，或许他们母子还有再见的一天。"

　　司城灏冷哼："还再见什么，见一次都得要了念儿的命。"

　　"那不是因为采墨失常，才会做出这么疯狂的事儿吗？也许等她心境渐渐平和下来，就会明白自己错得有多离谱。总之，念儿还小，如果以谋害未遂定他生母的罪，臣妾只怕他晓事后，会受不了这个打击。"

　　"朕明白！"司城灏痛心地颔首，"送走也好，送走了，大家就都清静了！"

　　第二日，采墨便在四五名侍卫的看押下起程了。同是离宫休养，采墨的境况与待遇和染烟当时显然不可同日而语。

　　染烟前去送行，见车厢内采墨的手脚都被死死地束缚着，不无痛惜道："你这又是何苦呢？闹到这步田地，本宫亦只能劝你好生养病，好自为之。"

　　"方绫雯！"采墨冲着染烟啐了一口，带血的唾沫在染烟的罗裙上晕染开来，变成了一朵黯淡污秽的花。"你不得好死！你赢了，可是我做鬼也不会放过你。你记着，你对我和念儿所做的一切，我都会一笔笔地找你偿还！"

　　"等你做了鬼再说吧！"染烟头也不回地下了车，"我会照顾好你的念儿，因为从今以后，他就只有我一个娘了，但我可以向你保证，我会拥他君临天下的。"

第十章 命运轮回

承郏六年,又是一个燥闷的夏天,染烟躺在寝殿的凉床上临窗而卧,不知不觉昏昏睡去。

到了半夜二更,上善宫内突然传来一声凄厉的尖叫,打破了夜的安静祥和。

"雯儿,雯儿你怎么了?做噩梦了吗?"闻声赶到的司城灏扑至染烟榻前。

染烟满头虚汗,心力交瘁地坐起,啜泣道:"臣妾……臣妾梦见墨妃了,好可怕,她浑身是血地来找臣妾。"

"唉,没事了,你就是心事太重,梦得其反嘛,不会有事的……"司城灏正在安慰染烟,忽听殿外一阵急促的脚步声,"报!"一个内侍扑跪在门口。"启禀皇上,启禀娘娘,墨妃娘娘薨了!"

染烟惊愕地瞪大双眼,和司城灏面面相觑。

司城灏在最初的错愕后,率先清醒过来,追问道:"是什么时候的事儿?墨妃好好的,怎么会突然薨了?"

"今儿一早,毗迦寺的人就发现不见了墨妃娘娘的踪影,漫山搜寻了大半日,才在山崖下寻到墨妃娘娘尸身,估计墨妃娘娘是昨儿后半夜进了后山,从后山绝壁一处平台上跳了崖。"

染烟一个寒战,抓住司城灏的手道:"臣妾就说,采墨怎么浑身是血,她……她是来向臣妾道别的呀!"

"传朕的口谕,墨妃恭俭孝德,温婉贤淑,只是因病所困,才致行事异常,虽是出宫静养，但仍为朕之爱妃，着司仪以嫔妃礼制，安排收殓入葬！"说罢，司城灏停了停，一声悠悠长叹，挥手对内侍道，"下去吧，朕和娘娘想静一静。"

月色清亮的夜晚，染烟独自漫行，朝着采仪宫的方向走去。采仪宫封宫已久，她明知道里面空寂无人，可还是忍不住要去采墨曾经居住过的地方看上一看。但令染烟没想到的是，宫门轻轻一推便开了，里面火光绰绰，一个熟悉的身影正蹲在地上就烛烧纸。

"你也烧几张吧！"一叠黄纸递过来，染烟轻轻地接了，在另一侧半蹲下。

"怎么忽然想起给采墨烧纸了，而且还是在采仪宫？若是被巡宫戍卫发现，还不得拿你问责？"染烟一边烧纸，一边低声询问。

"娘娘不也来了吗？"简越的回答极为平静，好似早就料到染烟会出现一样。

染烟没有答话，她一张接一张地烧着，看那火舌将每一张黄纸舔卷成灰烬，心中有说不出的幻灭感。

"在下是来替娘娘烧纸的。"过了半晌，简越主动开口道，"在下曾提醒过娘娘，生不如死才是最大的折磨，可娘娘听不进去。娘娘知道吗？采墨到了毗迦寺才真正地疯了，成天蓬头垢面不梳不洗，逢人就求人把念儿还给她，急了还会对人又抓又咬。后来，负责看护她的人就把她成天锁在屋子里，只从小窗户给她扔点残羹剩饭。她一定是受不了了，才乘人不备偷偷地出逃，逃到后山无路可走，因此跳了崖。在下总觉得，采墨的魂儿惦记的还是这里，收棺入葬的，不过是她早就死去的肉身罢了。"

"你跟本宫说这些做什么？"染烟听得头皮发麻，可还是强迫自己保持镇定，"说得就好像采墨落得今日这般下场，皆是本宫的错一样。"

"这还需要我点破吗？"简越的嘴角浮出一丝冷笑，"娘娘不让我插手，可娘娘自己下手，做得可比简某决绝多了，也就是皇上才会相信采墨会拿碎瓷扎伤自己的亲生骨肉。那盘肉茸酥卷一定是娘娘精心摆放的吧，光顾着逗弄孩子的采墨，绝对留意不到盘子有何蹊跷，更会习惯性地拿起最上面的酥卷喂孩子，所以真正有问题的酥卷当然只有那一块。"

"至于娘娘跌跤扭伤了腰，就不用简某多说了吧。最后一次，娘娘做的也差不多是天衣无缝,除了分发银两遣散采仪宫的宫人。"

　　黄纸已快燃尽,火苗却意犹未尽地燎上了染烟的手指。染烟微微地抖了一下,赶紧往手上吹了吹,道:"不将他们遣散出宫,难道还留他们在宫里搬弄口舌是非不成?"

　　"遣散出宫,娘娘就能保证他们会管住自己的舌头吗?"简越放下黄纸,拉过染烟被燎痛的手,就着烛火仔细地瞧了瞧,然后松开手道,"无甚大碍的,回去涂点清凉膏,明儿就不痛了。"

　　"不用你管!"染烟有些尴尬,强硬道,"让人永远闭嘴的最好方法,就是入土为安,死人才不会泄露任何秘密,但本宫说过了,本宫不希望任何人死,包括采墨。所以,本宫宁肯冒着有朝一日纸再也包不住火的风险,放他们一条生路。"

　　"可惜采墨还是死了。"简越幽幽道,"很多事一旦开始,未必就能控制得住结果。"

　　"没有结果……"染烟心头一涩,"已经是承邺六年了……"她本来想说,已经是承邺六年了,至承邺七年,连她都不晓得自己还能不能留在宫里。

　　然而,简越似乎并未察觉她话中有话,只是略微地皱了下眉头,接着道:"是啊,承邺六年了,我早有些等不及了,该来的就快来了吧!"

　　"什么来不来?"宫门忽然被推开,一阵微风席卷了灰烬,使烛火摇曳闪动个不停。

　　"皇上?"染烟和简越各自惊骇地起身,目瞪口呆地望着站在宫门处的司城灏。

　　司城灏的脸在飘忽不定的光影中显得有些阴沉,染烟和简越皆不知,司城灏到底听去了他们多少谈话。时间仿佛凝固了,一时间,采仪宫的大殿陷入了僵硬的沉默。

　　"皇、皇上,你怎么来了?"染烟硬着头皮,惶恐地问道。

　　"你们俩都能来,朕为什么就不能来?"司城灏一步步走近两人,看着满地的灰烬。"私自祭拜,你们就不怕失火烧了采仪宫吗?"

　　"都是微臣的错!"简越赶紧低头禀道,"微臣和墨妃也算是有数面之缘,可以微臣的身份,没有资格参与祭拜,故偷偷在采仪宫为墨妃烧些纸,希望她的魂魄能早日超度,不想娘娘恰巧也经过这里。"

司城灏没有搭理简越的说辞,反而直视染烟道:"朕批完奏折却发现你不见了,于是朕便猜你可能会来这里,没想到真被朕给猜中了。"

"是,皇上,采仪宫是墨妃妹妹曾经居住的地方,睹物思人,臣妾始终难忘当年和她一起参选秀女时的情形。本来,臣妾该向皇上知会一声的,但怕皇上不准,又怕打扰了皇上批阅奏章,故擅自进了采仪宫。既违反了宫中规矩,就请皇上责罚臣妾吧!"

司城灏深深叹了口气,道:"算了,你们俩一个有情,一个有义,今晚的事儿,朕就当什么也没看见,但下不为例。倘若未经朕的许可,谁再私入采仪宫,朕可就要按宫中规矩处理了。"

"微臣知罪,微臣告退!"简越料定司城灏并没有听到多少谈话,悬着的心终于悄然落地,为免生尴尬,自是匆忙请辞。

"皇上,你别误会,臣妾跟简太中真的只是巧遇,臣妾……"

"咱们一起把剩下的纸烧完吧!"司城灏打断了染烟的解释,率先蹲下身,拣起地上的黄纸。

寂静的大殿,重又只见两个默默烧纸的人影,然而换了一人相对,染烟心中却多了一份不安,可仔细捕捉那缕不安感时,又渺然无据。

直到回了上善宫,染烟才醒悟过来哪里不对。司城灏自进了采仪宫的大殿,便始终没有看过简越一眼,甚至简越离开,他也没有任何反应。

"休息吧,朕累了。"司城灏简短地说了一句,就准备进内寝。

"皇上!"染烟拦住了他,"皇上好像对简太中甚为不满,他到底做错了什么?"

"你都看出来了?"

"臣妾只是觉得,皇上和简太中之间不似从前那么随和了,难道就因为今夜臣妾和他恰巧都去了采仪宫祭拜墨妃妹妹?"

司城灏神情黯淡地摇了摇头,解释道:"不是,今夜初时听见你们在里面说话,虽有惊愕,但仔细想来,也许确是巧合。可简越的为人,朕却是越来越摸不透了。"

"究竟是哪里让皇上感到不痛快了?如果简越做事不力,皇上可以追究其责，降职减俸，臣妾和他没有任何瓜葛，皇上不用看臣妾面子勉强留任他。"

"他不是办事不力，恰恰相反，朕是觉得他太得力了，有很多事就好像是他算计好的一样，朕不过是按照他的谋划在一步步走棋罢了。"

"得力？"染烟松了口气，"得力皇上还不高兴吗？难道要臣工们个个都是笨蛋，戳一下动一下，皇上才放心吗？"

"非也。"司城灏并未被染烟的话逗笑，反而愈发深锁了眉头，"本来有些棘手的事，交给他无非是死马当活马医，但他却总是办得非常顺利，你不觉得奇怪吗？要么就是他阳奉阴违，要么就是他的运气太好，好得连朕的那些重臣元老们也不如他。"

染烟被司城灏的话愣住了，"臣妾不明白……"

"没事了！"司城灏挤出一丝极为勉强的笑容，"朕也就是随便说说，你别放在心上。现在念儿的亲娘不在了，你就是他唯一的娘，替朕照顾好念儿，这才是最重要的，嗯？"

染烟落寞而坐，看来，在司城灏的心目中，在意的还是皇子。

承邺六年九月，一个极为不利的消息在皇宫中流传开了，十大家族中有六家联手谋反，其中就包括九曲容家。

染烟听到消息后的第一反应就是愤怒，该做的让步都做了，容家还想怎样？

这一天，司城灏提早下了朝，来到上善宫。

染烟正在手把手地教司城念叠纸鹤，见到司城灏突然出现，不禁讶然道："皇上？皇上不是正在为国事发愁吗，今儿不用和大臣们商议对策了吗？"

"商议来商议去又能怎样。"司城灏淡淡道，"就像你常说的那句，是福跑不掉，是祸躲不过，所以朕意已决，一定要竭尽全部之力平息叛乱！"

染烟蹙眉道："臣妾不是提醒过皇上嘛，一定要查清叛乱的原委始末，方能知己知彼啊！"

"朕大略是知道原委的，不过没想到朕的下一步计划尚未得以实施，他们便抢在了朕的前头，预先发难了。"

"那是不是……"染烟很清楚司城灏的所谓下一步计划，是想逐个消解十大家族的势力,故而她有些怀疑,是不是何处走漏了风声,才导致叛乱骤生。因为十大家族平时就如同一盘散沙,只管各谋自己的利益,而如今六家竟然联手对付朝廷,显然是达成了某种利益上的共识。

但司城灏没容她把话说完,便挥袖道:"行了雯儿,不说这些个烦心事了。来,朕带你去一个地方。"

"我也可以去吗,父皇?"司城念在旁仰起了期待的小脸。

"不可以!"司城灏爱怜地抚着司城念的头,"你跟雪慧玩一会儿吧,父皇和母妃去去就回。"

司城灏牵着染烟的手,在宫中一路穿行。

"皇上要带臣妾去哪儿?"染烟心中纳闷,司城灏好久都没这般拖着自己一通乱跑了。

"熙暖殿!"司城灏答道。

"熙暖殿?"染烟愣住了,在司城瑜时代,那不是路皇后的居处吗?

"为何要带臣妾去那儿?"

还未得到司城灏的回答,染烟便看见了熙暖殿被装饰一新的殿门与檐梁。

推开熙暖殿的大门,令染烟更为惊讶的场景出现了,富丽堂皇的宫殿内,四处描金绘彩,缀玉镶珠,甚至连宫殿的地板上,亦用了彩色琉璃镶嵌出大大的莲花纹饰,而宫殿的正中央,一朵巨大的浅粉色莲花骨朵含苞欲放……

是了,这正是她在梦中到过的地方,几乎一模一样!

染烟惊恐地回脸望向司城灏:"皇上……"

"喜欢吗,雯儿?"司城灏冲着她温柔地笑道,"朕没告诉你,朕一直在遣人悄悄地修缮熙暖殿,是为了有一天,能在此殿迎接朕的皇后,大益朝的皇后。"

"皇后?"

"很长时间没练舞了吧?"司城灏回脸望向殿中央的莲花,"那年乐宴,你让朕见到了最美的莲花。在朕心里,你就宛如婀娜的莲花仙,于朕枯燥乏味的生命中,熠熠绽辉,摇曳生姿。"

"我……臣妾……"

"可朕又给你带来了什么呢？"司城灏苦苦一笑，接着道，"朕本答应过你，要和你一生一世一双人，不离不弃永相携，然而朕却违背诺言在先，让你受尽委屈，还不得不担负起照顾念儿的责任。饶是如此，朕屈从于臣子们的反对，瞻前顾后，竟直到现在都没能给你一个应得的名分。尽管如此朕从不怀疑，母仪天下的大益朝皇后，只有你才当得起！"

"臣妾不怪皇上！"染烟低声道，"谁让臣妾出身微寒，被人瞧不起呢！老实说，臣妾从未奢望过皇后之位，这就是臣妾的命！"

"不，朕不会放弃！"司城灏扶住染烟的双肩，让她跟自己面对面，"朕都想好了，等平定了叛乱，朕一定要让你成为真正的大益朝皇后，相信朕！"

染烟垂下眼帘，不忍去看司城灏那深邃的双眸。她该说什么好呢？七年将至，她和司城灏最终是否能躲过命定的劫数都还是未知，皇后之位于此刻真的再无任何意义。

"只是又要让你等了，雯儿，假如万一……"司城灏误会了染烟的沉默，心中亦想到了另一种可能。

"皇上，大益朝会千秋万代，不会有什么'假如万一'！"染烟赶紧打断司城灏道，"但对臣妾来讲，皇上的平安无恙才是最大的愿望，故还请皇上暂且放下所有杂念，全力平定叛乱才是！"

"朕会尽力！"司城灏沉吟须臾又道，"除了这熙暖殿，朕还要送你一份独一无二的礼物，来人！"

随着圣命，一名宫人手捧托盘从殿侧的屏风后走出，来到他们面前。

司城灏取出托盘中的卷轴，解了卷轴上系的丝带，在染烟面前展开，说道："朕曾托简太中为你专门谱一首新曲，然曲成之后朕并不甚满意，故与精通音律的乐师几经商榷修改，方得今日之谱。虽不知怎的曲意越改越忧伤，可朕还是认为，配雯儿你的绝妙舞姿正合适。"

染烟凝目细看曲谱，越看脸色越见苍白。

"是不是和你我相识相携的岁月一样，踯躅彷徨，多有忧患？"司城灏轻声低喃道，"可惜朕尚未想到一个合适的曲名。"

"《妙莲生花繁尽落》！"染烟噙泪，一字一顿地答道。

"《妙莲生花繁尽落》？果然！"司城灏叹道，"是个绝佳的好曲名啊！"

染烟屈身施礼道："臣妾请皇上准臣妾用新曲再为皇上一舞！"

"好，好呀，朕正有此意，辛苦爱妃了！"

染烟紧咬朱唇，强忍着没让泪当场滴落，"那么，请皇上稍候，臣妾这就去更衣！"

"乐师朕已为爱妃准备好了！"司城灏目送染烟的退出，目光渐渐黯淡，"妙莲一曲，繁花落尽，朕其实早该想到，朕的过失，也许你从不曾原谅过。"

"启禀皇上，娘娘已就绪，请皇上入座！"有宫人前来奏禀，失神怅惘的司城灏如从梦中惊醒般点了点头，抬脚踱向殿中首座。

莲花缓缓绽开，曼妙起舞的染烟蒙着半截薄薄的面纱，裙似飞鸾，袖如回雪，秀目流转下，眼波盈盈，似秋光点水。

司城灏定是要御驾亲征了！染烟止不住悲凉地想到，所以他才会带自己来熙暖殿，要她为他跳一曲诀别之舞，哪怕起舞的方绫雯跟司城灏记忆中的方绫雯天差地别，相去甚远！

出自凤济路家的路为，被任命为统兵大将军。自容太后的兄长被削夺兵权囚禁关押后，路为逐渐成了司城灏最为倚重和信赖的武官，加上他事事都听凭圣裁圣断，不像段擎有抵触情绪，故而作为司城灏左膀右臂的他，理所当然要代表朝廷领兵出征。

染烟携着一干宫人和司城念在上善宫外长跪相迎下朝的司城灏。司城灏见状，有些不快道："雯儿，你这是作甚？还不快带着念儿平身，有什么不能回去好好说，非得弄到令朕下不来台吗？"

染烟道："非臣妾想令圣上难堪，而是臣妾担心圣上不肯收回御驾亲征的成命，故不得已为之。皇上身为一国之君、百姓之主，怎可亲身犯险？别说万一有个什么，就算没有'万一'，朝堂之上又由谁来主政大局？"

司城灏眉头紧蹙，左右环顾道："雯儿，你既知道朕不会收回成命，又何必苦劝？如今追随大益朝开国皇帝的十大家族有六家已反，朕若不御驾亲征，怎能令天下信服？至于朝堂之上，你放心吧，朕已然做了妥善安排，不会出什么岔子的。朕唯一放心不下的就是你和念儿，然叛乱一日不平，朕与你们又岂可得安宁？此事早已定下，不必再论！"

"皇上,看在臣妾和念儿的份上,你也不肯收回成命吗？"

司城灏眼神中的决绝让染烟瘫坐在地,欲哭无泪。假若告诉司城灏,这一次御驾亲征将是永别,他会信吗？他会因为顾惜性命而听从自己吗？难道历史真的不可更改？

送离了出征的大军,染烟揽着司城念,久久立在城头。

"雯娘,父皇的影子已经看不见了,我们为什么还不下去？"尚还不知离别为何物的司城念,稚气且天真地劝着染烟,"父皇说过几天就回来了,没事儿的,雯娘你不要再难过了。"

染烟鼻子一酸,差点潸然泪下。她能跟司城念说什么？说这是你和你父皇的最后一面,很可能你将再也见不到你的父皇吗？不,如此残忍的话,她怎么说得出口！她唯一能做的,就是带着司城念在城头怅然远眺,祈求老天保佑,出现奇迹。然而,心中却绝望地想到,该发生的迟早都会发生。

过了几天,染烟招方同和方谨进宫。这些年,方谨也成了可以出入朝堂的重臣,只是平时染烟一再叮嘱他们低调收敛,故方家尽管富贵阔绰,今非昔比,倒也未因裙带关系而遭致多少弹劾。且方谨和留在祁城的方贺已各自成亲娶妻,方贺还连生了一儿一女,这多少令染烟感到了一丝欣慰。至少她相信,若历史不可更改,那方家的延继应该没什么问题。

"拿着本宫的令牌,去陵南段家走一趟。"染烟如是吩咐方谨,"找到段擎,就说本宫向他求教解决'疽祸'之乱的良策,说话要尽量客气恭谦,万勿恃仗着自己的身份倨傲怠慢,听懂了吗？无论段擎跟你说什么,你都要一一记下,回来后详细禀告本宫。"

"段擎？他不是早就归乡养老了吗？朝中这么多大臣,文能策,武能战,为什么还要去向那个糟老头子请教？"方谨不以为然。

方谨话音刚落,头上便挨了方同一记巴掌。"雯丫头说什么你就听什么！没有雯丫头,哪有你的今天！"方同斥骂道。

"爹,你怎么老是改不了这脾气！"方谨气呼呼闪到一边,"都是国丈了,还粗手粗脚地打人,张口闭口雯丫头,要叫娘娘,雯妃娘娘！跟你说多少遍了都不注意！"

"这里就我们三个,自家人管那么多礼数作甚！"方同啐道,"总之,娘娘的意思你照办就是,哪那么多废话!"

"行了行了!"每回父子俩这般私下争执,染烟都很有些无奈,她哭笑不得道,"还有,皇上不在的这段时间,朝中大臣的动向你们都给本宫留意点,无论谁拉拢你们,你们敷衍着便是,但要弄清对方的真实意图,一旦发现异常,无论何时都要赶紧来向本宫禀报。"

"丫头,你是不是怕有人趁机乱朝?"经过数年的熏陶,方同总算也培养出了点政治觉悟。

染烟没有答话,司城灏若遇不幸,虽然有司城念这唯一的继任者,可司城念毕竟年幼,如果连司城灏都控制不住朝政的动荡,司城念的皇位又怎么可能坐稳?

想来司城灏匆匆出征,一定没有做任何身后事的准备,她却不得不为司城念的未来打算。她答应过采墨,一定会拥立司城念登位。可儿皇帝登位,隐患和麻烦何其之多,哪怕她不能再守护于司城念身边,也得为他的继位铺好路,就当是一种补偿吧!

"趁机乱朝?不会吧,谁能这么大胆子?不过,要说拉拢我们的人,那可就多了,不信,你问爹。"方谨讨好道,"可我和爹啊,就像你说的,一向都只是敷衍他们,不会当真。他们打的什么鬼主意,我们还不晓得嘛,知道你受皇上专宠,他们也想沾点光呗。"

"倒也不全是。"方同接着道,"人家简太中人就不错,一向对我们家颇有照顾。你倒霉在毗迦寺养病那年,他还叮嘱谨儿帮着你探听后宫的消息,说什么知己知彼才好为你重返皇宫铺路。果然,你后来不就回宫了吗?"

染烟眉头一挑,问道:"也就是说,方谨你倒成了人家简公子的眼线?我还奇怪,简越怎么能够比我还提前知道消息,原来都是你们干的好事!"

"喂,方绫雯,我这还不是为了你吗?为了避嫌,我们哪敢频繁前去毗迦寺探望你啊,就是爹去看你,还得在皇上面前求恩典。有人家简越主动前来家中探问消息,再传递给你,不方便多了?"

"算了算了!"染烟心浮气躁,不耐烦地挥手道,"你们俩那么聪明,本宫跟你们也说不清,总之,以后离简越远一点,以免引祸上身!"

"到底怎么啦?"方同诧异地问。

染烟摇头道："没什么,你们下去办事吧,本宫希望你们能给本宫带点真正的好消息回来。"

的确,染烟也说不清为什么会产生这种不舒服的感觉。和简越牵缠在一起,她已经有些无奈与后悔了,她可不想将方家也拖累进来,偏偏简越却背着她,拉了方谨下水。本能在警告染烟,这是危险的讯号。

雪慧在替染烟送走方同和方谨后,回来告诉了染烟一个不太妙的最新消息:"娘娘,宝鼎公主搬回宫了。"

"宝鼎回宫?什么时候的事儿?"染烟大为诧异。

"就在刚才,奴婢正好撞见了宝鼎公主的驾辇,才知道宝鼎公主要搬回宫里来住了。"

"她不是要为驸马爷服丧三年吗,时间这么快就过了?"染烟心中一沉,宝鼎的归来显然是得到了司城灏的默许。司城灏又一次没有提前告知她,这是否意味着宝鼎对她仍旧深怀戒虑?

管不了那么多了,染烟相信,在拥立司城念这件事上,宝鼎不会和她产生多大分歧。然而,现在知道司城灏会不幸遇难的只有她一个人,如果她过早为司城念的登位做准备,会不会被宝鼎怀疑她早有效仿容太后篡谋朝政的野心?

野心?染烟情不自禁地苦笑。是该结束了,假若司城灏不在,皇宫还有什么可令她留恋的。虽然不知道离开皇宫后该怎样生活下去,但事到如今,已没有多少可选择的余地,更没有多少可供她犹豫的时间。

在等着前方战况进展期间,染烟试探过宝鼎一次,结果跟染烟预计的差不多,宝鼎坚信朝廷一定会尽快扫平叛乱,司城灏也会平安归来。

至于司城念,宝鼎则提出他们姑侄之间已有很久未曾亲近,想让司城念到凤仪殿住一段时间,以解她这段时间的思念之情。

尽管染烟心中不痛快,可也没有拒绝的理由,而且她认定,自己和念儿所培养出来的感情绝对是宝鼎取代不了的,故而也就大方地做了个顺水人情,让念儿去陪宝鼎住一阵子。

不日,方谨入宫,给染烟带回了段擎的意见,只有四个字:分而破解。

段擎的看法和自己所想不谋而合,染烟心里略略有了底。于是,她让方谨先去将起兵谋反的六大家族的情况摸查一遍,越详细越好。

近两个多月的拉锯战过去,路为所率的朝廷军队兵力损失不多,但也未取得什么实质性的胜利。眼看天气越来越凉,军饷的供给需要越来越多,染烟和许多大臣们一样,都开始焦急和忧心忡忡起来。

方谨收集的信息陆陆续续汇拢,染烟大致也有了个初步的计划,不过能帮她实施计划的人选却颇令她头疼。因为想要离间六族联军,离间计是否成功,人选可谓至关重要,而且不能用方谨、方同,连亲司城派的人也不能用。

另外,方谨还告诉染烟,六族的叛乱并不是没有先兆。他们不满朝廷的政策,早就先后向朝廷提出过抗议,司城灏亦曾多次派人前去安抚,结果,看似平息了一段时间,可到底还是反了。

"你知道皇上多次派人,最后是谁替皇上摆平的那六家吗?"方谨问道。

"谁?"染烟冷冷地瞥了方谨一眼,"都什么时候了,还故弄玄虚。"

"简太中啊!"方谨道,"说来也奇了怪了,别的人代表朝廷前去安抚,不是被六大家族使法子给吓跑,就是被打跑骂跑,还有的倒是不打不骂,可就是把你晾着,让你自讨没趣。偏简太中,那可是次次马到成功,回回顺利交差。"

"原来是这样!"染烟此时方才明白,为何司城灏会对简越有疑,换了自己,不也同样觉得其中太过蹊跷吗?这次六族起兵谋逆,再联想到上一次简越唆使容家为驸马爷横死讨公道的事,要说简越跟六族叛乱完全无关,她绝不相信!可简越在其中到底扮演着什么角色?他到底想干什么?

这天夜间,御苑中,染烟试着问简越:"皇上御驾亲征,你觉得朝廷胜败如何?"

"皇上御驾亲征当然会胜,否则不就失去御驾亲征的意义了吗?"简越嘴角上翘,笑容颇为古怪。

染烟垂下眼帘,故作不见,道:"如今战事吃紧,你是议事郎,为什么不追随皇上左右,反而滞留宫中,整日躲在乐苑吹箫弄曲?"

"娘娘,皇上点兵点将,独独没有点到在下头上,你让在下有什么办法。如今朝堂上,几个老家伙天天为了芝麻大一点的政务争论不休,在下不在乐苑躲清闲,难道还等着被他们吵死、烦死?"

染烟冷笑道："出入朝堂对你来说已经没什么意思了对吧？那你不如帮着本宫出谋划策，想法替皇上分忧解难。皇上没有点你随帐，可能是为你的安危着想，无所谓，本宫身边总不会比前线还危险吧！"

简越一怔，唇角的笑容消失不见，他沉吟片刻之后，一字一顿问道："娘娘，你爱的究竟是皇上，还是皇上的江山？"

"有区别吗？"染烟回身，"他是皇上，作为皇上，江山和他的生命是连为一体的，我为他着想，自然也要为他的江山着想。"

简越负手长立，道："所以你现在不是为了自己，而是为了他？"

染烟没有答话，却冷不丁地问道："本宫相信，入朝为官并不是你的真正目的，你可以先告诉本宫，你是为了谁吗？"

一阵沉默后，简越坚持不肯开口，染烟只得再次话锋一转："算了，你不想说，本宫也不便强行追问，但本宫还是多年前的那句话，你动摇不了大益朝的根基。"

"娘娘就那么肯定？现在欲要颠覆大益朝的，可不是简某一个人。"

"你承认了？"染烟死死地盯着简越，"本宫就是可以肯定，无论有多难，本宫也绝不会让那些阴谋篡朝的人得逞。"

"承认什么？"简越镇定地应道，"在下只是说出事实而已，既然娘娘决心陪着皇上一路走到底，还来找简某做什么？多年前，娘娘和简某商定的，只是稳住娘娘在后宫的地位，其余的事又与简某何干？"

"本宫没有指望你真的会答应。"染烟冷冷道，"本宫只是想给你一次机会而已。简公子，现在迷途知返还来得及，不要等到大错铸成，悔之晚矣！"染烟说罢，转身便欲离去，胳膊却被简越猛地一把拽住。

"你要干吗？放开本宫！"染烟压低声音厉斥道。

"何谓对？何谓错？对我来说，从出生之始便是错。"简越略略减轻了手上的力道，但仍如铁箍一般钳得染烟动弹不得，"我只问你一句，绫雯，若我肯依着你的话做，你愿意放弃皇宫跟我远走高飞吗？"

染烟瞪大了眼珠，简越的话竟是似曾相闻。他的脸笼罩在树影浓重的阴暗中，使得他的表情模糊不明，令染烟分不出他话中的真假，可分出真假来又能如何？

"不可能！"染烟从牙缝中挤出了三个字,同时用力地挣扎了一下,"本宫就算失去所有,也不会跟你走。"

简越的手陡然松开,僵握在半空,"你就这么排斥我?我们在毗迦寺的那些日子,我为你吹箫抚曲,你在岩顶翩翩起舞,我们就好像神仙眷侣一般……"

"住口！"染烟终于忍不住大怒,"本宫念你曾救过本宫一命,才劝你为自己留一条生路,你却拿本宫的过去要挟本宫！简越,简公子,你若继续为了你那不可告人的目的而置生灵涂炭于不顾,本宫发誓,哪怕鱼死网破,也绝不会任你为非作歹下去。"

简越没有再吱声,他于黑暗中死死盯住染烟,周身散发出一股怨怒之气,两人僵持而立,四下一片死寂。

"咔嗒。"突然,有某种轻微的脆响从附近传来,简越当即循声低喝:"谁?"

不待染烟反应,简越的身形已经朝着树影深处扑去,劲风所至,枯叶簌簌纷落。染烟目瞪口呆地立在黑暗中,周身一阵寒意席卷。

如果被人听去她和简越的谈话……染烟已不敢再往下想去。

回到上善宫后,染烟的脸色仍旧惨白如纸。雪慧急忙迎上来搀住染烟,问染烟是不是病了?哪里不舒服?染烟推开雪慧,只说想一个人躺一躺。雪慧识趣地退下,准备给染烟端一碗热腾腾的夜宵过来,因为她搀扶染烟的时候,触到染烟的手冷得像冰块。

简越虽然没有发现附近有人,可他晃亮火折仔细搜寻后,却发现了一截被踩断的木枝,距离他和染烟谈话的地方甚近。

染烟靠在床头,左思右想谁有可能偷听他们的谈话。简越说,离得这么近,如果不是对方不慎踩断木枝,他根本就无法察觉到,显然对方应是个高手。但皇宫大内,这样的高手并不多,何况一般侍卫也不会在这个时候去御苑。

想到这里,染烟突然记起来,数天前,她遇见宝鼎时,发现她身边多了两名随身侍卫。据宝鼎解释,那是她在公主府守丧时,司城灏为保护她而特意为她挑选的随侍。

难道问题又出在宝鼎身上？仔细分析下来,似乎也只有宝鼎才最可能盯上自己。宝鼎啊宝鼎,守了三年丧,难道你还不肯放弃与我的恩怨？还是为了采墨未能立后,你终是心有不甘？我已不想再多生事端,你又何必逼我呢？

　　染烟一阵心酸,她很清楚,万一自己在宝鼎手上落下什么把柄,就不是简简单单地位不保的问题了,而很可能招致方家满门大祸。

　　绝不能,绝不能在如此关键的时期,因为自己的疏忽而害了整个方家。

　　雪慧端来汤羹,染烟喝下后感觉舒服了很多。也许是人放松了,大脑也灵活了起来,她忽然想到了一个法子,也许能让宝鼎闭上她的嘴。但以宝鼎的性格,只怕得木已成舟、生米煮成熟饭,她才会俯首认命吧。

　　第二日,染烟借口探望司城念,去了一趟凤仪殿。宝鼎的神情表面上看不出有什么异样,只是染烟早决定,宁肯误会她,也断不能给她留下任何咬自己一口的机会。

　　"公主殿下,和念儿相处得好吗？念儿可是个很乖的孩子。"染烟笑吟吟地开口道。

　　"这我知道。"宝鼎招呼宫人给染烟看茶,却没有叫司城念出来与染烟相见的意思,"念儿在我这里很好,你就放心吧。"

　　染烟微微颔首,继续笑道:"公主殿下当初不得不为容驸马守丧三年,如今容家谋反,丧孝之约自然不用再理。可公主殿下年纪尚轻,难道就甘心为了一段不值当的婚姻,而贻误了自己的终身？"

　　宝鼎公主瞥了染烟一眼,冷淡道:"雯妃是想为我做媒吗？如今朝政动荡,战事未止,皇兄尚在外面风餐露宿、血染战袍,你倒有闲心当起媒婆来了？"

　　染烟分外尴尬,同时也憋了一肚子的闷气,"本宫不过是为公主殿下担心,随便问问,殿下不领本宫的情倒也罢了,何必出言相辱呢？"

　　"我没有羞辱你的意思,雯妃娘娘!"宝鼎的语气更加冷淡,"我只是提醒你要安守本分。后宫的女人,寂寞是难免的,可这么多年来,我皇兄对你痴心不二,这是多少朝多少代的后宫女人一辈子都奢求不到的。你不要因为寂寞就荒唐行事,负我皇兄。"

　　染烟紧咬牙关,此时她已可以肯定,昨夜偷偷跟踪她,窃听她和简越谈话的人就是宝鼎派去的人无疑。

"荒唐行事？"染烟故作茫然，微微一笑站起身，"本宫替公主殿下着想，也叫荒唐行事吗？殿下是不是太多心了点？"

"也许是我多心，总之，你好自为之吧。"宝鼎叹了口气，又道，"既然雯妃这么关心我，不知想替谁保媒呢？"

"本宫的二哥，如何？"染烟娇笑道，"虽然他已娶妻，但一直无所出，完全可以废室另立。而且他素来对公主好感颇深，相信如果公主下嫁入门，他一定会对公主呵护备至、奉若明珠的。"

"够了！"宝鼎脸色一变，跟着站了起来，"本宫的婚事还轮不到你来指手画脚，将本宫下嫁给你那个出身卑微的二哥，你究竟居心何在？"

"居心何在？"染烟虽早料到宝鼎会拒绝，但"卑微"二字还是刺痛了她的耳膜，"你皇兄没有嫌本宫出身卑微，你却嫌本宫的兄长卑微，公主殿下的意思，是你比皇上还高贵吗？"

宝鼎怔了怔，道："我和皇兄不同。总之，要我下嫁方谨，绝不可能！"

"是啊，公主没有心思下嫁，却是有心思养面首。那两个英俊威武的侍卫才是公主所好吧？难怪公主守丧期间，未见消瘦却益发娇颜红润……"

"住口！雯妃，你好歹也是皇上的宠妃，居然满口污言秽语，看来市井之徒终究是改不掉粗俗恶劣的本性！"

"您是公主，自然身娇肉贵，从一出生便享尽锦衣荣华，我们这些百姓臣民哪能跟您比。您倒是不污言秽语，直接做就是了，只有您敢做的，断没有别人敢说的！"

不知怎的，染烟和宝鼎两人就这样你来我往地吵上了，而且两人好像是想把这些年积郁的怨气统统发泄出去一般，不吐不快。

宝鼎骄横有余，但论吵架终究不是染烟的对手，渐落下风后，她忽然再也忍不住地哭泣起来："方绫雯，人在做，天在看，你也不怕迟早会有报应！"

染烟则昂首挺胸，以胜利者的姿态斜睨宝鼎道："说真的，殿下，本宫早就想知道报应为何物了。为什么那些害过本宫的人还好好地活着，本宫却要跑来这里消磨近七载春秋？！"

"你……你说什么？"宝鼎愕然止住哭泣，不明所以。

"本宫是说,和方谨的婚事就这么定了,本宫会传书皇上,请皇上示下,皇上也一定会答应,公主殿下就等着喜事临门吧!"

"你!"身后再次传来宝鼎的嘤嘤哭声,但染烟已拂袖而走。

"你们几个都给本宫盯好了公主殿下,她在宫里想怎样都行,就是不能让她出宫,知道吗?"染烟对几个内宫侍卫吩咐道,同时指了指雪慧手中的盘子,"五百两银子不多,就送给诸位当作辛苦费吧。"

"娘娘,属下们不明白。"几个内宫侍卫面面相觑后,其中一个大着胆子问道,"为何不准公主殿下出宫?"

"这都不明白?"染烟瞪了一眼侍卫们道,"公主殿下一向自由出入,随心所欲,然而现在时局不同了,皇上正在前方平叛,你们谁能保证京城中没有叛军的细作?万一他们掳了公主,以此要挟皇上退兵让位,你们说该怎么办?"

"原来娘娘是为公主殿下的安全着想,属下们懂了,谨遵娘娘吩咐!"

刚打发完侍卫,简越便主动登门拜访。染烟示意雪慧退下,冷冷道:"你还来找本宫做什么?昨儿本宫不都说了嘛,你我各谋其事、各凭本事,再无任何瓜葛!"

"娘娘倒是想将自己撇个一干二净!"简越走近染烟道,"可藤藤蔓蔓枝枝桠桠,一旦牵扯上了,又岂是娘娘的几句话就能撇干净的?宝鼎公主发现了我们的秘密,如今我们是一条绳上的蚂蚱,若不能共同进退,只怕迟早身首异处。"

"本宫不需要你操心,你还是先想想自己的退路吧!"染烟没有买账,因为她已经深陷泥淖,爬不出来了。一旦和宝鼎翻脸,不管司城灏还在不在,都注定她们中只能有一个人留在深宫,留在司城念的身边。

"娘娘就因为怀疑是我挑动的天下叛乱而恨我至此?娘娘也不想想,仅凭简某,有那么大的能耐吗?没错,简某是在其中起了推波助澜的作用,可那还不是由于你的皇上出尔反尔,答应了给十大家族的利益却没有兑现,才终陷江山于水深火热。"

染烟倏然回头,道:"孰是孰非,本宫不想和你争,也没有争的意义。你以为本宫不知道吗?十大家族在大益朝功高权重,农、牧、林、渔、仕、商、兵、匠无不有他们的染指,他们无非是为了自身的利益。狼侵虎夺,却置天下百姓的利益于不顾,他们的叛乱还有理了?皇上治理国务固然有其不足,可皇上的心思,本宫最理解不过,他是想天下皆繁荣富庶,诸民皆安乐平等,哪怕是这种愿望暂时还实现不了,至少他努力去做了。而你呢?恕本宫说句不客气的话,你满心里除了想着私人恩怨,何曾想过兼济天下?你有什么资格指责皇上?!"

染烟的斥责令简越脸色惨白,"说得真好听,娘娘!如果你能早些对我说这些话,又或者你自己能做到,我们又何至于走到今天这地步?"

染烟眼眶一红,道:"本宫也是个没法和皇上相提并论的人,所以本宫才不想去争论孰是孰非。但即使本宫有今天没明天, 也要为皇上尽最后一份心。"

简越深深凝视着染烟的侧影,眼中充满了说不尽的痛楚。终于,他微微颔首道:"好,既然娘娘始终不肯与我共进退,那就请娘娘自行保重吧,简某告辞!"

染烟心中一动,简越故意在"告辞"二字上加重了语气,莫非他是想开溜?

"你要去哪里?"染烟追着简越到宫门处大声问道,但简越的身影已从门廊尽头消失不见。

"速召方贺入京!"染烟沉声吩咐道,"本宫现在只能指望他了!"
方谨看染烟的脸色不好,没敢多问,只得连连点头。
过了半晌,染烟见方谨仍在原处立着,便道:"你怎么还不去办?"
方谨犹犹豫豫,最后道:"娘娘,你真的要让我娶公主殿下?"
"本宫还没想好,你下去吧!"
方谨似乎松了口气,道:"吓死我了,我就是有胆娶,怕也没命享啊,还有家里的……"

"别啰嗦了!"染烟一口打断了方谨,"本宫没心思听你聒噪,滚!"方谨在染烟的呵斥中跌跌撞撞地退出了上善宫。

染烟一个人静坐良久,方才慢慢打开手中司城灏的亲笔信。看了一阵,眼泪不知不觉一滴一滴落在信纸上。

"相别数月,军中生涯令朕倍感艰辛与疲累,也倍加思念爱卿。想当初引军出京,恍然如隔三秋,真希望征戎早结,还天下太平,与卿朝暮相随,并作连理……"

满篇的情真意切,对染烟来讲,与其说是感动,还不如说是让她心痛如刀绞。假如司城灏肯听她劝,也许……其实没有也许,染烟心知肚明,时光无法逆转,前尘后世同样无法改变。她只能眼睁睁地看着曾经拥有的一切一分一秒地从她的指缝中滑落、失去。

关于宝鼎的下嫁,司城灏表示相信染烟是真心为宝鼎着想,不过毕竟是终身大事,还是要以宝鼎的意思为重,他不想再令宝鼎受委屈,只要宝鼎愿意,怎样都好。

染烟心里有了底,方谨尽管有这样那样的小毛病,但论人品,不知比容家驸马强多少。宝鼎仅以出身便轻贱方谨,只能说明其骄横无知,一旦生米煮成熟饭,没准儿她会逐渐发现方谨的好。到时,不仅方家大祸得免,亦可谓皆大欢喜。

当然,她还得先安排好另一件更为重要的事,再来慢慢磨合宝鼎的棱角。

数天后,方贺来到京城,染烟安排他悄悄入宫,与他作了彻夜长谈。

染烟道:"本宫知道大哥腿脚不便,让大哥往来奔波,实在是难为大哥了。可离间六族事关重大,本宫只能找自己最信赖的人,加上大哥常年居于祁城,安守本分,低调营商,几乎没多少人知道大哥与本宫的关系。所以大哥前去六大家族走一遭,不易被人看出破绽,这也是不得已而为之,还望大哥体谅。"

"你跟我客气什么!"方贺挥手道,"大哥没啥本事,从来也没帮到你什么,以前还尽给你添麻烦。如今你有需要大哥的地方,就算刀山火海,大哥也没二话!"

染烟苦笑道:"那你自己要多加小心。为免引起怀疑,本宫不能派侍卫追随左右以保护大哥,故而成功与否就全靠大哥你一人了。"

方贺拿起桌上染烟让他背的单子,用手指轻轻掸了掸,笑道:"你都跟我交代得这般详细了,我只要照做就行,有啥为难的。"

染烟摇首道:"非也。六族中,叛乱最为坚决的是容家,本宫的法子对他们未必有效,你务必要将容家放在最后,作为试探之用。至于其他五家,或戳其软肋,或放风传消息,或借势寻衅,件件都不是容易的事儿,你可别太轻敌了。"

"放心!"方贺再次大大咧咧地笑了,"反正我只管扰乱人心,让皇上有机可乘,又不是要我单枪匹马御敌,怕啥!你大哥做了这么多年生意,早就历练出来了!"

染烟闻言也笑了。天将破晓时,她亲送方贺出宫,再三叮咛,惆怅而别。

没多久,新年将至,染烟决定趁机让宝鼎成婚。未料忙于筹备的时刻,雪慧忽然神色不宁地前来禀报:"娘娘,公主殿下不见了!"

染烟闻讯,脸色大变:"难怪前些天,她将念儿给本宫送回来了,原来早就做了逃出去的打算!"负责巡宫的戍卫对宝鼎失踪一事茫然无知,看来宝鼎是做了精心的准备,才能神不知鬼不觉地出宫。

雪慧问染烟,要不要全城搜找宝鼎。染烟道:"不必了,她只有一个去处,就是皇上的帐营。"

染烟所料没错,宝鼎连夜逃出城,马不停蹄直奔司城灏的大军而去。

自宝鼎出逃后,染烟天天都在提心吊胆地等着司城灏的圣旨,等待着祸从天降。但出乎染烟意料之外的是,一晃一个多月过去了,司城灏那里却无半点动静。

宝鼎的哭诉并非不令司城灏心痛,最可怕的是宝鼎列举出的桩桩件件,无不令他感到格外寒心。宫人的亲笔证词,护卫的亲耳聆听,都指明雯妃陷害墨妃,和太中议事郎简越有着不可告人的暧昧。

"皇兄,我早就怀疑这个方绫雯并非善类,要不是为了你,我早就将采仪宫宫人的证词交给你了,可你为什么到现在还护着她?"宝鼎激愤地指责道,"这个可怕的女人,她不值得皇兄你袒护!"

司城灏愣愣地,魂不附体般地答道:"朕不是袒护,而是朕曾对她有诺,只要有朕一天,就不会让她受到任何伤害。"

"那你就任由她伤害别人?"宝鼎气得直跺脚。

"你暂时随军陪朕吧。宝鼎,等打完了仗,回宫后再说这些事。"司城灏留下了宝鼎,只是从这一天起,他就像失了魂的木偶,成日出神发呆,日渐消瘦,连对战况的进展,也似毫不关心,并将大军的调遣全权交给了路为指挥。

染烟饱受煎熬了一个月,前线终于传来了令人振奋的消息:叛族联军有两族降了,另外的分成了三股势力,一支边打边退,撤向了西北方广袤荒芜地带;一支按兵不动,坐山观虎斗;仅剩容家为主的叛军在和朝廷大军正面作战。很显然,方贺的离间计划颇为成功,朝廷大军的取胜不过是迟早的事。

这一线生机让染烟重新燃起了希望,胜利指日可待,司城灏即将凯旋而归,难道历史记载发生了错误?不管怎么说,方贺立下了大功,司城灏会不会看在方家平叛有功的份上,对自己既往不咎?

染烟命人找来画师为自己画了一幅精美的肖像,装裱好后派人专程送往军营,以期能唤起司城灏的念旧之情,和她重归于好。

画像送至司城灏手中后,他未置一词,只将其悬于床头,每每对着画像怅然凝望,低首嗟叹。

希望如泥牛入海,染烟没有得到司城灏的任何回讯,她的一颗心再次陷入冰凉。

又隔了一月,天气正逐渐回暖,宝鼎却带着一众侍卫兵甲突然出现在染烟的面前。

而在另一边,司城灏的军帐中,帐帘晃动了一下,一条青影闪入帐中,同时,一道闪闪寒光直逼端坐在椅子正中的司城灏。

"你终于来了。"司城灏像是早料到一般,并不惧那道寒光,反微微一笑。

剑锋架在司城灏的脖子上,来人冷冷道:"你可真命大,十岁那年宫变就有人替你死;现在疽祸之乱,又有人替你挥戈迎敌、血洒战袍,为你筹谋设计、忙碌奔走。司城灏,我真不明白,为什么会有这么多人愿意替你卖命,难道就因为你是皇上?"

司城灏笑道:"朕也不明白,为什么隔了这么多年,朕亦待你不薄,你却还是为了简辛耿耿于怀?"

简越深深叹了口气,道:"我本来也觉得,时隔多年,旧事何必重提,当初你还小,也许真的不关你的事。可后来简辛的遗骸取出来了,哼,你知道我发现了什么吗?"

"你说。"

"他的骨骸泛黑绿色,这是中毒的痕迹。我想,参与宫乱的兵甲没有必要刀兵不用,反而大费周章地给简辛灌毒吧?答案只有一个,有人先毒杀了他,以免他因为害怕,而暴露皇上当时已逃走的实情,我说得对吗?皇上,毒杀简辛的人,就是你那只顾着保护自己的儿子,却不惜谋杀人子的好母妃!"

简越在愤怒中不知不觉加重了手上的力道,剑锋割破了司城灏的皮肤,划出了一道黑红的血痕。

司城灏仿佛完全不觉,依旧微笑道:"就为了这个,你精心谋划,挑起这番天下大乱,更在朕的大军班师回朝之日,来刺杀朕?"

"这个理由还不够吗?"简越咬牙切齿,"母债子偿,母恨子报,你和我皆为人子,换了你是我,你会怎么做?"

"朕会先查清事实真相!"司城灏停了一下才道,"给简辛服用的,不过是荨蓝散,它无毒,但会麻痹人的知觉,无论是刀割火燎都不会有任何感觉。由于它的特殊效用,太医馆的御医们平时不会轻易使用,只在病人遇到痛不可忍的病况时,才以其镇痛。朕的母妃只是想令简辛死得不那么痛苦,包括她自己,也服用了荨蓝散。"

"你胡说,到现在你还要编谎话吗?"

"不信你可以去太医馆问问,看朕到底有没有说谎。还有,你的剑锋割伤了朕,朕连眉头也没皱一下,你不觉得奇怪吗?"

简越怔怔地看着司城灏,握剑的手不易察觉地颤抖了一下。

"朕也服了荨蓝散,因为……"司城灏说罢,拉扯开自己的衣袍,他胸前的伤口让简越吃了一惊。那伤口已溃烂流脓,暗绿色的腐肉中混合着黑红的血水,散发出难闻的腥臭,让简越不禁掩鼻退了一步。

"四天前,朕于精神恍惚中临阵指挥,不幸中了毒箭,随军御医怎么治也解不了箭毒。如今,毒已入五脏六腑,御医束手无策,只能想法让朕减轻一些痛苦。所以朕一直在等着你早点出现,再晚,朕只怕就满足不了你'母恨子报'的心愿了。"

"来吧,朝朕的心窝刺出你的剑吧!"司城灏朝简越喊到。

"哐当"一声脆响,简越手中的长剑坠地,他单膝跪下,悔恨道:"皇上,臣知错了！臣愿意以死谢罪，这就先行一步！"

简越说罢，伸手欲重提长剑，哪知司城灏一脚踩在剑尖上，并道："你不是朕的臣子，因为在朕的心里，从来都当你是朕的兄弟。朕不过是替简辛多活了几年，也由于简辛，朕不想天下再有争夺纷乱，可惜始终未能如愿。简越，朕恨过你，恨你夺去了朕最心爱之物。她曾经是多么善良灵动的女子，是你，是你将她变得和你一样充满猜疑和阴狠，这个错，你就算死也不足以谢！"

"皇上，我……"

"朕明白，你也喜欢她，赶紧回皇宫去吧，再晚就来不及了。带上她远走高飞，有多远走多远，永远也别让朕再看见你们！"

"什么？什么来不及了？"简越莫名其妙。

"快走！"司城灏猛然奋力扫落了桌案上的杯盏，"你来之前，宝鼎已经带着朕的遗旨踏上了回宫之路，朕已下旨赐死雯妃！"

简越脸色大变，他一把抽出了被司城灏踩住的剑，像狂烈的豹子一般冲出了大帐。

"对不起，雯儿，对不起！"司城灏宛如气力用尽，歪倒在椅子上，他看着床头那幅画像道，"朕答应过你，有朕在，就没有人能伤害你，可朕要是不在了，纵使不下旨，宝鼎和大臣们也不会善罢甘休。还有念儿，他长大了若得知真相，又岂会放过你？雯儿，别怪朕狠心，你的命，看老天如何决断吧！只是朕好恨，好恨落花有意，流水无情！"

司城灏的声音渐渐微弱，直至再无声息，只有他那空洞的眼神还在死死地盯着画像，难以瞑目。

"不，本宫不相信，本宫绝不相信！"染烟尖声嘶叫。

"圣旨在此，由不得你不信！"宝鼎带着轻蔑的表情，将手中的圣旨扔到染烟面前。

"皇兄还让我带一句话给你，他说，'但有来世，愿永不相逢；即便相逢，亦永不相认！'"

染烟四肢冰冷，瞳孔收缩，这句话好熟，在哪里听到过？天哪，莫镜明！染烟疯了一般扑向圣旨，一把团在手里，哭道："镜明！怎么会是这样？怎么会是这样啊?! "

　　莫镜明十四岁得了一场重病,他在病中反复念叨的就是这句"愿永不相逢;即便相逢,亦永不相认!"还有她梦里所见的熙暖殿,他送给她的曲子,妙莲曲于镜明的某种潜藏意识中复活,他才会一遍又一遍地为她弹奏,不然新婚之后的大醉,他也不会一口一声地叫着"雯儿"。

　　该死,自己之前为何一直懵懂无察呢?

　　"镜明?"宝鼎冷笑,"看来你背着我皇兄不止一个面首啊。行了,时辰差不多了,该上路了! "

　　一条白绫应声横在染烟面前,染烟愣了一下,随即跳起来朝殿门处冲去,"不,本宫不想死,不想死! 本宫要见镜明! 镜明,救我! 救我啊! "

　　"抓住她,别让她跑了,赶紧送这个疯女人上路! "身后传来宝鼎的厉声喝斥。染烟双臂被侍卫紧紧抓住的同时,只觉眼前一花,好像被刺眼的阳光晃了一下, 有如银似雪的什么东西朝她的头顶后方扫去, 接着一道黑影落下,遮住了她的视线。

　　手臂突然失去了钳制,染烟重心不稳,跪跌在地,还没弄清怎么回事,又被人一把提了起来。身后仍旧有宝鼎的喝斥,只是变得尖利且惊恐:"刺客,快抓刺客! "

　　在兵器的交撞声中,染烟跌来撞去,勉强抬眼,终于看清了来人。"简越,你……怎么来了?"中途停顿了一下,是因为一侧的侍卫的剑锋直刺她的腰间。简越揽住她的腰,旋身一转,替她挡住了对方的剑。

　　染烟于虚惊里意识到,简越的功夫再高,也不可能单打独斗,对付数人围攻,更何况还要保护自己。再则,宝鼎的尖叫一定会引来更多的侍卫,还是赶紧跑吧!

　　可是跑得出去吗?宝鼎既然带着圣旨要赐死她,宫门必定戒备森严。简越一个人或许还有可能,可带着她,估计半分希望都没有。怎么办?

　　情急之下,染烟忽然想到了一个地方,司城灏登位后就封了的地方。

　　容太后像所有爱慕虚荣的女人一样,不但喜欢各色珠宝首饰,对奇珍异宝也兴趣极大。她将自己收罗的宝贝,连同前朝皇帝收罗的百余种珍品,全都存放在一间专门的大殿里,以供平时玩赏。司城灏斥之为奢靡,每次看到这些宝贝都会令他想到容太后，故而藏宝大殿成为了禁地，被封了整整七年。

但愿容太后搜罗的宝贝中，会有那个至关重要的东西。染烟的心抽搐成一团，没错——撷宝殿，她最后的希望，最后的一搏。

曾于皇宫中游玩的莫镜明，十岁那年得俐妃娘娘和圣上司城瑜许可，有幸至撷宝殿欣赏了一番皇宫收藏的各种奇珍异宝。他向染烟提过，撷宝殿里的东西与其说精美绝伦，不如说是收纳了天下能工巧匠的各种智慧，一些机关巧妙、设计匠心独具的物品，任谁见到都会惊叹不已。只是司城瑜时代的撷宝殿跟如今相似，长年封闭，寻常人一般不得近前。

"譬如，可以自动开谢的金银花树；上了弦后可以自动起舞的宫女人偶，在宫乐奏完之前，她们会不停地舞动；还有倒入水后会呈烟波浩渺的碧沁盆；以及据说可以颠倒乾坤日月的鎏金紫水晶镜……总之，经过大益朝数代帝室的精心收存，撷宝殿内的藏品琳琅满目、数不胜数、无奇不有，区区太师府的奇珍异宝又算得了什么。"莫镜明当年如是说。

"我们去撷宝殿！快，简越，快带我去！"染烟几乎是哭泣般地哀求道。

忙于迎战的简越顾不上答话，只是略略瞥了她一眼，顺手挽了个剑花，刺出连环剑，逼退了围拢上来的侍卫，并寻了个空当，顺势将染烟一抱，飞身出了大殿。

两人且战且退，面对越来越多的侍卫，饶是简越拼杀勇猛，受的伤却越来越多。眼看就快要到撷宝殿时，简越气喘吁吁，将染烟用力一推，喊道："你快去，不要管我！"

撷宝殿在一条死巷子尽头，染烟跑了两步，又停了下来。简越一个人堵在巷子口，身上血迹斑斑，身形已明显不如先前灵活。

染烟回身大喊："快，你快跟过来，我等你！"

简越扬了扬剑锋，似乎是对染烟的回答。

染烟不再犹豫，飞奔至撷宝殿的门前，几下就撕去了封条，推开殿门，一股霉灰味扑面而来。

"简越，快来啊，快点！"染烟焦急地再次呼唤。

简越奋力挺剑，又杀掉了两名侍卫，他踩着侍卫的尸身，瞪着杀红的双眼怒视余下的侍卫们。侍卫们连失十数名同伴，心中不免有些骇然，手上的动作便缓了下来。就这样，简越退一步，他们跟一步。

退至撷宝殿时，简越猛然将染烟推入门内，并顺手带上了大殿门，用身子紧紧地抵住，并对染烟说道："做你想做的事吧，方绫雯！别管我，要快！"

"简越！"染烟哭着拍门，却怎么也推不动，不得已，只好仓皇地沿着那些博古架寻找所需要的东西。

据说可以颠倒乾坤日月的鎏金紫水晶镜，莫镜明虽提到过，可如果镜子真的可以颠倒乾坤日月的话，那也得司城灏时代有才行啊！

"水晶镜，水晶镜，水晶镜……"染烟疯魔一般地寻找着，当她终于在架子顶格看见蒙满灰尘的镜子时，殿门处却传来了"噗噗"的洞穿声，接着便有侍卫破门而入。

"上天啊，求你帮帮我，快帮帮我！"染烟登上架子，一把抓住镜子坠下，接着将其朝地上猛砸，水晶镜裂开了一道细细的纹，映照出了染烟惊恐分裂的脸。同时，染烟的身体也在此刻被一柄剑洞穿，她的血一滴一滴，慢慢渗入了水晶的裂痕中，可她却已感觉不到半点疼痛了……

殿门外，简越瞪圆了双眼，倒在血泊中。他看着头顶的飞檐和天空，嗫嚅了一句："欠你的，我都还了，来世别……别当我兄弟……"一缕血沫涌出，简越的头轻轻歪向一侧，安静得仿佛睡着一般。

旖旎阁这天来了一位年轻的少公子，点名要衿霄作陪，他的身后还跟着一名看上去孔武有力的侍从。鸨妈本来想拒绝，但架不住黄澄澄的金子晃眼，便请了公子入雅间等候。

片刻后，衿霄进来，娇笑着扑向少公子，却被少公子一把推开了。只听那名公子说道："我知道你父母双亡，从小寄长于旖旎阁，现在有一个机会让你从良，你愿意吗？"

"公子是想娶我吗？那可是笔不小的数目啊！"

"钱不是问题，但从今往后你得听我的！"

"要是我不答应呢？"衿霄翻了一下白眼。

少公子笑了一下，站起身道："只怕你不答应也得答应！"随即，他朝侍从施了个眼色。还未等衿霄反应过来，她的脖子上便挨了针扎。一阵尖利刺痛传来,衿霄忍不住尖叫,可就在这时,她愕然发现,自己什么声音也发不出。

衿霄疯狂地抓挠着脖子,但一切皆徒劳,她哑了!

少公子变了脸色,厉声喝叫鸨妈:"你怎么回事,居然找来个哑巴哄骗本公子,我可是太师府的莫二公子,你的旖旎阁到底还想不想开下去了?"

"怎么可能?这绝不可能啊,霄儿你到底怎么啦?"鸨妈急得将衿霄浑身上下摸了个遍,衿霄却只能眼泪一串串地摇头。

少公子拍了拍鸨妈的肩,他的另一只手上是一叠厚厚的银票,"我府上正巧缺个丫鬟,本公子又不喜欢多嘴多舌的,不知鸨妈愿不愿意成人之美?"

鸨妈的脸顿时展开,笑作一团道:"哎呀,二公子,好说好说,有银子,咱什么都好说!"

夜色中,一辆马车带走了少公子、衿霄。默默地坐了一阵子车,少公子忽然将头发一把拉开,笑道:"姑娘,我不是莫府的二公子,我叫方染烟。记住了,染墨如烟絮,浓淡皆入画的染烟!"

"我不认识你!"衿霄想骂,但她只能徒劳地胡乱挣扎一番。

"今年我十六岁,如果不出意外的话,不久我应该会嫁人。"染烟看定衿霄,仿佛看透了对方的心思一般继续道,"你此刻不认识我,但过去与未来,我却是认识你的,甚至我还知道你幼年父母双亡,被迫沦落风尘。现在,你只要告诉我,假如人的命运可以改变,你愿不愿意尝试着重新来过?"

衿霄死死瞪着染烟,眼神由最初的恼恨逐渐转为平和,最终缓缓点了一下头。虽然犹疑,但毕竟是点头了。

应柄奇大模大样地走进了莫怀苍的府邸,从怀中掏出银票递给莫怀苍:"喏,这个月的!"

"塞牙缝都不够!"莫怀苍懒洋洋地接过,"我想去一趟庭阳,转运私货的分账方式,我觉得该和玫家兄弟重新算一下了。"

"三公子就要成亲了,你还走?"

"就是因为他要成亲,我才要走。"莫怀苍嘴角浮出一抹不屑,"什么好事都被他占齐,这种日子不会太长了,我要他所有的一切尽失无存。"

"莫家也不会太长了,这是你希望的吧?"虚掩的院门忽然又出现了一人,他同样大模大样地走进了院子中。

他的出现让应柄奇和莫怀苍都变了脸色。

"我有话想与你单独谈谈！"来人对莫怀苍沉声道。

"染烟，你想干什么？"莫怀苍看了应柄奇一眼，硬着头皮开了口。

染烟笑笑，道："我想，我这里有件东西，对你和应管家应该都很重要！"说完，她朝院门处拍了拍手，那曾出现在旖旎阁的大汉拎着一件包袱来到三人面前。

染烟当着其他两人的面打开了包袱，乍一看包袱中的东西，莫怀苍和应柄奇便僵立当场，脸色越发难看。

"是啊，你们一瞧便知是什么，甚至都不用翻看里面的内容！"染烟静静地扫视两人。

"本来就是应管家亲自做的账本，不是吗？"染烟有意顿了顿，接着道，"假如朝廷下旨查抄的话，庭阳玫家那边应该也能抄出类似的账本，两相一核对，这账目上所记的一笔笔就都清楚了。"

"听你的口吻，你只不过是从管家那里偷了账本，尚未交给你爹上报朝廷，是吗？"莫怀苍不易察觉地攥紧了双拳。

"猜对了一半！"染烟展颜浅笑，"我既然敢来，必定是留足了后手。莫怀苍，你若是还想打其他歪主意，我劝你还是省省吧，因为账本虽尚未交到我爹手上，但我已命人誊抄了好几份，随时随地都可能出现在我爹和圣上面前。"

莫怀苍牙关紧咬，恨恨道："你到底要怎样，方染烟！"

"刚才不是说了嘛，现在可以跟我单独聊聊了吗？"

莫怀苍慢慢松开双拳，无可奈何地点了一下头。应柄奇见势，悻悻瞪了染烟一眼，转身退出了院门。

不过，他刚踏出院门，便有方府的两个下人拦住了他的去路："背着太师做出有违朝纲的事儿，管家一职似乎已不适合应先生了。我家小姐准备了一封请辞函，想必正是应先生所需！"

"如果应某不接受呢？"

相持了一阵，对方冷淡冰凉且毫无商量余地的眼神让应柄奇不得不败下阵来，他长叹道："罢了，事已至此，好像应某也别无选择了。"

"回头是岸,怀苍!纵使所有人都对你不公平,但你要对自己公平。你这样做,除了令自己饱受折磨,是报复不了你爹的,更不会让你得到想要的幸福与快乐。"院中,染烟挥手让随从暂且退下,走近莫怀苍,情真意切道。

"你想单独和我聊的就是这个?"莫怀苍不屑冷笑。

"你以为你很懂我吗?"他从牙齿缝中一字一顿道,"我回不了头了,而且我最恨别人拿所谓的把柄跟我谈条件!"

染烟摇摇头,道:"不,我不懂你,我也没指望你听我几句话就肯回头,可我也没跟你谈条件,你的把柄不光彩,但或许能为你换取一个机会。我想带你去一个地方,给你讲一个故事,你敢跟我走吗?"

"去哪里?"莫怀苍追问道。

"崇西!"

数天后,一座荒坟前,多了几炷香和两个人。

"放弃有时候未必不是解脱。怀苍,当年的你最终还是放下了仇恨,甚至不惜用自己的性命为你我争取了一个重新开始的机会。是的,这个机会是前世的你为自己所争取到的,我猜你替我挡在殿外时,一定希望来生会以焕然一新的灵魂,拥抱完全不同的生命历程!"染烟对着蓝衫男子静静地讲述道。

"你怎么能肯定我就是墓中人,为什么我一点过往的记忆都没有?"

"你有!"染烟幽幽叹息,转脸望向孤坟,眼眶逐渐泛红,"前世今生,你都没有忘记,想要带我远走高飞!"

莫怀苍沉默了许久许久,忽然淡淡笑了一下,朝孤坟拜了三拜,转身离去。

"喂,怀苍,你要去哪儿?"

"周游天下,忘尘忘忧,别忘了替我给镜明带句话!"

"什么?"

"天生为兄弟,莫不如相忘天涯!"

"还有你,染烟!"莫怀苍的声音越飘越远,"下一世相遇,我定会实践诺言!"

借着进宫探望司城敏的机会,染烟顺便也去了一趟佩居宫。此时恰巧是午休时间,司城瑜正靠在躺椅上一边看奏折,一边乘凉。

"染烟,你怎么过来了？快快,赐座！"司城瑜忙招呼染烟近前。

"不用了圣上！"染烟扑通跪下。

"你这是干吗？"司城瑜诧异道,"不都跟你说了,在朕这儿随意即可,快平身,平身吧！"

"染烟有一件东西想还给圣上,同时想向圣上求一个恩典！"

"你这鬼丫头,还什么东西啊,求恩典就直说呗！"

"不,圣上还是请先看了东西再说吧！"染烟坚持道。

"龙纹冰花玉佩！"司城瑜望了一眼匣子里的东西,愕然叫了起来,"染烟,你怎么会有这件东西？它是皇权的象征,一百多年前就失踪了,朕还是在记载中得知的此物样式。"

"这件东西被当年的雯妃藏起来了,"染烟静静道,"是我在方家祁城老宅偶然发现的,想来想去,还是决定将它还给圣上。"

司城瑜面色凝重,沉默了好一阵才道:"你想向朕求什么恩典？"

"请圣上准我爹辞官归乡,并去方家镇国公爵衔！"

"这是为何？"司城瑜大吃一惊,"染烟,你是不是疯了？"

"染烟没疯,染烟只望圣上以后能减少世袭爵禄,以才学选拔真正于国有用之人,方为大益长远之道！"

"那你和镜明的婚事怎么办？还有两个月就到成亲日了！"

染烟苦笑道:"也请圣上一并撤除吧,我和镜明……或许缘分尚未到,世间聚散离别,又岂是能强求的！"

一年后,祁城方家老屋,染烟陪着方秀和段斐音在院子里栽花种草。汝殊推门而入,道:"小姐,你看谁来了？"

一袭白衣飘入院中,英俊挺拔的男子深深地注视着染烟。

染烟放下手中的泥铲,走向对方,问道:"你看见我的留信了？"

男子点点头,从怀中取出信函,从中抖出了一方绣着桔梗花的丝帕和一纸信笺。雪白的信笺上只写着两行字:

他说,但有来世,愿永不相逢;即便相逢,亦永不相认！

她说,若有来世,相换幸福,再无期许！

染烟鼻子一酸,泪水缓缓滑落,"我就知道你十四岁大病一场后,便想起了所有前尘往事,可你既然明白了她临终前的遗愿,为什么直到今天才来?我还以为……"

"还以为我不会来了? 唉,你不知道我有多少麻烦事,得安顿我爹他们啊。"莫镜明说罢,朝院门处笑道,"爹,无官一身轻,向方叔叔讨杯酒吃没那么难的!"

"我讨的可是他们家欠我们的喜酒!"门外莫琛瓮声瓮气地嚷道。

"喜酒?"方秀站起身,和段斐音相视一笑,"放心吧,我这里什么酒都有。快,屋里请! 屋里请!"

屋内笑语喧嚣,屋外的两个人却长久地静静对视,仿佛他们间数百年的时光都凝成了对方眸中那似怨似艾、欲诉还休、却终是放不下也斩不断的情思。

"我该叫你烟儿,还是雯儿?"他问。

"那你放不下的是我,还是她?"

"都有!"

染烟抹着泪笑了,"这样的话,你的承诺还兑现吗,护我一生一世的周全?"

"只要你愿意,前世碎裂于时间中的容颜,让我们一起用今生修补!"他伸出手道,"一生一世永相随,世世生生不相忘!"